O SONHO DE TALITHA

OS REINOS DE NASHIRA
LICIA TROISI

O SONHO DE TALITHA

Tradução
Mario Fondelli

Título original
I REGNI DI
NASHIRA:
IL SOGNO DI TALITHA

Copyright © 2011 by Arnoldo Mondadori Editore S.p.A., Milão
"I Regni di Nashira" e logotipo são marcas registradas de
Arnoldo Mondadori Editore S.p.A.

Direitos para a língua portuguesa reservados
com exclusividade para o Brasil à
EDITORA ROCCO LTDA.
Av. Presidente Wilson, 231 – 8º andar
20030-021 – Rio de Janeiro – RJ
Tel.: (21) 3525-2000 – Fax: (21) 3525-2001
rocco@rocco.com.br
www.rocco.com.br

Printed in Brazil/Impresso no Brasil

preparação de originais
ROSELLI DORNELLES

CIP-Brasil. Catalogação na Publicação
Sindicato Nacional dos Editores de Livros, RJ.

T764s Troisi, Licia, 1980-
O sonho de Talitha/Licia Troisi; tradução de Mario Fondelli. – Primeira edição. – Rio de Janeiro: Rocco Jovens Leitores, 2014.
(Os Reinos de Nashira; 1)

Tradução de: Il sogno di Talitha
ISBN 978-85-7980-182-2

1. Dragões – Ficção infantojuvenil. 2. Ficção infantojuvenil italiana. I. Fondelli, Mario. II. Título. III. Série.

13-06221
CDD: 028.5
CDU: 087.5

O texto deste livro obedece às normas do novo
Acordo Ortográfico da Língua Portuguesa.

Para Carlo,
obrigada por tudo o que você me deixou.

Prólogo

Abriu os olhos devagar. Tudo era escuridão e dor. Não lembrava o que havia acontecido, tampouco fazia ideia de onde estava. Tudo estava confuso, incerto. Sentia a boca seca como nunca lhe acontecera antes. De onde vinha, havia água em fartura. Por que agora, então, sua pele ardia? Por que a sentia descamar sob as rajadas daquele vento tórrido?

Eu não devia ter vindo para cá. Não devia ter desejado ver.

Mas ele não conseguia de jeito nenhum lembrar onde estava, nem lembrava o que tinha desejado tão ardorosamente ver.

Levantou-se devagar, ainda cego. As mãos percorreram o corpo. Tudo estava no seu devido lugar, não fosse pela dor atroz que experimentava só de apalpar-se. Sentiu a consistência de areia e de cinzas na ponta dos dedos. Esfregou os olhos com os punhos e, pouco a pouco, enfim, começou a recuperar a visão.

Diante dele, a perder de vista, surgiu uma extensão de cinzas. O horizonte, desoladamente plano, inexoravelmente vazio, confundia-se com o céu, de uma cor amarelada e doentia, grávido de uma poeira sutil que lhe enchia a boca. Tossiu violentamente, com a língua impregnada de um sabor azedo.

Ao ficar de pé, descobriu que estava nu. *As lembranças voltavam em ondas, indistintas, desconexas, mas agora sabia quem era e, principalmente, onde estava.* Porém nada naquele panorama o fazia lembrar do lugar no qual se encontrava até um momento antes. Sim, porque bastara um instante.

Os pés afundaram nas cinzas, machucaram-se nas farpas de um material extremamente duro, reduzido a minúsculos fragmentos. Estava cercado por elas, num raio de dezenas de braças. Sua pele fora completamente coberta pelas farpas, muitas haviam penetrado a carne. Eis o motivo da dor, eis a razão da ardência.

Mexeu-se, tentando ignorar as mensagens desesperadas *que o seu corpo enviava.*

– Tem alguém aí? – perguntou baixinho. – Lafta? – acrescentou. Então se lembrou dela. Klehr. Gritou o nome a plenos pulmões, olhou em volta, desesperado. *Outros nomes voltaram à memória, junto com uma multidão de rostos. Claro, as pessoas da cidade. Devia haver uma cidade ali. Mas era ela, só ela que ele procurava.*

A ansiedade aumentou, insistente, seu coração explodiu no peito, as têmporas pulsaram de medo.

– Klehr! – voltou a gritar.

Correu.

A onda de choque deve ter me jogado longe, quem sabe até fora da Capital, *disse a si mesmo. Porque agora lembrava. Um clarão ofuscante, um calor terrível. Uma explosão, provavelmente. A Capital devia ter sido atacada. Mas por quem? Por quem, se há anos, há séculos, aquelas terras não conheciam a guerra?*

Continuou correndo, gritando o nome dela ao infinito. Ninguém respondeu. Só aquele vento cruel, o silvo dos cristais de olakita que rolavam no chão.

Lembrou o perfil da cidade, como a vira na noite anterior, abraçado a Klehr na varanda de casa.

Não havia mais nada agora. Tudo arrasado, levado embora por um vento purificador.

Caiu de joelhos, levando as mãos à cabeça. Estava ficando louco, não havia outra explicação possível. Onde fora parar a cidade? E seus habitantes?

Então levantou os olhos para o céu. Um gesto que antes não fazia qualquer sentido para ele e para os da sua raça, mas que havia algum tempo se tornara corriqueiro. E viu. Além da nuvem escura, além da espessa neblina dos detritos. A luz era ofuscante, enchia metade do céu. Então, enfim, compreendeu o que havia acontecido.

Gritou a sua dor ao céu, desejou dissolver-se naquele longo uivo. Foi quando o cortejo dos fantasmas veio visitá-lo pela primeira vez.

Primeira Parte

De *Os Presentes de Mira*,
Introdução, da Irmã Denea do Mosteiro de Gálata

Muitos acreditam que antes da época do Embate o ar em Nashira era abundante e se difundia por toda parte. Se isso era verdade ou não, não podemos dizer. Os Primeiros, que viveram naquele tempo de beatitude, não nos deixaram por escrito qualquer pista. O que podemos dizer é que, ao contrário do que acreditam os incultos, o que falta em Nashira não é o ar, mas sim o seu componente respirável. É essa a parte que, há milênios, é rarefeita, impalpável, diáfana. Apenas o poder da Pedra do Ar consegue juntar o pouco produzido sob as imensas copas dos Talareth em quantidade suficiente para permitir que os talaritas vivam. Por isso, de noite e de dia, nunca podemos deixar de agradecer a Mira e louvá-la por nos ter dado a Pedra e os Talareth: a primeira é a guardiã, e os últimos são os pais de Talária.

I

O barulho das espadas se chocando enchia o espaço da pequena arena. Dois adversários se enfrentavam, vestidos da mesma forma: um colete marrom sobre calças largas de pano grosseiro, reforçadas com tiras de couro nas coxas e nas canelas e enfiadas num par de botas pretas. As mãos eram protegidas por pesadas luvas de pele e um elmo cobria completamente o rosto.

Um deles era mais baixo e miúdo, o outro mais corpulento, mas menos ágil. O menor parecia levar a pior: fechado na defensiva, sofria os golpes do adversário, que atacava com amplos movimentos pelos lados.

Recuou mais e mais. Continuou na defensiva, até que o outro o deixou quase encostado à parede. De repente, o guerreiro mais imponente moveu a cabeça para proteger os olhos de um raio de sol e o adversário se reanimou, tirando vantagem daquela distração momentânea: com um golpe de baixo para cima, rápido e preciso, fendeu o couro do colete no peito, bem onde bate o coração, e continuou subindo até o elmo. O homem mais alto perdeu o equilíbrio e o outro foi bastante ligeiro para se aproveitar disso: completou o movi-

mento, sustentou a parte plana da lâmina com a mão livre e encostou a arma na garganta do inimigo.
— Acabou a brincadeira — murmurou.
O adversário sorriu e levantou as mãos. Era um talarita de uns trinta anos, com a pele cor de tijolo um tanto clara para a sua raça e orelhas pontudas. Seus olhos tinham a cor verde meio turva dos pântanos, a barba crescia arrepiada e revolta no rosto quadrado.
— Nada mal. Fizestes de propósito? — perguntou, ajeitando os cabelos cor de ameixa escura que desenhavam pequenos caracóis em cima da fronte suada.
O adversário menor ficou em posição de descanso e tirou o elmo. Era uma jovem: no rosto magro de adolescente, o pequeno nariz levemente arrebitado era cercado por uma miríade de minúsculas sardas, e os grandes olhos brilhavam num verde absoluto. A cor ocre da pele escura criava um intenso contraste com os cabelos vermelho-fogo, presos num coque do qual se haviam soltado algumas mechas que emolduravam as faces e desciam até o pescoço longo e delgado.
— Claro que fiz de propósito — respondeu. — Já estava de olho há um bom tempo naquela mancha de luz — continuou, apontando para o chão — e sabia que se o arrastasse até lá, levando em conta a vossa altura e a posição dos sóis a esta hora, conseguiria ofuscá-lo. Já que é mais forte e habilidoso do que eu, era a única maneira de vencê-lo — concluiu com um sorriso atrevido.
O outro meneou a cabeça e comentou:
— Muito bem, Talitha. Melhorastes muito nos últimos tempos. Nada mal para uma jovem condessa. Se mostrásseis a mesma aplicação também no resto...
A jovem interrompeu-o com um gesto de enfado. Já dissera várias vezes à Guarda que não gostava de ser chamada de condessa, e no fundo até o uso do vós, que o mestre

mantinha só com ela e ninguém mais, também a aborrecia. Mas não adiantava. Mesmo entre aquelas muralhas, o pai dela era temido.

– Os outros instrutores não são tão competentes quanto o senhor, e o que ensinam não me interessa nem um pouco.

– Estais enganada – disse o homem, tirando as luvas. – A história e a música também podem ser úteis a um bom Guardião.

Talitha bufou e fincou a espada no chão.

– Não se luta com livros e com flautas. Mas se é o que vós afirmais, mestre... – Estava a ponto de tirar as luvas quando seu olhar foi atraído por uma figura às margens da arena. Era um jovem alto e magro, vestido como os servos femtitas: usava a casaca com o brasão da família do conde, preto com fundo azul, presa na cintura por um cinto de couro, e calças pretas. Os braços estavam nus, com os pulsos apertados por braçadeiras de couro. Tinha mãos grandes que parecia não saber exatamente onde apoiá-las e, portanto, deixava-as balançar penduradas ao longo do corpo. No rosto, uma sombra de barba; os cabelos verde-claros, compridos e lisos, estavam presos num rabo de cavalo frouxo e desciam em volta do rosto magro e extremamente claro, típico dos seus semelhantes, em parte emoldurando-o, em parte escondendo suas feições. Os olhos eram alongados, notavelmente grandes para um femtita, mas o que surpreendia era a cor, de um incrível tom dourado que raramente se via em Talária.

– Saiph! – gritou a jovem, correndo ao seu encontro.

– Acabastes o treinamento, minha ama? – perguntou ele.

– Que formalidades são essas? – Talitha deu uma rápida olhada para trás, para o homem parado no meio da arena. – Não creio que, desta distância, possa ouvi-lo.

– Melhor não arriscar – respondeu o jovem, bem baixinho. Procurou na sacola e sacou uma ampla capa de pano preto. – Vesti isto, se não quiserdes ficar doente. Estais toda molhada de suor.

Talitha bufou alto.

– Mas estou morrendo de calor! O que quer que eu faça com uma capa?

Saiph tentou fazê-la vestir, e Talitha esquivou-se com uma careta.

– Tente de novo, vamos ver se consegue. – Um brilho desafiador faiscava em seus olhos.

O escravo olhou em volta, atemorizado.

– Sabeis muito bem que não podemos brincar – disse com uma pontada de pesar.

Talitha arrancou a capa das suas mãos e jogou-a por cima dos ombros.

– Satisfeito? – falou, rindo. – Você é insuportável quando banca o servo todo preso às regras – acrescentou, deixando-o para trás e dirigindo-se à saída da arena.

Sobre a cidade de Messe, fora do Palácio da Guarda, a noite caía. Feixes de luz avermelhada trespassavam a copa quase perfeita do Talareth, cem braças acima de suas cabeças. Era em momentos como aquele que a imensa árvore parecia uma criatura inteligente, que protegia a cidade inteira com sua enorme e benévola copa. Do imponente portão da arena entrevia-se ao longe o tronco, tremulante devido ao calor, para lá do contorno branco da Cidadela.

A árvore media seiscentas braças de circunferência e subia por mais de mil para o céu. Parecia feita de gigantescas colunas de madeira encerradas num único abraço, abrindo-se na metade da altura para formar uma grande cúpula luxuriante. Uma leve brisa agitava as folhas; Miraval e Cétus, os dois sóis ocultados pela ramagem, projetavam nos telhados sombras de contornos fantásticos e desenhavam um mosaico furta-cor de manchas claras e escuras.

Em Talária, todas as cidades viviam à sombra dos Talareth, pois as árvores não só produziam o ar, como também o retinham graças à Grande Pedra guardada nos mosteiros, erigidos entre os galhos mais altos.

Os habitantes de Messe moviam-se vagarosamente pelas ruas, preparando-se para os afazeres da noite. Enfim o calor oprimente do dia se dissolvia com o sopro de uma brisa leve. O branco dos edifícios na parte mais rica e faustosa da cidade já não era ofuscante como no começo da tarde, e desbotava num rosa pálido que descansava o olhar.

– Você me viu na arena? – perguntou Talitha.

– Vi, e acho que se saiu muitíssimo bem. – Saiph se mantinha dois passos atrás dela, a cabeça curvada para o chão em sinal de deferência. Era o que se esperava de um bom femtita que escoltava o seu amo.

– Muitíssimo bem? Deve estar brincando! Fui simplesmente espetacular!

Saiph deu uma risadinha, baixinho, tomando cuidado para ela não ouvir. Precaução inútil, uma vez que Talitha falava bem alto, sem se importar com os olhares das pessoas.

– Não tem nada de engraçado – disse, séria. – Ou acha que qualquer cadete do terceiro ano consegue vencer o mestre?

Saiph olhou para ela, perplexo.

– Sabe de uma coisa? Acho que, mais do que a sua espada, o que valeu mesmo foi a fama do seu pai.

– Não é assim que as coisas funcionam na Guarda – respondeu Talitha, irritada. – Lá ninguém é complacente comigo por ser a filha do conde Megassa. Todos me consideram um cadete como qualquer outro.

Saiph levantou as mãos.

– Não precisa ficar tão brava... Nunca vou esquecer de quando me contou que sabia tocar todos os instrumentos da Sala de Música! – disse com um sorriso gozador.

– Já se passaram sete anos, Saiph! Mudei bastante desde então.
– Nem tanto – brincou ele.

Os olhares próximos aos dois passaram de curiosos a escandalizados: não era um espetáculo comum ver um talarita e seu escravo se dando tão bem. Sob aquela saraivada de olhares, Saiph logo voltou a ficar sério. Talitha, de pirraça, deu o braço a ele.

– Ficou louca? – disse ele, desvencilhando-se.
– Saiph, você é tão divertido quanto uma machadinha enferrujada...
– Só estou tentando evitar que me castiguem.

Talitha deu de ombros.

– E o que você deveria temer? – Agarrou um braço do rapaz e fincou as unhas na carne até deixar cinco pequenas marcas vermelhas. – Aposto que nem percebeu – disse, olhando para ele de soslaio.

Saiph deu uma olhada nos arranhões, displicente. Os femtitas, que não sentiam dor, eram ensinados desde crianças a temer o sangue mais do que qualquer outra coisa, mas também a distinguir as feridas que podiam ser perigosas das inócuas.

– Isso mesmo, nem percebi – disse, o olhar sério voltado para ela. – Mas você sabe perfeitamente do que é que eu estava falando. – Talitha baixou os olhos, quase constrangida.

Ambos tiveram a oportunidade de constatar com os próprios olhos quando, poucos minutos depois, entraram no pátio do palácio. Uma pequena multidão de serviçais se juntara diante da grande escadaria, e diante de todos se erguia, de braços cruzados, o conde Megassa. O pai de Talitha tinha os traços duros e decididos de um homem nascido para comandar, a expressão concentrada e severa e os cabelos enegrecidos pela idade, como acontecia aos talaritas quando começavam a envelhecer. Os olhos, do mesmo verde brilhante dos da filha, chamejavam irrequietos. A sua figura se tornara mais pesada com os anos, mas o corpo ainda era vigoroso, mantido em forma com exercícios cotidianos de esgrima.

No meio da pequena multidão, o criado encarregado da disciplina dos escravos segurava o Bastão. Não passava de uma tosca clava de madeira em cuja ponta fora cravado um minúsculo fragmento de Pedra do Ar. Mal dava para vê-lo brilhar com uma fraca luz azulada. A Pedra, origem de toda magia, fonte de vida para a Talária e de dor para os femtitas. O escravo aos seus pés era quase um menino. Choramingava desesperado, levantando os olhos ora para o criado, ora para o conde.

– Não roubei, eu juro... nunca faria uma coisa dessas... nunca profanaria a vossa propriedade!

Ao redor dele, os companheiros mantinham obstinadamente os olhos voltados para o chão, alguns preferiam até olhar para outro lado. O criado olhou para o conde. Megassa não mudou de expressão e limitou-se a um rápido sinal com a cabeça.

– Não, eu vos peço, não! – gritou o jovenzinho.

O criado levantou o Bastão e infligiu um golpe. Assim que a Pedra tocou as costas do escravo, acendeu-se uma intensa luz roxa. O rosto do femtita deformou-se numa careta de puro terror. Não era mero temor: era um horror profundo, que parecia dilacerá-lo por dentro. O Bastão desceu outra vez, e outra, e outra, a cada golpe os traços do rapaz pareciam se perder num turbilhão de sofrimento. Seus gritos ressoaram ensurdecedores, mas Megassa não pestanejou. Ficou olhando até o fim, saboreando impassível cada instante daquela agonia.

Muitos golpes foram necessários antes que os berros do escravo se tornassem menos intensos e que seu corpo deixasse de estremecer. Caiu ao solo, os músculos se contraindo a cada pancada. No quadragésimo golpe, os gemidos se apagaram. Um gélido silêncio tomou conta dos presentes. O conde olhou em volta.

– Qualquer um que seja surpreendido roubando terá o mesmo destino – disse sem qualquer emoção. Então se dirigiu ao criado: – Mande tirar o corpo daqui, que o levem para fora da cidade e o joguem na vala comum.

Já estava indo embora, mas parou assim que viu Talitha e Saiph ao fundo do pátio. Avançou com passo decidido, enquanto os escravos se afastavam depressa e o criado cumpria a ordem.

Talitha estava lívida e parecia fora de si de pavor. Saiph tentava com todas as forças que tinha não olhar para o corpo exânime no meio do pátio.

– Eu mandei trazê-la para cá sem demora – disse Megassa, irado. O escravo tentou gaguejar uma desculpa, mas o conde levantou uma das mãos. – Eu lhe dei, por acaso, permissão para falar?

– Fiquei na arena mais tempo do que planejava – interveio Talitha, desafiando o olhar do pai.

Ele esquadrinhou-a com severidade e chegou mais perto.

– Quando seu pai manda chamá-la, não pode se dar o luxo de chegar atrasada – sibilou, a ira lhe inchando as veias do pescoço. – Daqui a pouco temos que partir e você ainda está deste jeito.

Talitha olhou as próprias roupas de guerreira, passou a mão nos cabelos suados e sentiu orgulho de si mesma. Nunca sentiria vergonha do seu aspecto desleixado se fosse a excelência no combate que o exigisse. De qualquer maneira, baixou o olhar. Quando o pai falava daquele jeito, sentia um arrepio correr pela espinha. Odiava a si mesma por isso, mas os pequenos e maldosos olhos dele lhe incutiam terror.

– Quero chegar ao Reino da Primavera o mais rápido possível. Na véspera do casamento da sua prima Kalyma haverá uma importante recepção particular, à qual nossa família foi convidada. Talitha se iluminou na mesma hora: enfim uma viagem, enfim sairia daquelas malditas muralhas. As únicas viagens que fizera nos seus dezessete anos de vida haviam sido breves e nunca tinham ultrapassado os confins do Reino do Verão. E, mais que tudo, seu coração vibrava de felicidade só de pensar na pessoa que certamente iria rever naquela recepção.

– Só o tempo de me aprontar para a jornada e estarei convosco – disse num tom comedido, disfarçando o entusiasmo.

– Tem meia hora – limitou-se a responder Megassa. – E tente pelo menos parecer a filha de um conde quando voltar.

Dirigiu-lhe outro olhar de censura e voltou ao palácio. Talitha permaneceu imóvel no meio do pátio, com o suor começando a secar na sua pele. Mas seu bom humor logo sumiu quando olhou ao redor. Os escravos, todos eles, haviam desaparecido e, do corpo do femtita, nem sombra.

– Desperdiçar toda esta água... e na época da seca – queixou-se Kolya quando mandou tirar a banheira do quarto. Talitha não tivera tempo de tomar seu banho perfumado, como sempre fazia antes do jantar, apesar da insistência da serviçal. Limitara-se apenas a despejar água no corpo com um jarro.

– Vá se queixar com meu pai – disse, escovando os cabelos molhados. Puxou uma mecha com força, sem se importar com a dor.

– Parai, eu vos peço. Acabareis arrancando-os. E essa tarefa cabe a mim – interveio Kolya. Servia na casa do conde desde menina. Ainda nem havia completado quarenta anos, mas aparentava muito mais idade. As rugas em volta dos olhos e da boca, os cabelos quase completamente pretos, davam-lhe a aparência de uma mulher idosa. Os femtitas viviam menos do que seus patrões, embora as condições de quem servia nos palácios das famílias abastadas fossem melhores do que as daqueles que trabalhavam nos campos ou nas minas.

Talitha não a deixou pegar a escova.

– Não temos tempo. Vá preparar a bagagem primeiro.

– Hoje estais de fato mal-humorada – protestou Kolya antes de sair do quarto.

Talitha não respondeu e prendeu os cabelos de qualquer maneira com uma fita. Apesar de animada com a viagem, não conseguia tirar da cabeça a cena que assistira no pátio. Mas não era de surpreender, pensou amargamente. Megassa não tinha dó de ninguém.

Parou diante da própria figura nua refletida no grande espelho apoiado num canto do aposento. Avaliou o corpo treinado, o distender nervoso dos músculos sob o véu da pele, o traçado dos tendões, a forma torneada das pernas. Deleitou-se com a sua compleição quase andrógina e, com as mãos, achatou o peito. Não fosse pelos quadris, talvez pudesse ser confundida com um rapaz. Ainda que a Guarda também aceitasse mulheres, sentia-se diferente dos seus camaradas homens, e detestava ser mais fraca do que eles.

Virou de lado e segurou a respiração. Com olhar crítico, contemplou o próprio ventre e ficou entusiasmada: visto daquele jeito, era perfeito, impecavelmente reto. Mas logo teve de voltar a respirar, e então as protuberâncias da barriga apareceram.

Músculos idiotas, por que custam tanto a me obedecer?, pensou com raiva. Queria ser magra e ágil, ter um corpo que só expressasse o combate. Não suportava aquelas curvas. Não saberia dizer o porquê. Era como se, miúda e esguia, achasse mais fácil escorregar entre as grades da jaula que o pai construíra ao seu redor.

Sacudiu a cabeça e olhou para o vestido já pronto, esticado na cama. Apesar de ser uma roupa de viagem, desprovida de todos os adornos que era forçada a usar nas cerimônias oficiais, continuava sendo um traje elaborado, com um corpete cheio de lacinhos, de uma delicada cor laranja, que achava insuportavelmente afetada.

Chamou novamente Kolya. A femtita apareceu à porta, preocupada com uma possível explosão de cólera por parte da ama.

– Ajude-me – disse para a serviçal, suavizando o tom, quase buscando a cumplicidade da mulher.

– Está bem – disse Kolya com um sorriso condescendente. Ajudou-a a vestir uma blusa de musselina delicada, quase impalpável, depois as meias e enfim o corpete, tão justo que Talitha teve de apoiar-se na ombreira para entrar nele.

Kolya apertou com força.

– Segurai o fôlego! – incitou-a.

Quando afinal ficou pronta, no lugar do jovem cadete suado devido ao treinamento havia uma jovenzinha bem-comportada, elegante e graciosa. A imagem perfeita de uma filha amorosa e obediente. Exatamente o que o pai pretendia dela.

– Estais lindíssima – disse Kolya, puxando-a para diante do espelho.

Talitha contemplou-se como se aquele corpo pertencesse a outra pessoa. Era verdade, podia ser considerada bonita, mas quem era a estranha que a fitava através dos seus próprios olhos naquele reflexo?

– Acabou de preparar a bagagem? – perguntou a Kolya, conformada.

– Acabei, minha senhora.

– Então vamos.

2

A carruagem esperava na entrada principal do palácio. Tinha ricos adornos de esmalte branco e azul, e exibia na porta o brasão da família, grande e bem visível: um escudo com um dragão negro que cuspia chamas, o mesmo símbolo que todos os membros da família traziam tatuado no ombro esquerdo. O que mais importava, no entanto, eram os dois esplêndidos dragões de terra que a puxavam.

Um era amarelo-ouro e o outro, vermelho-fogo; tinham o comprimento de três braças, incluindo a cauda sinuosa, o focinho chato e alongado coberto de dentes extremamente afiados. Atrás da cabeça surgia uma crista óssea formada por numerosas protuberâncias pontudas e pretas no topo. Um deles tinha olhos dourados, o outro, de uma luminosa cor verde-esmeralda. Nas costas apareciam minúsculas asas membranosas, pequenas demais para o voo, a essa altura apenas um elemento decorativo que a evolução deixara quase por costume. As patas eram dotadas de garras curvas, as duas dianteiras um pouco mais delgadas do que as traseiras.

Os dois dragões se agitavam irrequietos, sacudindo as rédeas, mordendo os freios e escancarando a boca para o céu com rugidos ameaçadores, enquanto o cocheiro se esforçava para controlá-los.

Um servo abriu obsequiosamente a porta para Talitha e ajudou-a a tomar o lugar no assento revestido de fazenda macia e preciosa. Seus pais já a esperavam lá dentro.

– Está atrasada – sentenciou o pai.

– Peço o vosso perdão – respondeu ela, sentando diante da mãe.

Diziam que se parecia muito com a condessa, mas Talitha não gostava nem um pouco disso, apesar de a mãe ser uma mulher de rara beleza. Graciosa e esbelta como o caule de uma flor, tinha a pele mais clara que a do marido e da filha, e olhos de um verde água-marinha, transparentes e afetuosos. Os cabelos eram ondulados, vermelho-fogo, arrumados em um penteado que ressaltava o pescoço longo e fino, mas que Talitha achava ridículo: erguia-se em cima da cabeça como um bolo de noiva enfeitado com pequenas gemas coloridas, e encimado por uma engraçada presilha em forma de folha. Olhava para fora da janela da carruagem, apoiando um leque fechado na boca pequena em forma de coração. Era a própria imagem da perfeição, o tipo de esposa que Megassa gostava de ostentar como uma joia. Deu uma rápida olhada na filha e dirigiu-lhe um sorriso vago.

– Está muito bonita esta noite, querida – disse.

Talitha não respondeu, seus olhos estavam fixos na janela. Ficava incomodada com aquelas maneiras sempre tão apropriadas, sempre tão impecáveis. E com aquele modo de aceitar passivamente qualquer decisão do marido, a forma como aguentava em silêncio qualquer explosão de fúria por parte dele.

Talitha vislumbrou Saiph, que iria acompanhá-los na carroça dos escravos. Às vezes quase o invejava, de tão preferível que achava a condição de escravidão à sua própria.

Um estalar de rédeas e os dragões começaram a andar. No começo moveram-se pelas ruas largas e bem-calçadas da Cidadela. Tudo era violáceo em volta deles enquanto Cétus e Miraval lançavam os últimos raios e as luas subiam no céu.

Quando alcançaram as muralhas externas, pararam diante de um grande portal de pedra. Duas sentinelas se aproximaram. Uma espiou dentro da carruagem, e Megassa incinerou-a com o olhar.

– Sou eu, imbecil, já não lhe avisaram?

A sentinela empertigou-se depressa, levando o punho direito ao peito.

– Sim, Excelência, suplico que me perdoeis. Como sabeis, a prudência nunca é demais nestes tempos.

A porta rangeu nas dobradiças e, lentamente, saíram para o ventre pulsante de Messe.

Apesar do toque de recolher, a cidade ainda mostrava os sinais do dia que findava.

Alguns Guardiões estavam ocupados consertando a porta de uma padaria, que acabara de ser assaltada. Longas estrias pretas marcavam as portas e as janelas, e a placa de metal balançava amassada. Perto dali, mais adiante, jazia o corpo de um escravo femtita, vestindo uma túnica esfarrapada que deixava à mostra as costas magérrimas, devoradas pela fome. Quando passaram diante de uma fábrica de tecidos, os lamentos dos escravos eram tão altos que Megassa fechou as janelas e puxou as cortinas.

– Deveriam construir muros mais espessos... Como é que os vizinhos vão conseguir dormir? – disse distraída a condessa com sua voz aveludada.

– Deveriam impor-lhes mais disciplina, isso sim – replicou Megassa. – Já ouviu um dos nossos servos se queixando?

– Talvez não se queixem porque estão com medo demais – intrometeu-se Talitha.

— Claro, e é bom que continuem assim — comentou Megassa. — Os escravos devem saber qual é o seu lugar.

Talitha sentiu o calor da raiva subir aos lábios, mas se conteve e se fechou num obstinado silêncio pelo resto da viagem.

Esperou mais alguns minutos e, aproveitando a escuridão que tomara conta do interior da carruagem e o fato de os pais terem ficado sonolentos, afastou a cortina e apoiou a cabeça na janela. Estavam agora na periferia da cidade, e as construções de pedra haviam sido substituídas por toscos barracos de madeira. A não ser por raros Guardiões que perambulavam com ar desconfiado, as ruas estavam vazias. Os galhos do Talareth eram muito baixos naquela região, deviam estar a apenas poucas braças do chão. Talitha entreabriu o vidro e respirou o ar através da abertura. Tinha um odor diferente. Saiph já lhe contara: a periferia ficava mais longe da Pedra localizada na forquilha do Talareth, e o ar era, portanto, mais rarefeito.

Voltou a fechar a cortina, antes que o pai acordasse.

Logo a carruagem começou a se inclinar, sinal de que haviam chegado aos confins extremos da cidade. Iam subindo pela Artéria, a grande via de comunicação que ligava de norte a sul todas as capitais de Talária, cruzando as extensões geladas do Reino do Inverno até alcançar a terra ensolarada onde Talitha nascera e sempre morara, o Reino do Verão.

Debruçou-se outra vez na janela e olhou para trás. Um espetáculo único, que ela mal teve tempo de vislumbrar na luz arroxeada do anoitecer, a esperava: Messe, encoberta pela gigantesca massa do Talareth. A cidade era um tapete de luzes desiguais — mais brilhantes que as da Cidadela, que sobressaía como um diamante na maciez de um tecido aveludado, mais trêmulas que as do restante do núcleo urbano — aos pés de uma árvore imensa. Quase não dava para alcançar com a vista os seus confins e, nas extremidades, dois gomos de céu escuro.

Talitha ficou olhando a paisagem até a cidade desaparecer, e então se deixou embalar pelo balanço da carruagem. Aos poucos adormeceu, com o coração entregue a uma estranha excitação.

A viagem inteira se desenrolaria ao longo da Artéria, que era constantemente patrulhada por Guardiões armados. As carruagens de passagem precisavam ser protegidas dos perigos provenientes das vias periféricas, empestadas por bandos de miseráveis, assaltantes ou pessoas marginalizadas que haviam escolhido a pilhagem. Tratava-se quase sempre de femtitas, mas de uns tempos para cá também de talaritas levados à fome e ao desespero pela carestia que atormentava Talária e pela seca que assolava o Reino do Verão. A Artéria era muito movimentada, e assim se podia viajar com mais segurança. Havia várias hospedarias, algumas de grande qualidade, que acolhiam os passantes nobres, e Megassa foi recebido com todas as honras.

Como as demais estradas que ligavam as cidades de Talária, a Artéria era uma galeria suspensa cujas paredes eram formadas por um emaranhado de galhos de vários Talareth menores, entrelaçados uns aos outros. Ao contrário das vias periféricas, também usadas para o grande tráfego entre os vários aglomerados urbanos, a Artéria era enorme. A pista principal, de mão dupla e com umas trinta braças de largura, ficava no meio da galeria de galhos e se destinava ao trânsito de carruagens e mercadorias. Dos lados, havia pistas mais estreitas, uma para cada sentido de marcha, reservadas aos pedestres. A intervalos regulares, nos galhos mais altos dos Talareth estavam pendurados cristais de Pedra do Ar, do tamanho da cabeça de uma criança, que balançavam do teto da galeria. Brilhavam com várias tonalidades de azul, dependendo de quão carregados estivessem; alguns pareciam estar a ponto de se esgotar, precisando então ser reativados no interior dos mosteiros, outros resplandeciam na plenitude do seu fulgor.

O emaranhado de galhos e folhas era suficientemente espesso para impedir a vista direta de Miraval e Cétus, mas permitia vislumbrar a paisagem exterior. Talitha sabia o que esperar: onde não havia Talareth e Pedra do Ar não podia haver ar e, portanto, tampouco podia haver vida como eles a conheciam. As zonas fora das cidades e das vias de comunicação eram cobertas por um tapete de grama escura e brilhante, pontilhada aqui e acolá por arbustos com mais ou menos duas braças de altura, de folhas totalmente brancas e caule avermelhado. Era uma paisagem que até então Talitha só tinha visto desenhada nos livros; afinal, ninguém se aventurava fora do sistema viário que ligava os centros habitados de Talária, pois do contrário morreria sufocado. Agora, mal conseguia ver alguma coisa por alguns buracos maiores naquele emaranhado de galhos.

Apesar da pobreza, na Artéria havia um contínuo vaivém de pessoas e mercadorias, e Talitha até conseguiu ver um dragão alado. Tinha pelo menos quatro braças de comprimento, o corpo esbelto e sinuoso e asas diáfanas, estendidas entre as garras. A cabeça, alongada e protegida por uma ampla crista em volta da nuca, era delgada, e a boca era provida de dentes longos e afiados. Não passou muito longe deles, por cima da carruagem. Quando as suas asas batiam, faziam um ruído ao mesmo tempo abafado e poderoso, e todo o ar parecia vibrar em volta. Era de um amarelo-dourado que se tornava verde nas costas e ao longo da borda das asas. Cavalgava-o um homem completamente coberto por uma espessa armadura, quase certamente um general em viagem. Talitha o acompanhou, boquiaberta, até vê-lo desaparecer além do estreito campo visual que a carruagem lhe permitia. No mais, os pedestres eram quase todos mercadores, mas também havia caravanas de escravagistas. Na ponta, o patrão e, atrás, a intervalos regulares, os capangas armados de bastão, que incitavam a fila indiana de femtitas de mãos e pés amarrados. Os rostos deles eram marcados pela fome, vários cambaleavam num estado de semiconsciência.

Cruzaram algumas vezes com os Manejadores, que se encarregavam do cadáver de algum escravo que morrera durante a viagem e fora deixado ali para apodrecer. Inúmeros eram também os mendigos. Eles estavam por toda a parte, e às vezes se lançavam contra os viajantes, implorando por esmolas.

Talitha assistia incrédula àquele espetáculo. Viu crianças femtitas com as barrigas inchadas à margem da estrada, abandonadas a si mesmas; viu um mendigo detido pelos Guardiões do pai e impiedosamente espancado só porque se aproximara da carruagem implorando um pedaço de pão.

– Fora de Messe, a vida é muito diferente do que você imagina – dissera-lhe Saiph quando Talitha pedira que lhe descrevesse o mundo fora da Cidadela. Já tivera a oportunidade de visitar os bairros mais pobres de Messe, mas naquelas terras, entre o Reino do Verão e o da Primavera, ouvira dizer que a situação era muito pior.

– Os talaritas estão sofrendo os efeitos da carestia – dissera o rapaz certa noite, quando ela havia descido aos alojamentos dos escravos. Fazia aquilo frequentemente e, àquela altura, já aprendera a se mover sorrateiramente. Já fazia muito tempo que ninguém a surpreendia em seus passeios noturnos pelo palácio. Naquela noite um femtita cantara uma balada que falava de sofrimento, de carestia e, finalmente, de liberdade. Saiph explicara que, enquanto no palácio os escravos tinham pelo menos alguma coisa para comer, fora dele muitos simplesmente morriam de fome. – Forçam-nos até a pedir esmola, para então tirar seus ganhos.

Talitha ficara impressionada com aqueles relatos, mas só agora se dava conta da gravidade da situação. Por ter sido criada dentro de um ambiente protegido, sua imaginação não estava preparada para conceber um cenário como aquele.

Apoiou o queixo nos joelhos encolhidos contra o peito. De repente Talária lhe parecia um mundo desconhecido, um universo do qual ela só conhecia um canto remoto e privilegiado.

Chegaram aos arredores de Larea no sexto dia de viagem. De repente um trecho da galeria de galhos que formava a Artéria se abriu para se conectar com uma ampla estrada, suspensa sobre um único grande galho de Talareth. Mas era um Talareth completamente diferente daquele ao qual Talitha estava acostumada. A casca era de uma cor mais escura, profundamente marcada por veios que desenhavam retângulos toscos. As folhas tinham bordas franjadas e eram enormes, de tal maneira que apenas uma delas poderia cobrir o corpo de um homem. A copa também era diferente: a do Talareth de Messe era uma abóbada quase perfeita, porém esta era muito mais desalinhada, com galhos que se erguiam para o céu em emaranhados vertiginosos e outros que desciam até o solo, enroscando-se em volutas sinuosas. No tronco crescia um musgo prateado e, entre os galhos, estavam pendurados longos cipós avermelhados. O mais bonito, contudo, era a localização da cidade: Larea se estendia ao longo de um grande espelho de água, o lago Imório. O Talareth debruçava sobre ele a longa copa, roçando a superfície com os galhos mais longos e quase mergulhando no lago as raízes equilibradas sobre um penhasco rochoso. Larea estava assentada em volta da árvore, com uma parte à beira do precipício e a outra se espalhando para o interior. Quase parecia uma onda a arrebentar no tronco, procurando alcançar outra vez o lago. A cidade, então, era branquíssima, justamente como Talitha ouvira dizer: constituída de edifícios baixos e largos, todos de uma pedra alva, conforme o costume no Reino da Primavera, e parecia uma grande cascata leitosa.

Ficou sem palavras diante daquele panorama.

À medida que se aproximavam, no entanto, percebeu algo estranho. Uma parte da cidade parecia estar literalmente mergulhada na água. A mãe debruçou-se abanando o leque, agitada.

– Não sabia que Larea era construída em cima de palafitas!

– E não é mesmo – respondeu Megassa sem nem olhar. – Parte de Larea foi invadida pelas águas três semanas atrás, durante uma inundação. Hoje ocorrem muitas nos Reinos da Primavera e do Outono.

– Que coisa terrível... – murmurou a duquesa.

– Mais de duzentos mortos, por sorte quase todos femtitas, e alguns talaritas simplórios. Irônico, não acha? No nosso reino temos seca, e aqui, ao contrário, há água até demais – comentou Megassa com uma risada rouca, tirando um doce de um embrulho de pano.

Talitha olhou para os pais com uma mistura de tristeza e desconforto: a mesquinhez dos dois e o seu pomposo desdém pela plebe a enojavam. Começou a contar os minutos que a separavam do momento em que sairia da carruagem.

No último trecho da viagem, pegaram uma via suspensa sobre o lago. Da água, de um verde extremamente puro, emergiam tufos de algas vermelhas, cujas inflorescências boiavam na superfície, com insetos miúdos de carapaça iridescente circundando para sugar seu néctar dourado. As inflorescências pareciam quase voar, porém a água escorria lenta embaixo delas, e Talitha se sentiu reanimada. Mas aí viu as casas inundadas e semidestruídas e os escombros espalhados pela zona alagada: diante daquilo, foi tomada por um sentimento de inquietação. Talvez os velhos estivessem certos quando diziam que nos últimos cinquenta anos o clima ficara muito diferente.

O palácio do futuro marido de Kalyma elevava-se sobre o lago. A fachada era formada por blocos de pedras brancas e rosa, dispostos em xadrez, e o telhado era enfeitado com pináculos e frisos tão delicados que quase parecia um bordado. A própria Kalyma veio recebê-los. Talitha nem se lembrava dela, mas o pai e a mãe foram extremamente cordiais. Seu cabelo era liso, de um tom de palha, e a pele era só um pouco mais clara que a do restante da família. No conjunto, sua aparência era comum, a não ser pelos intensos olhos cor de avelã, raros entre os talaritas, e pelos trajes de grande dama. Porém o que mais irritava Talitha eram as maneiras afetadas da prima, que, ao vê-la, dirigiu-lhe um sorriso falso.

– Como você cresceu! – gorjeou. – Quando a conheci era tão pequena, sempre com as mãos sujas e os cabelos desgrenhados! Um verdadeiro moleque, eu dizia a mim mesma, e olha só que linda flor desabrochou!

– Obrigada – disse Talitha com um meio sorriso, lembrando o dia em que, com uns seis anos, pegara um ronco do pântano, um pequeno anfíbio de seis patas, e o enfiara no decote da prima, entre os gritinhos desolados da mãe.

Kalyma lhes mostrou os aposentos destinados a eles. Tinham uma ala inteira do palácio ao seu dispor.

– Meu futuro esposo é filho do segundo ramo cadete, e aspira ao trono. O pai dele é o conde desta cidade – explicou. Talvez, dentro em breve, tenham de me chamar de rainha – acrescentou com um sorriso cúmplice.

Na verdade, o futuro do Reino da Primavera se mostrava incerto: reinava a Rainha Virgem Kâmbria, que àquela altura beirava os sessenta anos. Nunca se casara e não tinha filhos, e os dois ramos cadetes lutavam pelo trono. Era o motivo por que a casta sacerdotal era tão poderosa por ali: somente o Supremo Sacerdote do Reino podia coroar os reis, por sua vez escolhidos pela assembleia dos Pequenos Padres e das Pequenas Madres reunidos em consistório. Normalmente seguia-se a linha de sucessão, mas havia casos de soberanos sem ligação familiar com o antigo monarca, dependendo dos acordos combinados com as várias facções. No caso do Reino da Primavera, a Suprema Sacerdotisa teria de decidir a qual ramo confiar o reino.

– A Pequena Madre de Larea está do nosso lado – prosseguiu Kalyma. – O mosteiro dela é imensamente rico.

Talitha bufou impaciente, esperando que acabassem logo com aquelas conversas sem graça, mas foi a última a ser levada ao quarto. Seguida por Saiph, que carregava a bagagem, percorreu um longo corredor no fim do qual se abria uma pequena porta.

– Agora vou deixá-la – disse Kalyma. – Boa estadia, querida – e foi embora com um sorriso formal.

– Que figurinha simpática a minha prima... – observou Talitha com sarcasmo, quando ficou sozinha com Saiph.

– Por favor, abra logo a porta, não aguento mais carregar todos estes trecos.

Talitha virou a maçaneta dourada e escancarou a porta com um impulso. Mas as palavras brincalhonas que queria dizer a Saiph morreram na sua garganta.

Parada diante da cama, no meio do aposento, havia uma jovem mulher.

Tinha cabelos vermelhos cor de fogo, presos num coque macio, e olhos de um verde vivaz marcados por olheiras evidentes. Vestia uma longa túnica vermelha, apertada na cintura por um cinto dourado. Apesar da aparência esgotada, tinha uma beleza suave e um sorriso extremamente doce.

Talitha esqueceu qualquer outra coisa: a viagem, o tédio das conversas da corte, a raiva que sentia dos pais, e correu ao encontro dela.
– Lebitha! – gritou, abraçando-a.
Lebitha afagou Talitha, passando os dedos nos seus cabelos.
– Oi, irmãzinha. Tudo bem com você?

3

Saiph teve a perspicácia de se retirar imediatamente, deixando as duas irmãs aos cuidados de uma sacerdotisa idosa, de rosto severo, que sempre se mantinha dois passos atrás de Lebitha. Era uma regra do mosteiro: as Rezadoras não podiam circular sozinhas. No começo não fora fácil aceitar, mas Lebitha acabara se acostumando com a regra, assim como fazia com todas as demais obrigações que o seu papel de sacerdotisa encarregada da Pedra do Ar lhe impunha.

Lebitha era muito parecida com a irmã mais nova. Tinha os mesmos olhos, o mesmo feitio de rosto, e alguma coisa semelhante nos gestos e no sorriso, embora os anos de mosteiro tivessem forjado os seus movimentos, tornando-os mais lentos e delicados. Ser sacerdotisa não fora uma escolha, mas um dever da sua posição. Como filha mais velha do conde Megassa, seu caminho estava marcado desde criança, e o fato de ela possuir uma forte Ressonância, isto é, uma notável capacidade de entrar em sintonia com a Pedra, só tinha facilitado o processo. Entre os momentos mais dolorosos da sua infância, Talitha sempre iria lembrar a manhã em que Lebitha fora ordenada e deixara para sempre a vida no palácio.

As duas irmãs foram dar um passeio no jardim para aproveitar o ar fresco do Reino da Primavera, uma agradável distração para quem vivia constantemente cercado pelo mormaço do Reino do Verão.

Os jardins do palácio eram vastos e bem-cuidados. As cercas-vivas eram quase todas cortadas em caprichosas formas de animais, algumas baixas e arredondadas, outras se elevando sinuosas para o céu, enquanto as árvores, podadas em formato quadrado, mostravam uma arrumação meio artificial. O que mais impressionava era a água presente em todos os cantos. O gramado era cortado por numerosos canais, alguns dos quais imitavam com perfeição cursos de água naturais, inclusive com pequenas cachoeiras e pedras cobertas de musgo. Por toda parte, fontes e chafarizes murmuravam.

– E pensar que eu achava que o obcecado pela ostentação da riqueza fosse o nosso pai... Veja só todo este desperdício de água – observou Talitha.

A irmã fitou-a com um sorriso cansado.

– Aqui não há seca, como na nossa terra – explicou. – Eles têm água até demais. Disseram-me que hoje finalmente o bom tempo voltou depois de dez dias chuvosos. Não há registro de chuvas tão longas e intensas como as dos últimos anos. Imagino que já tenha visto as zonas alagadas.

Talitha anuiu, muito séria:

– Vi, e não só isso. Fora de Messe, vi pessoas se arrastando na rua, morrendo de fome. Não imaginava que houvesse tanta miséria na periferia. E nosso pai nada faz para ajudar aqueles infelizes. Pelo contrário.

Lebitha ficou sombria.

– Eu sei. Antes de subir ao mosteiro eu também ignorava que a situação fosse tão grave e...

A frase foi interrompida por um ataque de tosse.

Talitha chegou mais perto, passando a mão no ombro da irmã a fim de protegê-la. Lebitha parecia-lhe muito mais cansada do que da última vez que a vira, quase três meses antes. Embora a distância que as separava não fosse grande – somente oitocentas braças para cima, perto da forquilha do Talareth, onde se encontrava o mosteiro – era cada vez mais raro se encontrarem. Até a partida de Lebitha, tinham vivido uma em função da outra, apesar da grande diferença de idade, e era para junto dela que Talitha corria de noite quando estava com medo, para que a irmã a abraçasse e ninasse até o pesadelo ser esquecido.

– Está se dando bem no mosteiro? – indagou Talitha.

Lebitha deu de ombros.

– É a vida de sempre. A Pequena Madre está envelhecendo, e todos dizem que não demorarei a assumir o lugar dela.

– E o nosso pai conseguirá o que sempre quis... – disse Talitha entredentes.

– Você está enganada. O caminho para o trono do Reino do Verão ainda é longo: primeiro a atual rainha tem de morrer antes que a nossa mãe possa substituí-la. Além do mais, meu voto seria somente um dos dez disponíveis. As demais Pequenas Madres também terão de votar nela, para elegê-la.

– Você vai ver, nosso pai acabará convencendo-as. É a única coisa com que se importa. O jantar de hoje à noite, a nossa viagem, até a sua presença aqui, só têm essa finalidade. Ele nos exibe e nos movimenta como peças num tabuleiro. Só espero que, quando tudo acabar e ele subir ao trono com a nossa mãe, pare de nos atormentar.

Lebitha pareceu ficar ainda mais pálida. Talitha reparou nas faces cavadas da irmã e percebeu que o cabelo dela estava menos espesso do que antes. Achou melhor deixar de lado os pensamentos tristes.

– Mas diga, já viu o céu?

– Já. De vez em quando enxergo alguma coisa. Mas sabe como é: só as Pequenas Madres podem vê-lo na sua totalidade.

– É tão terrível quanto dizem?
Lebitha calou-se por um momento.
– Sim, é um espetáculo aterrador. Miraval é uma resplandecente bola de fogo, faz tanto mal aos olhos que não se consegue fitá-lo diretamente, e Cétus, bem ao lado, é ofuscante. É uma luz que não consigo suportar.
Talitha aprendera aquilo desde criança: Miraval era o simulacro que a deusa Mira, mãe de todos os deuses, colocara nos céus para controlar o poder destrutivo do maldoso Cétus. Os dois astros personificavam duas entidades opostas, uma benigna e a outra, maléfica. Cétus ameaçava a natureza positiva de Miraval, que respondia com sua força pura e vital. Os dois sóis, convivendo no mesmo céu, emanavam duas forças iguais e de sinal contrário, que se mantinham em perfeito equilíbrio desde os tempos em que Nashira se originara.
– Está me dizendo que é forçada a fazê-lo? – exclamou Talitha, preocupada.
– Não... mas você sabe, as Pedras maiores, aquelas que retêm a maior parte do ar que respiramos, ficam no topo do Talareth, e ali em cima os galhos e as folhas são muito raros. Quando você está lá, não pode deixar de ver o céu. O próprio ar tem uma consistência diferente, é como se lá em cima a Pedra o atraísse.
– É por isso que está tão cansada?
– Não nos vemos há três meses e já está criticando a minha aparência? – brincou Lebitha. – Não se esqueça de que é você a irmã mais nova.
– Não é bem assim: você é a irmã mais *velha*, o que é bastante diferente.
Ambas deram uma risada gostosa, e Talitha ficou de braços dados com a irmã, apoiando a cabeça no ombro dela.
– Sinto tanto a sua falta...
Lebitha acariciou o braço dela.

– E eu a sua, nem pode imaginar.
Ficaram por alguns momentos em silêncio, aproveitando aqueles instantes de intimidade. Então Lebitha perguntou se havia novidades, e Talitha se demorou contando detalhadamente os progressos de seu treinamento.
– E Saiph?
–O de sempre, você o conhece: parece decididamente mais inócuo do que de fato é. Agora já me leva aos aposentos dos escravos pelo menos uma vez por semana, e nos divertimos bastante.
– Fico contente em saber que está bem.
Talitha nunca entendera claramente a ligação entre a irmã e Saiph: só sabia que a mãe dele, Anyas, morta alguns anos antes, era a queridíssima criada pessoal de Lebitha, e que Saiph aparecera no mesmo dia em que a irmã partira para o mosteiro. Juntando as poucas peças, isto era tudo que conseguira descobrir. Mesmo assim, ela sempre perguntava pelo rapaz.
De repente, Kolya apareceu ofegante entre as cercas vivas.
– Jovem condessa Talitha! Procurei-vos por toda parte. Deveis preparar-vos para o jantar!
– Ainda temos tempo! Deixe-nos sozinhas – respondeu Talitha, ríspida.
A irmã apertou o seu braço.
– Vamos lá, pode ir. Ficaremos juntas depois do jantar.
– Você também vai?
– Claro. Faz parte das minhas obrigações.
– Até mais tarde, então. – Talitha lhe deu um sonoro beijo na bochecha, e então saiu com a escrava.

O salão em que foi servido o jantar era um aposento tão amplo que, de uma parede a outra, alguém poderia se perder, e era iluminado com dúzias e mais dúzias de tochas. A grande mesa fora coberta por uma cândida toalha de linho, na qual estavam dispostas umas trinta bandejas ricamente decoradas. No fundo, já perfilados, estavam os servos e, conforme o protocolo, também os criados pessoais dos convidados. Entre eles, Saiph. Talitha teria preferido segurá-lo pelo braço e arrastá-lo dali, mas havia ocasiões em que não podia evitar a tirania do cerimonial. Além do mais, sua irmã estava lá: talvez conseguisse sair viva daquele jantar, no fim das contas.

– Talitha! Esse vestido lhe cai que é uma maravilha – disse-lhe a mãe, vindo ao seu encontro. Abanava-se com o costumeiro leque e, como sempre, era a imagem da perfeição. Talitha fez uma mesura comedida, achando que ia ficar sem fôlego. Para a ocasião, o pai ordenara que Kolya a vestisse com um traje particularmente elaborado: uma reluzente fazenda clara com nada menos que três anáguas e um corpete bordado e entremeado de pedras preciosas. O que mais a incomodava era o espartilho, que Kolya apertara demais. "Tem que ser assim mesmo, jovem condessa, pois do contrário não ireis caber no vestido", replicara a serviçal ao ouvir suas queixas.

– Obrigada, mãe, vós também estais mais linda que de costume – disse ao recobrar o fôlego.

Os hóspedes começaram a chegar em pequenos grupos. Autoridades da cidade, os condes de Arbea e de Laja – duas cidades mais ao sul –, o chefe da Guarda local. O salão foi se enchendo de vozes. Talitha se manteve afastada. Fazia uma reverência quando a mãe a apresentava, e distribuía alguns sorrisos em volta, sem, contudo, fazer esforço algum para participar da conversa. Tudo aquilo a deixava profundamente entediada, não aguentava aquelas reuniões de velhos bobos cheirando a mofo que nada mais faziam a não ser bajular seu pai.

Quando Lebitha entrou, logo se aproximou dela, mas então avistou a sacerdotisa idosa que a acompanhava como se a estivesse escoltando. Seus olhos cautelosos pareciam prontos a reparar em qualquer detalhe.

– Conseguiu descansar? – perguntou à irmã sem tirar os olhos daquela espécie de guarda-costas.

– Um pouco, já estou melhor.

Talitha não teve coragem de fazer mais perguntas. O olhar inquiridor da sacerdotisa idosa a deixava sem jeito. Ela prestava atenção em tudo o que acontecia em volta de Lebitha como se fosse uma ameaça.

Megassa foi um dos últimos a aparecer. Estava vestido de forma aparentemente simples; ao mesmo tempo, porém, o corte e o feitio do traje, assim como a qualidade dos tecidos, deixavam bem claros o seu poder e a sua riqueza. Todos se calaram ao vê-lo, e ele saboreou aquele silêncio. Avançou solene, o rosto severo, o olhar desafiador.

Os convidados cumprimentaram-no com mesuras e frases de praxe. Talitha também baixou a cabeça diante dele, e Megassa a fitou com satisfação.

Então uma figura vestida de verde se aproximou com um andar grave; era a Suprema Sacerdotisa, representante na terra da deusa Kérya, a divindade protetora do Reino da Primavera e autoridade religiosa máxima daquele reino. Acompanhavam-na duas coirmãs, vestidas de azul, e, dois passos atrás, uma mulher trajada de marrom, muda como um túmulo, com o rosto coberto por uma estranha máscara arbórea toscamente esboçada, da qual despontavam algumas folhas. Era uma Combatente, uma sacerdotisa guerreira. Todos se ajoelharam em sinal de respeito, encostando três dedos da mão direita no chão; a saudação aos deuses que moravam dentro da terra.

Os últimos a entrar foram os pais dos noivos, mas os dois jovens não apareceram. A tradição exigia que não se vissem na véspera do casamento. Todos se curvaram, e os pais do noivo cumprimentaram os convidados, que, depois de homenageá-los de joelhos, levantavam-se um após o outro.

– É sempre um prazer desfrutar da honra da vossa hospitalidade – disse Megassa, ficando ajoelhado por alguns segundos mais do que os outros.

– É sempre um prazer hospedar um homem justo e íntegro como sois – replicou o dono da casa em tom cerimonioso.

O resto da conversa, para Talitha, perdeu-se no burburinho geral. A recepção foi exatamente como ela imaginara: enfadonha e interminável. Já conhecia o roteiro: os convidados elogiando a comida e a disciplina dos escravos, seu pai bajulando os presentes, na medida do poder e da riqueza de cada um deles, para então passar a louvar a casta sacerdotal e, por fim, exaltar as virtudes de Lebitha.

O jantar foi opulento, um luxo extraordinário para aquele tempo de vacas magras. Mordiscando com parcimônia uma porção de carne na brasa, Talitha ficou imaginando quantos escravos iriam jejuar naquela noite para que eles pudessem saborear tantas delícias. Claro, de qualquer maneira não poderiam aproveitar os pratos mais requintados, à base de assados e carne de caça: os femtitas não comiam carne, a sua alimentação consistia principalmente em frutas, pão e verduras. Sustentá-los não era particularmente dispendioso para os patrões, mas, quando a comida escasseava, os primeiros a sofrer as consequências eram os escravos.

– Queriam ordená-la sacerdotisa antes do tempo, não é verdade, irmã Lantânia?

– Isso mesmo, ela sempre foi uma noviça extremamente dotada – respondeu a idosa sacerdotisa que acompanhava Lebitha.

– E vós, jovem condessa? – quis saber um dos convidados dirigindo-se a Talitha. – Já sabemos da vossa irmã, mas como empregais o vosso tempo?

Talitha estava a ponto de responder, mas o pai adiantou-se:
– Talitha ainda é muito jovem: cuida da sua instrução, e também tem recebido o treinamento com armas junto à Guarda – e lançou um olhar de cumplicidade ao chefe da Guarda de Larea.

O homem, um talarita corpulento de nariz saliente, bebia um cálice de suco fermentado.

– Sorte da Guarda de Messe, que tem nas próprias fileiras uma jovem tão linda – comentou.

– E não se trata do treinamento ministrado à maioria dos filhos das famílias nobres, que é só aparência. Talitha de fato aprende as artes do combate.

Por um momento Talitha chegou a pensar que o pai de fato sentisse orgulho dela.

– Bem, muito bem – comentou o conde de Laja. – Quer dizer então que tencionais tornar-vos Guardiã?

É a coisa que mais desejo no mundo, Talitha estava a ponto de dizer. Mas sentiu sobre si o olhar gélido do pai e então, com um tímido sorriso, respondeu:

– Ainda sou jovem e não pensei no assunto. Quando o momento chegar, farei o que for mais proveitoso para minha família.

Um murmúrio geral de aprovação acolheu suas palavras.

– Uma jovem deveras sábia – comentou o pai do noivo, dirigindo a Megassa um sorriso complacente.

O conde baixou a cabeça.

– Sempre considerei particularmente importante a educação das minhas filhas.

Talitha fixou os olhos no prato. Seu pai nada sabia sobre ela: desde criança, limitara-se a confiá-la às mãos dos preceptores. Teria gostado de ficar em pé e perguntar-lhe que instrumento ela tocava melhor, ou qual era o nome do seu instrutor na Guarda. Seria um espetáculo e tanto vê-lo gaguejar um nome qualquer, fazendo papel de bobo diante de todas aquelas pessoas. Mas Talitha não podia dar-se esse luxo: era simplesmente impensável desafiar a autoridade paterna. Mordeu os lábios e continuou em seu lugar.

Pratos e mais pratos foram sendo servidos enquanto as conversas vazias dos comensais continuavam. Talitha se concentrou na comida, de forma a não ter de olhar no rosto aquelas pessoas que desprezava, mas tudo lhe parecia ter o mesmo gosto, e acabou comendo pouco e sem apetite. Reparou que a irmã também mal tocava as iguarias, e que seus pratos eram retirados ainda cheios.

Enfim, quando a sobremesa – um creme de leite aromatizado com frutas cítricas – também chegou à barriga dos hóspedes, o dono da casa se levantou e convidou todos a se dirigirem à Sala Azul a fim de conversar sobre negócios diante de um bom destilado de bagas verdes.

Irmã Lantânia lastimou a idade adiantada e se retirou, sem deixar de sugerir a Lebitha que voltasse o quanto antes aos seus alojamentos. Talitha sentiu-se aliviada. Finalmente teria a chance de falar livremente com a irmã.

– Quem é essa? Ficava grudada em você como o musgo numa árvore – disse. Só então reparou que Lebitha tinha os olhos febris e o rosto cinzento. – Está se sentindo bem? – perguntou.

– Eu... não... – gaguejou Lebitha. A tosse cortou a frase na sua garganta. Tossiu e cuspiu sangue. Levou uma das mãos à boca, mas, mesmo assim, alguns respingos vermelhos mancharam o valioso mármore do piso.

Então, lentamente, escorregou até o chão.

O tempo pareceu parar. Os convidados estavam imóveis, todos virados para ela. Lebitha não passava de um embrulho vermelho no chão. Por um momento, Talitha achou aquilo tudo irreal, então se jogou ao lado da irmã, gritando o seu nome.

4

— Poderia ser cansaço ou, quem sabe, algo mais grave — disse irmã Lantânia fechando a porta atrás de si. Talitha só conseguiu ver Lebitha por um momento, do limiar da porta entreaberta. Estava abandonada entre as cobertas, e um braço pálido pendia do lençol.

— Poderá estar presente no casamento, amanhã? — perguntou Megassa.

— É impossível — respondeu a sacerdotisa. — Precisamos tratá-la. Terá de voltar ao mosteiro amanhã de manhã mesmo, onde será confiada a uma das nossas coirmãs.

— Nem pensar — replicou Megassa, peremptório. — Voltará ao palácio, onde será entregue à minha Medicatriz de confiança, que vós bem conheceis. — E, sem dar maiores explicações, deu meia-volta e foi embora.

Talitha olhou-o se afastar, incrédula. Mesmo diante de uma situação tão dramática, permanecia frio e distante como de costume.

Abriu a porta devagar e entrou no quarto.

Sentou perto da cama, no chão, de pernas cruzadas. Observou a irmã à luz da vela que ardia na mesinha de cabeceira. Por um momento pareceu-lhe uma estranha, e uma sensação de medo gelou as suas entranhas. Procurou sob o corpete e sacou um delgado cordão de couro. Presa nele havia uma pedrinha de forma irregular, com um dos lados mostrando um corte nítido. Haviam-no encontrado alguns anos antes nos jardins do palácio, um seixo estranho que parecia formado por duas partes perfeitamente idênticas, unidas apenas por uma borda.

– É assim que nós somos – dissera sua irmã segurando-o na palma da mão e mostrando-o para ela. – Duas partes da mesma matéria.

Dividira-o então, serrando-o cuidadosamente e furando cada uma das partes para que pudesse ser usada como medalhão.

– Eu ficarei com um e você com o outro. Toda vez que nos sentirmos sozinhas, olharemos para ele e lembraremos que sempre podemos contar uma com a outra.

Talitha viu o laço de couro ao redor do pescoço da irmã. Sorriu. Fechou os olhos, segurou a pedra com força e a levou à fronte.

No dia seguinte, Talitha teve que participar do casamento. Apesar de seus protestos, o pai fora irredutível.

Foi uma autêntica tortura. Assistir à alegria das pessoas em volta, ver desfilar diante de seus olhos quantidades absurdas de comida e não poder fugir de lá foi insuportável. Saiph, aproveitando a confusão, ia o tempo todo ao quarto de Lebitha e voltava ao salão para manter Talitha informada. Mas não bastava. Ela *tinha* de estar ao lado da irmã, porque era a coisa certa.

Enfim chegou o entardecer e seus pais prepararam-se para partir: levando em conta as condições de Lebitha, o pai do noivo lhes ofereceu um dragão alado para que pudessem voltar o mais rápido possível.

Numa outra ocasião, Talitha teria aproveitado cada minuto daquele passeio pelos ares. Mas agora tudo se resumia à irmã que continuava inconsciente. Nada mais tinha importância.

O rosto de Talitha foi o primeiro que Lebitha viu quando despertou. Abriu os olhos devagar, incomodada até pela fraca luz filtrada pelas cortinas do quarto.
– Como está se sentindo? – perguntou Talitha.
– Onde estamos?
– Em casa. Não se lembra de nada?
Lebitha fez um esforço e sua testa ficou molhada de suor.
– Lembro-me do jantar, mas depois...
– Desmaiou durante o banquete e permaneceu inconsciente por três dias. Nós a trouxemos para casa nas costas de um dragão.
Lebitha virou-se.
– Nas costas de um dragão? Aposto que você adorou – disse com voz quase inaudível.
– Bitha... – Talitha apertou-lhe a mão com força.
Lebitha tentou sentar, mas os braços não aguentaram o esforço.
– Deixe comigo – disse Talitha, zelosa. Afofou o travesseiro da irmã, depois ergueu-a, segurando-a pelas costas. Sentiu que ela se abandonava em seus braços, extremamente fraca.
– Deixei todos muito preocupados?
– Mais ou menos – minimizou Talitha.
– Já faz algum tempo que vivo cansada... E tenho tonturas frequentemente. Deve ser porque estudo muito.
– Sua chefe disse que hoje viria a irmã Liana.
– Minha chefe?
– Isso mesmo, a Pequena Madre. Ela foi avisada de que você estava passando mal.

Lebitha riu baixinho.
– Minha chefe... Bela maneira impertinente de chamá-la.
Talitha sorriu. A irmã pelo menos estava bem-humorada. Devia ser um bom sinal.
– Você e a religião continuam não se amando muito, não é? – comentou Lebitha.
Talitha deu de ombros.
– Sou uma Guardiã. Não estou interessada nas coisas do espírito.
A porta abriu-se de estalo e Megassa apareceu no limiar. Talitha ficou logo em pé, enquanto seu pai entrava no aposento. Ao lado dele havia uma mulher vestida de vermelho, os cabelos soltos sobre os ombros. Tinha uma aparência séria, mas não severa, e traços autoritários. Irmã Liana, a Medicatriz: ela e Lebitha trocaram um sorriso.
O conde avançou e parou ao lado da cama.
– Como está se sentindo hoje?
– Um pouco melhor, pai.
Megassa pareceu enfim perceber a filha mais nova.
– O que está fazendo aqui? Mandei que deixasse a sua irmã em paz. Vamos, saia logo – ordenou.
Talitha olhou para a irmã rapidamente, mas não se atreveu a desobedecer. Mais uma vez odiou a si mesma por isso, mas era mais forte do que ela. Fez uma rápida reverência e saiu, fechando a porta atrás de si. Apoiou as costas na madeira, e o cansaço das noites insones caiu sobre ela. Agora tudo estava nas mãos da Medicatriz, do outro lado daquela porta.

Saiph saiu da sombra do corredor.
– Como ela está?
– Não sei – respondeu Talitha. – A Medicatriz está lá dentro com ela.
Saiph observou a patroa, imaginando como devia se sentir. A mãe dele havia morrido cinco anos antes. Um aciden-

te durante o trabalho: chocara-se contra um caldeirão e fora coberta pela água escaldante. Tinha lutado contra a morte durante três dias. Lebitha, ao saber do que acontecera, conseguira deixá-la aos cuidados de uma Medicatriz, mas não foi possível salvá-la. Na manhã do quarto dia, a mãe de Saiph morrera. Ele se lembrava bem demais do senso de impotência e de fúria cega, devastadora que quase o havia engolido.

– Talvez só precise descansar.

– Cuspiu sangue – replicou Talitha. – Não sei não... é como se aquele maldito lugar sugasse a vida, a alma dela. Cada vez que volta do mosteiro está mais apagada. É culpa delas, posso sentir.

Saiph segurou o ombro da patroa com a mão e o apertou com força.

– Quer que arrume o seu quarto? Seria bom você também descansar um pouco, está um tanto abatida.

Talitha sacudiu a cabeça.

– Não, o meu lugar é aqui.

Saiph soltou-a, e então sentou-se no chão, ao lado dela.

– Você se incomoda se eu ficar também?

Talitha olhou para ele sorrindo.

– Claro que não, seu escravo bobo.

Ficaram imóveis, um ao lado do outro, sem dizer uma palavra sequer. Do outro lado da porta, silêncio absoluto.

Após alguns dias, à primeira Medicatriz seguiu-se outra, enviada pela Pequena Madre de Messe em pessoa, e por fim uma terceira, uma mulher idosa de aspecto grave, vinda especialmente do Reino da Primavera. Diziam que era uma das melhores de toda Talária.

A essa altura Lebitha não se levantava da cama havia uma semana e as visitas permitidas eram cada vez mais raras.

– Dizem que é só cansaço. – Lebitha tentava tranquilizá-la naquelas raras ocasiões. – Aconselham que eu fique de repouso.

Essas explicações não convenciam Talitha, mas a irmã continuava a sorrir serena e tranquila.

– Não está contente? – disse-lhe certa tarde, apertando-lhe a mão. – Sempre se queixava dizendo que nos víamos muito pouco, e eu dei um jeito de ficar um bom tempo com você.

Mas nada conseguia acalmar as dúvidas que dilaceravam Talitha. Lebitha se tornava cada vez mais pálida e lá embaixo, nos andares inferiores – como Saiph lhe contara –, os escravos continuavam a lavar lenços manchados de sangue.

– Não pode ser apenas cansaço! – protestou Talitha para Saiph no décimo dia da doença da irmã.

Tinha ido encontrá-lo na cozinha e agora estava sentada ao seu lado, no chão, enquanto ele comia com avidez as sobras do jantar que ela guardara. Os escravos no palácio lhe pareciam cada vez mais macilentos, e o próprio Saiph tinha emagrecido. Ele explicara que as rações haviam sido reduzidas mais uma vez, e que muitas vezes sofria os desconfortos da fome.

Quando acabou, virou-se para ela. Talitha tinha o queixo apoiado nos joelhos, o rosto sério e preocupado.

– Ela está cuspindo sangue, confessou-me que continua a fazê-lo. Além do mais, há sempre alguma sacerdotisa para atrapalhar, não consigo passar sequer um minuto sozinha com ela!

Saiph sabia perfeitamente no que Talitha estava pensando. A peste branca. Uma desgraça que em geral atacava as pessoas jovens e, estranhamente, os sacerdotes, mais do que os demais. Diziam que tinha a ver com o contato prolongado com a Pedra, ou que era culpa do ar dos mosteiros; muito denso. Embora não se conhecesse a causa, sabia-se bem demais qual era o desfecho: ninguém jamais sobrevivera.

Saiph fez um esforço para sorrir.

– Está se preocupando sem motivo. Aqui embaixo os escravos cospem sangue o tempo todo, e quase todos seguem em frente do mesmo jeito, alguns chegam até a ficar bons. Há muitas doenças que apresentam esses sintomas, e a sua irmã está sendo muito bem cuidada.

Talitha, no entanto, não conseguia pensar em outra coisa. Talvez estivesse convencida de que, de tanto imaginar o pior, acabaria encontrando um jeito de proteger Lebitha.

Se pensar numa coisa, ela não acontece. A vida nunca é como a gente espera.

Sabia perfeitamente que era um raciocínio idiota, mas ainda assim uma parte dela de fato acreditava que poderia salvá-la, que valia a pena sofrer, preocupar-se e ficar aflita se, desta forma, pudesse tirar algum sofrimento dos ombros da irmã.

Os dias passavam, no entanto, e a situação não melhorava nem um pouco. Lebitha continuava trancada no quarto, cada vez mais pálida e emaciada. Dormia muito, como se estivesse sempre esgotada, e o apetite também desaparecera quase de todo. Talitha recebera a permissão de alimentá-la pessoalmente.

– Realmente, Litha, não estou com fome... – protestou com fraqueza quando a irmã insistiu para que engolisse alguma coisa.

– Está magra demais, não está comendo nada.

– Tenho uma espécie de nó que me fecha o estômago.

Talitha recostou o corpo no espaldar da cadeira, a colher ainda na sopa que esfriava no prato que segurava.

Lebitha olhou para ela por alguns instantes, depois sorriu.

– Antes, era eu que lhe dava de comer na boca quando você ficava doente – começou dizendo. – Ficava sempre ao seu lado e você só comia se eu estava presente. – Talitha lembrava muito bem aqueles momentos. Até no delírio da febre, a imagem da irmã era sempre clara. – E agora é você a ajuizada, aquela que me dá de comer...
– Quem está mal desta vez é você. Não quer dizer nada.
– Isso demonstra que você cresceu, Litha. Imaginei muitas vezes o dia em que, já velha, alguém teria de cuidar de mim, exatamente como você está fazendo agora. Vi várias coirmãs idosas, lá no mosteiro. A gente fica igualzinha às crianças, sabia? E aqueles dos quais cuidamos, aqueles que educamos, têm de tomar conta de nós. Mas não achava que comigo aconteceria tão cedo.

Talitha segurou a mão dela.

– Não fale assim.

Lebitha apoiou a mão nos cabelos da irmã e acariciou-a.

– Do que tem medo, sua bobinha? Só estava dizendo que a doença é como envelhecer. Só que, ao contrário da velhice, depois passa, e haverá ocasiões em que caberá novamente a mim cuidar e tomar conta de você.

Talitha segurou as lágrimas e saboreou o toque leve da mão da irmã. Teve vontade de ficar daquele jeito para sempre, porque no fundo do coração sabia, *sentia* que se o tempo não parasse naquele instante, algo irreparável iria acontecer.

Não demorou para Lebitha começar a ficar acordada só umas poucas horas por dia. Passava o resto do tempo deitada na cama, entregue a uma sonolência leve e inquieta.

– Estou vos pagando abundantemente; apesar da carestia, o vosso mosteiro nunca esteve tão próspero como agora, e mesmo assim a minha filha continua deitada naquela maldita cama, consumida pela doença! Onde está a vossa habilidade, onde está o vosso conhecimento? – esbravejou Megassa certa manhã, depois de visitar a filha.

Talitha pôde ouvi-lo até do seu quarto, a mais de quinze braças de distância dos aposentos do pai. Não conseguiu escutar as palavras que a Medicatriz usou para se justificar, mas a seguir ouviu-se de novo a voz trovejante do conde:

– Sois uma incapaz. Se não estiverdes capacitada, a Grande Madre certamente estará. Estais dispensada.

Talitha sentiu alguma coisa se mexer em seu peito. Seus olhos começaram a queimar, e então os apertou o mais que podia. Baixou a cabeça sobre os punhos fechados.

Cure-a, Mira, eu suplico, cure-a!

Repetiu a prece ao infinito, até as palavras perderem o sentido, até se sentir exausta.

Naquela mesma noite a Medicatriz deixou a casa em silêncio. Quem levou a comida a Lebitha foi Saiph. Entrou no quarto sem fazer barulho, vendo que a jovem dormia. Pensou em deixar o prato ao lado da cama, mas logo que o colocou na mesinha de cabeceira Lebitha segurou seu pulso e abriu os olhos. O rosto dela, descarnado até os ossos, estava irreconhecível, as pupilas injetadas de sangue, a respiração lenta e ofegante. Por um instante Saiph ficou com medo e, por instinto, recuou. Mas não podia esquecer que aquela era a mulher que sua mãe tanto amara, a única que tentou salvá-la depois do acidente.

– Desculpe... não queria assustá-lo – murmurou Lebitha debilmente.

Saiph corou.

– Perdoai-me, achei que dormíeis.

– Sei que estou feia – replicou Lebitha com um sorriso cansado –, sei que me tornei a sombra de mim mesma.

– Não faleis assim, estais somente doente.

A sacerdotisa de plantão havia adormecido e Lebitha fitou-o longamente antes de voltar a falar baixinho:

– Prometa uma coisa, Saiph.
– O que quiserdes, minha senhora.
– Está vendo isto? – Os seus dedos fecharam-se devagar em torno do cordão de couro com a pedra que usava em volta do pescoço.

Saiph sabia perfeitamente do que se tratava, pois Talitha lhe mostrara o seu e lhe explicara o que era. Anuiu.

– Se algo acontecer comigo, dê isto para ela. Diga-lhe que agora tudo está em suas mãos.

– Minha senhora...
– Prometa, só isso. Assim como prometeu que ficaria ao lado dela. Lembra?

Saiph não podia esquecer. Fora então que tudo começara, e a partir daquele momento a sua vida nunca mais havia sido a mesma. O dia em que Lebitha deixara o palácio onde nascera e se mudara para o mosteiro. Mandara chamá-lo e quisera falar com ele a sós. Era a primeira vez que um talarita o tratava de igual para igual, sem dar ordens ou ameaçar castigos, mas com um pedido aflito: tornar-se algo mais do que o criado pessoal de Talitha, cuidar dela como faria uma pessoa querida, um amigo.

– Claro que me lembro. E vos prometo que o farei.

Lebitha anuiu, cansada.

– Agora, fique ao lado dela mais do que nunca, pois ela não irá entender. Você é a única pessoa que lhe resta. Continue tomando conta dela, eu lhe peço.

– Minha senhora, sabeis que farei isso, teria feito de qualquer maneira.

Lebitha acariciou-lhe uma face.

– Encontrá-lo, naquele dia, escolhê-lo, talvez tenha sido a única coisa boa que fiz na vida.

Saiph segurou a mão de Lebitha, levou-a à testa e fechou os olhos.

Naquele instante a sacerdotisa de plantão acordou. Enquanto o escravo se afastava de Lebitha, a mulher procurou se recompor depressa, fingindo nunca ter adormecido, e olhou para os dois com severidade, com o zelo de quem sabe ter faltado com o dever.

Lebitha apressou-se a mudar de assunto:

– Ajude-me, não consigo levantar a colher.

Saiph fungou, lutando para deter as lágrimas. Mergulhou a colher na sopa, para então, vagarosamente, colocá-la entre os lábios da jovem. Continuou daquele jeito, como fizera cinco anos antes com a mãe, sem parar um só momento de se perguntar por quê. Mas o céu de Messe estava mudo lá fora, e até as folhas do Talareth se calavam, imóveis.

A Grande Madre chegou numa manhã particularmente abafada, o ar úmido envolvia tudo como uma capa pesada. Estava acompanhada pelos Supremos Sacerdotes dos quatro reinos: a Madre do Verão, uma mulher idosa, de ar severo, vestindo um traje cor de laranja, a Madre da Primavera, a mulher vestida de verde que estava na recepção do casamento da prima Kalyma, e os Padres do Outono e do Inverno, que usavam marrom e branco. Era a primeira vez que Talitha se via diante dos sacerdotes. Ficou surpresa ao descobrir que eram homens como os outros; um dos dois, de cabelos totalmente enegrecidos pela velhice, tinha uma barriga redonda e saliente esticando a pesada túnica e mancava de leve.

A Grande Madre avançava no meio do pequeno círculo formado pelos Supremos Sacerdotes e pelas Combatentes, guerreiras que a protegiam aonde quer que ela fosse. Estavam usando roupas exatamente iguais às daquela estranha sacerdotisa na qual Talitha reparara quando a irmã começara a passar mal. Envolvidos em apertadas vestes marrons, tinham apenas as mãos descobertas. Os corpos eram esbeltos, altos, marcados por músculos fortes e bem-definidos.

Era impossível dizer se eram homens ou mulheres, e na escolta havia ambos os sexos. Os seus rostos também estavam cobertos por aquelas misteriosas máscaras arbóreas de madeira e folhas de Talareth que só deixavam vislumbrar olhos duros e ameaçadores.

A Grande Madre estava completamente vestida de preto. Preta a longa túnica, de um espesso tecido que se movia indolente enquanto ela avançava decidida; preto o véu que cobria a cabeça e formava atrás dela uma pequena cauda, enquanto, na frente, descia até os ombros e ocultava por completo o seu rosto. Parecia um fantasma, um zumbi. À sua passagem, todos se ajoelhavam e, cabisbaixos, tocavam ritualmente o chão com os dedos. Diziam que ninguém era digno de vê-la, assim como ninguém podia olhar diretamente para Miraval, sempre escondido atrás da ramagem de um Talareth. Megassa também se prostrou. Talitha nunca o vira servil daquele jeito. Percebia o cheiro de um poder superior ao seu, ao qual tinha de sujeitar-se.

A Grande Madre aproximou-se dele.

– Podeis levantar-se – disse.

O conde obedeceu.

– Vossa presença nesta casa é uma grande honra para mim.

Era verdade. Naquela época a Grande Madre residia em Gálata, a capital do Reino do Inverno. Permanecia três meses por ano em cada uma das capitais dos quatro reinos. Raramente se deslocava de lá, e quase nunca para atender ao apelo de quem precisava das suas virtudes de Medicatriz. Só uma vez, a cada três meses, dedicava um dia à cura dos fiéis doentes; mas cabia a eles viajar até ela, aos pés do Talareth da cidade onde residia. Eram extremamente raros os casos em que ia pessoalmente visitar um doente. Diziam que tinha feito isso alguns anos antes, pela filha de um rei e, num passado ainda mais distante, por uma rainha moribunda. O fato de que agora se dignasse a visitar a casa de Megassa era um sinal evidente de que pelo menos reconhecia no conde um forte candidato ao trono do Verão.

– Fico contente em poder ajudar um fiel que já deu tantas provas de lealdade e obediência – respondeu a Grande Madre. Sua voz era levemente estridente, mas decidida e solene.

Megassa acompanhou-a até o quarto de Lebitha. Talitha foi atrás.

– Você vai ver, ela vai conseguir curá-la. É a Medicatriz mais poderosa de toda Talária – dissera-lhe Saiph um dia antes.

Talitha se sentia totalmente entregue aos eventos, e a prece era a única coisa que ainda lhe restava. Por toda parte, no palácio, murmurava-se "peste branca", e ela reagia gritando que não era nada daquilo, que *não podia ser* aquilo. E, à noite, continuava rezando, cada vez mais arrebatada, com mais desespero.

O pequeno cortejo se arrastou devagar até a porta do quarto de Lebitha.

– Entrarei sozinha – disse a Grande Madre.

Megassa baixou a cabeça e convidou os Supremos Sacerdotes a acompanhá-lo ao grande salão da ala norte, enquanto Talitha foi forçada a voltar ao seu quarto. Ela esperou até o leve ruído dos passos se apagar no silêncio do corredor. Então abriu a porta devagar e percorreu na ponta dos pés o trajeto até o aposento da irmã.

Aproximou-se e encostou o ouvido na porta, mas nada conseguiu ouvir, nem mesmo a ofegante respiração entrecortada de Lebitha, um barulho que nas últimas três semanas preenchia as suas noites.

Deixou-se escorregar com cuidado ao longo da madeira, com o coração na garganta, até chegar à altura da fechadura. Sabia que havia algo sacrílego naquilo que estava a ponto de fazer, mas naquele momento não se importava. Não queria deixar a irmã sozinha, não agora.

Espiou pelo buraco da fechadura. Por um instante só pôde ver a imagem do quarto vazio: a janela fechada, a luz filtrada pelas cortinas e refletida no piso. Finalmente, uma parte da cama, na qual conseguia vislumbrar, sob os lençóis, os pés de Lebitha.

Então, um roçar de tecidos, e lá estava a Grande Madre. Tirara o véu da cabeça e agora Talitha podia ver o perfil do seu rosto. O rosto, que ninguém, a não ser as mais chegadas coirmãs, tinha o direito de ver, mostrava as feições de uma velha: nariz adunco, lábios finos, curvados para baixo numa expressão dura, profundas rugas marcando-lhe a boca e as faces. Olhava para Lebitha como se fosse um objeto. Dos pés da cama, parecia estudá-la.

Uma mulher. Uma mulher qualquer.

E o que esperava? Não é a aparência que faz dela o que é, mas as habilidades.

Teria o poder de realizar o milagre? Pois era justamente com um milagre que Talitha contava.

Sentou no chão, apoiando as costas na porta. Pousou a cabeça nos joelhos apertados contra o peito, e esperou que o prodígio se cumprisse.

No dia seguinte, Lebitha morreu.

5

— Saia.
— Mas, jovem condessa...
— Já lhe disse, saia.
Kolya levantou a cabeça, tentou se aproximar da patroa. Talitha pegou um vaso que estava em cima da cômoda e jogou-o contra a parede, rente à cabeça da serviçal.
— Saia logo daqui! — berrou com todo o fôlego.
Kolya caiu em prantos e dirigiu-se à porta. Talitha permaneceu de pé, no meio do aposento. No chão, os cacos do vaso, as flores espalhadas e a água que ia se alastrando. Sentiu a raiva ferver dentro de si, a respiração se tornava cada vez mais arfante. Agarrou os lençóis e rasgou-os ao arrancá-los da cama. Os travesseiros explodiram em suas mãos numa chuva de plumas. Derrubou a cadeira, quebrou tudo que podia ser quebrado, tirou os vestidos do armário e reduziu-os a farrapos. Continuou a gritar e a estraçalhar móveis e utensílios, pois sabia que, se parasse, seria o fim para ela. O que tinha por dentro, seja lá o que fosse, iria engoli-la para sempre. Porém, por mais que se agitasse, por mais que procurasse desabafar a raiva, nada conseguia preencher o vazio que, do coração, se espalhava pelo corpo

inteiro, paralisando-a num aperto gelado. Voltaram à sua mente as lembranças de Lebitha: o sorriso dela, de manhã, quando vinha acordá-la, o cheiro da sua roupa de sacerdotisa, o perfume dos seus cabelos, quando os lavava e os deixava secar ao ar livre, e também aquela vez em que lhe tirou um espinho da mão, e aquela outra em que acabaram brigando. Uma vida inteira, em apenas dezessete anos, nove dos quais elas haviam passado inutilmente separadas, dias e mais dias desperdiçados.

Sentia-se completamente esvaziada. Jogou-se na cama e enfiou o rosto no colchão. Veio a dor, imprevista e dilacerante, mas nenhuma lágrima desceu dos seus olhos.

Saiph, do outro lado da porta, apoiou a testa na madeira e entregou-se a um pranto contido.

Toda Messe participou do funeral. Havia Guardiões por todos os lados, como sempre acontecia naqueles últimos tempos, quando muitas pessoas se reuniam no mesmo lugar, mas a assembleia era silenciosa e comportada. Lebitha sempre fora amada pelo povo. Tinha modos gentis, embora firmes e decididos, e nas cerimônias oficiais nunca deixara de mostrar um solícito interesse pela população, até pelos femtitas. Havia muitos deles, naquele dia, amontoados aos pés do Talareth, com os olhos vermelhos de chorar e segurando panos brancos, a cor do seu luto.

Megassa fitou-os com desdém.

– Parece o enterro de uma escrava – protestou em voz baixa, falando com a mulher.

A condessa escondeu o rosto atrás do leque e nada disse. Seu rosto, como de costume, era indecifrável. Era atravessado pela sombra de um sofrimento controlado, muito digno e comedido, enquanto chorava baixinho, pequenas lágrimas riscando o perfil das suas faces. Mesmo naquela ocasião não abrira mão da elegância. O seu traje cinzento tinha um corte requintado, de um tecido lustroso ricamente bordado. Mantinha-se imóvel, em pé ao lado do marido.

Talitha estava ao lado deles, de roupa igualmente cinzenta.

– Só participará da cerimônia porque as pessoas estranhariam sua ausência, mas fique sabendo que isto não muda o seu castigo – dissera-lhe o pai antes de saírem. Depois da cena que fizera no quarto, mandara um escravo infligir-lhe vinte chicotadas, assistindo pessoalmente à punição.

Não satisfeito, exigira que permanecesse no quarto por duas semanas. Somente Saiph estava autorizado a levar-lhe comida, mas só raramente ela falava com o rapaz. Nada daquilo que ficava fora do aposento lhe interessava, e as pessoas a enfastiavam. Suas conversas tolas só conseguiam irritá-la. A vida seguia em frente como de costume, do outro lado da porta, como se nada tivesse acontecido. E isso era algo que ela não podia tolerar.

Por mais que tivesse a impressão de ter chegado ao fundo do poço, a cada dia descia ainda mais nele, mais longe do alcance de quem lhe oferecesse a mão. De qualquer maneira, não podia faltar ao funeral da irmã. Para entender de uma vez por todas que aquilo era real, que ela nunca mais voltaria. Porque no seu limbo tudo lhe parecia confuso. O dia e a noite que se sucediam, os sóis que continuavam obstinadamente a brilhar e a forçar o bloqueio das janelas fechadas. Tudo era distante, a vida estava em outro lugar.

O corpo de Lebitha havia sido colocado na pira, envolvido em sua túnica vermelha, os cabelos espalhados na madeira, mais lindos e reluzentes do que nunca.

Talitha não achou justo que aqueles tivessem que ser seus trajes derradeiros. Estava convencida de que a irmã jamais se reconhecera no mosteiro, naquele papel que o pai costurara em cima dela, e que fora a obediência a forçá-la a tomar os votos.

A Pequena Madre estava lá na frente, assistida por quatro sacerdotisas. Com um ramalhete do Talareth borrifava o corpo com óleo perfumado extraído da resina da própria árvore. O cheiro penetrante e um tanto ácido preenchia o ar. Pegou, então, um punhado de terra e o jogou sobre o cadáver.

– Que você possa encontrar o caminho para as entranhas da terra, onde os deuses a esperam para a eterna recompensa.

Então duas sacerdotisas se aproximaram, cada uma com um archote na mão, ficaram nas extremidades da pira e atearam fogo. As chamas se avivaram logo e envolveram os despojos.

Talitha fixou os olhos na fogueira, procurando vislumbrar entre as línguas flamejantes os contornos do corpo. Imaginou as carnes derretendo no calor das chamas, até não conseguir mais distinguir onde acabava a madeira e começavam os restos mortais de Lebitha.

A fogueira ardeu por um bom tempo, enquanto em volta acontecia o banquete em homenagem à falecida. Talitha ficou sentada a algumas dezenas de braças da pira, com o forte calor que lhe roçava a fronte. Ao redor dela, os convidados comiam e bebiam, conversando uns com os outros.

Quando a fogueira apagou, já ao entardecer, a irmã não passava de um amontoado de cinzas. As sacerdotisas juntaram-nas numa urna, e então passaram diante dos familiares. Megassa pegou um punhado e espalhou-as no chão. Sua mulher fez o mesmo. Quando chegaram diante de Talitha, ela mal tocou-as, jogando ao vento um sutil véu de cinzas. Percebeu na mão a sensação quase oleosa daquele pó. Olhou a ponta dos dedos, marcados por duas sombras cinzentas.

Isto é tudo que resta da minha irmã, disse a si mesma.

Por fim a urna foi fechada e enterrada perto das raízes do Talareth. Dali, o espírito de Lebitha iria descer para as entranhas da terra, onde os deuses tinham a sua morada.

Talitha ficou contente de voltar ao seu quarto. Aquelas quatro paredes pareciam-lhe o único lugar acolhedor em toda Talária, o único em que podia estar. Encolheu-se na cama. O palácio estava mergulhado no sono quando ouviu baterem à porta. Dois toques leves e outro mais forte, o sinal que ela e Saiph tinham combinado desde crianças.

Teve de fazer um esforço para se levantar e ir abrir. Saiph entrou na ponta dos pés e colocou na mesinha de cabeceira um prato fumegante.

– Não comeu nada hoje. Precisa se alimentar.

–Não estou com fome – respondeu Talitha secamente, olhando enojada para o prato de legumes temperados com molho de carne.

Abriu a janela devagar e sentou no parapeito do pequeno balcão. Lá no alto, entre a ramagem longínqua do Talareth, vislumbrava o fantasma de luz das duas luas, uma vermelha e a outra branca. Olhou o tronco do Talareth. Não conseguia ver o local onde a irmã havia sido sepultada. Uma raiz mais volumosa que as demais a impedia de ver.

Saiph chegou-se a ela devagar, sem nada dizer. Ela virou de leve a cabeça para olhá-lo, mas logo desviou os olhos.

– Na última vez que eu e Lebitha dormimos juntas nesta cama, eu tinha oito anos – murmurou. – Aqueles lençóis nem existem mais, e eu não sou a mesma de então. Nada mais guarda a marca dela neste palácio. Nosso pai, nossa mãe... nunca souberam quem de fato ela era. Quando olho para eles, não vejo o ventre que carregou Lebitha, nem os braços que a levantaram para a multidão no dia em que nasceu. Vejo dois desconhecidos. – Fitou novamente Saiph. – Reparou na minha mãe hoje? Vi muitos femtitas chorarem mais do que ela.

– Cada um demonstra a dor do seu jeito, não pode esperar que ela sofra como você gostaria.

Talitha deu um sorriso sarcástico.

– Levava continuamente o leque ao rosto porque não conseguia derramar uma lágrima sequer.
– Está sendo injusta.
– Não, honesta. Você não pode chorar por alguém que não conhece. – Por um momento Talitha fechou os olhos, e então voltou a fixá-los no jardim. – Não existe nada aqui que me fale realmente dela.
– Posso imaginar como se sente – disse Saiph com doçura.
Talitha mordeu o lábio. Uma raiva surda encheu-lhe o peito.
– Já sabia que iria me dizer uma coisa dessas. Mas eu não preciso de um ombro para chorar – disse. – Eu a quero de volta, quero tê-la novamente ao meu lado, e quero uma resposta, é a única coisa que poderia aliviar a minha dor neste momento. Você sabe por que ela morreu? Será que você pode me dizer?

Ao ouvir os seus berros, uma ave noturna fugiu assustada do jardim. Então o farfalhar das folhas fechou-se de novo em um silêncio absoluto.

De repente Talitha caiu em prantos. Apertou os olhos na tentativa de acalmar-se, mas não conseguiu. Achou que ia sufocar, que ela mesma ia deslizar junto com as lágrimas em mil riachos, que não conseguiria deter aquela hemorragia que lavaria tudo, levando embora o que restava dela.

Saiph lhe deu um abraço apertado e, com delicadeza, forçou-a a descer do parapeito para o piso úmido de orvalho do pequeno balcão. Ela apoiou a cabeça no ombro do rapaz, encostando os olhos na sua pele macia. O peito de Saiph era firme, seu braço, seguro, e de repente Talitha soube que não estava mais sozinha com a sua dor. Só quando enfim ficou mais calma voltou a manter distância. Soltou-se do abraço e limpou o rosto das lágrimas, com vergonha de si mesma e daquele momento de fraqueza.

– Está melhor? – perguntou Saiph.

Ela concordou. Tinha o coração mais leve agora, e conseguia olhar para ele sem a ira cega que experimentara nos últimos dias.

– Quando minha mãe morreu, eu também me senti infinitamente só, como você agora – disse Saiph. – Aí percebi que não estava de fato sozinho. Ela me havia deixado muitas coisas: os livros que lia para mim, tudo aquilo que me ensinara e que fez de mim o que sou. O tempo passado com quem amamos nunca se perde. Fica conosco para sempre.

Talitha se recobrou e se apoiou no balcão. Era tarde e soprava uma brisa agradável que encrespava o tecido fino da sua camisola.

Ambos se calaram. Uma outra ave entoou ao longe o seu canto de amor.

– Não vim aqui para falar banalidades, e tampouco para forçá-la a comer alguma coisa – recomeçou a dizer Saiph. Procurou no bolso, depois esticou a mão para Talitha. Abriu o punho e algo esbranquiçado brilhou na sua palma. Preso a um cordãozinho de couro havia um pequeno seixo liso, com um corte limpo e definido de um lado.

Por um instante Talitha titubeou.

– Foi ela que me deu, na última noite em que estava lúcida, antes de perder a consciência para sempre. Pediu que lhe entregasse se por acaso alguma coisa acontecesse com ela.

Talitha puxou lentamente para fora o seu cordão de couro e o retirou. Precisou de coragem para segurar o pingente da irmã. Quando os seus dedos roçaram nele, pareceu-lhe que tudo tinha voltado a ser como no dia em que as duas encontraram aquele estranho seixo. Desde então, nunca mais tinha tocado o pingente de Lebitha.

Encaixou devagar as duas partes. Apesar de terem se passado treze anos desde aquele dia, ainda se ajustavam perfeitamente: se bem-encaixados, o corte desaparecia e a pedra recompunha a sua unidade.

– Isto nunca vai mudar, está entendendo? – disse Saiph, apontando para o seixo. – Você e a sua irmã serão sempre assim, mesmo que ela já não esteja aqui.

Talitha assentiu. Pegou os dois cordões de couro, colocou-os em volta do pescoço e se levantou. Com os braços e o queixo apoiados na borda do parapeito, ficou olhando para o jardim.

– Vai doer menos depois? – perguntou sem se virar.

– Sempre sentirá a falta dela, mas com o tempo vai melhorar – respondeu Saiph.

– Obrigada, seu escravo bobo.

Saiph sorriu.

– Sempre ao seu dispor, minha senhora.

Talitha continuou imóvel, de olhos fixos na escuridão do jardim.

6

Saiph estava certo. A dor não tinha passado, mas Talitha fora capaz de suportá-la e de continuar a viver. À medida que as questões do palácio voltavam a fervilhar depois dos poucos dias rituais do luto, ela voltara a se dedicar às armas de corpo e alma. Transformar a dor em raiva lhe parecera o único caminho para sobreviver. A Guarda se tornara tudo para ela. Depois de dois meses, alguns dias já passavam serenos, ainda que não felizes, e foi durante um deles que o pai mandou chamá-la.

Talitha se demorou um pouco diante da porta do Salão Verde. Não falava com seu pai desde o funeral. E, se dependesse dela, teria adiado ainda mais aquele encontro. Mas não podia.

Respirou fundo, bateu à porta e a entreabriu devagar. O Salão Verde era um aposento de dimensões modestas, decorado com estuques dourados e afrescos sobre a história de Messe, mas era ali que o pai cuidava dos negócios mais importantes, ou simplesmente se retirava para pensar. A condessa estava sentada a uma mesinha, ainda de luto. A luz da janela atrás dela emoldurava a sua figura com um halo quase místico.

O conde estava de pé, com as mãos nas costas.
– Entre e feche a porta – disse.
Talitha obedeceu e avançou alguns passos. Megassa esquadrinhou-a com olhar crítico, mas não fez comentários quanto ao fato de ela vestir o uniforme de cadete. Afinal, ela precisara interromper o treinamento para ir falar com ele, e não tivera tempo para trocar de roupa.
– Sente-se.
– Prefiro ficar em pé, pai.
– Sente-se – repetiu ele, peremptório. Mais uma vez Talitha obedeceu. Sua mãe, agora, ainda que diante dela, olhava para fora, abanando-se lentamente com o leque. Só uma pequena ruga entre as sobrancelhas denunciava o que sentia por dentro. Sempre acontecia quando estava preocupada.

Talitha percebeu então que havia algo sobre a mesa de metal que em geral ficava apinhada com os antigos pergaminhos que o pai estudava. Estava inteiramente limpa, a não ser por um pequeno pingente metálico, reluzente, preso a uma fina corrente de ouro. Reconheceu-o na mesma hora. Era o fragmento de Pedra do Ar que pertencera à irmã. Tentou imaginar a razão de ele estar ali: via de regra, era sepultado junto com as cinzas das sacerdotisas. Desviou os olhos. A visão de qualquer objeto que lembrava Lebitha ainda era dolorosa demais.

– Estou ouvindo, pai – falou.
Ele levou mais uns instantes, como que avaliando o momento.
– A morte da sua irmã foi uma tragédia sob vários aspectos – disse afinal. – Pelo fim de uma jovem vida, e pelo sofrimento de perdermos uma filha e uma irmã.
Os lábios de Talitha se apertaram. Ouvi-lo falar daquele jeito de Lebitha, como se alguma vez houvesse se importado com ela, fazia-lhe ferver o sangue nas veias.

– Mas também há outros motivos – continuou Megassa.

– Lebitha era uma sacerdotisa extraordinária, e era uma das candidatas para suceder a atual Pequena Madre, que já é muito idosa e doente. Era, portanto, um cargo que assumiria muito em breve, como você bem sabe.

Talitha reprimiu o instinto de gritar que sabia, e que também sabia que a vida da irmã havia sido sacrificada por aquilo.

– Sei – limitou-se a dizer, baixinho.

– E também está ciente de que é uma honra excepcional alguém ser considerado digno de um cargo tão importante. É um papel que exige uma grande nobreza de alma.

Talitha desviou o olhar do pai e fitou a mãe, sem entender.

– Imagino que sim.

Por um momento Megassa ficou de olhos fixos no piso, então dirigiu-se à filha com expressão decidida:

– Daqui a três dias você entrará para o mosteiro, no lugar da sua irmã.

Talitha ficou de queixo caído.

– Pai... eu não posso.

O conde interrompeu-a com um brusco gesto da mão.

– Receberá um rápido treinamento, de forma a ser informada dos seus deveres como sacerdotisa. Dentro de mais alguns anos será nomeada Pequena Madre.

– Não é possível – disse Talitha.

– Claro que é. E disso depende o destino da nossa família.

Talitha arquejou em busca de ar. O suor do treinamento ficou gélido em suas costas, lembrando-lhe que menos de uma hora antes estava lutando na arena.

– Eu sou um cadete, o meu destino é a Guarda.

– Não seja ridícula. A filha de um conde jamais poderá ser uma Guardiã!

– Entre os meus camaradas há várias mulheres – replicou Talitha com raiva. Ficou surpresa com a própria segurança: nunca conseguira enfrentar o pai daquele jeito.

– Você é uma condessa, nenhuma delas pode sequer comparar-se a você – trovejou Megassa. – Sabe muito bem quem são as mulheres da Guarda: pobres infelizes cujas famílias não tiveram filhos homens para serem treinados nas artes das armas, e que vão embora logo que conseguem casar, ou então são plebeias. O trabalho de Guardião é um trabalho desprezível, para pessoas sem cultura. Além do mais, nenhuma delas jamais conseguiu fazer carreira, nem no exército nem na Guarda. As armas não são ofício de mulher. É apenas uma brincadeira, um passatempo para vocês.

Talitha começou a morder os lábios, cabisbaixa. Sentia-se tão orgulhosa uma hora antes, tão forte e segura, e *livre*, naquela arena.

– Para mim nunca foi um passatempo – murmurou.

– Isso não me interessa. Estou lhe concedendo o privilégio de chegar a um dos mais importantes cargos religiosos do reino e você o despreza? Sua irmã se foi, e agora é sua obrigação substituí-la dignamente.

– Mas a minha Ressonância é fraquíssima – objetou Talitha.

– Isso não tem a menor importância. De qualquer maneira, você possui essa virtude, como as nossas antepassadas. Além disso, pode ser até que tenha aumentado com os anos, é uma coisa que não demoraremos a descobrir. Já falei a respeito com a Pequena Madre, e ela não terá qualquer problema em recebê-la no mosteiro, mesmo que os seus poderes não sejam elevados. Afinal, você será Pequena Madre, o seu papel será eminentemente político: nunca terá a obrigação de praticar realmente a magia.

Talitha sentia as lágrimas ofuscarem a visão, mas sufocou-as e respirou fundo. Tomou fôlego, levantou a cabeça e fitou o pai.

– Não.

Megassa ficou paralisado, com uma expressão de incredulidade estampada no rosto.

– O que foi que disse? Eu não pedi a sua opinião. Só lhe comuniquei o que vai acontecer. Entrará para o mosteiro.

– Não, não entrarei – insistiu Talitha.

– Minha filha... – murmurou a mãe, inclinando-se na sua direção. Seus olhos tinham uma luz nunca vista antes, pareciam tremer de medo.

Megassa apoiou uma das mãos na mesinha, entre Talitha e a mãe.

– A sua recusa não tem o menor valor. – Sua voz vibrava de cólera.

– Não podeis mandar-me ao mosteiro contra a minha vontade – insistiu Talitha.

– É pelo bem da família – interveio a condessa, com uma voz que parecia um balido.

Talitha sentiu alguma coisa explodir dentro de si.

– É pelo bem *dele*! – gritou indicando o pai. – Foi pelo bem *dele* que Lebitha entrou no mosteiro, é pelo bem *dele* que tudo acontece dentro deste palácio!

O golpe chegou totalmente inesperado. Um rugido – pois o surdo rosnado não era nada além de um som gutural que saiu da boca do pai – e a mão apertada em volta do pescoço. O conde levantou-a da cadeira como um corpo morto e jogou-a contra a parede. Por um momento tudo explodiu numa miríade de faíscas de dor.

– Não, por favor, eu lhe peço! – suplicou a condessa.

– Cale-se! – berrou Megassa.

Vagarosamente Talitha recuperou a visão, embora ainda sufocada pelo aperto do pai. A cabeça doía, parecia explodir. Mais do que a dor, no entanto, o que a aturdia era o medo, como nunca experimentara antes na vida. Até aquele momento seu pai não se atrevera a bater nela ou na irmã, nem mesmo uma única vez. Todos os castigos haviam sido sempre infligidos pelos servos, enquanto ele ficava olhando mudo e inflexível.

Mas não agora. Agora os seus traços estavam deformados pela raiva, e os seus olhos ardiam de furor.

– Esses são modos de falar com sua mãe? De falar *comigo*? – Talitha quase não conseguia respirar, mas o conde não afrouxava o aperto. – Isso mesmo, neste palácio tudo acontece pelo meu bem, porque *eu* sou esta família! Porque você deve a mim tudo o que há aqui dentro, inclusive a sua vida estúpida, que me pertence!

Talitha sacudiu levemente a cabeça, na medida em que o aperto do pai permitia.

– Não... – murmurou.

Megassa acertou-a com um tabefe e a cabeça de Talitha chocou-se contra a parede.

– Você fará o que eu mando! – gritou o conde.

Levantou de novo a mão, e Talitha escondeu instintivamente o rosto. Esperou pelo golpe e se preparou para uma nova onda de dor.

Porém o barulho que encheu o aposento não foi o de mais uma pancada, mas o de uma porta que se abria bruscamente.

– Parai!

Talitha entreabriu os olhos. Saiph tinha entrado na sala e estava de pé diante dela, de braços abertos como que para protegê-la do pai.

– Como se atreve! – gritou o conde, golpeando-o no rosto.

O escravo permaneceu imóvel, firme, e não baixou os olhos. Aquela atitude enfureceu Megassa ainda mais. Investiu contra o jovem como um louco, com um murro jogou-o ao chão, e então continuou a atingi-lo com pontapés no tórax.

– Escravo nojento! Não tem permissão para me dirigir a palavra, não tem permissão nem mesmo para me olhar no rosto!

O corpo de Saiph se dobrava a cada pancada. Os pontapés, no entanto, tornaram-se cada vez mais violentos, levando o rapaz a cuspir sangue.

Talitha percebeu na mesma hora que o pai não iria parar, que continuaria a golpear até matá-lo.

– Chega, chega! – gritou, jogando-se sobre o corpo de Saiph. – Eu irei! – berrou, desesperada. – Irei, mas não o mateis, eu vos peço!

Megassa parou, ofegante. Olhou para os dois corpos no chão, recuperou o fôlego e se recompôs.

– É claro que irá – disse entre os arquejos. – E agora suma da minha frente. E leve embora o seu servo.

Ela se levantou com dificuldade e segurou Saiph pelo braço. Sua mãe estava encolhida num canto, apavorada. Talitha lançou para ela um olhar de desprezo, e então se encaminhou mancando na direção da porta.

A escrava mexia as mãos sobre o peito de Saiph com gestos seguros e precisos. Sua sabedoria tinha a antiguidade de séculos: todo femtita sabia reconhecer, pelo tato, a gravidade de qualquer tipo de ferimento. Era a única salvação para quem não tinha a dor para lhe indicar o que podia custar a sua vida. Saiph deixava-a trabalhar, imóvel.

– Obrigado, Raksa. Você é realmente muito boa nisso – murmurou, procurando não se mexer.

– Não há nada quebrado – disse, fechando o casaco do servo. – Só mesmo umas contusões feias.

Talitha respirou aliviada.

– Você é muito mais forte do que parece – observou olhando o tórax magro do rapaz. – Pode ir, Raksa, eu mesma vou cuidar dele.

A escrava entregou-lhe um balde com uma mistura de água e suco de purpurino para desinfetar, junto com alguns panos limpos. Fez uma mesura e foi embora.

Estavam no quarto de Saiph. Era um presente de Lebitha a ele e à mãe, um grande privilégio, uma vez que os demais escravos deviam se contentar com um dormitório comum. De qualquer maneira, o quartinho era um mero buraco vazio ao lado da despensa, um lugar apertado, sem janelas ou adornos. Só havia espaço para um tosco catre com colchão de palha. Amontoados por toda parte, viam-se livros e pergaminhos. Mais um luxo que Saiph e a mãe haviam podido se conceder, pois eram muito poucos os femtitas que sabiam ler.

Talitha começou a mergulhar os panos na solução desinfetante. O rosto de Saiph não era um espetáculo agradável. Tinha uma sobrancelha e um lábio cortados, e um grande inchaço em volta da mandíbula esquerda.

– Agradeça a Mira por não sentir dor.

– Justamente, não precisa perder tanto tempo comigo. Você também tem um lábio cortado, e suponho que no seu caso doa bastante.

Saiph esticou a mão para apalpar a ferida, mas ela se afastou rudemente.

– Pare com isso, estou bem.

Começou a tratar dos ferimentos. Pegando-o de surpresa, levantou o lábio dele e olhou dentro da sua boca. Praguejou baixinho e jogou o pano no balde.

– O que foi?

– Perdeu um dente.

Ele deu de ombros.

– Não faz mal, tenho muitos outros. – Tentou sorrir, mas Talitha permaneceu impassível.

– Não tinha que se meter.

Saiph fitou-a intensamente por longos momentos.

– Não entendeu coisa alguma hoje? – perguntou. Talitha reviu a imagem do pai furioso, o rosto irreconhecível pela ira. Um longo arrepio correu pela espinha. – Ele é assim

mesmo, o que você viu hoje é o seu verdadeiro rosto. Ele não ia parar.
– Eu não tenho medo da dor.
– Acho que não fui bastante claro. Quando digo que não iria parar, quero dizer que a teria matado.
Talitha fez um esforço para dar uma risada irônica, mas não conseguiu.
– Sou a filha dele, não diga bobagens. Sou a única que lhe sobrou – acrescentou com tristeza.
– Francamente, você não o conhece. Ou, pelo menos, não conhece essa sua faceta.
Desta vez foi Talitha que ficou de olhos arregalados.
– Por quê? Você conhece?
– Não é a primeira vez que descarrega a sua fúria em mim.
– Está me dizendo que já o espancou?
– Pensou que tinha algum escrúpulo só porque sou o servo pessoal da filha dele? Ou porque sou filho da femtita da qual a sua irmã tanto gostava? Espancou-me, é claro. Ou melhor, mandou me espancar, pois ele não quer sujar as mãos com escravos. Você mesma viu naquele dia. – Talitha lembrou com um arrepio o escravo morto no meio do pátio. – Não suja as mãos, a não ser que esteja louco de raiva. Como hoje.
Talitha pegou de novo o pano e começou a tratar da ferida no lábio.
– Você tem alguma coisa para ferimentos como este? – perguntou.
– Embaixo do travesseiro há um vidrinho com uma pomada. É um remédio para cicatrizar as feridas. Pegue-o.
Talitha obedeceu. Quando acabou de passar o unguento, fitou Saiph bem nos olhos.
– De qualquer maneira, é por sua culpa que tive de prometer ir. Se você não tivesse se metido, sim, talvez ele tivesse me matado, mas nunca teria me forçado a dizer aquele maldito sim.

Saiph arregalou os olhos.

– Está falando sério?

– Nunca falei tão sério na minha vida – respondeu ela.

– E que alternativa você tinha, patroa? Fincar o pé até convencê-lo?

– O que mais poderia fazer? – explodiu Talitha. – Deveria deixar que ele arruinasse a minha vida? Pois é disso mesmo que se trata, de me enterrar lá onde ninguém poderá me encontrar, de viver uma vida que não me pertence, e desistir da única coisa de que gosto.

– Não é bem assim.

– E então me diga como é. Você mesmo viu a minha irmã se consumir até morrer.

– Patroa, até na escravidão há liberdade. Eu nasci escravo e nunca poderei me livrar do domínio desta família. O meu corpo pertence à sua casa, e isso eu não posso mudar. Mas se você me perguntar se me sinto livre... pois bem, entre estas grades, sim, sinto-me livre. Porque, mesmo no meu destino, soube encontrar um caminho.

Talitha meneou a cabeça.

– Eu não posso, não *quero* me contentar com isso.

– Mas não é o que sempre fez? Aceitou que a sua irmã fosse ao mosteiro, aceitou a instrução que seu pai lhe impôs. Sempre aceitou tudo. Você já era prisioneira.

– Mas isto, agora, é bem mais do que eu posso suportar.

– Você diz isso porque não vê as coisas na perspectiva certa. Antes de mais nada, seu pai foi bem claro: você terá um papel de comando. Mais alguns anos, e será a autoridade máxima do mosteiro, poderá fazer o que bem entender. Além do mais, lá também poderá continuar a treinar: há as Combatentes.

– Sim. Terei que viver para sempre lá em cima, e poderei mandar numa corte de escravas como eu. E quanto às Combatentes... viver como sombras, sempre com o rosto coberto, defendendo um mosteiro idiota. Isso não é certamente o que eu almejava.

– Tenho certeza de que, do topo do Talareth, a vista deve ser maravilhosa.

Talitha fechou os olhos. No fundo das pálpebras ainda tinha gravada a imagem da irmã que nove anos antes subia a interminável escada em volta do tronco do Talareth, cada vez mais para cima, até sumir. Imaginou a si mesma percorrendo aquele caminho, viu-se desaparecer entre os galhos.

– Estarei só – disse baixinho. – Lá no alto, estarei realmente só.

Saiph continuou imóvel, de olhos fixos nela.

– Não estará só, porque eu irei com você.

7

Na última noite no palácio, Talitha quis descer mais uma vez para os subterrâneos, junto dos escravos. Esperou até todos dormirem para vestir seus trajes de cadete e descer as escadas na ponta dos pés, com o passo aveludado que tinha aperfeiçoado durante todos aqueles anos de fugas noturnas. Com o passar do tempo, os escravos tinham aprendido a aceitá-la e protegiam as suas saídas como podiam.

Por isso a jovem condessa misturou-se a eles quase como se fosse uma escrava qualquer. Alguém tirou uma mandola de algum lugar e começou a dedilhar as cordas, e outra pessoa começou a cantar. Contos do Bosque da Proibição, contos do reino que antecedera a escravidão. E contos de Beata, a cidade perdida no deserto, erguida à sombra de um Talareth gigantesco e benigno, o último lugar em Nashira onde viviam femtitas livres. Em Beata todos eram iguais, não havia nem escravos nem amos, nas plantas nasciam frutos tão grandes quanto a cabeça de uma criança, e não era necessário cultivar a terra nem trabalhar. Em Beata os femtitas ainda sentiam dor, e sabiam usar a magia como antes de se tornarem escravos dos talaritas. Era, pelo menos, o que a lenda dizia, pois ninguém se lembrava diretamente daqueles tempos longínquos. Daquela cidade mítica, algum dia, iria chegar o Último, que os libertaria e levaria de volta ao Bosque da Proibição, de onde provinham.

Talitha ouvia extasiada. Os contos de Beata eram os seus preferidos e, no canto dos femtitas, percebia o eco das histórias da irmã; pairava neles o mesmo senso de liberdade, e era bom acreditar que existia pelo menos um lugar em Nashira onde a vida não era uma estrada reta cercada por barreiras intransponíveis, mas uma imensa pradaria onde o caminho não tinha obstáculos e o olhar tremia diante da vertigem de infinitas possibilidades.

Talitha dançou, riu e bebeu. Suco de purpurino, destilado ilegalmente pelos femtitas espremendo as cascas da fruta que ela e a família jogavam fora.

A música, o calor, o ar viciado, tudo parecia subir à sua cabeça. Não demorou para que ela se sentisse um tanto inebriada, leve, como se o seu corpo já não tivesse peso. O mundo rodopiava ao seu redor, devagar, e ela mesma tinha a impressão de que seus movimentos eram particularmente fluidos. Achou que talvez o tempo tivesse começado a passar mais devagar e que, continuando a beber, poderia detê-lo por completo, de forma que o último instante antes do nascer dos sóis iria durar eternamente. Gostaria de uma vida inteira como a daquela noite; dançar esquecida de si mesma, no meio daquelas pessoas que lhe pareciam tão alegres e positivas, mesmo sendo escravas.

Nem se deu conta de como a certa altura chegou ao ar livre, amparada por Saiph, numa parte afastada do jardim. A ramagem do Talareth, lá no alto, farfalhava ruidosa. Muitos, naquela noite de ventania, iriam certamente rezar por uma mudança do tempo e por um pouco de chuva.

– O meu estômago está doendo... – murmurou.

– Tudo bem, só bebeu uns copos a mais. Fique quieta e pode ter certeza de que vai passar.

Talitha caiu sentada. Tudo girava agora ao redor dela, o céu e a terra se confundiam. Deitou de costas, com as mãos no estômago. Sentia a grama lhe fazendo cócegas sob o pescoço, percebeu a umidade do orvalho. Fechou os olhos e respirou profundamente o ar noturno.

– Será que me darão esse negócio para beber no mosteiro? O que é que você acha? – perguntou sorrindo.

Saiph anuiu.

– Tenho certeza de que são as próprias sacerdotisas que o produzem.

– Assim espero, mas, a julgar pela cara da Grande Madre, não tenho tanta certeza: aquela tem jeito de quem não se diverte muito. – Começou a rir, primeiro baixinho e então cada vez mais ruidosamente, sempre segurando a barriga.

– Quer parar de blasfemar? Além do mais, como pode dizer isso? Ninguém pode ver o rosto da Grande Madre.

– Eu vi. Olhei pelo buraco da fechadura quando veio ver a minha irmã. Tinha uma careta...

Talitha recomeçou a rir, rolando na grama. Saiph fez o possível para se controlar, mas o riso dela era contagiante, sem contar que, afinal, ele também estava um tanto alegre.

Por fim, Talitha acabou se acalmando. Estava deitada de costas, de braços abertos. Conseguia ver, lá em cima, a luz das duas luas que, vez por outra, abria caminho entre a espessa ramagem. De repente ficou séria.

– Saiph, tem certeza de que quer vir comigo?

O silêncio foi interrompido pelo farfalhar das folhas.

– Está brincando? Está cheio de mulher lá em cima – respondeu ele com expressão marota.

– Estou falando sério. Quer realmente abandonar este lugar para sempre? É aqui que você nasceu, e foi aqui que a sua mãe morreu. É verdade que insisti a meu pai para que viesse comigo, mas poderei entender se agora você mudar de ideia.

Saiph sorriu.

– Isso prova de uma vez por todas que está bêbada. Se estivesse sóbria, nunca diria uma coisa como essa.

Talitha saboreou o frescor da grama sob a pele dos braços. Gostaria de se fundir com aquele prado, tornar-se terra ela também.

– Digo sim, digo mesmo. Amanhã subirei aquelas escadas e direi adeus à minha liberdade. Nada daquilo que imaginei, planejei e senti até hoje terá mais sentido: tudo cancelado. E o mesmo se dará com você – disse, fitando-o de soslaio.

Saiph ficou por uns instantes em silêncio, e então também se deixou cair no gramado.

– Eu sou um escravo, o meu destino é servir. Se ficar aqui, continuarei sendo propriedade do seu pai. No mosteiro, pelo menos pertencerei a você e, portanto, daqui a poucos anos, à Pequena Madre em pessoa. Ainda que não seja uma perspectiva muito cativante, mesmo assim é um pequeno salto de qualidade.

Talitha deu umas risadinhas e deu-lhe um soquinho de brincadeira no ombro.

– E quem disse que serei melhor do que meu pai? Já sei usar o Bastão, e você não acha que aquelas megeras irão me ensinar mais alguns truques para forçar um escravo bobo à obediência?

Saiph juntou as mãos na nuca.

– Será um problema que terei de enfrentar quando você começar a se tornar uma patroa insuportável.

– Então vou revelar-lhe um segredo – disse Talitha, ficando séria. – Quero que leve lá para cima o meu traje de cadete. E o punhal.

– O que foi? Está planejando matar todas elas? – replicou Saiph. Mas o sorriso morreu em sua garganta diante da expressão determinada de Talitha. – Está falando sério?

– Leve o meu traje e o punhal.
– Patroa, faz ideia de como é perigoso o que me pede?
– Apenas faça – disse ela.
– Mas por quê? De que vão servir lá em cima? – perguntou Saiph, cada vez mais preocupado.

Talitha suspirou. Por um momento pareceu fechar-se em si mesma, antes de responder:

– Para fugir.

8

Ao alvorecer chegaram ao palácio duas sacerdotisas, e com elas, como já acontecera com Lebitha, também estava a Pequena Madre.

A cerimônia de iniciação aconteceu a portas fechadas. As sacerdotisas a despiram e a vestiram com a túnica amarela das noviças. Talitha permaneceu inerte nas mãos delas.

A Pequena Madre ajeitou-lhe os cabelos no apertado coque que seria o seu penteado até o dia da ordenação.

Seus dedos secos e nodosos davam uma impressão estranha, metidos nos caracóis vermelho-fogo de Talitha. Seus movimentos não eram nada delicados e, algumas vezes, chegou a puxar seus cabelos até machucar.

Afinal, quando terminou, Talitha olhou para si mesma, de relance, no espelho. A túnica descia suave ao longo dos quadris, fazendo-a parecer uma virgem sacrificial. Seus cabelos estavam muito arrumados, como nunca tinham estado. De repente, parecia alguns anos mais velha, mas a expressão dura do rosto e os olhos flamejantes de ira, contida com dificuldade, destoavam daquela aparência modesta e recatada.

– Estamos aqui reunidos para verificarmos a Ressonância da futura noviça – começou dizendo a Pequena Madre.

– Este é o cristal da Pedra do Ar que no passado ratificou as extraordinárias capacidades da saudosa Irmã Lebitha.

Abriu uma pequena caixa de metal artisticamente trabalhada e mostrou o conteúdo aos presentes: um mero pedaço de Pedra do Ar colocado sobre um pano de seda.

– Pegue-o, Talitha de Messe, e segure-o com força.

Talitha obedeceu, sob o olhar apreensivo do pai. Experimentou com os dedos a superfície lisa, polida e fechou os olhos, apertando a Pedra na palma, exatamente como fizera num longínquo dia, quando era criança e não podia entender o alcance daquele gesto. – Aperte-a com força e concentre todos os seus pensamentos na Pedra – dissera-lhe a sacerdotisa. Só que, então, a irmã estava ao seu lado, enquanto agora estava sozinha. Lembrou que a Pedra brilhava com uma luz ofuscante na mão de Lebitha. Ela tinha uma Ressonância extremamente poderosa, e tinha um grande pendor natural para a magia. Descobriram isso naquele dia, e fora justamente a luz dos dois fragmentos de Pedra que decidiu o destino das irmãs.

O resultado agora não foi muito diferente daquele do passado.

Talitha abriu de novo a mão e mostrou a Pedra. Brilhava com uma luz muito fraca, que tingia a superfície cinzenta com vagos reflexos azulados.

Pôde ver no rosto de Megassa uma sombra de decepção. Só durou um instante, e então ele reassumiu a costumeira expressão impassível e marcial, mas ela ficou intimamente satisfeita com isso.

Sabia, mesmo assim, que tudo já estava escrito. Devolveu a Pedra à Pequena Madre e se preparou para sair do palácio para a segunda fase da investidura.

A cerimônia da Primeira Ascensão foi assistida por um grande número de pessoas, como já acontecera com sua irmã.

Na multidão, Talitha avistou os rostos conhecidos dos que até então haviam sido seus camaradas.

Entre eles também estava Roye, seu mestre de armas. O olhar dele era indecifrável, mas, no fundo do coração, Talitha teve a sensação de que ele entendia. Esperava que não a esquecesse, que continuasse para sempre a sentir falta da mais capaz das suas alunas.

A Pequena Madre avançou para o tronco do Talareth junto com as duas sacerdotisas, e Talitha as acompanhou. Quando apoiou o pé no primeiro degrau, teve a estranha impressão de estar sonhando, como se por magia tivesse ido parar no corpo de sua irmã. Subiu uns dez degraus e então se virou. Conseguiu ver a raiva e o temor no rosto do pai, que ficou pálido: as noviças nunca se viravam durante a Primeira Ascensão. Tratava-se de mais um símbolo, significava a irrevogável decisão de abandonar a vida precedente para consagrar-se aos deuses. Não era, porém, com a intenção de quebrar uma tradição que Talitha se virara, mas para ter certeza de que o pai estava honrando o acordo. E, com efeito, ele estava lá, parado no primeiro degrau, dez passos atrás dela, como combinado: Saiph. Já estava usando a túnica dos servos do templo, vermelho-escura, com o símbolo sagrado de Alya no meio do peito: uma flor cor de sangue que se erguia num campo dourado.

Prosseguiram a subida em silêncio, mantendo rigidamente a distância imposta pela condição social: a Pequena Madre na frente, as sacerdotisas dois degraus atrás, e Talitha quatro mais abaixo.

Não demorou a ficar sem fôlego enquanto seus pés vez por outra tropeçavam na túnica.

– Existe um sistema de roldanas que, lá de cima, controla um elevador para descer até o chão. A Primeira

Ascensão, no entanto, deve ser feita a pé – explicara a Pequena Madre quando chegara ao palácio para lhe explicar sobre a cerimônia.

Já tinham subido um bom pedaço, pelo menos cem braças. Daquela altura, Messe parecia um mosaico reluzente de telhados coloridos. Ao subir, Talitha olhava para o emaranhado de ruas, para o desenho dos prédios que se apoiavam uns nos outros. Havia bairros que nunca visitara, zonas inteiras da cidade que lhe eram completamente desconhecidas. Mas também havia o telhado cândido e inconfundível da sua casa. Aguçando a vista, podia até distinguir o pequeno balcão do seu quarto. E, sobretudo, havia a Guarda. Era um prédio de dimensões modestas, mas ela reconheceria em qualquer lugar o perfil pentagonal do telhado e os baluartes das muralhas. Seus olhos se fixaram naquela construção que aos poucos se tornava cada vez menor, confundindo-se com o labirinto das ruas. Se fosse eleita sacerdotisa, no futuro, iria rever o palácio, dormiria novamente no seu quarto e, provavelmente, visitaria algumas daquelas zonas da cidade onde nunca estivera. Mas nunca mais voltaria a ver a Guarda.

– Mais depressa – disse a Pequena Madre com rispidez, quando Talitha ficou uns dois degraus para trás. Mais uma esquina e ficaram acima dos primeiros galhos do Talareth. Um retículo de folhas e madeira fragmentou a imagem de Messe numa miríade de peças separadas. O telhado da Guarda se perdeu entre a ramagem. Talitha desviou os olhos e fixou-os nos degraus. Era realmente o fim.

Ou, quem sabe, só o começo.

Segunda Parte

De *Folha e Raiz*.
Botânica do Talareth, Capítulo Nono,
da Irmã Ramia, do Mosteiro de Mantela

Infinitas são as propriedades dos Talareth. Geram o ar que respiramos e são tão versáteis que, com sistemas apropriados de cultivo, podem alcançar mil e duzentas braças de altura. A sua madeira, se não for separada da planta, tem a extraordinária capacidade de resistir ao raio e ao fogo. Os Talareth, portanto, demonstram ser uma presença benigna para as cidades que os hospedam.

9

Talitha ia galgando um degrau depois do outro, levantando a túnica para não tropeçar. Estava exausta e procurou amparo no corrimão.
– Você não tem permissão para se apoiar! – grasnou a Pequena Madre.
Talitha perguntou a si mesma como podia vê-la, se lhe dava as costas e subia rápida e incansavelmente. Gostaria de perguntar quanto ainda faltava, e de vez em quando levantava os olhos na tentativa de vislumbrar o mosteiro entre os galhos. Mas tampouco tinha permissão de falar.
"A Primeira Ascensão é um momento sagrado", explicara a Pequena Madre. "O cansaço que você sentirá, cada espasmo dos seus músculos, são uma oferta para Alya, o primeiro dos muitos sacrifícios que dedicará à deusa. Não lhe é permitido profanar o rito com palavras. Desde o momento em que puser o pé no primeiro degrau, não poderá parar nem proferir palavra até chegarmos ao topo."
De repente, alguma coisa começou a aparecer entre a folhagem.
Talitha respirou fundo e se deteve por um instante.

– Você não tem permissão de parar! – grasnou mais uma vez a Pequena Madre, ríspida e peremptória.

Talitha já sentia ódio por ela. Subiu os últimos degraus com as pernas implorando misericórdia e, de repente, descortinou-se diante dela um espetáculo de tirar o fôlego. A oitocentas braças acima do solo, o mosteiro se estendia em torno do Talareth onde o tronco se dividia em dúzias de enormes ramos, que por sua vez se bifurcavam em centenas de galhos menores. Cada um dos edifícios que compunham o mosteiro ficava numa altura diferente em relação aos demais, e era ligado aos adjacentes por uma densa rede de escadas metálicas e elevadores. No conjunto, formavam um círculo que lembrava uns cogumelos que Talitha tinha visto crescer no jardim do palácio, tendo inclusive a mesma cor, marrom-escura. Todas as construções eram, de fato, de madeira de Talareth, desbotada pelos sóis e pelo tempo, com fachadas entalhadas formando agulhas, pináculos e arcos. Adornos floreados enobreciam a arquitetura e se enroscavam em torno de finas colunas que lembravam hastes de flores presas por fitas. O símbolo do mosteiro, a flor vermelha cor de fogo sobre um campo cultivado, estava representado por toda parte. Ao longo dos edifícios corriam amplos pórticos, provavelmente destinados aos passeios meditativos.

O que mais chamou a atenção de Talitha foram os prédios principais, que se sobressaíam pela altura e dimensões. Um deles era uma construção elegante e esbelta que, ao contrário das outras, sustentava-se por uma armação metálica, na qual estavam inseridos painéis ricamente marchetados. Tinha a forma de um semicírculo, encimado por uma rebuscada cúpula de vidro colorido e metal. No topo havia a estátua esguia e esbelta de uma mulher de ventre grávido, segurando um maço de flores. Era obviamente uma representação da deusa Alya, e isso significava que aquele edifício era o templo.

Nas laterais viam-se duas construções baixas e retangulares, em cujas fachadas se perfilavam pequenas janelas de vidraças coloridas. Havia, enfim, outro mais afastado, que parecia um cubo encimado por uma série de abóbadas de vidro.

A escada que Talitha penosamente subira acabava num grande patamar de madeira, da qual era então possível alcançar o edifício de forma semicircular. Esperando no patamar havia um grupo de sacerdotisas em trajes vermelhos e umas trinta jovens, entre meninas e moças da mesma idade de Talitha, vestidas, como ela, de amarelo. Todas se ajoelharam logo que a Pequena Madre pôs os pés no patamar. Ela fez um sinal com ambos os braços e tanto as noviças quanto as sacerdotisas ficaram em pé. Então ela se virou para Talitha, que compreendeu ser a vez dela de se ajoelhar.

– Bem-vinda ao mosteiro de Messe. A partir de hoje você abandonará a sua vida leiga para se entregar às graças da vida consagrada à deusa Alya.

Uma sacerdotisa deu alguns passos adiante. Segurava nos braços uma bacia de latão cheia de água perfumada, da qual emergiam hastes de flores vermelhas. A Pequena Madre pegou-as e, com aqueles botões, borrifou primeiro a cabeça de Talitha, e depois toda a assembleia.

– Eu a consagro, Irmã.

Finalmente Talitha se levantou, e a comunidade brindou-a com um rápido aplauso que não lhe deu alegria alguma. Estava muito cansada, e não via a hora de ficar sozinha por algum tempo.

A Pequena Madre trocou umas poucas palavras com uma sacerdotisa que tinha uma fita presa em torno do braço. Era verde, sinal incontestável de que se tratava de uma Educadora. O código das fitas coloridas era mais uma das regras da vida no mosteiro, como a Pequena Madre explicara durante o breve treinamento: verde para as Educadoras, branco para as Rezadoras, marrom para as Itinerantes, preto para as Julgadoras e, por fim, rosa para as Medicatrizes.

À margem da assembleia, Talitha divisou algumas Combatentes, imóveis. Só contou cinco, mas não quis se iludir: devia haver certamente muitas mais. Num rápido olhar, a população do mosteiro parecia ser constituída por uma centena, entre noviças e sacerdotisas, e isso significava que devia haver pelo menos outros tantos escravos. Cinco Combatentes não podiam bastar para garantir a ordem e a segurança.

A Pequena Madre se retirou e as noviças acompanharam uma Educadora para dentro de um dos edifícios retangulares que ficavam ao lado do templo. Outra Educadora se aproximou de Talitha. Devia ter uns trinta anos, a julgar pela pele das mãos e do pescoço, mas mesmo assim a sua testa era marcada por rugas profundas. Os cabelos eram amarelos e pareciam estopa, e os olhos, de um marrom mortiço. Os lábios finos e contraídos lhe davam uma aparência grave e severa.

– Venha – disse simplesmente.

– E o meu servo? – perguntou Talitha, imóvel. Tinha visto alguns escravos espiando da entrada de um edifício rústico, uma espécie de barraco despojado que ficava separado do restante do conjunto monástico, num galho lateral.

A sacerdotisa olhou sem o menor interesse para Saiph.

– Arath! – chamou.

Uma idosa femtita se aproximou de cabeça baixa, em sinal de deferência.

– Leve este escravo para os aposentos dos serviçais e lhe explique o que se espera dele.

A velha baixou ainda mais a cabeça em sinal de assentimento.

– É o meu criado pessoal, desejo que fique comigo – disse Talitha secamente.

A Educadora deu um passo na direção da jovem, sobrepujando-a. Talitha sentiu o peso da autoridade dela, mas procurou não se deixar intimidar.

– Aqui não estamos no palácio, as coisas funcionam de forma diferente. E acho bom que entenda isso logo, *jovem condessa*. Siga-me.

A Educadora virou-se, dirigindo-se com grandes passadas para o mosteiro. Talitha não teve escolha a não ser acompanhá-la.

No breve passeio que deram pelo conjunto, Talitha descobriu que a Educadora se chamava Dorothea. Talitha não era a única a ter nascido numa família nobre e aquelas como ela tinham direito a um tratamento especial, particularmente cuidadoso, uma vez que mais cedo ou mais tarde iriam ocupar os cargos mais importantes do mosteiro. Irmã Dorothea lhe mostrou a localização do refeitório e a entrada do templo, para então levá-la, por fim, ao dormitório, o edifício de janelas coloridas no qual reparara ao chegar. Agora que podia vê-lo de um ângulo diferente, Talitha percebeu que o telhado era formado por uma única e grande vidraça decorada com a imagem sinuosa da deusa Alya. Durante o trajeto, a irmã Dorothea explicou as obrigações que o mosteiro iria impor-lhe. Teria de acordar ao alvorecer e, até a noite, o seu tempo seria repartido entre orações e estudo, com breves pausas para as refeições. Talitha achou que um ritmo como aquele podia matar até o mais robusto dos escravos.

Percorreram um corredor aberto adjacente ao tronco, de forma que a parede à sua direita era formada diretamente pela casca do Talareth; ao longo da parede oposta havia uma série de portas brancas. Irmã Dorothea parou diante de uma delas e a abriu.

– Normalmente as noviças dormem todas juntas – disse. – Mas você terá um quarto só seu, um privilégio que compartilha com algumas companheiras de origem nobre e com as sacerdotisas.

A nova casa de Talitha era uma cela retangular, com quatro braças de comprimento e três de largura. Havia uma cama de metal, extremamente simples, com um colchão de folhas secas. Um genuflexório fora colocado diante de um pequeno altar, e aos pés da cama ficava o baú que constituía toda a bagagem que haviam trazido para ela de Messe. A decoração era completada por uma tosca mesa encimada por uma prateleira, e por um banquinho.

– E este aposento seria de uma noviça bem-nascida? – exclamou Talitha, já se sentindo sufocar.

– A sua vida, como a viveu até agora, acabou – respondeu Irmã Dorothea, gélida. – Aqui não há lugar para o luxo, a existência que levamos é tranquila e operosa, avessa a tudo o que é supérfluo e voltada ao essencial, ao prazer da oração e da contemplação. Sabia muito bem disso quando decidiu tomar os votos.

Claro, como se a escolha tivesse sido dela. Talitha imaginou se a Pequena Madre também se contentava com uma mesa tosca e com um catre desconfortável.

– Gostaria que não falasse comigo, a não ser quando diretamente consultada, e que me demonstrasse o devido respeito – acrescentou a Educadora franzindo a testa.

Talitha fitou-a em silêncio, sem baixar os olhos. Tinha vontade de dar-lhe uns bons pontapés, mas não podia. Se quisesse fazer com que o seu período no mosteiro – o seu *breve* período – decorresse de forma tranquila, devia evitar qualquer atrito com as hierarquias.

– Posso vos fazer respeitosamente uma pergunta? – disse afinal, tentando não deixar transparecer a antipatia na voz.

Irmã Dorothea baixou a cabeça em sinal de assentimento.

– Onde ficará alojado o meu criado?

– Nas barracas dos escravos, é claro.

Talitha apertou os punhos. Pelo que pudera ver desde que chegara, no mosteiro os femtitas eram tratados como animais, e o alojamento onde eram amontoados provava isso. Imaginou Saiph sendo forçado a partilhar um catre sujo e malcheiroso com sabe lá quantos outros infelizes, e sentiu um aperto no coração.

– Poderei vê-lo esta noite?

– Caberá a ele servir-lhe as refeições e limpar o seu quarto, exatamente como fazia no palácio, se é isso que você quer saber.

– Quero que seja tratado como propriedade minha e, portanto, com o mesmo cuidado a tudo que é meu.

A Irmã Dorothea deixou entrever um sorriso presunçoso.

– Já não é seu. Seu pai vendeu-o ao mosteiro. Apenas por nossa generosidade ele foi encarregado de cuidar da sua pessoa, mas, quanto ao resto, é um escravo como os demais.

– Fez uma pausa enquanto Talitha absorvia a informação.

– Ouça bem, você se acha importante aqui só porque é a filha do conde, mas a sua condição não é diferente da de Jara, que é filha do conde de Fantea, do Reino do Inverno, ou de Grele, filha do rei do Reino do Outono. Talvez algum dia você se torne Pequena Madre, mas ainda falta muito tempo, e isso só ocorrerá se a situação não mudar até lá. Aqui não vigoram as leis a que estava acostumada lá embaixo, em Messe. Nós estamos acima daquelas leis. O nosso poder provém diretamente dos deuses e é maior que o do seu pai, maior até que o de um rei. Quanto antes se acostumar com as novas regras, melhor para você.

Talitha sentiu o desejo de ter a sua espada nas mãos, para mostrar-lhe com quem estava lidando. Era um cadete, e arrancaria dela aquele sorriso com o aço da espada. Mais uma vez, porém, disse a si mesma que não podia. Baixou a cabeça e murmurou:

– Está bem, Irmã Dorothea.

– Venha, já é quase hora do jantar – disse a Educadora, com ar satisfeito.

A luz alaranjada do anoitecer era filtrada pelas grandes vidraças do refeitório, desenhando no chão fantásticas formas geométricas.

Num estrado um pouco mais alto do que o resto do piso havia uma mesa decorada com o símbolo do mosteiro. No centro sentava-se a Pequena Madre e, ao seu lado, as sacerdotisas mais graduadas.

Diante do tablado estavam dispostos dois genuflexórios com o degrau forrado de veludo vermelho. No atril de cada um deles via-se um livro aberto.

Aos pés do tablado havia duas outras mesas: uma para as demais sacerdotisas e a outra para as noviças. Irmã Dorothea levou Talitha à segunda mesa e depois foi tomar o seu lugar no estrado elevado.

As noviças começaram a cochichar logo que Talitha se sentou. Todos os olhares estavam fixos nela: uns curiosos, outros hostis, a maioria deles indiferente. Ela enfrentou aqueles olhares com desdém, de cabeça erguida.

No fundo da sala, de relance, viu Saiph, que lhe dirigiu um sorriso fugaz, quase imperceptível, enquanto a Pequena Madre se levantava e um imediato silêncio tomava conta do auditório.

– No fim de mais um dia agradecemos a Alya pela riqueza das suas dádivas – disse.

Uma a uma, as sacerdotisas ao lado dela se levantaram.

– Agradecemos por este dia de doce oração – disse a Primeira Educadora.

– Que a paz e a prosperidade desçam sobre nós – responderam em coro.

– Ficamos gratas por este dia de proveitoso estudo – disse a Primeira Medicatriz.

Cada uma delas, desta forma, expressou a própria reza: eram todas idênticas, recitadas com a mesma voz estentórea, e pareceram a Talitha desprovidas de qualquer arrebatamento. Tiveram, nela, o mesmo efeito que as cerimônias das quais era forçada a participar quando ainda vivia no palácio: enfadonhas ladainhas que não eram proferidas nem com fé autêntica nem com devoção sincera. Eram fórmulas tantas vezes repetidas que já haviam perdido qualquer sentido.

Só as Combatentes nada disseram. Seis delas estavam na sala: quatro nos cantos do refeitório e duas atrás da Pequena Madre, como sombras. As combatentes faziam voto de silêncio e só podiam falar quando a Pequena Madre lhes solicitava diretamente.

Por fim a Pequena Madre tomou outra vez a palavra:

– Queremos agradecer-vos, Grande Deusa, pela presença da nossa nova coirmã. – Todos os olhares voltaram a se fixar em Talitha. – Tornai-a firme em sua fé e ajudai-a a fazer florescer as suas qualidades. – Calou-se por um momento. – Obrigada, finalmente, por esta comida: mesmo em tempos obscuros de morte e carestia, continuais a cuidar das vossas servas que hoje também alimentastes. Por isso, nunca deixaremos de louvar-vos.

– Paz e prosperidade desçam sobre nós – respondeu a assembleia, e então todas se sentaram.

Os escravos avançaram e começaram a trazer os pratos: continham carne mergulhada num denso molho de cheiro forte, hortaliças silvestres e cereais fervidos. Todas foram servidas, a não ser Talitha e mais umas dez jovens. Enquanto perguntava a si mesma se, devido à sua posição, talvez fizesse jus a uma comida melhor, Talitha ouviu Irmã Dorothea chamar seu nome junto com o das outras que haviam ficado sem comida. Foi-lhes ordenado que se levantassem e ficassem diante dos genuflexórios. Talitha olhou para as companheiras. Tinham um ar arrependido e uma delas parecia quase não conseguir conter as lágrimas.

– Hoje também – começou Irmã Dorothea em voz alta, para que todos pudessem ouvir – algumas de vocês não cumpriram a contento as suas obrigações de boas noviças. Leré chegou atrasada para a reza matinal. – A primeira jovem da fila ajoelhou-se. – Deneba não recitou direito os hinos que devia aprender de cor. – A segunda jovem caiu de joelhos, soluçando.

A Educadora continuou mencionando as faltas de cada uma. Talitha sentiu o coração bater mais rápido.

– Finalmente, a nossa recém-chegada, Talitha de Messe – disse pronunciando pausadamente as palavras. – Apesar de você ser nova e, portanto, não estar perfeitamente a par das regras do mosteiro, precisa entender logo que, aqui, quem erra é punido. Porque este erro repercute sobre toda a comunidade, e ofende diretamente a deusa. E você também errou: demorou-se na escada na hora de começar a Ascensão, tentou se apoiar ao corrimão mesmo sabendo que não era permitido. Além disso, ainda que já lhe tivessem feito notar que se tratava de uma atitude desrespeitosa para com uma superior, interrompeu-me e falou sem autorização.

– Mas...

– Cale-se! – A voz da Irmã Dorothea preencheu a sala, e o silêncio se fez ainda mais carregado. – Isto não é um processo, e você não tem o direito de se defender. Aqui, só estamos informando a comunidade das faltas dos seus membros menos capazes. Agora, ajoelhe-se.

Talitha cerrou os punhos e, por alguns instantes, enfrentou o olhar da outra, de pé.

– Ajoelhe-se – repetiu a sacerdotisa, entre dentes.

Talitha mordeu os lábios. Até queria obedecer, mas não conseguia. A injustiça do que estava acontecendo com ela, a humilhação, eram demais. Se tivesse a sua espada nas mãos, teria esquecido por completo o seu plano de fuga e tentaria simplesmente abrir caminho combatendo, mesmo sabendo que seria um gesto bobo e inútil. Permaneceu de pé, com os punhos cerrados, até que uma Combatente se aproximou e a forçou a se ajoelhar, segurando-a pela nuca.

Irmã Dorothea sorriu.

– E agora leiam os hinos.

As jovens de joelhos começaram a ler os livros que tinham diante de si. Tratava-se de uma oração tirada do Livro da Beatitude. As vozes eram roucas e cansadas. Talitha, cabisbaixa, continuou calada. Mantinha os olhos fixos na madeira, o rosto em chamas e os joelhos doloridos. Sentia no coração uma fúria ardente enquanto o estômago resmungava de fome.

A vizinha lhe deu uma leve cotovelada.

– Leia! – murmurou. – Leia ou será pior ainda.

Indicou rapidamente com o dedo onde estavam.

– Mais alto – incitou a Pequena Madre.

As jovens levantaram a voz. Talitha juntou-se a elas.

Comeram depois das orações vespertinas, quando já estava escuro. Estavam sentadas na sala vazia, distantes umas das outras, para que não pudessem conversar. A comida estava fria e repugnante: os cereais haviam se tornado uma papa pegajosa, e a carne, dura.

Depois da refeição, Irmã Dorothea levou-as aos respectivos quartos. Talitha deixou-se cair, esgotada, no catre, fazendo estalar as folhas secas do colchão sob o peso do corpo.

Mal tinha chegado e já chamara a atenção, exatamente o contrário do que deveria ter feito, pensou. E Irmã Dorothea a odiara desde o primeiro momento. Por quê?

Apertou instintivamente os dedos em volta da metade do seixo preso ao cordão de couro, aquele que pertencera à irmã. Também trouxera o outro, mas o guardara no baú. Preferia usar no pescoço o de Lebitha, para sempre ter consigo a lembrança dela. Passou a ponta dos dedos sobre a superfície lisa da pedra, e então parou. Encontrara uma aspereza da qual não se lembrava.

Pegou a vela que brilhava no tosco castiçal sobre a mesa e aproximou-a do seixo: a parte superior era lisa, mas na inferior algo fora gravado, algo que não conseguia ler. Aguçou inutilmente a vista e estremeceu. Alguém estava batendo de leve na janela.

Levantou-se, circunspecta, e tentou ver através do vidro, porém lá fora a escuridão era total, e a janela era muito pequena. Abriu-a com cautela e reconheceu a figura de Saiph às margens do cone de luz: mal conseguia divisar metade do seu rosto. Ele estava cansado, mas sorria.

– Deu um espetáculo e tanto no jantar, não foi?
– O que está fazendo aqui? – perguntou ela, mais calma.
– Como conseguiu passar sem ser pego?
– Anos de experiência... Achei bom dar um olá – respondeu ele, tentando controlar o tremor na voz.
– Venha para a luz, não consigo vê-lo.
– Patroa, este lugar é vigiado. Só consegui vir até aqui porque me juntei aos servos que controlam as saídas noturnas. Há Combatentes rondando, e usam belos Bastões.

Talitha esticou um braço e, quando ele não esperava, segurou-o pelo pescoço, trazendo-o para a luz. Ele baixou instintivamente a cabeça, mas não foi bastante rápido. Estava pálido, de rosto inchado.

– Foi espancado...
Saiph agarrou a mão dela e, meio desajeitado, conseguiu se livrar.
– Sou um escravo, e os escravos são espancados.
– Não o *meu* escravo – rebateu ela. Mas logo lembrou que Saiph já não lhe pertencia, coisa que ele provavelmente sabia desde o começo. – O que você fez?

— Demorei demais a voltar ao barraco depois do refeitório. Fiz de propósito, para estudar o percurso. — Saiph sorriu.
— Mas isso é algo que eu não podia contar para elas.
— O que descobriu?
— Muito pouco, por enquanto. Só que há vigias por todo canto. E os mais vigiados pelas Combatentes são justamente os que acabaram de chegar.
— Não vamos ficar por aqui muito tempo.
— Assim espero... — Saiph olhou em volta. — Preciso ir agora. Ficaremos em contato conforme combinamos, está bem?

Virou-se de repente e, sem esperar por uma resposta, desapareceu nas sombras. Talitha estava a ponto de chamá-lo de volta quando, no escuro, divisou uma figura de rosto velado: uma Combatente. Apressou-se a fechar a janela e se encolheu na cama. Ia ser muito mais difícil do que imaginara.

Saiph voltou aos alojamentos dos escravos sem ser visto. Pelo menos duas vezes correu o risco de cruzar com uma patrulha de Combatentes, mas os deuses deviam estar do seu lado, porque sempre conseguiu se safar por um triz. O dormitório não passava de um grande aposento retangular. Não havia uma cama sequer, era preciso dormir diretamente no chão. O espaço, além do mais, era limitado, e era impossível deitar-se sem ter os pés de alguém embaixo da cabeça, ou um cotovelo enfiado nas costelas.

Logo que arrumou um cantinho, no entanto, a porta foi escancarada por uma Combatente. Por um momento achou que tinha vindo em busca dele, mas a Combatente estava acompanhada por uma sacerdotisa que mandou todos os escravos saírem para a esplanada nos fundos.

— O que está acontecendo? — perguntou Saiph a um escravo idoso, sem um só dente na boca.
— Um castigo — respondeu o velho. — Pode ir se acostumando, pois verá muitos por aqui.

Os escravos tiveram de perfilar-se na esplanada, então a sacerdotisa disse o nome daquele que seria punido. Era um jovem com mais ou menos a idade de Saiph, que ao ser chamado estremeceu e se deixou cair ao chão, trêmulo de terror. As Combatentes arrastaram-no fora da formação, e duas delas o prenderam pelos pés e pelas mãos a uma tora.

– Dez pauladas com o Bastão – proclamou a sacerdotisa.

O escravo tentou protestar, mas a primeira pancada cortou as palavras na sua boca. Depois não pôde fazer outra coisa a não ser gritar, conforme as pauladas se seguiam. Saiph nunca tinha visto ninguém bater com tamanha força, nem com tanta impassibilidade. Os castigos no palácio, em comparação, eram carícias. Teve de desviar os olhos. Ele não conseguia suportar.

Quando a Combatente acabou e o escravo ficou prostrado, gemendo, a sacerdotisa deu um passo adiante. Era jovem, até mesmo bonita, mas no seu olhar não havia qualquer compaixão.

– É assim que tratamos os escravos que desobedecem. E assim será tratado qualquer um de vocês que falhar. Podem voltar a dormir agora.

Entraram novamente no dormitório.

– O que ele fez? – perguntou Saiph baixinho ao velho, que se deitou ao seu lado.

O coitado olhou para ele com resignação.

– Nada. De vez em quando pegam um de nós, ao acaso, e o espancam só para nos lembrar de como as coisas funcionam. – Foi quando olhou melhor para o rosto de Saiph. – Mas vejo que já teve a oportunidade de conhecer a disciplina daqui.

– Uma Combatente ficou de plantão diante da entrada. Ela vai ficar a noite inteira?

O velho confirmou.

– Mas elas se alternam – explicou – e pode passar até meia hora até a substituta chegar. Terá de aprender a se mexer melhor, se quiser falar com a recém-chegada.
– Como é que você sabe? – perguntou Saiph, surpreso.
– Todos sabem que você tem uma ligação especial com a sua patroa. Dá para ver. E *elas* também sabem – disse apontando para a Combatente. – Tome cuidado.

A Combatente bateu com o Bastão no chão: era a maneira com que pedia silêncio. O velho cobriu a cabeça, e Saiph fez o mesmo: já descobrira o bastante para um só dia. Caiu quase de imediato num sono profundo.

10

O toque da alvorada chegou antes mesmo que os dois sóis tivessem aparecido por completo. Uma luz difusa e rosada invadia o quarto, fluindo através do telhado de vidro. O que despertou Talitha foi o ruído do movimento da maçaneta. A porta abriu-se devagar, e o rosto de uma jovem femtita apareceu; tinha olhos grandes, alongados, de uma cor dourada, mas mortiça, quase marrom. Os cabelos eram verde-claros, lisos, cortados logo abaixo das orelhas. Talitha calculou que não devia ser muito mais velha do que ela.

— Minha senhora, sou Mantes, e recebi a ordem de cuidar de vós. Está na hora de se levantar — disse baixinho.

Talitha deixou que a vestisse e lhe preparasse o desjejum sem dizer uma única palavra.

— Saiph espera por mim no refeitório? — perguntou depois de ficar pronta.

— Minha senhora, Irmã Dorothea me disse que hoje ele não terá a permissão de vê-la na primeira refeição do dia.

Talitha virou-se de repente.

— Que negócio é esse? Leve-me agora até ele. Algo lhe aconteceu?

Mantes recuou, assustada.

– Nada lhe aconteceu, minha senhora, acabo de falar com ele.

Talitha tinha vontade de gritar. *Claro, deve estar ótimo, todo mundo fica ótimo depois de levar uma surra! E esta pobre escrava também será espancada, se eu lhe criar problemas demais...*

Olhou para ela por alguns instantes, e então decidiu poupar-lhe uma injusta punição. Sem fazer mais comentários, dirigiu-se à porta. Mantes respirou aliviada e foi atrás dela.

Lá fora o ar estava fresco, muito mais ameno do que em Messe, e tinha um cheiro particular que Talitha não conhecia. Afinal, lá em cima, tão perto da Pedra, o ar era mais denso. De fato, desde a noite anterior, ela estava com uma leve dor de cabeça. Atribuíra a dor ao cansaço, mas mesmo agora a cabeça a incomodava.

Mantes levou-a ao templo, onde as sacerdotisas estavam se reunindo. Talitha reparou na imagem de duas Combatentes.

Mas que droga, estão sempre presentes...

Demorou-se observando a estrutura do templo: ainda não tivera a oportunidade de entrar nele, e apesar do ódio que o mosteiro lhe inspirava, sentia-se fascinada pela beleza dos edifícios e pela sua elegante arquitetura.

A entrada consistia numa porta dupla de madeira que encerrava um pequeno ambiente, decorado com baixos-relevos que representavam sinuosos motivos florais. Passando pela segunda porta, entrava-se no templo propriamente dito. O ambiente, semicircular, era dividido em duas naves separadas por colunas extremamente altas, lembrando caules de plantas, mais largas na base e no topo, e mais estreitas na parte central, onde se podia ver uma fita. As colunas sustentavam arcos de forma oval, cada um dos quais encerrava um motivo em forma de flor, com um espaço circular escuro no meio. Davam a impressão de um gramado florido.

Seguindo em frente, notava-se que as colunas sustentavam um amplo camarote, logo abaixo da abóbada de vidro. Talitha reconheceu ali a Pequena Madre e as demais sacerdotisas graduadas. Mas não se demorou muito a observá-las. Toda a sua atenção fora atraída pela cúpula. Hemisférica, era toda ocupada por um vitral de extraordinária beleza, decorada com motivos de flores entrelaçadas que emolduravam a imagem central. Tendo como pano de fundo um céu de um azul absoluto, estava representada uma mulher de quadris generosos e braços nus. Era quase possível perceber a maciez daquelas formas. Sobre os ombros quase transparentes e de uma delicada cor de âmbar, erguiam-se grandes asas membranosas. Os cabelos eram penteados como os das noviças, presos num coque na nuca. Entre os braços, que sustentavam as dobras da veste, trazia dois maços de flores de várias espécies, extremamente coloridas. O rosto aparentava uma calma imperscrutável. Era Alya, a deusa a quem estava sacrificando todo o seu ser. Mesmo assim Talitha não pôde deixar de ficar fascinada. Era tão bela, tão maternal e protetora... parecia que dela não podia provir mal algum. Ficou pensando que, por uma criatura como aquela, era possível até renunciar à própria vida. E só para aproveitar um instante daquele olhar.

Alguém empurrou Talitha por trás. Era uma jovem mais ou menos da sua idade.

– Mexa-se, deixe os outros passarem também – disse, amarga. O rosto, de nariz comprido e reto e lábios bem-desenhados, era realmente bonito, mas tinha algo de arrogante. Passou à frente de Talitha e foi sentar numa área cercada por uma grade metálica baixa diante do altar. Havia mais quatro fileiras de bancos distribuídos em semicírculo entre as colunas, e Talitha ficou imaginando qual seria o seu lugar. Ainda não entendia as complexas regras daquele local, e queria evitar mais um castigo no refeitório.

— Está procurando onde se sentar? — perguntou uma voz ao seu lado. Era uma jovem de formas generosas, que olhava para ela com um sorriso de menina.

— Estou — respondeu. — Sou nova aqui, o meu nome é Talitha.

— Sei. Todas nós sabemos. Eu me chamo Kora — disse a outra, levando uma das mãos à fronte. — Venha, vou levá-la ao seu lugar.

Talitha acompanhou-a até a zona cercada em volta do altar, e reparou que naqueles poucos minutos os bancos já tinham sido todos ocupados.

— Eu vou ficar atrás — disse Kora. — Não sou filha de pais importantes — acrescentou.

— Obrigada — murmurou Talitha.

— De nada. Sei como a gente se sente logo que chega. — Despediu-se com a mão e desapareceu no fundo do templo.

Talitha sentou num lugar vago a poucas braças de distância do altar, que era um bloco de pedra cândida, delicadamente esculpida, colocada diante de um retábulo de pedra negra. Não pôde indagar mais, pois logo a seguir entrou a oficiante, que deu início aos rituais, feitos principalmente de cantos.

Talitha juntou-se ao coro, mas em voz baixa, a contragosto. Nunca gostara de cantar, sobretudo quando alguém podia ouvi-la. Enquanto isso, pouco a pouco a claridade aumentava, até que de um furo que devia estar situado em algum lugar acima da entrada penetrou um único e sutil raio de luz solar. Cortou o ar denso do templo em dois e parou no altar. O retábulo iluminou-se: linhas douradas foram se desenhando na sua superfície sombreada, como lava incandescente derramada em finos canais. A certa altura tornou-se visível a imagem magnífica e terrível de um rosto de mulher; envolvido por globos luminosos, parecia fitar de cima a baixo as sacerdotisas com olhos semicerrados e expressão severa. As têmporas eram enfeitadas com esplêndidos botões brancos, e os cabelos desciam vaporosos em amplas espirais, sinuosas como um labirinto. Era Mira.

Talitha ficou boquiaberta à medida que a luminosidade ia crescendo e inundava completamente o retábulo: as linhas douradas derreteram-se num fulgor tão intenso que se tornou insuportável. Àquela altura os cantos cessaram. A celebrante encerrou a assembleia e as sacerdotisas começaram a retirar-se para as respectivas atividades cotidianas, movendo-se quase em uníssono. Talitha foi a última a levantar-se e, na saída da área reservada, encontrou Kora, que, evidentemente, estava à sua espera.

– Ficou impressionada, não foi? – disse, vendo a expressão ainda atordoada de Talitha.

– O retábulo estava lindo... Mas como...

–O ornato está repleto de nitita, uma substância que brilha quando iluminada pelos raios de Miraval – explicou Kora. – Não parece tão mágico depois que você conhece o segredo. Venha, você está no nosso grupo – acrescentou, segurando-a pelo braço.

Talitha estremeceu. Nunca gostara do contato direto com estranhos, a não ser durante os combates, mas era evidente que Kora era movida apenas por boas intenções, e foi com ela.

Conforme atravessavam o templo, reparou em vários nichos laterais. Abrigavam pequenos altares e mosaicos que representavam as Essências, as servidoras de Alya. Conhecia alguma delas, cujo culto era bastante difundido em Talária, principalmente entre as pessoas do povo. Costumavam ser objeto de pedidos de toda espécie, e cada uma delas protegia uma atividade humana. Pelo que ouvira dizer, havia até uma que protegia os ladrões.

Num dos nichos mais escondidos, vislumbrou um objeto comprido com brilho metálico, que parecia ser algum tipo de arma, mas não pôde perguntar mais, porque já estavam diante da Irmã Dorothea, parada na entrada.

– Então, Talitha de Messe, esta noite também irá nos dar o prazer de alguma boa leitura?

Quem falara era a jovem loura que a empurrara. Tinha vindo para junto dela, e estava acompanhada por mais algumas garotas que riam baixinho.

– Já chega, Grele, sabe muito bem que ela é nova – interveio Kora.

– Ninguém pediu a sua opinião – rebateu a outra, ríspida. Depois fitou novamente Talitha. – Acho que bateu um recorde: ser punida em menos de um dia. A expressão de Talitha se fez mais dura, ela já estava a ponto de replicar quando Kora segurou a sua mão e a puxou.

– Deixe pra lá, não vale a pena se meter em encrenca.

– Quem é ela? – perguntou Talitha.

– Chama-se Grele. E não gosta de ter concorrentes – respondeu Kora, enigmática, claramente ansiosa para mudar de assunto.

Chegaram afinal a uma ampla sala, na qual a luz dos dois sóis fluía com fartura pelas vidraças. Irmã Dorothea ocupou seu lugar numa cadeira de espaldar diante de uma mesa sobre a qual havia um livro enquanto as noviças se sentavam à sua volta. Abriu o volume e folheou-o por alguns momentos, conforme a tensão serpeava entre as garotas.

Enfim levantou os olhos.

– Grele. Recite o Hino do Verão.

Grele ficou de pé e começou a declamar com voz clara e segura, e uma expressão cada vez mais satisfeita tomava forma no rosto de Irmã Dorothea. Quando a noviça acabou, anuiu sorrindo.

– Muito bem, excelente como sempre.

– Por graça de Alya – respondeu a jovem, para então se sentar entre os olhares admirados das companheiras. Talitha percebeu que Grele exercia uma notável influência sobre as demais, e que devia estar acostumada a comandar antes mesmo de chegar ao mosteiro.

– Levante-se, Talitha – disse então Irmã Dorothea.

Talitha se levantou devagar; os olhos das companheiras se fixaram nela.

– Todas nós esperamos grandes coisas de você – acrescentou a Educadora, fitando-a diretamente nos olhos. – A sua irmã era uma sacerdotisa extraordinária, dotada de uma grande Ressonância. Desejamos que possa igualá-la e superá-la.

– Sim... mestra – respondeu Talitha com algum esforço.

– Recite para mim o hino quatrocentos e doze.

Talitha achou que o seu coração ia parar. Como podiam pretender que soubesse alguma coisa no *primeiro dia*?

– Não... não o conheço, mestra.

Irmã Dorothea assumiu uma expressão pasma.

– Ora, é um dos hinos mais conhecidos. O duzentos e sete, então.

Talitha mordeu os lábios. Grele olhava para ela com um sorriso triunfante.

– Não me diga que também não conhece.

– Não.

– Estou abismada. Que tipo de educação lhe davam na sua casa? Recite um qualquer, então. Conhece algum, não conhece?

Talitha sondou nervosamente a memória. Por fim algo emergiu do vazio das suas lembranças. Recitou com voz forçada:

– Louvor a Alya, todo dia, desde o surgir de Miraval até o anoitecer, louvor por aquilo que nos dá e por aquilo que de nós tira.

Ouviram-se risadinhas, mas Irmã Dorothea impôs o silêncio.

– Só isto? – disse. – Uma cantiga de criança?
Talitha não respondeu ao sentir o sangue ferver nas veias. Embora o seu pensamento principal fosse fugir do mosteiro, ser humilhada diante de todas deixava-a furiosa.

– Quero que aprenda de cor os primeiros cem hinos até amanhã. Agora sente-se – disse a Educadora.

Depois de uma aula sobre os textos sagrados, que pareceu interminável, Irmã Dorothea dispensou as alunas. Antes de deixar Talitha sair, no entanto, chamou-a num canto.

– Você tem enormes falhas no que diz respeito às doutrinas, espero que esteja ciente disto.

Talitha anuiu.

– As suas coirmãs alcançaram um nível de estudo muito mais avançado, e é evidente que neste momento você nem está capacitada a entender do que estamos falando. Assim, acho oportuno que estude comigo. Começaremos esta noite, depois do jantar.

– Mas a senhora pediu que eu estudasse os hinos – protestou Talitha.

– Fará isto durante a noite.

Talitha afundou as unhas na palma da mão. Queriam matá-la de tanto estudar, sufocá-la com livros.

Sou um cadete, nunca conseguirão me dobrar, disse a si mesma. O pensamento devolveu-lhe alguma calma à medida que se juntava às outras para mais uma aula em outra sala.

Era uma sala bem ampla, adjacente àquela da qual acabavam de sair, e, como ela, com uma parede inteira formada por grandes vidraças. Do outro lado, no entanto, havia uma estante alta, até o teto, de madeira maciça, cujas prateleiras estavam repletas de livros. O restante do espaço era ocupado por dez longas mesas, de pelo menos seis braças de comprimento, distribuídas em duas fileiras no meio da sala. No fundo, num estrado mais alto, estava sentada uma velha sacerdotisa.

– Precisa falar com Irmã Fonia, ela sabe qual é o seu programa de estudos – explicou Kora.

Irmã Fonia era uma mulher corpulenta, de cabelos ralos que pareciam estopa, já completamente pretos. Seu rosto era um emaranhado de rugas. Apertava os olhos, apesar dos espessos óculos, e mantinha a cabeça abaixada sobre um pesado volume. Nem pareceu perceber a presença dela.

– Mestra Fonia? – falou Talitha baixinho.

A velha levantou a cabeça. Os olhos eram de uma cor desbotada, como um tecido puído por tanto uso. Parecia não reconhecê-la, e ajeitou melhor os óculos no nariz.

– Sou Talitha de Messe.

A idosa sacerdotisa continuou a olhar para ela, em dúvida, depois pareceu finalmente entender e suspirou.

– Sim, claro, a nova. Espere aqui.

Levantou a duras penas, as mãos apoiadas na mesa, e se encaminhou a passos lentos, como que oprimida por um peso enorme, sumindo atrás de uma portinhola. Talitha ficou em pé diante da escrivaninha, perguntando a si mesma qual devia ser a idade da mulher, pois a achara decrépita. Esperou por um bom tempo, até que afinal Irmã Fonia reapareceu pela mesma portinhola carregando quatro volumosos tomos que pareciam esmagá-la com o seu peso. Colocou-os na mesa, levantando uma nuvem de poeira. Tossiu, depois mirou Talitha por cima dos óculos.

– Seu pai nos informou sobre as condições do seu preparo. Algumas das matérias que você estudava com os seus preceptores, no palácio, de nada vão adiantar aqui. Outras, no entanto, merecem uma dedicação mais profunda: estes são um tratado de história elementar, um livro sobre a botânica dos Talareth, um estudo sobre as propriedades e as características da Pedra do Ar e a coletânea dos hinos. Os hinos você pode levar ao seu quarto, Irmã Dorothea permitiu. Os demais volumes, só poderá estudá-los aqui, nesta sala.

Curvou-se com dificuldade, procurando alguma coisa sob a mesa, e então jogou sobre a pilha de livros algumas folhas de papel presas com uma fita roxa.

– Estas são para os seus apontamentos. Faça com que sejam suficientes, pois só poderá pedir mais daqui a um mês.

– No fim da curta preleção, a velha perdeu imediatamente qualquer interesse por ela e voltou a mergulhar na leitura.

Sob o peso dos livros, Talitha avançou com dificuldade até o lugar vago na mesa onde Kora estava sentada. Todas liam em silêncio, reparou, coisa que ela também deveria fazer, apesar de nenhuma das matérias despertar a sua curiosidade. O único livro pelo qual podia sentir um vago interesse era o de história, e começou por ele.

Pelo menos não há instrutores idiotas a serem ouvidos, considerou, mas não pôde evitar um gemido quando abriu a primeira página. O texto era cerrado, escrito com letrinhas miúdas dispostas em duas colunas. Iria levar uma vida inteira.

Conformada, pegou caneta e tinteiro e escreveu numa folha: *Primeiro dia, história.* E começou a ler.

11

Saiph enxugou o suor da fronte com o dorso da mão. Não podia sentir a dor nos joelhos, forçados à imobilidade sobre as tábuas do dormitório havia mais de duas horas, nem nas costas, igualmente forçadas a uma posição contra a natureza, mas percebia todo o cansaço resultante. Depois do espancamento e da proibição de ver Talitha pela manhã, aquela tarefa ingrata era o toque final da sua punição: limpar sozinho todo o dormitório dos escravos. Ficou imaginando desde quando alguém se encarregava daquele serviço: havia insetos por toda a parte, alguns mortos havia tanto tempo que suas carcaças tinham se transformado em invólucros transparentes; as teias de aranha envolviam suas mãos quando procurava retirá-las, e a madeira estava coberta de crostas com todo tipo de sujeira. Aliás, só havia um penico para todos.

Quando deixara Messe, Saiph estava ciente de que suas condições piorariam, mas não podia imaginar até que ponto. A mãe não se cansava de dizer isso quando ainda vivia, que os dois tinham sorte porque podiam contar com a benevolência das jovens condessas.

Também estava convencido, no entanto, de que poderia acostumar-se facilmente às novas condições de vida: era muito bom na hora de passar despercebido e de desempenhar o papel do escravo obediente. Alguns criados no palácio nem se lembravam do seu nome porque raramente haviam tido de repreendê-lo.

Levantou-se devagar, mas teve, antes, de sentar-se no chão, pois as juntas não queriam se mexer. Arregaçou as calças até a metade das coxas. Os joelhos estavam cheios de hematomas.

O dia começara antes mesmo do alvorecer. Uma sacerdotisa acordara-o com os demais escravos e destinara cada um deles às atividades cotidianas: uns à cozinha, outros à lavanderia, alguns aos elevadores que levavam a comida e a bebida lá para cima. E ele deveria cuidar das tarefas mais aviltantes: levar embora o lixo, limpar os banheiros e, agora, dar um jeito naqueles barracos. Chegou a perguntar a si mesmo se tinham alguma coisa contra ele em particular, ou se aquela era a forma de tratar os recém-chegados.

Conseguiu levantar-se, a duras penas, e arrastou-se para fora. Os patamares do mosteiro àquela hora eram plataformas ensolaradas e desertas. As noviças estavam ocupadas com os estudos, as sacerdotisas, com as tarefas do culto. Um criado deteve-o quase de imediato, de Bastão na mão.

– Você devia estar limpando o dormitório.

– Acabei de limpar.

O outro fitou-o, desconfiado.

– É o que veremos. Apresente-se na cozinha para levar o lixo.

Saiph ainda se movia com dificuldade por causa dos joelhos, de forma que tropeçou e caiu de quatro. Ia levantar-se mais uma vez, conformado, quando o criado golpeou-o com o Bastão. Só percebeu a onda de terror, absoluto e paralisante. Acabou de cara no chão, de braços abertos.

O criado levantou-o no muque e forçou-o a ficar de pé.

– Já entendeu ou quer mais?

Saiph levantou as mãos, que ainda tremiam.

– Entendi – murmurou. Tinha dificuldade para articular as palavras.

O outro lhe acertou um pontapé nas canelas.

– Mexa-se!

Saiph apressou-se, achando que era melhor mesmo que a patroa encontrasse depressa uma forma de fugir: desconfiava de que não viveria o bastante para ajudá-la.

Talitha saiu do torpor ao ouvir a campainha do almoço, com a cabeça latejando dolorosamente. O livro de história revelara-se uma chateação mortal, e ela precisara de toda a sua concentração para não se distrair e tomar algumas notas sobre as noções fundamentais. Pelo menos não se tratava de assuntos dos quais nunca ouvira falar: a Antiga Guerra desde sempre despertava o seu interesse, assim como as instabilidades da sua família, cheias de conspirações e batalhas. De qualquer modo, era muito cansativo.

No refeitório, seus olhos logo procuraram Saiph. Os escravos estavam perfilados ao fundo, como na noite anterior, mas não o viu. Talitha parou no meio da sala, conforme as demais noviças acorriam para os seus lugares.

– Rápido, devemos estar todas sentadas quando a Pequena Madre chegar – murmurou Kora.

Mas Talitha não se mexeu.

– Não estou vendo o meu atendente.

Kora deu uma olhada na fileira de escravos.

– A minha também não está. Às vezes acontece...

– Tampouco apareceu de manhã.

Kora percebeu que Talitha estava de fato preocupada com o escravo.

– Tenho certeza de que está bem.

– Ontem à noite foi espancado.

– Às vezes acontece. São muito severos aqui.

– Ele é o *meu* escravo, quem decide se merece ou não ser espancado sou eu.
– Talitha, por favor – disse a jovem puxando-a suavemente –, precisamos nos sentar. Poderá procurar por ele mais tarde.

Talitha deixou-se levar, relutante, e sentou-se ao lado da outra.

A comida foi parca: uma sopa rala de verduras e algas de lago, na qual boiavam uns minguados pedacinhos de peixe. As noviças mantiveram o mais absoluto silêncio, e ela também se ateve à regra até o fim da refeição.

No começo da tarde, as noviças dispunham de uma hora livre que normalmente usavam para descansar em seus aposentos. Talitha, embora estivesse muito mais desejosa de procurar Saiph, acompanhou Kora até um dos parapeitos. Debruçaram-se, procurando divisar Messe entre os galhos.

– Eu também sou de Messe – disse Kora. – Da periferia. Meus pais são comerciantes. – Então virou-se para Talitha e sorriu. – Já vi você, sabe? Quando passava diante da nossa loja, de volta da Guarda. Você estava linda, vestida de homem.

Talitha sentiu um aperto no coração. Aquela vida parecia agora extremamente longínqua, um sonho que acabara.

– E também a vi, é claro, nas cerimônias, com seu pai. Essa é a parte boa do mosteiro: em Messe, nunca poderia ficar ao seu lado, falar com você desse jeito. Aqui, no entanto, é uma minha coirmã, embora algum dia você deva acabar sendo Pequena Madre.

– Foi para isso que meu pai me mandou para cá – disse Talitha.

– E é por isso que Grele a odeia: tinha certeza de que seria ela, a predestinada. Mas isso não quer dizer que não vá conseguir chegar lá em seu lugar. – Diante do desconcerto de Talitha, Kora prosseguiu: – Aqui as regras são diferentes das de Messe. Ainda que seu pai tenha feito acordos, não

significa que aqui os tratos não possam mudar. Principalmente se você for uma péssima noviça.
Talitha meneou a cabeça.
– É o que fui, até agora.
Kora voltou a sorrir.
– É assim para todas, no primeiro dia. Mas você vai aprender. Todas nós aprendemos, e bem depressa.
Talitha estava a ponto de rebater quando, do outro lado da plataforma, onde ficavam as cozinhas, viu uma figura magra, dobrada sob o peso de um enorme saco de lixo gotejante.
– Saiph! – gritou, correndo ao seu encontro, sem se importar com os olhares escandalizados das sacerdotisas. – Onde se meteu?
– Patroa...
– Tudo bem com você? Por que está caminhando assim?
Saiph deu um passo para trás.
– Patroa... – voltou a dizer.
– O que está havendo, Saiph?
– Era justamente o que ia perguntar a você. – Irmã Dorothea materializara-se atrás dela, com o rosto rígido.
– O que aconteceu com o meu escravo? – perguntou Talitha num impulso.
As narinas da Educadora fremiram.
– Por acaso permiti que falasse?
Talitha estava a ponto de replicar, mas um olhar de Saiph a convenceu a desistir. Com muito esforço, baixou a cabeça.
– Não, mestra.
A Educadora fez uma careta de desdém.
– Não sei qual era o costume na sua casa, mas aqui não toleramos esta familiaridade entre escravos e noviças.
– Só queria saber...
A Irmã Dorothea levantou o dedo.
– Não lhe concedi a palavra. Esta noite o seu servo ficará sem jantar, só para lembrar-lhe de que quem dispõe

dele aqui somos nós. Não você. Mas não creia que só pagará por este desagradável incidente – acrescentou. Depois deu meia-volta e se afastou.

Atrás dela, Talitha viu Grele dando risadinhas junto com as duas inseparáveis companheiras, enquanto Kora desviava os olhos, constrangida.

– Saiph... – disse.

Ele sacudiu a cabeça.

– Acho melhor você ir agora. Não se preocupe quanto à comida, encontrarei alguma coisa no lixo. – Reparou na expressão desolada de Talitha e sorriu. – Patroa, deixei uma coisa no seu quarto que lhe devolverá o bom humor – e afastou-se cambaleando sob o peso do fardo.

Talitha abriu a porta do aposento e, logo que entrou, sentiu-se sufocar. Não conseguia se acostumar àquele espaço tão apertado. Nunca teria imaginado uma coisa dessas, mas sentia saudade do seu quarto no palácio. Correu imediatamente ao baú e o abriu. Tirou o conteúdo: algumas roupas íntimas e dois vestidos de noviça. Quando acabou, mexeu na tábua do fundo até encontrar a estreita fenda que a separava das paredes de madeira. Procurou levantá-la, tentou desencostá-la com as unhas e quebrou uma, até finalmente conseguir tirá-la do lugar. Apoiou-a no chão e pôde ver o que ela escondia. Seu coração se apertou de dor e saudade.

Cuidadosamente dobrados, lá estavam seus trajes de cadete: as calças reforçadas com tiras de couro, a ampla blusa, o colete, até as botas. Em cima, colocado sobre a fazenda, havia um punhal. O brilho do aço não deixava dúvidas: era uma arma que acabava de sair da forja. Uma arma *dela*.

Muito bem, Saiph, muito bem mesmo, pensou com gratidão. Sabe-se lá como, entre pesadas tarefas e estreita vigilância, conseguira levar-lhe o que tinha cuidadosamente escondido durante a subida ao mosteiro. Antes de colocar de volta o fundo duplo, Talitha não resistiu à tentação: segurou o punhal com delicadeza, contemplou o fulgor do metal refletindo a luz do começo da tarde. Por um momento achou que nada estivesse perdido, que aquela arma falasse da sua indissolúvel ligação com a Guarda. O mosteiro continuava presente, é claro, mas aquele punhal era a solidez de um destino que nada podia mudar, nem mesmo a permanência naquela prisão. A luz correu pela lâmina e o seu reflexo varreu o aposento até deter-se no pingente com o seixo, o que pertencera à irmã. Logo que a luz bateu nele, Talitha viu a superfície da pedra como que se animar. Algo brilhava, fúlgido, sobre a pedra, uma figura, uma gravação, impossível dizer daquela distância. Mas o feixe de luz que projetava era tão intenso que iluminava a parede em frente. Talitha desviou o olhar e ficou boquiaberta.

A inscrição se refletia sobre a parede como por magia. A irmã devia tê-la gravado com um instrumento muito fino, para então preencher os sulcos com nitita, a substância que vira brilhar no altar do templo.

Agora a escritura estava claramente legível: JUNTE-AS E AS SEPARARÁ. B.

Só isso, mas não havia qualquer possibilidade de equívoco. B de Bitha, o apelido que só ela, no palácio inteiro, em toda Talária, usava quando falava com a irmã. A mensagem era de Lebitha, e era para ela.

12

— Minha senhora? Minha senhora!
Talitha estremeceu, estava sentada à mesa, de braços cruzados.

Mantes, diante dela, tinha um ar assustado.

– A senhora foi convocada pela Irmã Pelei – disse quase num sussurro.

– Que horas são?

– Estamos na oitava, minha senhora.

Talitha esfregou os olhos. Nem se dera conta de que adormecera. Entregara-se com afinco a decifrar a mensagem: juntara logo as duas metades da pedra, mas sem conseguir coisa alguma. Provavelmente acabara caindo no sono enquanto pensava no que mais podia fazer.

Bocejou, levantando-se da cadeira.

– Mas a aula não estava marcada para a hora nona?

– Estava, minha senhora, mas Irmã Pelei pediu para vos ver antes.

Talitha levantou os olhos para o céu. Perfeito, mais uma que queria atormentá-la um pouco, em particular. Ficou pensando no que consistia o real poder de seu pai, se todos no mosteiro podiam tratá-la daquele jeito.

Mantes mostrou o caminho. O edifício era o mesmo no qual Talitha assistira às aulas matinais, o aposento ficava ao lado da sala de leitura: um cômodo quadrado encerrando um pesado semicírculo de madeira branca. No meio, uma grande escrivaninha da mesma cor, atrás da qual se entrevia uma cadeira de veludo verde. Sentada nela, uma mulher debruçada nos livros. Do topo do semicírculo, Talitha só conseguia distinguir a cabeleira de uma linda cor de cobre que brilhava com reflexos dourados na luz quente da tarde.

Mantes retirou-se com uma mesura e, depois de uns instantes, Irmã Pelei agitou a mão para Talitha.

– Pode vir. – Talitha desceu devagar e, finalmente, quando chegou ao último degrau, a sacerdotisa levantou os olhos. Era uma mulher de meia-idade, com um rosto de traços marcados, olhos cinzentos e atentos. Entre os seios, bem fartos e visíveis no decote decididamente impróprio para uma sacerdotisa, reluzia um cristal de Pedra do Ar: a Ressonância naquela mulher era tão fulgente, tão poderosa, que a Pedra emitia luz espontaneamente, sem que precisasse segurá-la nas mãos.

– Sente-se – disse, indicando um banquinho. – Sabe qual é a matéria que ensino?

– Não, mestra – respondeu Talitha, sentando-se.

Irmã Pelei apontou para a Pedra.

– Magia.

Talitha ficou atemorizada. Poderia estudar história, religião e todas as outras disciplinas, a fim de corrigir as próprias falhas, mas não havia lá muita coisa que pudesse fazer com a magia. A sua Ressonância era ínfima.

Irmã Pelei dirigiu-lhe um sorriso.

– Está um tanto transtornada, não é verdade?

Talitha assentiu.

– É normal, ficamos todas assim, nos primeiros dias – continuou a sacerdotisa. Suspirou e fechou o livro que estava lendo. – Você nunca recebeu tipo algum de instrução mágica, estou certa?

Talitha assentiu de novo.

– Já providenciei para que a incluam na minha turma de principiantes. Sei que para uma jovem da sua idade não será agradável estudar junto de meninas com menos de dez anos, mas não há outro jeito.

Talitha encolheu a cabeça entre os ombros.

– Comecei com muito atraso. Eu... não cabia a mim vir para cá.

– Eu sei. Tomou o lugar da sua irmã. Mas mesmo inserindo-a nas turmas das noviças mais jovens, continuaria ficando um passo atrás delas no seu preparo. Portanto, decidi que nos primeiros tempos é conveniente que você venha a mim sempre a esta hora, para que possa ensinar-lhe em particular os rudimentos da magia. Depois, poderá participar das aulas com as outras meninas, e quando ficar suficientemente capaz, poderá se unir às suas coetâneas.

Talitha duvidava que isso fosse acontecer algum dia, pelo menos se tudo corresse conforme os seus planos.

– Hoje, de qualquer maneira, só quero testar melhor a sua capacidade. Sei que sua Ressonância é muito fraca – prosseguiu a sacerdotisa.

Talitha ficou meio constrangida.

– Minha irmã era muito dotada, mas minha Ressonância é decididamente fraca. O meu pai já decidira que caberia a ela entrar no mosteiro. Eu tinha sido encaminhada ao estudo das armas, a única coisa pela qual sentia verdadeiro interesse.

Irmã Pelei não se abalou minimamente ao ouvir isso.

– Acho que não lhe deram as informações certas – disse simplesmente. – A Ressonância é apenas um dos aspectos que precisamos levar em consideração.

Talitha ficou perplexa, e a sacerdotisa sorriu de um jeito maroto.

– Não sabe absolutamente nada de magia, não é verdade?
– Como eu já disse, não sabia que este seria o meu destino.
– E as armas tampouco serão o meu, mas mesmo assim as estudei. Eu também nasci numa família rica, sou filha do conde de Arepe. Pois é, eu também estudei a arte da guerra na Guarda.

Os olhos de Talitha brilharam, e Irmã Pelei não deixou escapar a chance de aproveitar aquela curiosidade.

– E direi mais, eu era boa, a melhor da minha turma.

Talitha tinha uma pergunta que lhe queimava na boca, mas depois das experiências com Irmã Dorothea não tinha a menor intenção de ser punida por nada.

– Vamos lá, pode falar – exortou-a a sacerdotisa, intuindo os seus pensamentos. – Não precisa pedir permissão para abrir a boca, não é assim que funciona comigo.

Talitha criou ânimo:

– Por que saístes da Guarda?

Irmã Pelei encostou os ombros no espaldar e suspirou.

– Nem sempre podemos fazer o que queremos... E aquele não era o meu destino. Mas eu gostava, gostava muito; o adestramento com as armas me ajudou quando me tornei uma Itinerante; naquele tempo não havia miséria e, graças à Mira, ainda sabíamos o que era a chuva, aqui no Reino do Verão. As estradas, de qualquer maneira, não eram seguras.

Talitha experimentou uma sensação de verdadeira simpatia por aquela mulher, mas procurou reprimi-la. No fim das contas, se tratava de uma sacerdotisa.

Irmã Pelei observou-a atentamente, depois perguntou de supetão:

– Saberia dizer-me o que é a Ressonância?

– Acho que sim... É a capacidade de ativar as propriedades mágicas da Pedra do Ar. A Ressonância é a condição fundamental para que se possam formular os encantamentos; quanto menor for a Ressonância, menores também serão as capacidades mágicas. Quem não a possui não pode usar a magia.

— Muito bem. Pena que isso seja o que dizem os livros, pois na verdade a vida é, muitas vezes, muito mais complicada. Na verdade, pessoas com Ressonância fraca também podem cumprir grandes magias.

— Podem? — perguntou Talitha.

— Quem tem uma Ressonância forte precisa de menos estudo: a magia, neste caso, resulta simples e imediata — e estalou os dedos. — Quem tem uma Ressonância como a sua tem de arregaçar as mangas, mas com estudo pode tornar-se tão capaz quanto qualquer um.

Talitha permaneceu impassível.

— Não está minimamente interessada, não é verdade?

— Não era minha intenção faltar-vos com o respeito, mestra — respondeu com prudência.

— Não, claro que não. Mas a Ressonância, a magia, tudo... não lhe diz praticamente nada. Porque você é um cadete, certo?

Aquela palavra fez seu coração dar um pulo.

— Se quiserdes realmente saber a verdade... sim, sou um cadete, e continuarei sendo pelo resto da minha vida.

Irmã Pelei levantou-se.

— Siga-me.

Saíram do edifício que hospedava as salas de aula e percorreram um estrado que levava a uma construção baixa e de aparência austera. Diante dele estava parada uma Combatente. Imóvel, de braços cruzados, empertigou-se ao avistar as duas figuras. Quando chegaram mais perto, no entanto, pareceu descontrair-se e baixou a cabeça em sinal de saudação. Irmã Pelei fez o mesmo.

— Tem alguém lá dentro?

A Combatente sacudiu a cabeça, e então abriu caminho para que as duas entrassem. Irmã Pelei abriu a porta.

O interior era dividido em dois amplos ambientes que davam para um pequeno corredor. Um era um cômodo completamente despojado, iluminado por grandes vidraças, o outro era praticamente idêntico, a não ser por um longo cabide de armas preso à parede dos fundos. Não havia armas de verdade, mas reproduções de madeira. A sacerdotisa amarrou a veste para ficar com as pernas livres até os joelhos e convidou Talitha a fazer o mesmo.

– Como já deve saber, as Combatentes não usam armas, mas são treinadas para saber usá-las. Principalmente para que conheçam as maneiras mais eficazes de lutar contra um inimigo armado. – Dirigiu-se então ao cabide de armas e pegou uma espada de madeira. – Vamos lá, escolha a de sua preferência.

Talitha aproximou-se devagar, como se receasse que aquele momento maravilhoso desvanecesse. Eram apenas reproduções de madeira, mas mesmo assim ela se sentia extasiada só de vê-las. Pegou uma espada que, pelo peso e pela forma, lembrava a que usava na Guarda, e postou-se diante da Irmã Pelei. Seu coração estava entregue a um vendaval de emoções: o prazer de segurar novamente uma arma, embora de madeira, o espanto, pois jamais acreditaria poder de novo lutar lá em cima, no mosteiro, e a desconfiança: o que aquela mulher tinha em mente?

A sacerdotisa ficou em guarda.

– Deixo a você o primeiro movimento.

Talitha pulou à frente com um grito, atacando com um golpe de cima para baixo. Mas, quando sua espada desceu, ficou bloqueada em pleno ar, como que retida por um muro invisível. A arma ricocheteou para trás enquanto uma pequena nuvem de minúsculas faíscas azuis crepitava em volta. Irmã Pelei foi rápida e desferiu um ataque direto contra o seu flanco, aproveitando o desequilíbrio da outra.

– Toque! – disse, e recuou. – Um a zero. Precisa se esforçar mais.

Talitha rangeu os dentes, irritada. O que acontecera? Por que não conseguira levar a cabo aquele golpe tão simples? Lançou-se novamente ao ataque, tentando golpear de lado. Mais uma vez sentiu a arma se bloquear, mais uma vez a nuvem de faíscas. Porém desta vez estava preparada e, mantendo firme a sua arma, tentou forçar o bloqueio. Não adiantou: enquanto procurava romper a barreira invisível, Irmã Pelei deu mais uma estocada, atingindo o seu outro flanco.

– Dois a zero!

Talitha recuou.

– Como é? Já está cansada? – disse Pelei.

– Mestra, parece-me evidente que os meus golpes são completamente inúteis – disse Talitha, nervosa.

A sacerdotisa se endireitou, baixando a espada. Talitha foi muito rápida: Com a velocidade do raio, agachou-se e atacou com uma veloz estocada de ponta. Mas foi novamente detida pela barreira e acabou caindo sentada no chão. Irmã Pelei deu uma gargalhada, e então ofereceu-lhe a mão.

Talitha demorou algum tempo a aceitá-la.

– Como conseguiu? Desta vez peguei-a desprevenida! – perguntou, incrédula.

A sacerdotisa segurou o pingente da Pedra entre dois dedos e o mostrou para ela.

– Ressonância. Ainda acredita que não serve para nada?

Talitha permaneceu imóvel, a espada abandonada ao longo do quadril. Então apertou com força a empunhadura, os olhos brilhando.

– Gostaria que me ensinásseis sobre a Ressonância – disse.

13

— Pare de lutar contra si mesma, Talitha! Relaxe! – repreendeu-a Irmã Pelei. Estavam de volta no semicírculo e Talitha sentara-se diante da Educadora e de um fragmento de Pedra colocado na mesa entre elas.
– Mas... eu estava fazendo isso mesmo – mentiu.
– Não tente me enganar, jovenzinha! – exclamou a sacerdotisa. – Precisa esvaziar a mente, e não enchê-la de pensamentos inúteis.
Talitha tinha começado o exercício segura de si, certa de que teria sucesso logo de cara. Mas, ao contrário, percebera que esvaziar a mente não era menos árduo que vencer um adversário com a espada.
– Concentre-se! Nunca vi uma Pedra tão inerte – incitou-a Irmã Pelei. – Só vou lhe ensinar alguns truques com a espada depois de você aprender a transmitir a Ressonância à Pedra.
– Nunca vou conseguir, mestra – disse Talitha.
– Claro que vai. Mas terá de estudar bastante. Se eu perceber que está fazendo corpo mole, se eu achar que não está usando todas as suas possibilidades, ai de você. Está me entendendo?

Talitha concordou, exausta.

Irmã Pelei sorriu.

– Já basta por hoje. Esta noite, antes de adormecer, terá de exercitar-se mais um pouco, está bem? Quero que amanhã você consiga se concentrar pelo menos pelo tempo necessário de três respirações profundas. E agora vamos esperar pelas outras. Ah... lá vêm elas.

Sob os olhos incrédulos de Talitha, o semicírculo ficou repleto de alunas. Eram todas *meninas*, de uns seis anos em sua maioria, mas havia algumas até mais jovens, e só umas quatro ou cinco beiravam os dez. Entraram em alegre algazarra e foram ocupando rapidamente os seus lugares. Logo que a viram, começaram a observá-la, apontando para ela com o dedo e dando risadinhas. Naquele momento, Talitha desejou ardentemente que um abismo se abrisse sob os seus pés e a engolisse.

Irmã Pelei bateu com a mão na escrivaninha. O silêncio tomou imediatamente conta da sala.

– Vejo que já repararam na nossa nova coirmã. Chama-se Talitha e é de Messe; descobriu a sua Ressonância muito tarde, e é por isso que é mais velha do que vocês. A primeira que fizer troça com ela, ou que fizer comentários não propriamente lisonjeiros acerca da sua idade, será punida. Fui clara? – As meninas continuaram caladas e a Educadora fitou cada uma delas. – Perfeito, podemos começar.

Foi uma aula teórica, para alegria de Talitha. Achou que a sacerdotisa estava agindo assim expressamente por causa dela. Fazia perguntas gerais sobre a Pedra do Ar e sobre a magia, e as alunas respondiam competindo entre si, levantando as mãos. Havia uma atmosfera insolitamente alegre, e as meninas pareciam se divertir. A cada resposta certa, Irmã Pelei traçava um sinal num pequeno quadro pendurado diante da mesa. Quem marcava mais pontos recebia uma nota de mérito. Assim, sem quase perceber, Talitha aprendeu algo mais acerca daquele mundo misterioso do qual nunca se aproximara. Descobriu que a magia não podia ser infundida diretamente nas coisas, mas sim através de um encantamento instilado num fragmento de Pedra do Ar, e então transmitido ao objeto. Uma Pedra impregnada de forma correta, por exemplo, podia levantar pesos que uma sacerdotisa jamais conseguiria sustentar com a força dos seus músculos, ou permitir planar suavemente mesmo em grandes alturas. Era assim que as Itinerantes ultrapassavam os despenhadeiros. Também descobriu a coisa mais importante: que a magia gastava energia, tanto a do mago quanto a da Pedra, e que magias particularmente poderosas podiam levar à morte. Tomou nota de tudo nas folhas que lhe haviam sido entregues de manhã, numa escrita bem miúda para o papel durar mais.

Surpreendeu-a de repente o som leve de uma campainha, o sinal do fim da aula. Nem percebera que uma hora se passara.

Acompanhou as pequenas companheiras à saída e, na porta, cruzou com as jovens que frequentavam o curso mais adiantado.

Grele plantou-se diante dela.

– Veja só quem está aqui...

Talitha procurou desviar-se, mas a outra deu um passo para bloquear o caminho, encostando-lhe uma das mãos no peito.

– E então, Talitha – provocou-a –, não tem vergonha de estudar com as menininhas?

Talitha segurou aquela mão e, instintivamente, apertou seus dedos.

Grele gemeu.

– Você está me machucando!

– Não gosto que toquem em mim. Da próxima vez vou quebrar essa mão!

– Solte-me!

De trás chegou a voz de Irmã Pelei:

– Parem com isso!

Talitha largou-a e Grele massageou a própria mão, furiosa.

– Não faço a menor ideia do que deu nela, só a estava cumprimentando e ela me agrediu.

– Posso imaginar – comentou irônica a Educadora, e Talitha entendeu que já devia estar a par das manhas de Grele. – Entre logo.

Grele entrou sem mais um pio, mas lançando olhares cheios de ódio para Talitha.

– Perdoai-me – disse Talitha ao ficar a sós com Irmã Pelei.

– O autocontrole é uma qualidade que não deveria ser cultivada somente por uma boa sacerdotisa, mas também por um válido guerreiro – respondeu a Educadora.

Talitha anuiu, depois seguiu pelo corredor rumo ao seu quarto.

Saiph estava exausto. De tarde trabalhara na lavanderia, e de vez em quando a sua vista falhava. Sentia a cabeça aérea e as pernas pesadas como chumbo.

O cheiro forte do sabão e os vapores da água fervendo só serviam para piorar as coisas. Aquele lugar era atroz. Fumaça por todo lado, entupindo a garganta e tirando o fôlego; os servos do mosteiro percorriam continuamente a fila de escravos com o Bastão na mão, reluzindo na neblina. E o serviço era desgastante, desumano, repetitivo.

A seu lado, uma jovem escrava de pele mortalmente pálida e braços devorados pela água escaldante percebera que ele estava passando mal, e às escondidas pegava panos na bacia dele para jogá-los na própria.

– Você não devia... – falou ele baixinho.

– Finja que está lavando e mantenha as mãos um pouco acima da água. Vai acabar se queimando se continuar assim.

Saiph obedeceu, pois já não tinha força nem para objetar.

– Como se chama? – perguntou.
– Béris – respondeu ela. – E você, de onde vem?
– Do palácio do conde de Messe, e sou o criado pessoal da filha dele, que agora é noviça aqui.
Um lampejo de compreensão atravessou o rosto da jovem.
– Ah... é você... – Sorriu e bateu energicamente os panos sobre a pedra para espremê-los. – Eu trabalhava nas minas da Pedra. Ali a gente morre mesmo. Não dá para aguentar mais do que cinco anos, porque embora a Pedra bruta não nos provoque dor, corrói por dentro, e pouco a pouco mata. Fico feliz em estar aqui agora.
– Há Combatentes por toda parte, e nos espancam por qualquer motivo...
A escrava deu de ombros.
– Para os rapazes como você, de qualquer maneira, deveria ser mais fácil.
Saiph olhou para ela, interrogativo.
Ela sorriu com malícia.
– Dizem que irmã Kaiema tem uma queda por jovens escravos...
Saiph ficou atento.
– É mesmo? Por alguém em particular?
Béris indicou com o queixo um jovem de peito musculoso que carregava pesadas cestas de panos.
– Atualmente, é ele, mas ela muda de ideia o tempo todo.
–E nunca fizeram nada com ele? As Combatentes, os servos...
A escrava olhou para ele, atônita.
– Aqui, as sacerdotisas são a lei: seus desejos são ordens, mesmo quando infringem as regras sagradas. E Kaiema não é a única a aproveitar.
Saiph sentiu alguma coisa se mexer nas suas entranhas.
– Quer dizer que, à noite, alguns escravos ficam andando pelo mosteiro...

– Exato, aqueles que de alguma forma têm... autorização – respondeu ela, sem esconder um toque de censura na voz.
– Vocês dois aí! Menos conversa e mais trabalho! – repreendeu-os o servo, batendo o Bastão contra o muro.

Saiph pegou uma peça e começou a lavá-la com força, pensando naquelas novas informações e em como as repassaria a Talitha.

Só voltou a vê-la na duodécima hora, no refeitório. Saiph estava perfilado junto com os demais escravos. Sentia-se exausto, com os braços vermelhos até os cotovelos. Talitha deu um passo para se aproximar, mas ele lhe lançou um olhar significativo e meneou a cabeça. Ela desistiu de chegar perto e sentou-se ao lado de Kora, que lhe guardara lugar. Uma luz quente e avermelhada filtrava pelas grandes janelas.

As sacerdotisas chegaram e tomaram seus lugares no estrado elevado. Então Irmã Dorothea ficou de pé e leu os nomes das noviças punidas naquela tarde; fez a leitura bem devagar, esperando que cada uma chegasse ao genuflexório.

– Talitha – disse por último.

Talitha já esperava e quase ficou contente: pelo menos não era só Saiph a ter de pagar pela sua incapacidade de se controlar.

Levantou-se com as mãos tremendo.

– Sinto muito... – ciciou Kora.

Talitha manteve a cabeça erguida e uma expressão altiva diante dos olhares de reprovação das coirmãs, até alcançar os genuflexórios.

Irmã Dorothea leu as motivações dos castigos. Uma depois da outra, as companheiras se ajoelharam.

– Talitha faltou ao respeito com uma coirmã e mostrou excessiva preocupação pela sorte de um escravo.

Tudo bem, pensou Talitha, deixando de prestar atenção, *vamos acabar logo com isso.*

Ajoelhou-se devagar; os ossos ainda doíam por causa da punição da tarde anterior, e apoiar os joelhos no degrau provocou-lhe uma fisgada de dor. Leu em alto e bom som, procurando não deixar transparecer o cansaço para não dar satisfação aos seus algozes.

Quando, no fim do jantar, Irmã Dorothea disse que podiam se levantar, Talitha sentiu que as pernas não respondiam. Teve de se apoiar nos braços para se erguer em pé, mas dos seus lábios não saiu um único lamento.

Participaram então das rezas vespertinas na esplanada diante do templo, onde acompanharam com cantos e ladainhas os últimos raios de Miraval. Talitha misturou-se à multidão de noviças e esperou que tudo acabasse para ir comer. O dia a deixara extenuada e estava faminta. Contudo, quando as noviças começaram a se retirar para os seus quartos, Irmã Dorothea se aproximou.

– Nada de jantar hoje. Esta noite você precisa estudar comigo e, portanto, não há tempo. Venha.

Talitha suspirou em silêncio. Já tinha entendido, Irmã Dorothea procurava qualquer pretexto para puni-la. Uma palavra a mais, e acabaria no genuflexório também no dia seguinte. No momento, ficava enjoada só de pensar em ficar lendo enquanto as outras comiam.

– Peço permissão para falar.
– Concedida.
– Gostaria, se possível, de trocar umas palavras com a minha escrava. Preciso dar-lhe algumas instruções para a noite.

Irmã Dorothea perscrutou-a com desconfiança.
– Que seja – disse afinal.

Talitha saiu correndo. Ao ver Mantes, botou uma das mãos sob a túnica e então lhe entregou um pedaço de pão.
– Dê a Saiph.

A escrava ficou horrorizada.

– Minha senhora, se descobrirem, serão dez golpes de Bastão, e não creio que poderia aguentar...

– Entregue o pão e basta – rosnou ela. – Se for o caso, darei cobertura, direi que foi ideia minha, não se preocupe.

Irmã Dorothea levou Talitha para o seu aposento; ficava no fim do mesmo corredor dos quartos das noviças de nobre estirpe.

Abriu a porta e entrou sem dizer uma palavra. Talitha permaneceu no limiar. Irmã Dorothea se virou, quase decepcionada por ela não ter entrado sem pedir permissão.

– Mexa-se – ordenou. Só então Talitha deu o primeiro passo.

O aposento era pelo menos três vezes maior que o dela. A decoração havia sido reduzida ao mínimo, mas a qualidade dos móveis era excelente; a cama de ferro forjado era enfeitada com motivos florais, o grande armário era de madeira de lei e a escrivaninha ampla e espaçosa, com um assento revestido de veludo. Uma parede fora inteiramente ocupada por uma estante cheia de livros, e a larga janela deixava entrar um delicado aroma de resina.

Era um aposento *vivo*, que falava da pessoa que o habitava: do seu rigor, mas também do respeito que lhe era devido. Era o contrário do dela: assim como aquele era despojado e impessoal, na mesma medida este era acolhedor e, de uma forma discreta e condizente com uma sacerdotisa, luxuoso.

– Pegue o banquinho e sente-se aqui – disse Irmã Dorothea apontando para a escrivaninha. Então sentou-se em uma cadeira. O banquinho era baixo, e a cadeira, por sua vez, era imponente, de maneira que a mulher literalmente a dominava. Talitha teve a impressão de estar diante de uma Julgadora, indiciada num processo cujas acusações ignorava. A mulher entregou-lhe um livro.

– Leia o primeiro capítulo.

Talitha abriu o volume e começou:

– *No início era Mira, solitária nos oceanos infinitos do nada. Só havia água e caos, e Nashira ainda não existia.*

Leu o capítulo inteiro. Descrevia como Mira criara Nashira do oceano primordial, e nele um recanto de terra habitável, Talária. E como, em seguida, povoara-o de seres abençoados, os Primeiros, dos quais os talaritas descendiam. Do seu corpo, Mira já havia gerado os demais deuses: Alya, Kérya, Man e Van. E Cétus, o último e mais amado. Mas Cétus cometera traição: ciumento do amor que Mira tinha pelos Primeiros, tentara corrompê-los. Mira descobrira e, assim, a luta começara. A deusa tinha saído da sua morada nas entranhas da terra e, no céu, se confrontara com Cétus. Aquela luta, que durara inúmeros séculos, chegara ao seu clímax numa última batalha, durante a qual a própria ordem do universo se subvertera. A energia dos golpes que Mira e Cétus trocaram entre si esvaziara os oceanos, ressecara a terra e exterminara os Primeiros. No embate, as duas divindades ficaram gravemente feridas. Mira, para ter certeza de que Cétus nunca mais poderia ser fonte de mal, criara no céu Miraval, o seu simulacro, capaz de prender indissoluvelmente Cétus ao seu lado, podendo assim vincular e controlar o seu poder.

– *É por isso que Miraval e Cétus aparecem juntos no céu* – leu Talitha.

– Obviamente, isso vale para quem é digno de olhar para eles – salientou Irmã Dorothea.

Nem todos os Primeiros, contudo, haviam morrido. Um ser, só um, conseguira salvar-se, embora ferido e desprovido da imortalidade que havia sido o traço peculiar da sua raça. A partir daquela pobre criatura, Mira criara a linhagem dos talaritas.

Talitha já sabia disso tudo, o que deixava ainda mais difícil manter-se atenta. O estômago resmungava, o cansaço era avassalador e Irmã Dorothea, quando explicava um trecho, falava num tom de voz soporífero. Mas quando os olhos de Talitha se fechavam, Irmã Dorothea mandava-a colocar a mão esquerda na mesa e golpeava-a com uma varinha. Já de noite, quando a Educadora fechou o livro e a dispensou, a palma da mão da jovem estava inchada e dolorida.

Talitha percorreu o corredor que levava ao seu quarto. O silêncio era irreal, só quebrado pelo canto dos orbos acasalando. Em Messe, os chamados das aves jamais haviam sido tão sonoros, tão próximos. Pareciam convidá-la a deixar-se levar, a deitar no chão ali mesmo, naquele corredor deserto, na paz mortal daquele lugar alheio à verdadeira vida, que por sua vez pulsava, livre e pura, centenas de braças abaixo dos seus pés.

Apertou os punhos e afundou as unhas na carne. Pensou nos trajes de cadete que Saiph levara até lá arriscando a própria vida, no brilho do punhal, e disse a si mesma que jamais iria se render, nunca. Estavam machucando Saiph, estavam tentando apagar nela qualquer sentimento de rebeldia, qualquer traço de individualidade. *Precisava* sair dali. Porém, antes, tinha de decifrar a mensagem que sua irmã deixara. Devia isso a ela, e iria fazê-lo a qualquer custo.

14

Os dias seguintes não foram melhores do que os anteriores.

Embora passasse as noites debruçada sobre os livros, Talitha continuava a errar os hinos quando era interrogada por Irmã Dorothea, e acabava sendo pontualmente castigada. Mal conseguia repetir as palavras, forçando a memória, exausta, depois de todas aquelas horas sem dormir. Grele olhava para ela implacável e, logo que Talitha demonstrava indecisão, levantava a mão para corrigi-la. Irmã Dorothea dava-lhe a palavra e ouvia satisfeita.

– Mestra, é "glorioso", não "faustoso".
– Mestra, ela inverteu a primeira e a segunda estrofe.

De forma que, à noitinha, Talitha acabava, muitas vezes, curvada sobre o genuflexório.

Certa vez foi a única a ler. Fez isso com voz firme, sem pestanejar. Se não mostrasse vergonha, as outras não iriam ter pena dela. A compaixão alheia era a coisa que mais a irritava, principalmente naquele lugar detestável.

– Que pose atrevida foi aquela, enquanto lia? – perguntou Grele, quando se cruzaram na esplanada para as orações vespertinas.

— Só estava cumprindo o meu dever — respondeu Talitha, decidida a não se deixar enredar em mais uma briga.

— O dever de uma sacerdotisa é o estudo, é a oração, não certamente ser punida noite após noite só porque é idiota demais para aprender.

— Sabe perfeitamente por que Irmã Dorothea me castiga todos os dias.

— Claro. Porque o seu lugar não é aqui, mas sim lá embaixo, fazendo algum trabalho bobo de leigos.

— Desta vez, só posso concordar com você.

Kora puxou-a, levando-a embora.

— Deixe para lá, está na hora das rezas.

Naqueles primeiros tempos Talitha nem pôde contar com o apoio de Saiph. Só conseguiam ter encontros fugazes: de manhã, ele entrava junto com Mantes, portanto só lhe dirigia a palavra quando interrogado, tratava-a por vós e se portava como qualquer outro escravo. Então se cruzavam na hora das refeições, mas tampouco nessas ocasiões tinham oportunidade de falar. Ela o achava cada vez mais pálido e macilento, e às vezes podia ler em seus olhos um terror sem salvação. Espancavam-no o tempo todo, era evidente, e não havia coisa alguma que ela pudesse fazer.

Talitha conseguia sobreviver graças à amizade de Kora e às aulas da Irmã Pelei. Kora era a sua tábua de salvação. Sabia encontrar o lado bom em qualquer coisa, e era provida de uma inteligência brilhante. Sobressaía-se em todas as matérias e possuía uma fúlgida Ressonância. Irmã Pelei fazia questão de elogiá-la e de mostrá-la como exemplo, e Talitha percebeu que Grele odiava a ela também. Não perdia qualquer oportunidade para feri-la com gracejos mordazes sobre suas origens humildes.

— Você deveria revidar — disse-lhe certo dia Talitha.

— Com que finalidade?

– Como assim, com que finalidade? Para defender a honra dos seus pais, para demonstrar que não há nada de errado em ser filha de comerciantes.

– Acha mesmo? – O olhar de Kora era tão puro que Talitha ficou constrangida. – Pense bem em como funciona o nosso mundo: você e Grele estão destinadas a grandes feitos, ambas no páreo para o cargo de Pequena Madre. Quem sabe, talvez algum dia uma de vocês duas chegue a ser Madre do Verão, ou até mesmo Grande Madre. E se não tivessem vindo para cá, ainda assim teriam um futuro brilhante. E eu? Eu não sou nada, nem aqui nem lá embaixo – e indicou Messe. – Razão pela qual, talvez, haja algo errado em não nascer nobre.

Talitha ficou perguntando a si mesma se aquela submissão, aquela resignação que também via em Saiph, era um traço típico das classes subalternas, tanto fazia se escravos ou apenas gente do povo. Era algo que não conseguia entender, algo com que era incapaz de concordar. Razão pela qual, por duas tardes seguidas, acabara no genuflexório por ter "faltado ao respeito com uma coirmã", como dissera Dorothea. Ela simplesmente não conseguia calar-se diante de Grele: tinha de revidar, mesmo sabendo que era inútil.

A outra tábua de salvação na qual Talitha se agarrava era Irmã Pelei. Era a única Educadora a mostrar algum interesse real em ensinar-lhe alguma coisa, e a fazer isso com paixão. Claro, as tarefas que lhe atribuía eram tediosas, mas Talitha começava a entender que por trás de todos aqueles exercícios de respiração e concentração havia um plano mais vasto e profundo.

– Quando consigo não pensar em coisa alguma, visualizo uma pequena chama azulada – disse certo dia à Educadora, depois que, pela primeira vez, conseguira concentrar-se por dez respirações longas e pausadas: um excelente resultado, na opinião da Irmã Pelei.

A sacerdotisa sorriu.
– É justamente a finalidade de todos estes exercícios.
Talitha ficou por um momento em silêncio.
– O que é a pequena chama?
– Como já lhe expliquei, a magia consiste em dosar os poderes da Pedra do Ar para harmonizá-los com os nossos recursos interiores.
Talitha anuiu:
– Entendo, a Ressonância.
– Não. A Ressonância é a capacidade de tirar poder da Pedra do Ar; os recursos que estou mencionando são aquela espécie de fluido mágico que permite formular os encantamentos e que, obviamente, também está na base da Ressonância. Chama-se Es.
– E a chama...
– ... é justamente o Es. Não depende da força da Ressonância; via de regra, aliás, é mais forte em quem tem Ressonância fraca, mas fica como que bloqueado. Neste caso, conseguir concentrar-se, saber encaminhá-lo, permite igualmente realizar magias.
– Quer dizer que preciso aprender a usar esse fluido.
– Isso mesmo. Como expliquei, todo encantamento requer uma determinada quantidade de poder da Pedra, assim como uma determinada quantidade de Es. Quem possui uma Ressonância acentuada, retira principalmente os poderes da Pedra e, portanto, no conjunto, não se cansa demais ao formular feitiços. Ao mesmo tempo, porém, a sua Pedra se esgota depressa. Por sua vez, aqueles como você se cansam bastante para realizar magias, mas as suas Pedras duram muito mais.
– Não saberia dizer o que é melhor.
– Ambas as coisas têm lados positivos e negativos. De qualquer maneira, não dá para escolher, é uma característica com a qual nascemos.

Ouvindo a Educadora, Talitha descobria que a magia era um ramo do saber fascinante e complexo.

– Existem três formas de encantamento: encantos de Dissimulação, encantos de Cura e encantos de Morte. Todas as fórmulas pertencem a uma destas categorias – explicou Irmã Pelei. Os encantamentos de Dissimulação modificam o aspecto das coisas, os de Cura agem sobre os ferimentos e os de Morte são fórmulas ofensivas que tendem à destruição.

– E se eu quisesse criar alguma coisa do nada?

– Não é possível. A magia sempre transforma. Transforma tanto os objetos – dos quais podemos mudar a aparência, a forma e a consistência, até infundir neles poderes particulares, mas sempre temporariamente – quanto o Es, tornando-o uma força medicamentosa para os encantamento de Cura, ou uma força destruidora para os feitiços de Morte. Operando magias, a gente se cansa justamente porque tudo se transforma; o Es empregado se esgota. Em determinadas condições, por exemplo, é possível salvar a vida de um moribundo, mas isso pode custar a vida do sacerdote. Por outro lado, é possível tirar a vida de alguém absorvendo o seu Es. Esse excesso de Es, no entanto, leva à destruição do corpo e, portanto, mais uma vez, à morte do sacerdote.

Talitha ficou pensativa por uns momentos.

– Em resumo, não se pode dar nem tirar a vida.

– Você pode, sim, mas o custo disso é a sua própria vida.

– É a mesma coisa que não poder fazê-lo.

– Depende de quanto você ama ou odeia a pessoa à qual dirige o encantamento.

Talitha achou tudo aquilo misterioso e fascinante.

Irmã Pelei sempre sabia que pontos tocar para despertar o seu interesse.

– Também é possível tornar uma espada extremamente dura com a magia. Basta inserir nela um fragmento de

Pedra do Ar que sirva de catalisador e recitar a fórmula. Mas só funciona por algum tempo, que depende da força do mago e do tamanho do pedaço de Pedra. De qualquer maneira, a coisa até que pode ser bastante útil.

O que ainda faltava era a prática. Se no começo Irmã Pelei só queria que se concentrasse, depois de alguns dias começou a pedir que dirigisse o Es para alguma coisa: por exemplo, fazendo-o confluir até a ponta dos dedos, que tinham de revelar um tênue brilho. Talitha achava aquilo extremamente difícil.

– É normal, ainda mais para quem não só é pouco dotado de Ressonância, como também ficou dezessete anos da vida sem se importar com ela. Deveria ter sido mais cuidadosa; se a tivesse exercitado, pelo menos um pouco, agora se sairia muito melhor.

– Quero recuperar o tempo perdido.

A sacerdotisa sorriu.

– Pelo menos não podemos dizer que lhe falta vontade.

Estava certa, pois o treinamento logo começou a dar frutos. A Ressonância de Talitha continuava fraca, mas sua capacidade de controle sobre o Es melhorava de forma surpreendente. Depois de três dias de treinamento árduo, conseguiu realizar o seu primeiro encantamento: acendeu um pequeno globo luminoso. Tratava-se simplesmente de transferir uma mínima parte do Es a uma esfera de vidro, mas ainda assim olhou, admirada, para aquele brilho; embora tênue, era algo que ela fizera, com as suas escassas capacidades.

– Você tende para esse tipo de coisa, normalmente é preciso muito mais tempo para aprender este encantamento – disse Irmã Pelei, satisfeita. – Embora o seu forte continue sendo os encantamentos com as espadas – acrescentou com um irônico ar de repreenda.

– Ora, aquilo também é magia – replicou Talitha. – Que tal a gente treinar um pouco hoje também? Mereço um prêmio, depois do que consegui com o Es!

– É bom não exagerar. Se alguém descobrir quantas horas dedicamos à magia aplicada às armas...

Irmã Pelei levava-a frequentemente aos treinamentos com espadas na sala de armas das Combatentes. Tornara-se um hábito tão corriqueiro que agora sempre estudavam lá, para em seguida voltarem à sala de aula quando as demais companheiras chegavam. Como resultado, quase sempre tocavam suas espadas antes de irem embora. Talitha percebia cada vez mais claramente que a Educadora também sentia saudades dos tempos na Guarda. Seus olhos brilhavam quando segurava uma arma. Era uma guerreira que se tornara mais lenta com a idade, mas ainda era muito habilidosa. Lutar com ela era um verdadeiro prazer, e logo começaram a treinar com armas de verdade, abandonando as de madeira.

Havia um aposento, atrás do templo, onde estavam amontoados todos os presentes que o mosteiro recebia dos fiéis; muitos eram ex-votos, mas também havia muitas armas. Talitha achou fantástico poder empunhar novamente uma espada. Mas o seu sonho era poder ter nas mãos, pelo menos uma vez, a arma mais linda que já vira: a Sagrada Espada de Verba.

Reparara nela desde a primeira vez que entrara no templo, só que então não se dera conta do que ela de fato era. Entendera alguns dias depois, quando tivera a chance de demorar-se mais um pouco diante do nicho que a continha.

Era guardada com o cuidado de uma relíquia, depositada num pano de veludo azul dentro de uma vitrine de vidro. Talitha nunca vira nada parecido. Tinha uma cor muito escura, quase preta, e o metal no qual fora forjada emitia reflexos iridescentes. A empunhadura tinha uma simples forma cilíndrica que se estreitava para baixo e terminava com uma grande pedra preciosa cor de fogo. O guarda-mão era tosco, encurvado para a lâmina e decorado com enfeites indecifráveis. A lâmina mostrava três pontos mais largos: logo antes da empunhadura, no meio e quase na ponta, formando três saliências extremamente afiadas. Toda a lâmina era decorada com os mesmos desenhos que apareciam no guarda-mão. O gume era irregular, como se tivesse sido esboçado por um artífice inexperiente, mas dava para ver que devia ser tão cortante quanto uma navalha.

Talitha ficava muitas vezes encantada diante dela. Imaginava o seu peso, como seria segurá-la. Lembrava que, na Guarda, tinha uma espada predileta: o cabo parecia adaptar-se perfeitamente à sua mão. Quem sabe isso também não aconteceria com aquela arma formidável.

Foi justamente Irmã Pelei que lhe contara a história naquele dia.

– Dizem que a Espada de Verba é tão dura porque quem a forjou impôs nela um encantamento. Era um dos Primeiros, o povo criado no início por Mira. Foi o único sobrevivente à destruição que se seguiu ao épico combate entre Mira e Cétus. Contam que foi a exposição à magia produzida pelo choque cataclísmico que tornou a espada tão dura e cortante. A lenda diz que foi trazida para cá justamente por aquele Primeiro sobrevivente. Contam que o seu nome era Verba, o Eterno. O povo ainda diz que ele deixou a espada num vilarejo femtita. Quanto a nós, acreditamos simplesmente que Verba tenha sido um dos seus primeiros donos, e que impôs nela um encantamento que lhe custou a vida, mas conferiu à arma poderes extraordinários.

– Mas o que ela tem de tão excepcional?

– Em Nashira não há metal idêntico àquele com o qual a espada foi feita. Muitos sacerdotes a analisaram, alguns até tentaram forjar algo similar, mas todos falharam. É um material incrivelmente duro: não há coisa alguma que não consiga cortar, e nada pode sequer riscá-lo. Consegue rachar até grandes blocos de Pedra do Ar.

– Já foi usada em combate?

– Já, durante a Antiga Guerra. Foi usada por Kel.

Talitha conhecia aquele nome: a estirpe de Kel governava agora o Reino da Primavera.

– Mas Kel morreu... pelo menos é o que está escrito nos anais.

Irmã Pelei anuiu:

– Isso mesmo, foi traído. A guerra estava chegando ao fim e estavam fazendo o acordo de paz que serviu de base para a atual Talária. Mas um emissário da família Yena quis vingar seu amo, morto por Kel, e o envenenou enquanto dormia. Depois dessa morte, o irmão que lhe sucedeu decidiu doar a espada aos deuses. E foi assim que ela chegou aqui.

A Espada de Verba. Poderia ser a aliada perfeita para a sua fuga.

– Mas já chega de conversa. Em guarda! – disse Irmã Pelei, tirando uma arma do armário.

– Mas como... – disse Talitha, surpresa, pegando no ar a arma que a sacerdotisa lhe arremessava. – Não devíamos nos dedicar à Pedra do Ar hoje?

– Vamos deixar para amanhã. Decidi que você está certa: mereceu um pouco de treinamento extra – respondeu a Educadora, com um sorriso cúmplice, e deu o primeiro golpe.

Embora as aulas com Irmã Pelei fossem, para Talitha, um motivo para sobreviver naquela prisão, a lembrança da mensagem que Lebitha lhe deixara continuava a atormentá-la. Pensava nela o tempo todo, voltava a lê-la, revirava-a entre as mãos sem conseguir entender. Estava convencida de que significava alguma coisa importante, pois do contrário a irmã não teria lhe entregado a mensagem. Lebitha conhecia-a muito bem, sabia que não iria parar até decifrá-la, e não teria desafiado a sua obstinação, a não ser que houvesse um bom motivo.

O que você não podia me dizer? O que há no mundo de tão importante que exija tamanho segredo?, perguntava a si mesma ao revirar o seixo entre os dedos.

Se não chegasse logo a uma solução, aquele lugar acabaria por enlouquecê-la.

Finalmente, uma tarde, voltando para o seu quarto, reparou que um dos livros que estava estudando, e que tinha deixado na mesa, estava agora em cima do baú. Entendeu logo. Abriu a tampa do baú, procurou entre as roupas. O pedaço de papel estava entre as dobras de umas das túnicas.

Esta noite, na quarta hora antes do alvorecer, no quartinho das vassouras, ao lado dos dormitórios comuns.

Talitha sentiu o coração pular. Ele tivera sucesso! Saiph conseguira algo praticamente impossível. Apertou a mensagem entre os dedos, com um sorriso estampado no rosto. Tentou dormir, dizendo a si mesma que seria uma longa noite, mas a ansiedade a manteve acordada. Contou as horas até o momento do encontro.

Quando se viu diante de Saiph, no quartinho de madeira, não se conteve e pulou no seu pescoço.

– Obrigada, obrigada – disse, apertando-o com força.

Ele estava quase a ponto de acariciar seus cabelos, temeroso, mas ela recuou antes que a mão chegasse a tocá-la.

– Agora tem de me contar tudo.

O rapaz levou um dedo aos lábios.

– Aqui não – disse. Então deslocou algumas tábuas do piso e Talitha vislumbrou um buraco estreito, toscamente delineado na madeira. Com algum esforço, Saiph meteu-se lá dentro, e ela foi atrás.

Quando os pés tocaram no chão, o corpo dela ainda sobressaía no quartinho do peito para cima.

– Precisa se curvar – sugeriu Saiph.

Talitha obedeceu e se viu num espaço amplo, mas de teto extremamente baixo, que os forçava a engatinhar. Saiph enfiou de novo a cabeça no buraco e colocou de volta as tábuas no lugar.

– Onde estamos?

– Sob o pavimento. O piso sobre o qual está edificado o templo tem dupla camada, para arejar o ambiente. Já deve ter reparado que aqui faz muito menos calor que em Messe, não? – Talitha anuiu. – É porque aqui embaixo há gelo que mantém o frescor de todo o mosteiro. – Passou para ela uma espécie de cobertor e ele mesmo usou outro para se agasalhar. – Siga-me.

Arrastaram-se por algum tempo pelo estrado. Entre as tábuas desconexas Talitha conseguia vislumbrar o vazio embaixo de si. Procurou refrear o medo, mas o coração batia violentamente no peito. Tinha de respirar sem fazer barulho, pois logo acima dela ouvia o eco de passos indo de um lado para outro: eram certamente as Combatentes de plantão que patrulhavam aquela ala do edifício.

Afinal o espaço alargou-se e os levou a um amplo aposento, cheio de rodas dentadas e de engates metálicos.

– É onde ficam os mecanismos dos elevadores – explicou Saiph. – Ninguém vem aqui, só uma vez por ano um encarregado desce para fazer a manutenção.

– Como descobriu este lugar?

Saiph sentou-se de pernas cruzadas.

– Pode agradecer à Irmã Kaiema e a Gijn, um dos seus amantes.

Talitha sentou-se ao lado dele, com expressão interrogativa.

– Kaiema gosta de jovens femtitas musculosos.

Desta vez Talitha mostrou-se enojada.

– Ter relações com os escravos é imoral, o Livro dos Preceitos é muito claro a respeito disso.

Saiph deu de ombros.

– Parece-me evidente que aqui não se importam muito com os preceitos. Não foi fácil convencer Béris de que não sou o seu amante.

Talitha deu uma risadinha, e o sangue lhe subiu às faces.

– Estou falando sério! Aqui todos os escravos estão convencidos de que me trouxe para cá por isso.

– É absurdo...

– Para você e para mim, mas não para Gijn. Duas vezes por semana ele passa por debaixo do estrado e se encontra com Irmã Kaiema no quarto especular a este, do outro lado. E há muitas outras passagens.

Talitha ficou imediatamente atenta.

– Para fora também?

Saiph suspirou.

– Não, não há passagens para fora.

– Mas aqui é onde ficam os elevadores, que levam até lá embaixo – observou Talitha.

– Por um túnel vertical de oitocentas braças. Quer ser a primeira a pular, patroa?

– Daremos um jeito, quando a hora chegar – replicou Talitha. – Por enquanto, pelo menos, aqui poderei criar um pequeno espaço de liberdade longe dos olhos daquelas megeras. Devo admitir que você não é nada mau, para um escravo bobo.

Saiph sorriu.

– Descobriu alguma coisa a respeito da mensagem da sua irmã? – perguntou, ficando sério.

– Ainda não, infelizmente. Acredito que a chave para decifrá-la se esconda em alguma reentrância do mosteiro. E como posso chegar lá, se sou continuamente vigiada? Não posso me mexer aqui dentro. Cada canto deste maldito lugar é patrulhado pelas Combatentes.

– Eu sei – falou Saiph baixinho. – E não somente por elas.

Talitha olhou para ele, apreensiva.

– Diga-me, o que estão fazendo com você, Saiph?

Ele contou que o trabalho era extremamente duro, que a comida era escassa e que só tinham uma refeição por dia. Falou dos contínuos castigos aos quais assistira, mas não de como eram pródigos com o Bastão com ele também. Nunca era mais de um golpe de cada vez, mas bastava: o terror se espalhava de imediato, e tirava qualquer capacidade de reação. À noite, os pesadelos o atormentavam.

– De agora em diante, de noite, vou levar-lhe sempre alguma coisa, assim poderá recuperar um pouco as forças, você está só pele e ossos – prometeu Talitha.

– Não podemos abusar da sorte – objetou ele, franzindo a testa –, pois do contrário acabarão nos descobrindo e será o fim. O melhor a fazer é nos encontrarmos uma noite sim e outra não. Eu, geralmente, aproveito a troca da guarda das Combatentes, que às vezes leva algum tempo.

– Está bem, desde que possamos nos encontrar. Nem faz ideia do que é para mim poder enfim conversar com uma voz amiga. Nunca me senti tão só.

Contou-lhe de toda a frustração daqueles dias, de Grele e das suas contínuas provocações, da Irmã Dorothea e do seu enfurecimento.

– Precisamos fugir daqui – disse afinal, retomando o fôlego. – Deste jeito, ambos corremos o risco de não sair vivos. Você está se consumindo de fome, e tem nos olhos um terror que nunca vi em Messe.

– O único caminho de fuga possível daqui são os elevadores de carga e as escadas. Os primeiros requerem a força dos escravos que os operam, e as segundas são impraticáveis, ainda mais porque, à noite, a plataforma que as liga ao mosteiro é retirada. Isso sem falar nas Combatentes.

Talitha sorriu com presunção.

– Eu sou um cadete armado, elas só têm as mãos.

Saiph continuou muito sério.

– Uma escrava, ontem, estragou uma das roupas da Pequena Madre. O servo tentou espancá-la, mas ela se desvencilhou e procurou fugir. Uma Combatente surgiu literalmente do nada e a derrubou. Um segundo antes estava na outra extremidade do aposento, e logo a seguir apoiava um joelho nas costas da escrava e lhe torcia o braço. Quebrou-o com um único movimento, e depois a surrou pessoalmente. Quando acabou, deu-lhe um golpe na garganta, um só. A escrava morreu sufocada em menos de dois minutos: arrebentara-lhe a traqueia.

Talitha estremeceu.

– Não são pessoas normais, patroa, as mãos delas são verdadeiras armas.

– Precisamos decifrar a mensagem da minha irmã o mais rápido possível – disse Talitha.

– A mensagem diz: "Junte-as e as separará." Parece claro que se refere às duas metades do seixo.

– Sem dúvida.

– E se, ao contrário, aludisse a alguma outra coisa?

– Mas está escrito nas pedras, que se juntam porque são a metade do mesmo seixo. Não vejo ao que mais poderiam aludir...

– O que eu quero dizer é que, a juntar-se, são certamente as duas metades, mas talvez haja alguma outra coisa que deve se separar – sugeriu Saiph.

– Mas o quê?

– Não sei. Mas quem sabe talvez juntando as duas metades se obtenha algo capaz de separar alguma coisa diferente.

Os olhos de Talitha brilharam.

– Uma chave para abrir algo...
– Pois é, pode ser.
– Precisamos ir ao quarto que foi da minha irmã: sei que por enquanto está vazio.
– Não é tão fácil assim, patroa. Os dormitórios das sacerdotisas são muito bem vigiados.
– Tenho certeza de que se eu pedir à Irmã Pelei ela me deixará entrar.

Saiph olhou para a vela que trouxera consigo.
– Já é quase a segunda hora antes da alvorada, precisamos ir. Lembra o caminho de volta?

Talitha anuiu.
– Vamos nos encontrar daqui a dois dias?
– Avisarei do jeito de sempre.
– E eu tentarei lhe trazer alguma comida.
– Fique firme, patroa – murmurou Saiph, sério. – Esperar também é uma forma de resistência, e uma das mais eficazes.

Ela fitou-o com altivez, e então pegou o caminho de volta. Quando a escuridão já havia engolido ambos, virou-se.
– De qualquer maneira, senti a sua falta, seu escravo bobo – disse.

No escuro, Saiph sorriu.

15

Graças ao seu excelente desempenho nos estudos, Kora conseguiu uma licença de alguns dias para visitar os pais, e Talitha sentiu-se mais isolada do que nunca. No mês que passara no mosteiro, talvez por só conseguir pensar na fuga e por achar que muito em breve iria deixar aquele lugar, não tinha feito amizade com ninguém. As outras eram um vago conjunto de rostos que se confundiam com o pano de fundo, ou de rostos detestáveis, como os das Educadoras. A não ser pela Irmã Pelei, que demonstrara gostar realmente dela. Talitha foi procurá-la logo depois do almoço, e encontrou-a mergulhada na leitura.

Convencê-la a deixá-la visitar o aposento da irmã foi mais fácil do que imaginara. Ela também sentia falta daquela que fora a sua discípula mais promissora, e entendia o desejo da irmã de conhecer o lugar onde passara a vida longe do palácio. A única coisa que Talitha não pudera contar era a verdadeira razão da visita. Instintivamente, tinha certeza de que Irmã Pelei iria guardar segredo, mas não podia dar-se o luxo de arriscar, de forma que ficou de boca fechada acerca do seixo e da mensagem que a irmã lhe deixara.

Lebitha tinha morado numa das celas imediatamente ao lado do templo. Talitha nunca estivera lá, mas a visita não revelou nenhuma surpresa: o edifício era exatamente igual àquele onde ficava o seu quarto. A única coisa diferente era a decoração do teto, onde predominava uma imagem de Mira, retratada em todo o seu esplendor, o rosto hierático e as formas matronais.

– Aqui estamos. Nada mudou, tudo está exatamente como a sua irmã deixou: ninguém pediu para ficar com os seus objetos pessoais, e nenhuma outra jovem dormiu aqui, depois que ela faleceu.

Talitha demorou-se uns instantes diante da porta de madeira clara, e então se virou para a sacerdotisa.

– Posso entrar sozinha?

– Pode ir, à vontade – respondeu ela, recuando alguns passos.

Talitha apoiou a mão na porta e empurrou.

A luz da tarde iluminava o aposento, quase duas vezes maior que o seu. Encostados numa parede, havia uma cama de metal e um baú. Ao lado da janela, uma escrivaninha, enquanto as outras duas paredes eram ocupadas por prateleiras cheias de livros. A irmã gostava de ler, mesmo quando ainda estava no palácio, ela se lembrava bem disso, e sempre fora uma ótima estudante.

Aquele lugar tinha tudo a ver com ela: o jeito dos cobertores na cama, a arrumação dos pergaminhos na escrivaninha, o perfume que ainda pairava no ar. Tudo era tão dolorosamente imbuído da presença dela que a fez ficar tonta. Parecia-lhe tê-la diante de si, bonita e sorridente como sempre fora.

Encostou a porta atrás de si, deu uma última olhada geral, e então deu início à procura.

Começou pela cama. Levantou os cobertores, verificou as dobras dos lençóis, inspecionou o colchão. Nada. Passou à escrivaninha. A vista da escrita ordenada e fina da irmã apertou-lhe a garganta. Leu rapidamente, procurando entender o conteúdo daqueles papéis, mas só encontrou anotações de estudo, o esboço de um tratado sobre as propriedades da Pedra do Ar, apontamentos de uma jovem sacerdotisa aplicada. O desvelo com que Lebitha se havia conformado com a vontade do pai encheu-a de uma raiva surda. Por que não se rebelara? Por que tivera êxito naquilo que para ela se revelara impossível: baixar a cabeça e amoldar-se aos desejos de quem só a considerava um instrumento para conseguir poder?

Revistou a escrivaninha e as gavetas, uma depois da outra. Verificou até o fundo, à cata de um eventual compartimento secreto. Nada.

Mexeu nos livros e nos pergaminhos nas prateleiras, colocou-os no chão e examinou a madeira. Nada, ainda. Estava a ponto de desistir quando, atrás dos últimos volumes, viu alguma coisa. Uns riscos, uma forma preta e arredondada, toscamente gravada com a ponta metálica de uma caneta. Seu coração quase parou. Depressa, Talitha acabou de tirar os livros da estante até descobrir a reprodução perfeita do seixo reunido. Passou de leve os dedos nele, imaginando a irmã burilando-o na calada da noite, e então percebeu uma fina incisão na orla do desenho. Talitha tirou os pingentes do bolso sob a túnica e os uniu. Sua mão tremia enquanto os apoiava ao desenho. A imagem e o seixo se sobrepunham perfeitamente.

Pressionou de leve e a madeira cedeu, tanto que o seixo se encaixou até a metade da sua espessura. Mas nada aconteceu. Talitha insistiu, mas a madeira não cedia mais do que aquilo. Experimentou rodar o seixo. A pedra girou, emitindo um fraco rangido, e uma pilha de livros ao lado da incisão caiu ao chão com um baque. Talitha estremeceu e se afastou da estante. A porta se entreabriu.

– Tudo bem, Talitha?

– Tudo, mestra. Estava pegando um livro e acabei derrubando os outros da prateleira.

Apressou-se a verificar a estante da qual os livros haviam caído. A parte de baixo tinha pulado para a frente, empurrando os volumes e revelando uma pequena gaveta. Teve de ficar na ponta dos pés para olhar lá dentro e, com um sobressalto, descobriu o conteúdo: um pequeno rolo de pergaminho e uma chave dourada com a incisão de complexos adornos. O pequeno pergaminho havia sido arrancado de um pedaço maior, e nele só havia um desenho extremamente simples: uma elipse na qual se entrelaçavam dois círculos, um maior e outro menor. Não havia coisa alguma escrita. Talitha virou a folha e leu umas anotações:

Anais Celestes, séc. vig., série terceira.
Anotações de Juno, a sacerdotisa herege, m. Quarto.
Interrogatórios, o homem do Lugar Inominado.

Talitha examinou a chave: nada em sua forma sugeria o que poderia abrir. Olhou em volta, mas não viu fechadura alguma. As gavetas da escrivaninha não estavam trancadas, o baú era fechado com um cadeado. Quem sabe alguma fechadura escondida atrás dos livros? Parecia-lhe improvável: qual era o sentido de esconder uma chave tão perto da gaveta que ela iria abrir? Mas, principalmente, por que a irmã lhe deixara aquele desenho e aquela chave?

Escondeu-os apressadamente sob a túnica, onde a fazenda se apertava em volta do seio.

– Está quase na hora da aula, Talitha, não demore.

– Já estou indo!

Recolocou depressa os livros no lugar, fechou as gavetas da escrivaninha e arrumou a cama do melhor jeito que pôde.

Saiu tentando mostrar uma expressão impassível, mas o coração batia acelerado no seu peito.

– Tudo bem? – perguntou Irmã Pelei. – Acha que pode enfrentar a aula?

– Claro – respondeu Talitha. – Só estou um tanto comovida.

Encaminharam-se juntas para a sala de magia. Talitha sentia o frio da chave sobre o seio como um ferrão: só tinha decifrado uma pequena parte da mensagem da irmã, e de repente teve o pressentimento de que não iria gostar do que descobriria.

16

Saiph estava um trapo. Tivera de enfrentar mais um turno de trabalho na lavanderia, e só por um triz conseguira evitar mais uma punição com o Bastão. Além do mais, a refeição consistira numa sopa muito rala, e agora o seu estômago resmungava sem parar, deixando-o entregue a uma sensação de infinito cansaço.

Acabarei morrendo se não conseguir sair deste lugar, disse a si mesmo, e achou que talvez Talitha estivesse certa: a fuga era a única solução. Mesmo assim, esperava que o dia em que ela lhe pedisse para fugir nunca chegasse. Sabia perfeitamente como tudo acabaria, e se podia tolerar a ideia de sacrificar a própria vida para obedecer-lhe, não podia suportar a imagem dela sendo punida, talvez até morta. Não, muito melhor saber que estava lá, talvez acorrentada, mas viva.

Voltou a pensar na chave e na folha que Talitha lhe mostrara durante o último encontro, e na promessa que lhe fizera: iria ajudá-la a descobrir o significado daquele símbolo e a porta que aquela chave abria. Devia isso a ela, e ainda mais a Lebitha.

Infelizmente já inspecionava o mosteiro havia alguns dias, durante as suas tarefas diárias, mas não encontrara nada. Decerto, se de fato existia um lugar ligado àqueles indícios, devia estar muito bem escondido. Com todo o cuidado para não despertar suspeitas, perguntara a alguns escravos com quem tinha mais familiaridade se por acaso sabiam de alguma parte do mosteiro em que ninguém podia entrar, alegando como desculpa uma lenda da qual ouvira falar. Mas ninguém sabia de nada.

Atormentado por esses pensamentos, deitou no chão e o sono entorpeceu seu corpo. Estava a ponto de adormecer quando Béris, ao seu lado, o chamou:

– Saiph – sussurrou –, está acordado?

– Estou, mas já estava quase dormindo. O que foi?

– Precisa parar de andar por aí fazendo perguntas.

Ele virou-se e olhou para a jovem, interrogativo. Béris mordiscou nervosamente o lábio.

– Fale logo – disse ele brincalhão, mas ela não riu.

– Soube que no mosteiro há uma área proibida.

Saiph aguçou os ouvidos.

– E onde fica? – perguntou bocejando, fingindo não estar lá muito interessado.

– É um aposento secreto dentro do Núcleo, a zona onde fica a Sala da Pedra. Só as Rezadoras podem entrar.

Saiph ficou pensativo por alguns instantes.

– Já imaginou os horrores que devem acontecer ali? – comentou.

Béris olhou para ele, muito séria.

– Você brinca, Saiph... mas precisa tomar cuidado. Pode ser perigoso meter o nariz nas coisas que não lhe dizem respeito.

– Como é que você sabe?

Ela apertou o seu braço.

– Kaleb me contou que nos últimos anos já morreram seis escravos que cuidavam do Núcleo... e até algumas sacerdotisas.

Saiph sentiu um arrepio.

– Quer dizer que há escravos encarregados daquele lugar?

– Morreram todos – ciciou ela. – Todos, menos um. É por isso que você deve parar.

Saiph fitou-a na penumbra do dormitório. Não podia parar. Estava obedecendo às ordens da única pessoa pela qual estava pronto a abrir mão da própria vida.

Talitha permaneceu imóvel como uma estátua enquanto Saiph, na sala das máquinas dos elevadores, contava-lhe do Núcleo. Ficara um bom tempo em dúvida, pois sabia que ela ficaria perturbada com a história.

– Quer dizer, então, que algumas sacerdotisas também morreram... – disse Talitha, espantada. – E se minha irmã também tivesse algo a ver com isso?

– Não temos provas – rebateu ele.

– Não, não temos provas, mas é uma possibilidade. Minha irmã tinha descoberto algo que a Pequena Madre e as outras preferem não revelar a ninguém, e por isso a mataram – falou Talitha. – E ela confiou a mim a tarefa de descobrir do que se trata. Ela sabia que, se algo lhe acontecesse, nosso pai me mandaria para cá para ficar no lugar dela.

– Sua irmã a amava, nunca lhe entregaria um fardo como esse.

– A não ser que fosse realmente importante. Precisamos entrar no Núcleo.

– Patroa, não prestou atenção no que eu disse? Todos que se aproximam dele morrem.

– Tomaremos cuidado.

Saiph insistiu:

– Não há como chegar lá. De dia, o lugar é vigiado pelas Rezadoras, e à noite a passagem é controlada por uma Combatente.

– Por isso frequentei a escola da Guarda: certamente não será uma sacerdotisa fantasiada de guerreira a deter-me.

– Estamos falando de adversários infinitamente mais experientes que você. Irão matá-la.

Ela fitou-o, gélida.

– Veremos. Enquanto isso, traga-me o escravo que esteve no Núcleo. Amanhã mesmo, aqui.

– Patroa...

– Não estou pedindo, estou mandando.

Saiph contraiu o queixo, e então baixou a cabeça.

– Como quiser.

Ela anuiu satisfeita.

Só quando se despediram e o escravo já estava a caminho do dormitório ela acrescentou:

– Seja cauteloso.

Mas ele nem se virou.

17

Ceryan era um velhinho de aparência modesta. Cuidava da limpeza da área em volta do Núcleo. Nem tinha coragem de encarar Talitha, mantinha os olhos obstinadamente fixos no chão. Saiph segurava-o pelos ombros, procurando animá-lo. Tivera de prometer-lhe uma ração extra de pão para convencê-lo a comparecer na sala das máquinas dos elevadores, naquela noite. Mostrara-lhe imediatamente a recompensa, que Talitha roubara do refeitório, mas o velho alegara uma infinidade de desculpas: estava escuro, a Combatente estava à espreita e, principalmente, ele não queria se meter em assuntos tão perigosos. Saiph tivera de acrescentar, além do pão, um pouco daquela comida que Talitha juntara para ele.

A jovem tirou do bolso o pedaço de pergaminho que encontrara no quarto da irmã.

– Sei que trabalha no Núcleo e que viu uma zona secreta. Tem algo a ver com este símbolo?

O velho só levantou a cabeça o mínimo para dar uma espiada rápida no desenho e anuiu.

– Diga-me, onde o viu? – insistiu Talitha.

Ceryan torceu as mãos, suspirou e olhou para Saiph com uma expressão de súplica. Ele sorriu para encorajá-lo.

– Vamos lá, responda e poderá voltar a dormir.

– Eu não tenho acesso direto ao Núcleo – disse Ceryan, hesitante. – Um escravo como eu não tem esse privilégio. Só posso chegar até a antessala. Para limpar, tirar o pó. Há sempre uma Combatente vigiando, mesmo quando faço o meu trabalho, para controlar-me.

– E o que há na antessala?

– Livros, livros e pergaminhos, até o teto. Deixam-me trabalhar ali porque sabem que nunca me atreveria a chegar perto da Sala da Pedra. Já levei bordoadas demais, com o Bastão... Mas uma vez eu vi. Cheguei adiantado, e a Combatente tinha deixado a porta entreaberta.

– E o que viu?

O velho fez um esforço para lembrar.

– Atrás de uma estante, vi uma pequena porta na qual nunca reparara antes. Estava aberta: uma fraca luz tremulava lá dentro, provavelmente a luz de um archote, e percebi que havia alguém. A Combatente abria caminho a duas figuras, mas não eram sacerdotisas. Ou pelo menos não estavam vestidas como elas. Usavam uma longa túnica e uma delas carregava um volumoso tomo com um símbolo parecido com o que me mostrou.

– Viu mais alguma coisa?

– Só escuridão. Não sei por que aquele lugar é tão importante, e quando a Combatente voltou e trancou a porta, fiz de conta que não percebera coisa alguma.

– Saberia desenhar um mapa para chegar até lá?

Ceryan enrubesceu e começou a sacudir com força a cabeça.

– Não, não, são assuntos secretos, muitos escravos já morreram por muito menos.

– Ninguém saberá, tem a nossa palavra – prometeu Talitha.

– Não, minha senhora, não posso fazer isso.
– Farei com que receba comida por mais dois dias. Para ajudar a sua memória.

O velho virou os olhos enrugados e melancólicos para Saiph, quase à procura de uma confirmação definitiva, e ele entregou-lhe um pedaço de pergaminho e outro carvão.

Ceryan segurou-os com mãos trêmulas e começou a desenhar.

– Está bem – suspirou. – De qualquer maneira, não tenho nada a perder desde que Silea morreu. Era minha mulher, e mataram-na de pancadas porque deixou cair um cântaro.

– Sinto muito – disse Talitha.

– É assim que nós vivemos, os femtitas. E é assim que morremos. Mas talvez a senhora seja uma patroa diferente. – Pareceu hesitar, apagou uma linha e traçou-a de novo. – Não vão poder entrar pela porta principal. Como já disse, é fechada e vigiada por uma Combatente, e além do mais reparariam em vocês.

– Há então outra entrada? – perguntou Saiph.

Ceryan contou:

– Há uma grade no chão. Não tenho certeza de que vá servir, mas acho que vale a pena tentarem.

– Que Combatente ficará vigiando o acesso ao Núcleo nas próximas noites? – perguntou Talitha.

– A Quarta Irmã – respondeu o velho. – Vai reconhecer porque é a mais baixa. Mas também a mais forte.

Talitha anuiu:

– Obrigada, fez por merecer a comida.

Ceryan foi embora com um sorriso triste, apertando nas mãos a sua mísera recompensa.

– Não será fácil entrar no Núcleo com aquela Combatente de plantão – disse Talitha, preocupada, quando ficou sozinha com Saiph.

Ele estudou atentamente o mapa.

— Acho que entendi onde fica. E talvez conheça uma maneira de chegar à grade — comentou pensativo. Aí pegou o mapa, dobrou-o e escondeu-o no bolso interno do casaco.
— Estará mais seguro aqui — disse. — E também me dará a certeza de que não cometerá alguma loucura escondida de mim — concluiu, abrindo caminho para a saída da sala dos elevadores.

Talitha deu andamento à primeira parte do plano na manhã seguinte. Durante a aula com Irmã Pelei, mostrou-se menos atenta que de costume, e a sacerdotisa não demorou a perceber que havia alguma coisa errada.
— Quando veio aqui, no primeiro dia, achei que tinha sido clara: de você quero estudo e a mais completa atenção, mas não me parece que esteja se esforçando muito — repreendeu-a.
Talitha saiu do seu torpor.
— Perdoai, mestra... Acontece que ando muito cansada.
— E por quê?
— Custo a adormecer, não sei o motivo... Desde que minha irmã morreu, às vezes passo a noite quase sem dormir.
Irmã Pelei ficou séria. Levantou-se e foi até uma pequena escrivaninha atrás de si. Dentro havia uma variedade de vidros. Pegou um que continha um líquido verde e colocou-o na mesa, diante dela.
— Destilado de erva daninha com essência de Pedra do Ar — disse. — Umas poucas gotas uma hora antes de ir para a cama. Mas poucas mesmo, fique bem claro. É um sonífero muito poderoso. Creio que irá ajudar.
Talitha apertou o vidrinho entre as mãos, sorrindo. Por um momento bastante fugaz, sentiu-se culpada, ciente de que estava traindo a sua Educadora, a única que considerava digna de respeito. Mas sabia que era para um bem maior e agradeceu sem acrescentar mais nada.

Ao sair da sala, cruzou com Grele.

Já esperava uma das suas alfinetadas venenosas, mas ela mostrou-se indiferente e continuou conversando com uma das duas jovens que sempre a acompanhavam.

– Dizem por aí que de uns tempos para cá no mosteiro, à noite, há algum... movimento – disse em tom de conspiração.

Talitha aguçou os ouvidos.

Grele olhou para ela de soslaio, deu uma risadinha imperceptível e continuou:

– Parece que um dos novos escravos é bastante ousado, concedendo-se liberdades que poderiam custar-lhe a cabeça. Ou, quem sabe, talvez alguém o force a tomá-las... E você, Talitha, o que acha disso?

Talitha apertou os dedos até os nós ficarem brancos, mas forçou-se a ficar calada.

– Sabe o que acontece com os escravos descobertos onde não deveriam estar?

Talitha não conseguiu conter-se mais.

– Diga você, uma vez que manda as suas escravas meterem o nariz nos assuntos alheios – falou com ar desafiador.

– Elas também violam o toque de recolher quando seguem alguém de noite.

– Está brincando com fogo, Talitha – disse Grele, com desdém –, e nem está correndo riscos sozinha. Está tão pouco interessada assim na vida do seu escravo pessoal?

Talitha pulou para a frente, quase encostando o rosto no da rival. Saboreou o lampejo de medo que passou por aqueles gélidos olhos verdes.

– Mantenha-se longe desse assunto – sibilou.

– Então? O que está acontecendo aqui? – interveio Irmã Xane.

Grele já ia responder, mas Talitha adiantou-se:

– Perdoai-me. Demorei-me sem motivo. – Baixou a cabeça e dirigiu-se rapidamente para a saída.

Na hora do almoço, o ambiente ainda estava muito tenso.

Grele se sentou junto de Talitha e uma das suas mais fiéis companheiras, Fedira, ficou do outro lado. Trocaram entre si um sorriso cúmplice e Talitha compreendeu, tarde demais, que era uma armadilha. Kora, com o olhar perdido, não pôde fazer outra coisa a não ser se sentar em frente.

– Então, amiga dos femtitas, ainda está pensando no destino dos seus escravos? Quanto a mim, não se preocupe: sempre faço com que os meus tenham bastante comida – disse Grele.

A companheira dela riu. Talitha sentiu um gosto amargo na boca, mas continuou calada.

Saiph vinha chegando com a tigela de sopa para a ama, e curvou-se para colocá-la diante dela. Foi então que a amiga de Grele deu um pequeno empurrão em Talitha. Ela perdeu o equilíbrio, muito pouco, mas o bastante para chocar-se com o braço de Saiph. Como num pesadelo, ele viu a tigela cair da sua mão e acabar direto no colo de Grele.

A jovem pulou de pé como um raio, gritando. O conteúdo da tigela – uma sopa de legumes – soltava fumaça, e devia tê-la queimado.

As Educadoras acudiram apressadas e logo derramaram água para evitar uma queimadura. Grele chorava de dor.

– O que aconteceu? – perguntou Irmã Dorothea, procurando consolá-la.

– Foi aquele servo idiota, derramou a sopa em mim! – berrou Grele.

Desta vez quem pulou em pé foi Talitha.

– Foi um acidente!

– Acidente coisa nenhuma! Inclinou a tigela de propósito! – intrometeu-se Fedira.

Talitha fitou as duas jovens, incrédula, e então olhou para Saiph. De mãos cruzadas, cabisbaixo, mantinha-se calado.

– Diga que foi culpa minha, que esbarrei em você! – gritou para ele.

– Esbarrou nele? – perguntou Irmã Dorothea.

– Isso mesmo, porque Fedira me empurrou.

– Só está tentando dar cobertura ao escravo – insurgiu ela. – Eu nem me mexi.

Talitha sentiu um desejo urgente de agarrar o pescoço da moça, e teve de fazer um esforço sobre-humano para conter-se.

Falta pouco, não estrague tudo agora...

– Fui eu – disse afinal, de punhos fechados. – Empurrei-o de propósito.

– Patroa, não é verdade, sabeis disso – protestou Saiph.

– Chega! – Era a voz da Pequena Madre. Estava sentada no seu lugar, mas acompanhara atentamente a cena. – Não sei o que é mais repreensível, um servo que machuca uma noviça, ou a patroa que procura justificá-lo.

– Mas não foi culpa dele!

– Calada! – A Pequena Madre olhou para a sala, furiosa. – Que o escravo receba cinco golpes de Bastão. Você, Talitha de Messe, terá canceladas as suas próximas duas licenças e esta noite irá ao genuflexório. E agora saia, volte ao seu quarto para meditar sobre o que fez.

Então baixou os olhos e voltou a sorver lentamente a sopa. As noviças e as sacerdotisas imitaram-na logo a seguir, fixando os olhares constrangidos nas tigelas. Talitha permaneceu imóvel, enquanto duas escravas seguravam Saiph pelos braços e o arrastavam para fora.

– Não ouviu? Saia daqui imediatamente! – sibilou Irmã Dorothea.

Talitha obedeceu. Ao sair, seus olhos cruzaram com os de Grele, ainda cheios de lágrimas. Mas, naquela expressão sofrida, vislumbrou um lampejo de triunfo.

O castigo foi público. Aconteceu logo antes das orações vespertinas, num dos patamares que davam para o vazio. Normalmente as punições não ocorriam diante de todo o mosteiro, a não ser que a culpa fosse muito grave. E machucar uma noviça não era certamente uma coisinha de nada.

Talitha estava na primeira fila. Era-lhe insuportável ver Saiph sofrer por culpa dela e assistir ao triunfo de Grele, mas sabia que ele precisava da sua presença. Tentou manter-se firme.

Saiph já estava no meio do círculo de sacerdotisas, de joelhos, com as mãos presas a um cepo. Atrás dele, uma Combatente segurava na mão direita o Bastão. Reluzia fúlgido, carregado de energia.

A Pequena Madre chegou, indo ocupar o seu lugar num estrado elevado.

Irmã Dorothea deu um passo adiante.

– Saiph, do mosteiro de Messe, por ter derramado sopa fervente em uma noviça, causando-lhe ferimento e dor, foi-lhe conferida a pena de cinco golpes de Bastão, que aqui lhe serão infligidos sob o olhar severo de Alya e na fulgente presença de Sua Eminência, a Pequena Madre, para que nunca mais repita um erro como este – declamou em voz alta.

A Combatente ergueu o Bastão. A Pedra do Ar começou a brilhar ainda mais intensamente, pulsando em uníssono com o pingente que a sacerdotisa tinha em volta do pescoço.

O instante em que o golpe foi preparado pareceu eterno para Talitha. Toda percepção se ampliou desmedidamente: a sensação de gelo que lhe afligia, o farfalhar da ramagem acima dela, o violento pulsar do Bastão.

Saiph fitou-a, e Talitha tentou corresponder com um olhar decidido, seguro. Um olhar que queria inspirar-lhe coragem e a promessa de vingança.

Então o Bastão desceu. Quando a Pedra do Ar se abateu sobre as costas de Saiph, o rosto do jovem foi deformado pelo terror. Talitha nunca o vira daquele jeito. Os seus traços se transformaram numa careta obscena, e um estertor saiu da sua boca. Por um momento nem conseguiu reconhecê-lo, transformado que estava numa patética criatura sem força, num ser desprovido de identidade.

Teve vontade de fechar os olhos, de fugir, mas violentou sua vontade e ficou. O Bastão foi erguido e o rosto de Saiph voltou ao normal. Mal conseguia respirar, um véu de suor molhava sua testa, mas voltara a ser ele mesmo. Olhou mais uma vez para ela, e Talitha reconheceu a súplica nos seus olhos. Anuiu de forma imperceptível, tentando não deixar transparecer a aflição que aquela visão lhe provocava. Então o Bastão voltou a descer, e tudo foi novamente puro terror.

A punição pareceu durar uma eternidade, mas na verdade levou menos de um minuto. Finalmente desataram seus pulsos, e Mantes teve de segurá-lo para ir embora.

– Esta é a pena para qualquer um que se atreva a desobedecer. Esta é a arma, terrível e justa, com a qual os talaritas vos rechaçaram ao abismo do qual tentastes fugir no dia em que vos rebelastes contra os filhos de Mira. Cumpri com o vosso dever, e nunca tereis de experimentar este terror. Mas se errardes, haverá um Bastão para cada um de vós – proclamou Irmã Dorothea.

Até as noviças estremeceram. Junto com as sacerdotisas, dirigiram-se lentamente para o templo.

Talitha, porém, demorou mais alguns instantes.

Nunca, nunca iria esquecer aquele momento.

Talitha esperou imóvel no seu quarto. O globo luminoso brilhava com uma luz moribunda. Passara uma hora no aposento de Irmã Dorothea, junto com a sua varinha e os seus malditos hinos. Tivera de fazer um esforço enorme para ocultar a repugnância que sentia dela, naquela tarde.

Agora era noite profunda, pelo menos a terceira hora antes do alvorecer. Chegara o momento de ir.

Abriu o baú devagar. O silêncio era absoluto: receava que os rangidos das dobradiças pudessem ser ouvidos por todo o mosteiro. Pegou o punhal, tirou-o cautelosamente do estojo. A lâmina refletiu a luz do globo no seu rosto. Mirou o aço, extasiada, e passou o dedo ao longo do gume, fascinada pela beleza daquela arma. Então amarrou a saia da túnica. Estava pronta.

Entreabriu lentamente a porta, olhou no corredor. Ninguém à vista. Saiu.

Avançou descalça, sem fazer barulho. Tinha a impressão de ter voltado ao tempo da Guarda. Lembrava tudo sobre o treinamento, como se não tivesse passado um só dia.

Sabia qual era a porta que levava ao quarto de Grele, e só levou um momento para chegar lá. A maçaneta se abaixou com um leve *clique*. Talitha segurou a respiração. Nenhum ruído, nem no quarto nem no corredor. Todos dormiam profundamente.

Entrou. A cela era idêntica à dela. Talvez houvesse uns livros a mais nas prateleiras, e sobretudo uma fazenda branca que trazia um bordado com o símbolo da família Gal, à qual Grele pertencia: um unicórnio negro de crina dourada. O mesmo símbolo que podia ver tatuado no ombro da jovem, apoiado no travesseiro.

Dormia de bruços, de boca entreaberta. Parecia inofensiva, os cachos espalhados sobre o linho, a testa sem rugas. Mesmo assim aquela jovenzinha mergulhada no sono, com aquele ar tão puro, tinha causado o sofrimento de um inocente só umas poucas horas antes.

Talitha sentiu uma sensação de repugnância invadi-la, mas logo a suprimiu. Precisava ser mais lúcida do que nunca, e rápida.

Virou-a de costas, cobriu-lhe a boca com a mão e encostou a lâmina no seu pescoço. Grele acordou sobressaltada, tentou gritar, mas da sua boca fechada só saiu um estertor sufocado. Seus olhos estavam repletos de terror, e Talitha saboreou aquele medo. Era parecido com o de Saiph, enquanto recebia o seu castigo, só que infinitamente mais fraco.

– Shhh – sussurrou. – Não vai querer que alguém nos interrompa, vai? – Grele procurou escoicear, mas ela a bloqueava na cama com um joelho. Sorriu com crueldade. – Estamos sozinhas agora. Só você e eu – e encostou com mais força a lâmina na garganta da outra.

Os olhos de Grele ficaram úmidos.

– Desta vez você exagerou mesmo – sibilou Talitha. – Como vê, estou armada, e pode ter certeza de que sei usar muito bem o aço. Tente ficar de novo no meu caminho, e juro que vou matá-la. – Calou-se, para que Grele pudesse gravar direito na mente aquela ameaça. – Você é inteligente, espero que tenha entendido – concluiu.

Em seguida, afastou lentamente a lâmina, levantou o joelho e, só no fim, tirou a mão. Grele ficou por alguns segundos sem palavras, o suficiente para Talitha desaparecer atrás da porta, tão ligeira quanto fora ao entrar. Só então Grele criou coragem e gritou com todo o fôlego que tinha nos pulmões.

Quando irromperam no seu quarto, Talitha estava na cama, adormecida.

Irmã Dorothea vasculhou tudo, examinou todos os livros, esvaziou o baú, revistou a cama. Do punhal, nem sombra.

– Deve ter tido um pesadelo – disse Irmã Xane a Grele.

– Era ela, era ela! – berrou a jovem, descontrolada, com os olhos ainda vermelhos de pranto.

– Juro que estava dormindo, não faço a menor ideia do que está dizendo... – resmungou Talitha, confusa.

– De qualquer maneira, não temos prova alguma de que a jovem estava fora do seu quarto. Pelo contrário, tudo indica que nunca saiu daqui – observou Irmã Xane.

Irmã Dorothea espumava de raiva, mas foi forçada a concordar.

– Estou dizendo, era ela, por que não quereis acreditar? – berrou Grele.

– Você está abalada, deve ter tido um pesadelo, mas é provável que tenha se enganado. Agora volte ao seu quarto, ou serei forçada a puni-la: está acusando uma coirmã de um crime muito grave, e sem prova alguma – disse Irmã Xane.

Grele lançou a Talitha um olhar cheio de ódio, mas não teve opção a não ser retirar-se. As sacerdotisas também saíram sem mais comentários.

Quando a porta se fechou e ficou novamente sozinha, Talitha sorriu.

18

Durante alguns dias, Talitha evitou encontrar-se com Saiph. Deixou-lhe uns bilhetinhos nos quais insistia que, à noite, não saísse do dormitório. Estava ansiosa em saber como estava, mas preferia não o expor a novos perigos. Achava que tinha sido suficientemente clara com Grele, mas era melhor não correr riscos. Tinha de ir ao Núcleo sozinha.

Deixou-lhe então esta mensagem:

Esta noite vou agir: ponha o sonífero, que coloquei no esconderijo de sempre, dentro do prato da Quarta Irmã, e deixe o mapa para chegar ao Núcleo.

A resposta foi lapidar:

Nem pense nisso, patroa. Esta noite estarei na sala de máquinas dos elevadores, com ou sem a sua permissão. Sinto muito, mas sem mim não irá a parte alguma...

Talitha sabia muito bem até que ponto o seu servo era teimoso: sempre a obedecera, é verdade, mas jamais deixara que ela enfrentasse riscos sozinha. Praguejou, mas preparou-se para o inevitável.

Comeu pouco no jantar e durante toda a refeição olhou de soslaio para Grele. Desde que a ameaçara, parecia estar mais na dela, sem se meter em assuntos que não lhe diziam respeito. Talitha jamais teria acreditado que conseguiria um sucesso tão imediato com aquela ideia nascida às pressas, num momento de raiva. Por sorte, Grele não reparara até que ponto a sua agressora também estava amedrontada: claro, Talitha já tinha usado armas, mas sempre durante o treinamento, e nunca lhe acontecera de ameaçar alguém. Enquanto mantinha a lâmina encostada na garganta de Grele, a sua mão tremia e o coração batia enlouquecidamente.

De qualquer maneira, o plano parecia ter funcionado, e era isso que importava.

Procurou, por sua vez, ficar ao lado de Kora o maior tempo possível durante o jantar. Teve de admitir, com surpresa, que aquele lugar a presenteara com uma amiga realmente querida. Ela e Irmã Pelei seriam as únicas das quais sentiria falta.

Quase certamente aqueles eram os últimos momentos que passava com Kora e, portanto, queria saboreá-los ao máximo. Desconhecia o que encontraria no Núcleo, mas pressentia que depois nada seria como antes. Sentia uma afeição sincera por ela, e mesmo assim havia uma coisa que não entendia direito: não conseguia compreender o motivo pelo qual a outra simpatizara com ela. Tinha um montão de amigas, e estava plenamente adaptada ao mosteiro. Mesmo assim, muitas vezes lhe fazia companhia e parecia gostar de conversar com ela, preferindo-a a outras jovens mais alegres e menos problemáticas. Decidiu que aquela tarde era o momento certo para lhe perguntar diretamente sobre o assunto:

– Mas, afinal, por que gosta de mim?

Kora riu.

— Acontece que você me inspira ternura. Lamento que para você seja tão difícil adaptar-se à vida daqui, e gostaria de ajudá-la. Mas tem mais: gosto de você como pessoa, é diferente de qualquer um que já conheci.

Talitha ficou calada por alguns momentos.

— No palácio, todos me odiavam, e, pensando bem, até que não estavam tão errados: eu era intratável, fazia de propósito.

Kora deu de ombros.

— Pois é. Não é uma pessoa fácil, e é justamente disso que eu gosto em você. Todas nós, as outras e eu, sabemos como inspirar simpatia. Eu, então, sempre sei o que dizer e o que fazer para ser amável, para que me apreciem. Você não liga, é como é e, principalmente, sabe exatamente o que quer.

— Veja só, eu sempre pensei que quem soubesse o que queria fosse você. A sua fé é tão sincera, parece que sua vocação é autêntica. Não como a maioria das noviças — revelou Talitha. — Mas não sei como pode suportar ficar aqui dentro, conhecendo todas as intrigas tramadas entre estas paredes... Praticamente já me disse que quem paga mais se torna Pequena Madre.

— Claro, todos sabem disso. A atual Pequena Madre também conquistou o cargo graças às pressões da mãe dela, que foi rainha antes de Sua Alteza Aruna.

— Sabe perfeitamente dessas coisas todas e se dá conta de que isso nada tem a ver com religião. Mas então como pode continuar a ter fé? — replicou Talitha.

Kora soltou mais uma vez a sua risada cristalina.

— Eu distingo a fé do aparato que fica em volta dela. Acredito em Mira e Alya, e acho que são, ambas, bem maiores que as misérias da casta sacerdotal. As pessoas podem errar, mas isso não macula a grandeza das divindades que cuidam de nós, que nos guiam e observam, e operam por vias misteriosas, só acessíveis a quem tem fé. Isso nada tem a ver com as Pequenas Madres e seus joguinhos de poder.

Talitha não conseguia entender perfeitamente esse ponto de vista, muito menos compartilhá-lo. Para ela, a religião não tinha outro rosto, a não ser o carrancudo de Irmã Dorothea ou o falso de Grele. Aquelas expressões cancelavam qualquer outra coisa, e faziam com que perdesse a confiança até em Mira.

– Talvez seja como você diz, mas, se quer saber, pelo menos de uma coisa tenho certeza: também é graças a você se aqui dentro não fiquei louca – disse, e abraçou-a.

– Está doente? – perguntou Kora. Sabia que Talitha preferia evitar o contato físico.

– Nunca me senti melhor – respondeu ela, soltando-a.

– Vou lhe dizer pela última vez: volte de onde veio – disse Talitha. Já se encontravam na sala dos elevadores e Saiph estava diante dela, pálido, mas determinado.

– Nem pensar.

– É uma ordem! Digo isso por você, seu escravo cabeça dura. Quer apanhar mais?

– Você precisa de mim, e sabe disso. Andei aqui por baixo muito mais do que você, sei qual é o caminho que mais nos convém, tenho ouvidos mais aguçados do que os seus e sei me movimentar sem ninguém reparar em mim. Passei a vida inteira fazendo isso! Falando francamente, *você* deveria ficar dormindo, e *eu* deveria entrar no Núcleo.

Talitha praguejou, depois arregaçou e prendeu a veste como quando treinava.

– Mexa-se, mostre o caminho – capitulou.

Começaram a se arrastar sob as plataformas, por um trajeto que Talitha não conhecia. A intervalos regulares, os passos da Combatente de vigia ribombavam sobre as suas cabeças. Então Saiph parava, e ambos ficavam imóveis e em silêncio antes de retomar a marcha.

– Chegamos – disse Saiph de repente, quando alcançaram um estreito corredor vertical que parecia uma chaminé. Foi o primeiro a subir, escorando-se com as mãos e os pés nas paredes.

Talitha teve muito mais trabalho. Ainda criança, subia nas árvores com a maior facilidade, mas já fazia muito tempo que não praticava. As sandálias escorregavam nas paredes, razão pela qual foi forçada a tirá-las e a prosseguir descalça. Precisava recorrer a todas as suas forças para manter o equilíbrio, e não demorou quase nada para os músculos dos braços e das pernas começarem a doer.

Depois de uns dois ou três escorregões para baixo e de um joelho esfolado, conseguiu finalmente alcançar Saiph.

Acima das suas cabeças estava a grade que procuravam.

– Consegue enxergar alguma coisa? – perguntou Talitha, ainda ofegante.

O rapaz colou o rosto nas barras de metal para ver melhor.

– A Combatente dormiu. Caiu no chão como um saco vazio.

– Então o sonífero que Irmã Pelei me deu era realmente poderoso.

– É verdade, mas não nos ajuda a levantar esta grade – disse Saiph, indicando o volumoso cadeado que a trancava.

– Deixe comigo.

– O que vai fazer?

Talitha ergueu o corpo até ficar diante dele, logo abaixo das barras. Havia pouco espaço e seus corpos se tocavam.

– Não fique pensando besteiras – falou, e Saiph enrubesceu violentamente. – Você vai ter de me segurar, preciso ter as mãos livres para abrir o cadeado.

Saiph segurou-a pela cintura, e ela soltou o corpo nas mãos dele, escorando-se com os pés na parede. Então tirou do bolso um grampo e sussurrou:

– Prepare-se, vou usar magia.

Saiph anuiu, mas se surpreendeu por estar distraído com outros pensamentos. O perfume do corpo dela era tão intenso que lhe dava tonturas. Era um perfume novo, diferente. Um perfume de mulher.

Talitha conseguiu enfiar dois dedos do outro lado da grade, e depois se concentrou como Irmã Pelei lhe ensinara: após alguns instantes, o grampo se acendeu com uma leve luminosidade e assumiu uma forma sinuosa. Rapidamente, ela o inseriu dentro do cadeado, concentrou-se por mais uns segundos, e a Pedra no seu peito brilhou. Tentou rodar, mas não funcionou. A operação não era nada simples, pois era preciso moldar o Es de forma que o metal se adaptasse aos cilindros da fechadura: se o mecanismo fosse complicado demais, não havia como forçá-lo. Ainda bem que, depois de mais duas tentativas, ouviu a fechadura estalar. Retirou o cadeado, puxou o ferrolho e, juntos, deslocaram a grade.

Ergueram o corpo apoiando-se nos cotovelos, até ficarem numa grande antessala circular, com as paredes ocupadas por grandes estantes cheias de livros. Um globo luminoso numa prateleira espalhava sua luz, mostrando uma porta trancada. Na arquitrave era possível distinguir uma gravura que representava um grupo de mulheres encurvadas sobre um fragmento da Pedra do Ar. Não havia dúvidas: aquela era a entrada para o Núcleo que levava à Sala da Pedra.

Saiph passou a mão nas paredes e bateu nelas com os nós dos dedos.

– Não são muros, estamos dentro de um túnel. Isso também explica a grade: é um respiradouro.

Com um pé, Talitha empurrou a Combatente até ela ficar de costas. Parecia morta, e só aguçando os ouvidos percebia-se a sua lenta respiração.

– Quanto sonífero usou?
– O vidro inteiro.
Talitha virou-se bruscamente.
– Ficou louco? Só precisava de umas poucas gotas!
– Acontece que eu não sabia qual era o prato destinado a ela, só sabia qual escravo iria servir a refeição, de forma que derramei o conteúdo do frasco nos quatro pratos que ele ia servir. Esta noite mais três sacerdotisas vão ter um sono bem pesado.

Talitha deu uma risadinha, então se dobrou em cima do corpo e o revistou. O molho das chaves estava preso ao cinto.

– A entrada secreta deve ser aqui, atrás desta estante – disse Saiph.

Apalpou a parede e, com a ponta dos dedos, percebeu a fina saliência que indicava uma abertura.

– Aqui, a porta que procuramos deve ser esta. Dê-me as chaves – pediu, reparando num minúsculo furo.

– Pegue, experimente esta – respondeu Talitha, entregando-lhe a menor delas. A porta se abriu, revelando uma tortuosa escada em caracol, com degraus íngremes e estreitos. Era entalhada na madeira; as paredes gotejavam uma resina de cheiro intenso e de pequenos buracos saíam gordas larvas.

– Que nojo! – exclamou Talitha.

– Ué, o que estava esperando? Estamos no ventre do Talareth – disse Saiph, começando a subir.

A intervalos irregulares, portas distribuíam-se ao longo das paredes, cada uma das quais era marcada na arquitrave por um diferente tipo de símbolo: uma elipse com um círculo grande em cima, ou então a mesma elipse, mas com um círculo menor. Talitha procurou a chave que Lebitha lhe deixara e a segurou com firmeza na mão ao subir. O local estava escuro, só fracamente iluminado pelo globo que a jovem tivera o cuidado de pegar da sala onde a Combatente jazia.

– Não consigo acreditar – murmurou. – Aqui em cima há o maior cristal da Pedra, aquele que retém o ar de toda Messe, e é neste lugar que Lebitha passou os últimos anos da sua existência. – Sua voz vibrava de emoção.

– Deve certamente haver Combatentes de vigia. Precisamos agir com cautela – observou Saiph, com um véu de suor banhando sua fronte.

Talitha bem que gostaria de ver a grande Pedra. Para entender o que levara a irmã a sacrificar a própria vida e, ao mesmo tempo, para violar uma das regras idiotas daquelas sacerdotisas: subir até lá e dar uma espiada naquilo que não podia ser visto pelos olhos de qualquer um. Não só o cristal da Pedra do Ar, mas também o céu, aquela desmedida imensidão na qual Miraval e Cétus travavam o seu eterno combate.

Saiph arrancou-a dos devaneios segurando-a pelo braço.

– Patroa – disse baixinho. – Estamos aqui por um motivo bem claro, não se esqueça. – Então apontou para uma porta: na arquitrave havia o símbolo que procuravam.

Era uma porta pequena e despretensiosa. Só a fechadura parecia complexa, reluzente e lubrificada. Talitha enfiou a chave devagar. No começo, teve a impressão de que não funcionava. Fez força girando nas duas direções, mas parecia não se encaixar. Então puxou-a um pouquinho para trás. A chave rodou suavemente, os cilindros se mexeram e a fechadura estalou.

Talitha empurrou a porta e entrou.

Era um local apertado, sem mais portas ou janelas. As paredes, mesmo escavadas na madeira, eram revestidas de uma camada de toscos tijolos que se entreviam nos raros espaços deixados livres pelas inúmeras prateleiras. Ocupavam inteiramente o perímetro até o teto, cheias de livros e pergaminhos.

Talitha tirou do bolso a folha com o desenho, revirou-a nas mãos e voltou a ler as instruções que Lebitha riscara no verso:

> *Anais Celestes, séc. vig., série terceira.*
> *Anotações de Juno, a sacerdotisa herege, m. Quarto.*
> *Interrogatórios, o homem do Lugar Inominado.*

Olhou em volta. Livros e pergaminhos não tinham qualquer identificação: aos olhos dela pareciam todos iguais, a não ser pelo tamanho e pela cor das encadernações.

— E agora? Como vamos achar estes três livros? — exclamou, desanimada.

Saiph pegou o globo luminoso e deu uns passos adiante. Reparou que aos pés de cada estante, no chão, havia um volume grande, mas com poucas páginas, deitado na horizontal, ao contrário de todos os outros. Apanhou um e começou a folheá-lo, e em seguida olhou para Talitha.

— Assim — disse, indicando as páginas.

Era uma lista de livros, com a respectiva posição nas prateleiras ao lado.

— Você examina aquele, eu começo a trabalhar com este.

Começaram a folhear rapidamente os catálogos.

Saiph foi o primeiro a encontrar alguma coisa.

— Anais Celestes, século vigésimo da Antiga Guerra, aqui está ele — anunciou, segurando um volumoso tomo. Deixou-o no chão e começou a procurar os demais. Talitha, por sua vez, lançou-se sobre o livro. Não passava de um tratado de astronomia, e continha catálogos de objetos chamados "estrelas", com localização, movimento no céu e indicação de luminosidade. Talitha já ouvira falar a respeito: eram pequenas luzes que se entremeavam no céu noturno, junto com as luas. Às vezes, aguçando os olhos, já tinha visto algumas piscando entre as ramagens do Talareth. Pelo que o livro dizia, deviam existir aos milhares no céu. Continuou lendo, mas não encontrou nada de interessante.

O que minha irmã queria dizer com isso? O que pode haver de tão importante nas estrelas?

Continuou folheando. "Série terceira" estava escrito em cima. Nada mais de estrelas. Agora o assunto era o céu diurno. Talitha quase ficou sem fôlego, pois dessa vez a seção começava com uma esplêndida ilustração em página dupla: emoldurada num ornato de gavinhas e folhas de Talareth, havia uma grande extensão azul na qual sobressaíam dois globos: um maior, reluzente em sua fúlgida luz alaranjada, e um menor, de uma brancura ofuscante. A juntá-los, um fino traço vermelho.

– Saiph – chamou com voz sufocada.

– Encontrei o segundo também – informou ele, mostrando um pequeno livro. Então se aproximou de Talitha e viu. Instintivamente, deu um passo para trás, e quase sem querer desviou o olhar. – É o que estou pensando?

– São Miraval e Cétus, como apareceram diariamente à minha irmã durante estes últimos anos, como aparecem todos os dias sobre as nossas cabeças, acima do Talareth.

– Sentiram-se ambos esmagados sob o impacto daquela revelação e, por um instante, emudeceram. Talitha virou a página. Mais um desenho idêntico ao anterior. Num canto, as indicações da data, da posição no céu, da alvorada e ocaso e da luminosidade dos dois astros.

Continuou folheando enquanto Saiph se dedicava ao segundo livro. Os desenhos pareciam todos idênticos, mesmo assim ela tinha a impressão de que alguma coisa mudava imperceptivelmente entre um e outro. Não era só a mão do miniaturista que não era capaz de repetir tantas vezes, com exatidão, o mesmo desenho, nem a cor. Talitha leu as anotações ao pé de cada página, e de repente sentiu o coração falhar. Voltou à primeira ilustração. A diferença, agora, parecia-lhe evidente: com o passar das páginas, o pequeno astro branco mostrava-se cada vez mais luminoso, enquanto a fina linha avermelhada que unia Miraval e Cétus se tornava mais espessa. As anotações confirmavam isso. Nos últimos dez anos, Cétus tinha aumentado constantemente a sua luminosidade.

Talitha achou que ia desmaiar. Lembrou o que aprendera desde menina: Mira, benevolente dispensadora de luz e vida, criara Miraval, sua direta emanação, para que prendesse a si o malévolo Cétus, que fora forçado a acompanhá-lo no céu pela eternidade. Dessa forma tinha conseguido conter a maldade de Cétus. Miraval aparecia reluzente e fúlgido porque era alimentado pelo próprio poder de Mira. Cétus era menor e menos brilhante desde sempre, desde que fora derrotado pelo outro, e assim seria até o fim dos tempos, quando finalmente seria abatido e absorvido em definitivo por Miraval. Cétus era maligno, *não podia* ficar maior e mais luminoso.

– Saiph, acho melhor você ver isto.

– Não, creio que você tenha de ler isto primeiro – replicou ele, e entregou-lhe o pequeno livro.

Estava escrito numa caligrafia ordenada, embora um tanto trêmula. As várias anotações eram antecedidas por uma data. Um diário, portanto. Talitha leu:

Século Vigésimo, ano Quarto, mês sexto.

Hoje discuti novamente com a Pequena Madre. Não quer me ouvir. Apesar de ter lhe mostrado as provas, os resultados dos meus penosos estudos... Expli-

quei-lhe com clareza que a carestia é causada pelo aumento da luminosidade de Cétus. Disse-lhe que estudei os antigos Anais Celestes, que os comparei com os Anais Políticos, e que encontrei, sem sombra de dúvida, uma correspondência entre o aumento de luminosidade de Cétus e os índices máximos de estiagem. Mostrei-lhe as minhas medições. Pulou em pé, esbravejando, disse que eu devia parar de dizer blasfêmias, e que se eu não fizesse isso mandaria me castigar, e severamente.

Posso entender o seu desconcerto, e a minha própria fé vacilou. Mas Mira deu-nos consciência e intelecto para estudarmos o mundo, e não acho que eu tenha blasfemado contra ela e os deuses. Acredito, aliás, que nos deu estes meios justamente para lutarmos contra o fortalecimento de Cétus. Tentei explicar, mas a Pequena Madre me escorraçou.

Talitha levantou os olhos, incrédula.

– É o diário de uma sacerdotisa herege. Continue, para ver como a história acaba – disse Saiph.

Talitha foi folheando, apressada, até ler:

A verdade não pode morrer comigo, não pode. Seguirá em frente, além dos meus despojos mortais, seguirá o seu caminho mesmo depois que o meu espírito se unir aos deuses, embaixo da terra. Outros descobrirão o que descobri, e o defenderão. A cobiça pelo poder ofuscou o clero e o afastou de Mira. Tudo isso nos custará muito caro.

Logo abaixo havia duas linhas escritas em uma caligrafia diferente:

Sentença levada a cabo no ano Quarto, mês Sétimo, fogueira.

– Mataram-na... – murmurou Talitha.
– E muitos com ela, provavelmente – acrescentou Saiph.
– As listas estão cheias de diários marcados como "hereges". Aposto que, se formos dar uma olhada, todos dizem a mesma coisa.

Talitha fitou-o com olhos brilhantes.
– Ela sabia – disse com tremor na voz. – Minha irmã sabia...

Saiph, diante dela, não soube o que dizer.
– Estava destinada a tornar-se Pequena Madre, e era uma Rezadora. Era-lhe permitido ver o céu, ela mesma me disse. E gostava de estudar, era inteligente e curiosa... Deve ter descoberto a verdade, e quando contou a alguém, decidiram matá-la.

Saiph meneou a cabeça.
– É isso mesmo, estou lhe dizendo! Foi por isto que a mataram! – Talitha deu um soco no livro. – Porque sabia que os fundamentos da nossa fé são uma mentira, sabia que Cétus nunca seria absorvido por Miraval, e que está acontecendo exatamente o contrário.
– Não acredito nisso – comentou Saiph, seco.
– Saiph...
– A minha religião não é igual à sua, mas os astros do céu... são sagrados para nós também! O que você leu é uma blasfêmia!
– Não é uma blasfêmia. Está acontecendo!
– Não é o que as sacerdotisas pensam – disse Saiph baixinho.
– Claro que não! Estão escondendo a verdade, estão *negando-a* só porque contradiz uma porcaria de princípio de fé! E queimam as pessoas por causa disto!

Saiph suspirou.
- Por que Lebitha quis que você soubesse?
- Não sei. Mas talvez... - mordeu os lábios. - Precisamos encontrar o terceiro livro.
Recomeçaram a busca.
Talitha sentia um nó de angústia que lhe apertava o estômago. Como todos os talaritas e femtitas, sempre considerara o céu um mistério que não devia ser violado, mas também um lugar benfazejo de onde Mira, através do seu simulacro, contemplava as suas criaturas e as protegia. Mas não era assim. O que acabava de ler mudava tudo. Acima das suas cabeças estava acontecendo algo terrível, algo que já começara a modificar as suas vidas: a estiagem, a carestia, as inundações no Reino da Primavera, as subsequentes revoltas dos escravos...
Era o fim dos tempos? E por que o astro maligno estava prevalecendo?
- Aqui está.
Talitha sentou-se ao lado de Saiph e, juntos, começaram a folhear o volume. Era um livro bastante pesado, e continha a transcrição dos interrogatórios de uma série de prisioneiros que haviam ocupado as celas de Alepha, uma cidade do Reino do Outono. Tratava-se, na maioria dos casos, de sujeitos que haviam sido condenados por heresia ou crimes relacionados com a religião. O volume estava caindo aos pedaços, embora não parecesse particularmente antigo: algumas páginas estavam coladas e desbotadas, como se tivessem caído na água, outras haviam sido queimadas. Algumas folhas, então, simplesmente faltavam. De repente, depararam-se com algo inesperado:

Nome: o prisioneiro se recusa a fornecer a informação.
Raça: desconhecida.

– Como assim, "raça desconhecida"? Ou você é femtita, ou talarita.

– Talvez fosse um mestiço – disse Saiph.

– Especificariam isso, foi o que fizeram com todos os outros.

Continuaram lendo:

> *Acusador: como conseguia sobreviver no deserto?*
> *Acusado: eu posso.*
> *Acusador: você não respondeu.*
> *Acusado: (limita-se a rir.)*
> *Acusador: há quanto tempo está no Lugar Inominado?*
> *Acusado: desde sempre.*
> *Acusador: não tente escarnecer desta assembleia!*
> *Acusado: não estou fazendo isso. Vocês nem fazem ideia do que eu já vi, de quantas vidas já vivi. Eu cheguei a vê-la, a cidade no deserto, vi os dois sóis quando ainda estavam em equilíbrio, e mais tarde os vi desaparecer na luz.*
> *Acusador: você nada sabe de Miraval e de Cétus!*
> *Acusado: é assim que vocês os chamam agora? Para mim são só dois astros.*
> *Acusador: não blasfeme!*
> *Acusado: são vocês que não entendem... está acontecendo algo bem maior do que vocês, no céu, algo que não são capazes de entender ou imaginar. Mas eu estava lá quando aconteceu pela última vez, e sobrevivi.*

Viraram a página, mas depois havia o interrogatório de outro herege. Talitha voltou atrás, releu, e então apontou o indicador sobre a escrita.

– É por isso que minha irmã queria que eu soubesse. Este homem do interrogatório... Ele sabe o que está acontecendo.

E você sabe muito bem o que é a cidade no deserto – disse, e olhou intensamente para Saiph.

– Não passa de uma lenda – comentou ele.

– A descrição confere.

– Um mero acaso.

– Mas que droga, Saiph!

Saiph percebeu que não havia como convencê-la. E, enquanto isso, quanto mais tempo ficavam lá, mais aumentava o perigo.

– O que importa mesmo é que entendemos o que a sua irmã queria nos indicar. Quando foi aprisionado este... herege?

– Há três meses – disse Talitha.

– Uma eternidade. O sujeito blasfemou, já deve estar morto.

Talitha sacudiu a cabeça.

– Não aparece a data da execução. Talvez quisessem saber mais sobre ele. Não é um prisioneiro qualquer, é alguém do qual não se conhece a raça, veio do Lugar Inominado.

Saiph fitou-a intensamente.

– Talitha...

– Preciso levar comigo estes livros. Preciso lê-los mais atentamente.

– Não podemos levar coisa alguma. Onde acha que poderia escondê-los? Se alguém perceber que falta alguma coisa, não haverá nenhum lugar seguro para documentos como estes.

– Mas minha irmã me pediu para investigar, e se me deu a chave deste lugar é porque queria que eu divulgasse a verdade!

– Não sei o que se passava na cabeça da sua irmã, mas tenho certeza de que não desejava que você morresse: se tirar alguma coisa daqui, é isso mesmo que vai acontecer.

Talitha olhou para ele, em dúvida. Demorou um instante, mas acabou se convencendo.
– Precisamos sair daqui.
– Concordo, já passamos tempo demais aqui dentro.
– Você não entendeu, precisamos sair do mosteiro, imediatamente. Temos de procurar o herege, o prisioneiro sem raça, e perguntar-lhe o que está acontecendo.
Saiph segurou-a pelo braço e tentou tirá-la dali.
– Os sacerdotes estão cuidando disso.
– O clero só está cuidando de salvar o seu próprio poder! Cétus poderia nos queimar até nos transformar em cinzas, desde que as pessoas continuem a se ajoelhar diante deles!
Seus olhos brilhavam, e Saiph teve medo da luz que viu neles.
Vai acabar sendo morta..., pensou com horror.
Segurou os ombros dela e a forçou a fitá-lo bem nos olhos.
– É muito arriscado ficar mais tempo aqui.
– Sim, é verdade. Podemos ir, já sabemos o bastante.
Recolocaram os volumes no lugar para que ninguém se desse conta da invasão, desceram de volta a escada em caracol e chegaram ao aposento por onde haviam entrado.
Saiph levantou a grade.
– Você primeiro, patroa.
Talitha começou a descer pelo buraco. Já estava lá dentro até o peito quando Saiph percebeu um ruído. Passos que se aproximavam correndo, do outro lado da porta. *Fomos descobertos*, pensou. Foi só um momento, mas suficiente para ele decidir. Empurrou Talitha para baixo, fechou a grade de estalo e colocou o cadeado no lugar.
– Saiph! – berrou ela, mas ele encobriu o grito com um acesso de tosse.
A porta escancarou-se, e na sala irromperam Irmã Dorothea e uma Combatente. Atrás delas, afastado e meio escondido na sombra, um vulto procurava ocultar-se no escuro.

A Combatente pulou em cima dele e o golpeou com o Bastão. O mundo dissolveu-se num turbilhão de terror.

– O que está fazendo aqui, seu femtita imundo? Como entrou?

Do chão, onde o joelho da Combatente comprimia as suas costas, Saiph reconheceu o rosto pálido e culpado de Béris.

19

— A ordem foi restabelecida, o culpado foi preso. – As palavras da Irmã Dorothea ecoaram no refeitório, onde noviças e sacerdotisas haviam se reunido. Todas ouviam em silêncio, sem ousar mexer um dedo. – Um fato terrível aconteceu esta noite. Amanhã, quando Miraval e Cétus surgirem no céu, daremos prova de como pode ser perigoso transgredir as nossas regras. Somos justos com aqueles que acatam os nossos preceitos, mas impiedosos com os que não os respeitam. Saiph, o escravo que se atreveu a violar um lugar sagrado deste mosteiro, será justiçado publicamente com cem golpes de Bastão.

Talitha estremeceu. Só a metade já seria suficiente para acabar com o mais forte femtita de toda Talária. Tencionavam, portanto, recorrer a alguma técnica obscura para prolongar a agonia de Saiph, algo tão horrível que ela nem conseguia imaginar.

— Além disso – prosseguiu Irmã Dorothea –, todo escravo receberá dois golpes de Bastão e ficará dois dias sem comer. Esperamos que dessa forma o erro de um sirva de lição para todos. – Percorreu a assembleia com olhar inflexível. – O escravo foi interrogado por um longo tempo, e parece que seu gesto sacrílego foi fruto de uma louca iniciativa pessoal. Fico satisfeita com isso, pois se a culpada fosse uma coirmã, a punição dela não seria de maneira alguma menos severa.

Um silêncio aterrorizado recebeu esta observação final.

– Se alguém quiser confessar, eu sempre estarei disposta a ouvir uma alma arrependida, no meu quarto. A magnanimidade não me falta, e o arrependimento será recompensado com justiça.

Por fim ela se sentou e as noviças começaram a comer sem dizer uma única palavra. Talitha deu uma olhada nos escravos perfilados no fundo da sala. Alguns tremiam. Estavam com medo, um medo infinito, mas em seus olhos também se lia dor e frustração. Todos percebiam a crueldade do que iria acontecer no dia seguinte. Talitha mal conseguia conter as lágrimas: Saiph seria morto da forma mais impiedosa, e só por ter ido com ela e tentar protegê-la. A ideia deixava-a louca. Baixou a cabeça e esforçou-se para engolir a gororoba insossa que boiava no prato, mas cada bocado que descia pela sua garganta parecia uma pedra.

Naquela tarde, voltou à sua cela o mais cedo possível e ficou à espera da escuridão da noite.

Refletiu mais uma vez acerca daquilo que dali a pouco tencionava fazer. Iria até o fim, não tinha outra escolha. Esperou até ter certeza de que o mosteiro estava profundamente adormecido.

Então, com gestos lentos e comedidos, tirou a túnica e ficou nua. Acendeu um globo e olhou para si mesma na fraca luz que iluminava o aposento. Dava para ver as costelas sob o seio miúdo, e os ombros sobressaíam ossudos entre as mechas que se soltaram do penteado de noviça. Estava realmente magra e, pela primeira vez na vida, aquilo a deixou preocupada. Precisaria de toda a sua força agora. Tensionou os músculos, acariciou o perfil dos braços torneados. A raiva os tornaria mais vigorosos, tinha certeza disso.

Abriu o baú, chegou até o fundo falso e apanhou o traje de cadete. Vestiu-se lentamente, como se estivesse cumprindo um ritual sagrado. O couro estalou enquanto se adaptava ao seu corpo. Já fazia dois meses que não usava aquela roupa, e o tecido já tinha endurecido, parecia não conhecer mais a sua pele.

Ajeitou os laços do colete e calçou as botas. Pegou o punhal, segurou-o com firmeza numa das mãos. Com a outra tirou um a um os grampos que prendiam seus cabelos. Deixou-os cair sobre os ombros, e então os reuniu num rabo de cavalo. Foi um corte seco. Sentiu os cachos acariciando o contorno das orelhas, uma sensação nova e inebriante.

Deixou a cabeleira cair no chão, olhando para ela sem arrependimento. Guardou o punhal na bota direita e abriu a porta.

O corredor estava deserto. Percorreu-o na ponta dos pés, ligeira e silenciosa, e alcançou o portão que dava para o exterior. Diante de si, a plataforma sobre a qual estava assentado o mosteiro: parecia imensa. Braças e mais braças a descoberto, que deviam ser percorridas o mais rápido possível, antes que alguém pudesse vê-la.

Agachou-se num canto e esperou. Uma Combatente passou. Depois de um minuto, outra. Já imaginava. Tinha certeza de que iriam fortalecer os turnos de vigia depois do que acontecera na noite anterior. Esperou que a Combatente se afastasse e então, quando a viu desaparecer na esquina, correu.

Chegou à entrada do templo num piscar de olhos e se encostou contra a parede. Mal conseguia respirar.

Agora.

Aproximou-se da porta, sacou do bolso um grampo e o segurou com firmeza na ponta dos dedos. Concentrou-se, mas foi muito mais difícil do que previra. A fechadura não estalava. Por mais Es que infundisse nela, não havia jeito de abri-la.

O suor começava a correr pelas suas costas: aquela magia ia pouco a pouco esgotando as suas energias, e ela estava com medo. Se fracassasse, não teria outra oportunidade. Finalmente, a fechadura estalou. Olhou em volta e, com todo o cuidado, entrou.

Nunca tinha andado pelo templo vazio, no meio daquela escuridão, mas a fraca luz que filtrava das janelas foi suficiente para que ela encontrasse o caminho. Foi depressa ao lugar que procurava e, quando chegou ao nicho, ficou em contemplação por alguns instantes, ofuscada como da primeira vez que a vira. A Espada de Verba era magnífica. Sentiu um aperto na boca do estômago. O que estava a ponto de fazer iria mudar tudo. Se esticasse o braço, se de fato fizesse aquilo, a sua vida como até então a conhecera acabaria ali mesmo, diante daquela vitrine.

Tirou o punhal da bota e, com o cabo, quebrou a vidraça protetora. O barulho foi ensurdecedor e reverberou várias vezes na cúpula de vidro. Tinha certeza de que alguém ouvira. Pôs rapidamente a mão na empunhadura e segurou a espada. Era mais pesada do que imaginara, e o metal tinha uma consistência incomum, totalmente diferente das lâminas que estava acostumada a manusear quando era cadete. Admirou o gume irregular e cortante, que brilhava mesmo na fraca luz vinda de fora.

Mexa-se, vão chegar a qualquer momento.

Esgueirou-se para fora do templo com a preciosa relíquia firme nas mãos. A esplanada continuava vazia.

Deslizou entre as sombras até alcançar os dormitórios. O amplo espaço do aposento estava cheio de simples catres de madeira, cada um deles ocupado por uma jovem. Talitha examinou um por um, procurando fazer o menor barulho possível. Finalmente a viu. O rosto adormecido de Kora parecia mais meigo do que nunca. Talitha ajoelhou-se diante dela e com a mão sacudiu suavemente o seu ombro. Kora abriu os olhos, esfregou-os e, com um estremecimento, reconheceu-a. Ergueu-se de um pulo, mas Talitha fez sinal para não fazer barulho.

– O que está fazendo aqui? – sussurrou ela, olhando em volta. – Depois que eu sair do dormitório, conte até cem e acorde todas.

Kora fitou-a sem entender.

– Por que está vestida desse jeito? E essa... Ah, Mira! – exclamou levando as mãos à boca. – Roubou a Espada de Verba? Ficou louca?

– Não posso explicar agora. Ouça bem: precisam se dirigir às escadas, todas juntas, e dizer às sacerdotisas para baixá-las até o chão. Aí desçam o mais rápido que puderem, e também avisem os escravos.

Agora Kora parecia apavorada.

– Seja o que for que pretende fazer, eu lhe peço, Talitha, desista.

– Só me prometa que fará o que lhe pedi, e correrá escada abaixo sem perda de tempo, está me entendendo? Tampouco olhe para trás, não se atreva.

– Talitha...

– Até cem, está bem? – repetiu ela. – Obrigada por tudo que fez por mim, foi uma verdadeira amiga – acrescentou com um sorriso. Então, tão rápido como entrara, saiu correndo. Movia-se tão silenciosamente que os seus pés nem pareciam tocar o piso.

Dirigiu-se logo às cozinhas, onde daria os últimos retoques na segunda parte do plano.

Encolheu-se mais uma vez nas sombras e esperou até a Combatente passar, depois correu para outro canto no escuro, mas dessa vez a Combatente tinha parado.

Mas que droga, não agora, não tão cedo...
A guerreira permaneceu imóvel, então começou a voltar, na direção dela. Talitha virou uma esquina e ouviu os passos extremamente leves da Combatente, justamente no lugar onde se encontrava momentos antes. Um estranho estímulo de excitação começou a tomar conta dela. De repente achou que viver ou morrer não fazia diferença alguma: já estava do outro lado, na terra de quem não tem coisa alguma a perder.

Esgueirou-se até as cozinhas e se aproximou depressa das grandes lareiras. Os tições ainda acesos desde o jantar ardiam sob as cinzas, emitindo irrequietos reflexos avermelhados.

Olhou em volta à cata de alguma coisa com que apanhar as brasas sem se queimar. Por fim pegou a grande pá que servia para tirar o pão do forno, e mergulhou-a com decisão no amontoado de brasas. Depois tirou uma pilha de panos de uma prateleira, dividiu-a em montes separados, que jogou nos quatro cantos do aposento. Jogou em cima de cada um os tições, que lentamente começaram a incendiar os panos.

Desse jeito vai levar uma eternidade, percebeu, e começou a procurar nas gavetas e nas prateleiras, até encontrar suco de purpurino, guardado em grandes garrafões de vidro. Levantou um dos recipientes, mal conseguindo aguentar o peso, e derramou o líquido nos amontoados de panos, que dessa vez foram logo envolvidos pelas chamas. A língua de fogo chispou ao longo do rastro líquido espalhado no chão, e Talitha teve de dar um pulo para trás a fim de não se queimar. Observou com olhos reluzentes as labaredas que subiam cada vez mais, alastrando-se a tudo que encontravam, às tábuas do piso, às vigas, ao teto. Forçou-se a se mexer e sair, mas seu coração parou no peito. O fogo se propagara depressa demais e, entre ela e a porta, erguia-se agora uma parede de chamas. Recuou horrorizada: estava cercada, e da espada ainda gotejava o líquido com que ateara o incêndio.

Uma língua de fogo subiu ao longo da lâmina, deixando Talitha em pânico. Começou a agitar a arma em volta, cortando inutilmente as chamas, alimentando-as, aliás, com aqueles rápidos deslocamentos de ar. Debatia-se entregue ao medo, até que se chocou com um grande cântaro. A água inundou o piso, e Talitha recobrou a lucidez.

Viu mais um cântaro ali perto, levantou-o com a força que só o desespero podia proporcionar-lhe e derramou-o sobre si mesma. A água molhou-a por completo, encharcando a roupa e os cabelos.

E agora só um pouco de coragem...

Divisou a porta, que já era uma forma indefinida entre as chamas. Fechou os olhos e se jogou nela. Caiu rolando do outro lado, chocando-se contra a madeira. Quando voltou a abri-los, estava embaixo da arquitrave, que o fogo já começava a consumir.

A quietude da noite já havia sido interrompida pelos gritos de alarme. As noviças estavam todas do lado de fora, amontoadas perto das passarelas que levavam às escadas. Algumas assistiam à cena com ar perdido, outras se empurravam e corriam sem rumo, totalmente em pânico. Os escravos também tinham saído dos dormitórios, mas se moviam de forma mais calma e ordenada, deixando passar as sacerdotisas, e alguns deles acionavam as grandes cisternas de água montadas no tronco do Talareth para apagar os incêndios.

Talitha percorreu a plataforma sem que as Combatentes prestassem atenção nela: as guerreiras já tinham bastante trabalho para disciplinar o fluxo de religiosas que se apinhavam perto das escadas e para dominar as chamas que já haviam atingido a área adjacente à cozinha.

Estava para penetrar na passagem que a conduziria à prisão dos escravos quando foi empurrada violentamente e caiu ao chão.

– Foi ela, aqui está, eu a peguei!
Talitha virou-se. Grele a dominava com expressão insana, gritando a plenos pulmões.

Tentou levantar-se, mas a outra se ajoelhou sobre o seu peito, como se quisesse sufocá-la.

As labaredas começavam a devorar o mosteiro e chegavam cada vez mais perto delas, mas Grele parecia não se importar. Segurava-a, ignorando o fogo e procurando manter Talitha pregada ao chão, que já começava a ficar quente. Talitha golpeou Grele com o cabo da espada, fazendo-a cair. A moça acabou com o rosto em cima de uma chama que envolvia uma coluna de madeira e soltou aos céus um grito aflito quando o fogo se espalhava pelos seus cabelos. Talitha sentiu um arrepio ao ver Grele se debatendo com fúria na tentativa de livrar-se das chamas. Instintivamente, tentou ajudá-la, mas Grele correu indo embora, tapeando os cabelos e as bochechas.

Talitha ficou por mais alguns instantes olhando para ela, paralisada de horror. *Não, não tenho tempo, Saiph corre o risco de morrer entre as chamas, não posso parar.*

Encaminhou-se depressa pelas escadas e alcançou a entrada da prisão, totalmente desguarnecida. Como imaginava, as Combatentes pareciam estar todas cuidando do fogo, sem se importar com os poucos prisioneiros. Já ia lançar-se contra a porta quando uma mão agarrou o seu braço, fazendo-a bater contra a parede. Sua vista anuviou-se. Nem teve a chance de recobrar o fôlego, pois aquela força invisível jogou-a ao chão e um aperto férreo fechou sua garganta. Escancarou a boca, mas o ar parecia recusar-se a entrar. Acima de si, só via uma máscara de madeira, com traços apenas esboçados entre as folhas que a emolduravam. Através dos buracos dos olhos pôde ver um olhar impiedoso. Nada transparecia nele, nem ódio nem raiva, só a gélida determinação de quem exauria o próprio ser e a própria existência no mero combate. Lembrou as palavras de Saiph. As armas das Combatentes não eram somente as mãos, mas o corpo inteiro.

Com o último resquício de consciência, conseguiu esticar a mão livre até a bota. Segurou o punhal com a ponta dos dedos, e acertou a Combatente no lado interno da coxa. Foi um golpe fraco e impreciso, mas surtiu efeito. O aperto da guerreira abrandou-se enquanto um grunhido sufocado filtrava através da máscara. Talitha rolou de lado e conseguiu libertar-se.

Arremeteu contra a Combatente, de espada na mão, mas a outra começou a dar pulos extremamente ágeis em todas as direções: era como se conseguisse prever seus movimentos, e evitava os golpes com uma facilidade desumana. Movia-se como Talitha jamais vira alguém fazer antes, com uma elegância e, ao mesmo tempo, uma força que a deixavam sem fôlego.

Procurou interceptá-la com a espada, mas a Combatente pulou por cima da lâmina e golpeou-a na clavícula. Um golpe seco, terrível. Talitha gritou e caiu de joelhos. Um pontapé no queixo deixou-a mais uma vez estatelada no chão. A guerreira sentou-se no seu peito, apertando-lhe o pescoço. Talitha sentiu-se mais uma vez sufocar, mas reparou que a Combatente também arquejava; a fumaça começava a arder nos olhos e na garganta e, evidentemente, ela também respirava com dificuldade; mesmo assim, reprimia os acessos de tosse e a mantinha bem presa pela garganta.

Naquele momento de desespero, Talitha vislumbrou um vago brilho no piso. Com um esforço sobre-humano, conseguiu alcançar o cabo do punhal caído no chão. Sabia que as forças estavam a ponto de abandoná-la, precisava absolutamente respirar, todo o seu corpo ansiava por ar. Concentrou o pensamento na mão esquerda. Apertou os dedos e, com a lâmina, infligiu uma ferida profunda nas costas da adversária. O aperto da Combatente perdeu um pouco de firmeza, e Talitha aproveitou para soltar-se. O calor já estava insuportável, mas com um movimento brusco conseguiu levantar-se, a boca escancarada em busca de ar.

O ombro ferido pulsava dolorosamente, mas afinal conseguiu chegar à porta das celas. Atacou-a com uma saraivada de pontapés, e de repente a madeira cedeu e caiu no chão.

– Saiph! – gritou. O escravo estava inerte, amarrado à parede, com os braços presos a uma pesada corrente pendendo de uma grande argola fixada ao teto. Seus joelhos roçavam o chão, a cabeça balançava para a frente.

Talitha juntou as forças que lhe sobravam e desferiu um golpe poderoso e preciso com a espada. As correntes tilintaram no chão, cortadas ao meio. Saiph desmoronou com a cara no chão, inerte. Um gelo mortal correu pelos braços de Talitha.

– Não brinque comigo, seu escravo bobo! – berrou entre os acessos de tosse. Segurou-o pela cintura, passou um braço em volta do pescoço e aprontou-se para sair. Logo que chegou à porta, no entanto, sentiu-se perdida. A Combatente não tinha morrido, estava em pé diante dela. E os seus olhos, por trás da máscara, faiscavam com um ódio pulsante.

Estava acabado. Não conseguiria. Não com o ombro naquelas condições, não com aquele resquício de forças que mal conseguiam sustentar o corpo do seu escravo.

Fechou os olhos, com um devastador senso de injustiça a queimar em seu coração. Chegara perto da liberdade, mas tudo acabaria antes que pudesse alcançá-la.

O golpe, no entanto, não chegou; ouviu um ruído estranho, como de tecido rasgado, e um grito sufocado. Quando voltou a abrir os olhos, o corpo da Combatente estava encurvado numa posição artificial, como se estivesse a ponto de quebrar a coluna. Seu corpo amoleceu e caiu no chão. Por trás, Talitha vislumbrou um vulto conhecido.

– Mestra Pelei!

A Pedra do Ar no peito da sacerdotisa brilhava refulgente. Ela levantou um dedo e, de súbito, a fumaça se dissolveu. Talitha respirou avidamente o ar puro.

– Mexa-se, não vai durar – disse secamente a Educadora. Talitha reparou que ela segurava uma das espadas que costumava usar no treinamento, tirada da sala dos ex-votos; vestia a camisola de dormir, arregaçada e presa para deixar suas pernas livres, exatamente como quando treinavam, e seus cabelos balançavam num longo rabo de cavalo. Estava diferente, transmitia um ar de força, de poder, e Talitha entendeu: já não era uma sacerdotisa, voltara a ser uma guerreira.

– Mestra, como...

Irmã Pelei pegou Saiph e deitou-o no chão. O jovem estava branco como um cadáver, e Talitha sentiu o gelo do medo se insinuar em seu coração.

– Logo que vi as chamas, saí à sua procura. Sabia que iria encontrá-la aqui, nas masmorras, para libertar seu escravo. Conheço-a muito melhor do que imagina...

Deu uns tapas em Saiph e jogou em seu rosto um líquido de cheiro acre que guardava num pequeno frasco preso à cintura. O rapaz abriu os olhos, e, ao ver o ouro brilhante daquelas íris, Talitha se desmanchou num sorriso.

– O-onde... estou? – gaguejou ele.

Irmã Pelei ergueu-o à força.

– Não há tempo para perguntas, vamos embora.

Abriu caminho para a sala das máquinas dos elevadores e galgou as rodas dentadas, entrando diretamente no longo túnel vertical.

– Precisam subir até a ramagem mais alta do Talareth – disse a sacerdotisa, ofegante. – Lá será mais seguro.

O piso começou a crepitar nas chamas. O rosto enegrecido da Irmã Pelei apareceu na fumaça.

– Venha me ajudar, rápido.

Talitha puxou Saiph para dentro do túnel, apoiou-o de costas contra a parede. Continuava aturdido e olhava para ela sem entender.

– Se a fumaça aumentar, deite-se no chão – aconselhou ela, para então também subir nas engrenagens. Não foi fácil, havia pouco espaço e a espada estorvava seus movimentos. A fumaça ainda era suportável, pois saía pelos respiradouros laterais usados para ventilar os elevadores, e as chamas não agrediam a grande árvore. Os Talareth eram imunes ao fogo, uma propriedade que a sua madeira perdia quando cortada da planta. A sacerdotisa estava brandindo a espada contra alguma coisa acima da sua cabeça.

– A lâmina da Sagrada Espada de Verba deve conseguir – disse, erguendo-se e abrindo espaço para ela.

– Conseguir o quê? – perguntou Talitha, aflita, enquanto Irmã Pelei a empurrava na estreita galeria.

– O cristal da Pedra do Ar acima deste mosteiro foi levado para lá através de um túnel que se encontra aqui em cima, e que foi murado depois do translado. Derrubam-no a cada cem anos, quando o cristal se esgota, e é por isso que a alvenaria não é muito resistente. A sua espada deve conseguir quebrá-la. Vamos lá, Talitha!

Talitha segurou a espada com ambas as mãos, enquanto a sacerdotisa a sustentava, e então golpeou com força. Os escombros começaram a cair do teto, cada vez mais numerosos, até Talitha receber no rosto uma baforada de ar.

– Pronto!

– Ótimo. Agora pegamos Saiph e vamos embora.

Saiph estava deitado de bruços, com o rosto grudado à madeira, a cabeça bem perto do elevador, onde ainda era possível respirar. Irmã Pelei segurou-o pelos braços, mas ele conseguiu firmar-se em suas próprias pernas.

Empurraram-no para o apertado espaço acima das rodas dos elevadores e então se aprontaram para subir também.

– Você primeiro – falou Irmã Pelei.

Talitha empacou.

– Nada disso, mestra, nem pensar.

– Você primeiro, eu já disse! Não temos tempo para esse tipo de bobagens!

Talitha ergueu o corpo, então olhou para a sacerdotisa.

– Por que está fazendo isso, mestra?

Irmã Pelei sorriu com amargura.

– Sei lá, talvez porque você esteja certa – disse, fitando-a nos olhos.

Estava a ponto de segui-la quando o seu corpo foi sacudido por um violento espasmo, e um grito lancinante cortou o ar.

– Mestra! – berrou Talitha.

Irmã Pelei esbugalhou os olhos e enrijeceu o corpo. Atrás dela uma Combatente retraiu a mão esticada num golpe mortal: com um só movimento tinha quebrado o pescoço da sacerdotisa. Pelei caiu no vazio e o fogo a envolveu na mesma hora, transformando o seu corpo num embrulho com uma vaga aparência humana.

Talitha a viu despencar como uma tocha engolida pela escuridão.

– Não! – gritou com todo o fôlego que tinha nos pulmões.

A Combatente já ia lançar-se contra ela, mas de repente o piso cedeu e um abismo se abriu abaixo dos seus pés. A assassina tombou nas chamas sem um único gemido e morreu em silêncio, assim como tinha vivido.

Talitha levantou-se soluçando e segurou Saiph pela cintura. Ele já entrara na estreita passagem e começara penosamente a arrastar-se para cima. Esticou a mão e a puxou.

– Vamos – murmurou.

Foram subindo. Já não havia chamas, mas o calor continuava insuportável. Estavam agora num túnel maior, cavado na madeira. Presas a enormes roldanas, viu duas pesadas correntes de latão, provavelmente as mesmas que haviam sido usadas para içar o cristal. No topo, um retângulo escuro deixava passar o ar fresco. Talitha segurou uma das duas correntes, mas retraiu imediatamente a mão, gritando de dor.

Saiph, logo atrás, rasgou uma tira do seu casaco.

– Enrole-a em volta das mãos.

Então apertou a mesma corrente sem qualquer gemido, embora a pele ficasse vermelha na mesma hora. Talitha enfaixou as mãos, e ambos começaram a arrastar-se para o topo. Acima deles, um pedacinho de céu muito distante, a sua única esperança.

– Continue, continue... – Saiph não conseguia dizer outra coisa enquanto, com tremendo esforço, se içava para o alto. Talitha era só um pouco mais rápida do que ele. Os dois começaram a tossir devido à fumaça, com as cabeças obstinadamente viradas para aquele único retalho de céu negro, que mal conseguiam divisar entre a gigantesca extensão de algo que se adivinhava no escuro e as folhas do Talareth. Parecia afastar-se cada vez mais, como uma miragem.

A primeira a botar a cabeça para fora foi Talitha. Içou-se fazendo força com os braços, e depois ajudou Saiph. Ambos deixaram-se cair prostrados, sem fôlego, exaustos. O ar tinha um cheiro estranho lá em cima, quase metálico; entrava e saía denso dos pulmões, insuportavelmente puro. Talitha abriu os olhos. Acima dela estendia-se uma escuridão espessa e cerrada, pontilhada por miríades de luzes.

O céu. As estrelas. O seu coração estremeceu. Ficou com medo, um medo misturado à excitação. Aquela era a liberdade, era aquilo que as sacerdotisas queriam que ninguém mais visse, o motivo pelo qual sua irmã morrera.

Levantaram-se com dificuldade, a cabeça deles, dolorida, não parava de rodar. Estavam fracos, e não se tratava apenas do cativeiro, das privações ou do esforço da fuga. Diante deles erguia-se um imenso cristal de Pedra do Ar. Resplandecia com uma quente luz azulada, pulsante, viva. As Rezadoras carregavam-no todos os dias com a sua magia, para que pudesse reter o ar da cidade por vinte e quatro horas. Na manhã seguinte, voltavam e tudo recomeçava. Um trabalho extenuante, ao qual Lebitha dedicara a vida.

Talitha ficou imóvel, parada diante do cristal, oprimida pelo tamanho daquele gigante do qual dependiam as vidas de todos lá embaixo, em Messe.

Você sabe por que a minha irmã morreu, pensou.

Saiph segurou-a pelo braço, Talitha cambaleou, caiu.

– Esta coisa nos faz mal – disse o escravo, ofegante, sem fôlego e com as pernas trêmulas. Talitha anuiu, levantou-se devagar e se arrastaram para longe da luz da Pedra. Estavam na copa do Talareth, a pelo menos novecentas braças acima do solo. Ao redor deles, somente galhos e folhas. À medida que se afastavam, sentiam-se melhor. Agora estava tudo claro. As Rezadoras ficavam doentes devido ao contato com aquela enorme fonte de poder; era por isso que Lebitha morrera.

Deixaram que a Pedra a consumisse, concluiu Talitha, com o coração cheio de ódio. Só conseguiu acalmar-se pensando nas sacerdotisas que lutavam contra o fogo, algumas dúzias de braças mais embaixo. Mas o pensamento trouxe consigo a lembrança de Irmã Pelei, envolvida pelas chamas, caindo no vazio. Teve de fazer um esforço para não se debulhar em lágrimas.

– E agora? – disse Saiph. Estava exausto. O cativeiro deixara-o enfraquecido, e o extremo esforço da fuga acabara com as suas últimas energias.

Talitha fungou e fechou os olhos com força.

– Agora vamos embora daqui.

20

O cheiro de queimado acordara toda Messe, e os habitantes já haviam começado a encher as ruas, tentando entender o que estava acontecendo lá em cima: o mosteiro que ardia devagar, a procissão das sacerdotisas que desciam ao longo do Talareth, a fina chuva da água jogada sobre o incêndio. O conde Megassa havia sido acordado pela gritaria na calada da noite, e logo tivera um pressentimento: *Foi ela. Foi aquela louca da minha filha.* Não ficou surpreso, portanto, quando a Pequena Madre e seu séquito apareceram no palácio: já sabia qual era o motivo.

– O que aconteceu é de uma gravidade inaudita – disse a idosa sacerdotisa com solenidade, depois de contar o que Talitha fizera.

Megassa, de joelhos no piso do salão, tremia de raiva. Apertou o queixo, tentando conter o constrangimento.

– Tenho certeza de que foi o escravo – disse, levantando a cabeça.

– Não ofendais a nossa inteligência – replicou a Pequena Madre. – Quando começou o incêndio, o escravo estava acorrentado nas masmorras.

– Não é minha intenção faltar ao vosso respeito. Sei que minha filha tem um temperamento difícil, mas não creio que tenha sido capaz de cometer um crime como esse – mentiu o conde.

– Não tenho a menor dúvida quanto à sua culpa – rebateu a Pequena Madre com firmeza, como se estivesse afirmando uma verdade incontestável. – Provocou horríveis queimaduras numa coirmã. Roubou a Sagrada Espada de Verba. E desapareceu levando consigo o escravo. Não vos parecem provas suficientes?

Megassa não soube o que responder. Seus dotes oratórios, que sempre o socorriam nos momentos difíceis, pareciam tê-lo abandonado. Decidiu então escolher uma jogada arriscada.

– Se me for permitido salientar... – disse, fitando a Pequena Madre nos olhos –, não ajudaria o bom nome do mosteiro anunciar à cidade que a culpada é uma noviça que fugiu ao vosso controle. O povo consideraria isso um fracasso *vosso*.

– *E eu farei qualquer coisa para evitar que a culpa manche a minha família*, pensou.

A Pequena Madre pareceu ler a mente dele.

– E o que sugeris, conde?

– Tenho certeza de que o femtita induziu minha filha a trair o mosteiro e seus ensinamentos. Talvez a tenha forçado a isso. E, de qualquer maneira, esta é a explicação que eu daria. Que o escravo, maldoso e sacrílego por natureza, como todos os da sua raça, ateou o fogo e raptou uma noviça.

Um silêncio pesado tomou conta da sala.

– Representaria, mesmo assim, uma derrota da nossa parte, e denunciaria a nossa incapacidade de manter a disciplina entre os escravos – considerou a Pequena Madre.

– Mas seria um mal menor, não concordais? Ninguém confia nos escravos, todos sabem quão perigosos eles são. E no que concerne à minha filha... faltou, antes de mais nada, em relação a mim e à família. Eu a pegarei, mesmo que isso custe a minha vida, e infligirei a ela e ao escravo o castigo que merecem.

– O escravo deve ser entregue a nós – disse a Pequena Madre com rispidez. – Os crimes de heresia devem ser punidos pelo clero. Mas se não os capturardes logo, vós tereis de pagar por aquilo que aconteceu, conde.

– Eu a encontrarei logo, não duvideis – prometeu Megassa, e prostrou-se no chão, a testa apoiada contra o piso.

A Pequena Madre despediu-se com o seu séquito, deixando-o sozinho na sala.

Logo que ouviu o farfalhar das vestes esmorecendo no fundo do corredor, Megassa extravasou toda a sua ira derrubando móveis e utensílios. *Como, como se atreveu, como ousou...* repetia a si mesmo, indo de um lado para outro do salão.

Parou, respirou fundo. Precisava manter a calma. A situação era grave, mas nem tudo estava perdido. Aqueles dois não conseguiriam ir longe: nada sabiam do mundo. Iria encontrá-los, claro que iria. E espancaria aquele escravo até deixá-lo louco, arrancaria a sua pele com suas próprias mãos. E a filha, a sua filha...

Nunca mais vai se atrever a desobedecer-me, disse a si mesmo. *Fará o que eu mando, experimentará a minha ira, e perderá de uma vez por todas a vontade de rebelar-se.*

Saiu de cabeça erguida, com porte altivo, diante da criadagem trêmula. Jamais permitiria que alguém ou alguma coisa ficasse no seu caminho.

Terceira Parte

Do Diário de Bemera,
carcereiro da Guarda de Alepha

Trouxeram-no para cá com a cabeça coberta. Era alto, mais alto do que qualquer talarita ou femtita que eu jamais vira. A sua aparência provocou em mim um estranho temor. Porque é diferente, eu sinto. Tentei dar uma olhada na escuridão da sua cela quando levei a comida, mas tudo que consegui vislumbrar foi um dos seus olhos. Era azul, uma cor pálida e perturbadora que nunca tinha visto. Espiava-me através da fresta da porta, exatamente como eu o espiava. Fiquei imaginando com horror desde quando estava retribuindo o meu olhar.

– Tem medo de mim? – perguntou.

– Não, não tenho – respondi, tentando parecer forte e decidido.

– Deveria. Eu trago desgraça. Já aconteceu antes, acontecerá de novo.

Então riu, uma risada desesperada que me gelou até os ossos. Fechei bruscamente a fresta da porta e fugi.

21

A fumaça ainda encobria o mosteiro quando Talitha parou. Estava exausta. Saiph tinha feito o possível para acompanhá-la, mas de repente tombara ao chão, suas pernas já não conseguiam sustentá-lo.

– Não aguento mais. Continue sozinha.

– Não seja bobo. Quer que eu mesma o leve de volta ao mosteiro e o prenda às correntes?

Saiph tentou seguir em frente, mas ainda estava esgotado demais, e tiveram de fazer uma pausa. Caminhar nos galhos mais altos do Talareth sem a ajuda das passarelas era mais difícil do que haviam imaginado. Embora bastante robustos para aguentar duas pessoas uma ao lado da outra, não eram próprios para os deslocamentos. Ao percorrê-los, era preciso tomar o maior cuidado para não perder o equilíbrio e cair nos espaços vazios. Além disso, os galhos mais finos cediam sob o peso dos seus passos, forçando-os a agarrarem-se a qualquer coisa que estivesse à mão. A copa, de qualquer maneira, estendia-se até os limites extremos de Messe, e os escondia da vista de eventuais perseguidores: mover-se lá em cima era a melhor maneira para se afastarem despercebidos.

Talitha olhou para baixo. Mal dava para distinguir Messe entre a ramagem, uma cerrada trama de ruelas e construções. Pegou o cantil preso ao cinto, tomou uns goles com avidez e sacudiu Saiph. O rapaz abriu os olhos, quase inconsciente, e tomou água até saciar a sede. Talitha apalpou o próprio ombro: ainda estava muito dolorido. Quando afastou o couro do colete, viu um hematoma roxo de contornos amarelados.

– Onde estamos? – perguntou Saiph, olhando em volta desnorteado.

– Nos ramos mais altos do Talareth. Já andamos um bom trecho.

O olhar do escravo foi atraído pela coluna de fumaça que se levantava do mosteiro. Talitha baixou instintivamente os olhos.

– Como pôde pensar numa coisa assim? – murmurou Saiph, incrédulo.

– Tinha alguma ideia melhor para fugir? – replicou Talitha, na defensiva. – Nos últimos dois meses não parou um só momento de dizer que era uma fortaleza inexpugnável, que não havia jeito de sair de lá. Eu não tinha escolha.

Ele encarou-a sem piedade.

– Faz ideia de quantas pessoas devem ter morrido?

Talitha reviu Irmã Pelei despencar no vazio, mortalmente ferida. Fechou os olhos.

– Avisei Kora, as noviças já estavam a salvo, e as sacerdotisas também. A única coisa que queimou foi um amontoado de lenha.

Mas Saiph continuava a fitá-la, e sob aquele olhar Talitha sentia-se nua, sem qualquer escapatória. Agora que já não corriam risco imediato de vida, ela compreendia.

– O que deveria fazer? Vi você sendo surrado com o Bastão, vi você sofrer como jamais sofrera na vida, e hoje iriam matá-lo! Eu não tinha escolha, se pudesse fazer outra coisa, faria, mas não podia... E Irmã Pelei... Eu não queria, está entendendo? Não queria.

Sentiu lágrimas de fogo correrem pelas faces.

Foi então que ele a abraçou com força, apoiando uma das mãos na nuca. Talitha sentiu o cheiro da sua roupa, da sua pele, um cheiro que tantas vezes tinha respirado quando eram crianças. Mergulhou a cabeça no peito do rapaz e chorou pela Irmã Pelei, desabafando a sensação de culpa e de frustração.

Saiph não disse uma palavra. Continuou a segurá-la, com o nariz enfiado entre os seus cabelos, de olhos fechados. No fim das contas, estavam a salvo, e ainda juntos. Talvez o resto de fato não tivesse importância.

Retomaram o caminho depois de comer uma maçã e um pedaço de pão que Talitha apanhara na cozinha antes de atear o fogo.

Saiph reparou que as costas dela estavam vermelhas e arranhadas. A espada, enfiada embaixo do colete e do cinto, movia-se entre uma omoplata e a outra, rasgando a pele.

– Dê-me a espada, deixe que eu a levo.

Talitha sacudiu a cabeça.

– É a minha arma, e só eu sei usá-la.

– Está acabando com as suas costas e, além do mais, se o seu plano funcionar, enquanto estamos aqui em cima ninguém virá nos procurar.

Talitha cedeu e tirou a espada apertando o queixo.

Saiph despiu o que sobrava do casaco e rasgou algumas tiras de pano. Enrolou uma em volta da arma e, com as outras duas, formou uma espécie de cinturão para sustentá-la.

– Essa lâmina corta como uma navalha, o pano não vai adiantar – objetou Talitha.

Mas Saiph deu de ombros, ajeitando a arma.

— Tanto faz, de qualquer maneira eu não sinto dor. No máximo provocará alguns arranhões.

Ficou em pé diante dela, de peito nu. Emagrecera muito desde o dia em que chegaram ao mosteiro. Na brancura da pele apareciam redondas manchas escuras. As marcas do Bastão. Se por um momento Talitha chegara a ter alguma pena do mosteiro que destruíra, agora a fogueira já não lhe parecia uma punição adequada para um lugar que soubera infligir tamanho sofrimento.

Depois de um longo percurso, que muitas vezes os forçou a avançar agachados para não cair, chegaram aos galhos extremos do Talareth, sobre a periferia da cidade. Ali os ramos começavam a curvar-se para baixo, e seguir adiante se tornava quase impossível. Teriam de descer algumas braças para encontrar uma trilha mais sólida. Em vez disso, porém, pararam para descansar sentados na forquilha de um galho coberta de musgo macio. Talitha sentia todos os seus músculos arderem.

— O que vamos fazer agora? — perguntou Saiph depois de recuperar o fôlego.

— Vamos descer, encontraremos um jeito. Aqui, fora da Cidadela, vai ser mais difícil nos pegarem. E depois... rumamos para o Reino do Outono. Procuraremos o herege de que falam aqueles documentos.

Talitha leu de imediato a decepção no rosto de Saiph, e levantou a mão antes mesmo de ele falar.

— Minha irmã confiou-me uma tarefa, e eu tenho de levá-la a cabo. Este mundo está queimando, Saiph, e as sacerdotisas vão deixar que se transforme em cinzas. Precisamos encontrar o herege, convencê-lo a nos contar o que sabe. E, além do mais... além do mais ele vem do deserto — acrescentou baixinho. — Não há outro jeito: aonde acha que poderíamos ir, você e eu? Talária já não é um lugar para nós. Beata, por sua vez...

– Acha mesmo que Beata existe? – objetou Saiph.

– O herege afirma que veio de uma cidade no deserto. No deserto, Saiph. Sem árvores que produzem ar. O que mais poderia ser este lugar, se não Beata? Você mesmo disse, quando lemos a respeito.

– Mas o herege poderia estar louco.

– Não é o que minha irmã pensava. Do contrário, não me levaria a ler aqueles documentos. Sabia que eu correria sérios riscos para chegar lá.

– Então, a louca é você. Como acha que poderá libertar um prisioneiro acusado de heresia? Como derrotaríamos as Combatentes que vigiam a prisão? E se porventura conseguíssemos, o que a leva a acreditar que as palavras dele, se ainda estiver vivo, vão nos ajudar a deter o crescimento de Cétus? Talvez não haja nada a fazer, talvez a coisa tenha simplesmente que acontecer, só isso.

Talitha fitou-o indignada.

– Conheço o seu ponto de vista, o ponto de vista de todos. Cada um no seu lugar, cumprindo o próprio dever, cada um aceitando passivamente o próprio destino. Mas a esta altura você já estaria morto, se eu não tivesse decidido desobedecer. Você me deve a vida. Por isso vamos fazer do meu jeito.

– Está bem, patroa – disse Saiph. – Obedecerei, como sempre. Mas, se quisermos ir ao Reino do Outono, precisaremos de algum dinheiro, de mantimentos e mapas.

Talitha anuiu.

– Já esteve fora da Cidadela muito mais do que eu. Sabe onde podemos arranjar o que precisamos?

Saiph olhou as ruas abaixo deles.

– Estamos perto da casa de Lanti, um bom cartógrafo, mas temos de chegar lá antes que bloqueiem o caminho, pois a esta altura já devem estar à nossa procura.

Talitha reuniu forças e ficou de pé.

– Então me abrace – falou de supetão.

– Como? – Saiph permaneceu imóvel, desnorteado.

– Mexa-se, não é um impulso afetivo! – insistiu ela.

Saiph aproximou-se e fechou os braços em volta da cintura dela, com temor e delicadeza.

– Aperte com força, se não quiser cair.

Ele obedeceu e os dois corpos ficaram colados.

– Prepare-se para pular.

– Ficou louca?

– Terei de usar um encantamento de Levitação. Se quisermos descer, não há outro jeito.

– Patroa...

– Chega de conversa e confie em mim! Vai dar tudo certo – disse Talitha, decidida.

Aparentava firmeza, mas na verdade estava terrivelmente nervosa. Nunca experimentara aquele feitiço durante o treinamento no mosteiro, a não ser para tentar breves voos, pairando no ar para então planar a uma altura modesta.

– Quem me ensinou foi Irmã Pelei, já fiz antes – falou, e Saiph teve a desagradável sensação de que ela tinha falado mais para si mesma do que para ele, só para criar ânimo.

Talitha olhou para baixo mais uma vez. Então, simplesmente, deixou-se cair.

No começo foi só uma espécie de vazio no estômago, o vento que fustigava a pele e as roupas, mas então chegou o chamado irresistível da terra.

Teve vontade de gritar, ou pelo menos de fechar os olhos, mas sabia que não podia fazê-lo. Devia olhar para o solo, pois só dispunha de uns poucos segundos para agir.

Messe veio ao seu encontro a uma velocidade vertiginosa, os becos se tornavam mais visíveis, as casas ficavam cada vez maiores.

Agora!

Segurou firme a Pedra do Ar, concentrou-se por um momento e pronunciou a palavra. Foi como se uma grande mão os segurasse pelos ombros, desacelerando a inexorável corrida contra as pedras da rua. Messe foi se aproximando mais devagar, o aperto na boca do estômago se afrouxou, e Talitha relaxou um pouco. Saiph, por sua vez, continuava de olhos fechados, bem agarrado ao couro do colete dela.

Quando só umas poucas braças os separavam do solo, Talitha percebeu que havia algo errado, e que o beco vinha ao seu encontro rápido demais. Não teve tempo para diminuir a velocidade da queda: só levou mais um segundo para tombarem no calçamento, e os dois rolaram para longe um do outro. Saiph, sem um lamento sequer, acabou contra um muro, Talitha parou gemendo no meio da rua. Seus ossos estalaram e a dor pregou-a ao chão por alguns instantes. Levantou-se devagar, com dificuldade, e apalpou as costelas. Embora estivesse com o corpo inteiro dolorido, achou que não tinha quebrado nenhum osso. Correu então para Saiph.

– Tudo bem com você? – perguntou baixinho. O rosto do rapaz estava mais pálido que de costume, mas, embora estivesse obviamente marcado pelo medo, não havia sinal de dor nos seus traços.

– Cabe a você me dizer – respondeu.

Talitha lembrou na mesma hora. Certa vez, quando eram crianças, golpeara-o com um pontapé. No seu entender, não devia passar de uma brincadeira, mas acertara a perna dele com alguma violência. Ele nem chegara a suspirar. Ficara de pé, mas logo tombara ao chão, incrédulo. A perna não aguentara o peso. Estava quebrada, e ele não se dera conta. Talitha tivera de apalpá-la para perceber o osso partido. Ainda se lembrava da horrenda sensação da carne mole, dos arrepios que correram pela sua espinha; mas ainda assim fez o que tinha de fazer.

Examinou o tórax, depois os braços e as pernas.

– Acho que tudo está no lugar.

Devagar, Saiph ficou de pé. Manteve-se firme nas pernas, abriu e fechou os punhos com força.

– Jure que nunca mais faremos isso.

Estavam numa zona de Messe que Talitha não conhecia, um beco estreito e malcheiroso. As casas eram barracos caindo aos pedaços, com a pintura descascada e a madeira inchada de umidade. No meio da ruela, não muito longe de onde haviam caído, corria um regato de água fétida. O ar exalava um cheiro nauseante de podridão: o do lixo por onde se moviam imundos roedores e larvas de insetos, mas também o da mísera comida sendo preparada nas casas, da roupa suja deixada a secar no ar parado daquele beco, de uma humanidade rejeitada, forçada a levar uma vida sem futuro entre sujeira e degradação.

Aquele lugar não lembrava nem de longe a Messe que Talitha conhecia, a elegante cidade de pedras e tijolos onde os esgotos corriam em galerias subterrâneas e as lojas cheiravam a fruta e a verduras frescas. Lembrou as cenas de miséria às quais assistira poucos meses antes, durante a viagem para Larea.

– Então, para onde vamos? – perguntou, tentando esconder o medo.

O rapaz olhou ao redor com ar indeciso. Por um momento, Talitha receou que tivessem caído no lugar errado, ou que Saiph estivesse perdido. Então viu o olhar dele se iluminar.

– Por ali – disse com segurança. – O palácio do seu pai fica naquela direção – acrescentou apontando para uma cândida colina ao longe –, e a loja se encontra na periferia oeste. Os sóis se puseram bem diante de nós, portanto estamos no caminho certo, mas um pouco longe demais: a casa de Lanti fica entre os Bairros e a Muralha Externa.

Kora era dos Bairros, a parte residencial de Messe onde vivia o povo mais abastado, em sua maioria mercadores.

Talitha sentiu uma pontada de dor: onde a amiga estaria agora? Na certa se salvara – tinha visto com seus próprios olhos as noviças descerem as escadas –, ou pelo menos era o que esperava.

Entraram num labirinto de vielas. Deram voltas a esmo, algumas vezes tiveram de voltar atrás. De repente espremeram-se contra a parede. Um Guardião, sonolento, com passo arrastado e pesado, avançava desatento e passou perto deles sem vê-los. Depois do susto, retomaram o caminho.

– Ali está ela – disse afinal Saiph, espiando de uma esquina. Indicava uma casa exatamente igual a todas as outras, feita com tábuas de madeira pintadas de branco, com a tinta faltando em vários lugares e pequenas janelas fechadas. Na porta, barrada com uma longa haste de metal presa por um grande cadeado, um letreiro de ferro batido mostrava a gravura de um mapa de bordas amassadas.

– A moradia fica em cima da loja – contou Saiph. – Mas como pretende pagar pelo serviço? Não temos coisa alguma para dar em troca, a não ser a sua espada, e não creio que você queira separar-se dela.

– De jeito nenhum. Pegaremos o que precisamos.

– Lanti é um bom homem – objetou Saiph. – Sei disso, já tive que tratar com ele em várias oportunidades. E sempre foi amável comigo. Não me parece justo...

– Nem a mim – interrompeu-o Talitha. – Mas o que temos de fazer é importante demais, não podemos correr o risco que nos traia ou que se recuse a nos ajudar. Quando voltarmos, se voltarmos, pagaremos pelo que tiramos dele. Mas agora...

– Quer roubá-lo – falou Saiph, com um tom de voz que não escondia sua indignação.

– Se Cétus queimar esta terra, acha que fará alguma diferença? – Talitha foi curta e grossa. Então, para disfarçar o embaraço, passou a estudar a fachada da construção. Entrar pelo acesso principal seria difícil e perigoso demais, porém nos fundos havia uma pequena janela desprovida de batentes. Era bastante apertada, mas calculou que podia servir para suas formas esguias e miúdas, e até achou bom ter emagrecido naqueles últimos tempos.

– Vou entrar por ali, espere por mim aqui na rua.

– Deixe que eu vou.

– A janela é muito estreita para você, e também não quero que a sua consciência fique pesada demais – concluiu com ironia. – Só me avise se alguém aparecer. Em caso de perigo, dê dois assovios curtos.

Então, sem dar-lhe tempo de protestar, atravessou a ruela e dirigiu-se aos fundos da loja. A janelinha ficava alguns palmos acima da sua cabeça e estava entreaberta, provavelmente para permitir a circulação do ar: melhor assim, poderia entrar sem quebrar o vidro.

Ficou na ponta dos pés, tirou o punhal da bota e enfiou a lâmina na fenda. Demorou um tempinho, mas afinal conseguiu levantar o gancho que prendia a moldura do vidro à esquadria. Apoiou-se nos cotovelos e fez força com os braços: a cabeça passou sem problemas, os ombros só chegaram a roçar na armação de madeira e, apesar de alguns arranhões, os quadris também entraram. Caiu para a frente, mas conseguiu amortecer a queda com as mãos e não se machucou.

Estava agora num pequeno aposento iluminado pela fraca luz que filtrava pela janela. As paredes estavam cheias de estantes apinhadas principalmente de pergaminhos, mas também havia pesados volumes. Além disso, um volumoso tomo estava aberto sobre uma mesa de trabalho. Talitha aproximou-se e deu uma espiada: a escrita era miúda e muito certinha. Parecia ser uma espécie de catálogo dos lagos e rios de Talária. Bem no meio via-se um pergaminho que acabava de ser esticado e alisado, e no chão ainda estava o pó raspado do velo. O desenho, lindo e cheio de detalhes, representava um lugar desconhecido.

Talitha conhecia o nome de todas as principais cidades do Reino do Verão, assim como dos lagos e dos rios, mas o lugar retratado naquele mapa parecia desabitado. Estava, com efeito, coberto por uma vegetação extremamente espessa que o artista reproduzira com infinita paciência e incrível fartura de pormenores. Saiph explicara que Lanti era o melhor cartógrafo de Talária, e que só na loja dele era possível encontrar mapas de lugares estranhos, ignorados pela maioria, como os mapas dos canais das minas de Pedra do Ar, no Sul, que ninguém mais conhecia. Era a primeira vez que Talitha podia ver o trabalho do homem, e ficou admirada: cada detalhe era desenhado com excepcional cuidado, e alguns símbolos estavam traçados com tamanha precisão e finura que parecia impossível existir uma mão tão meticulosa. Reconheceu a fronteira do Reino do Verão, e então compreendeu que olhava o mapa do Bosque da Proibição. Achou aquilo muito estranho, pois não imaginava quem poderia precisar dele. Ninguém ia lá, a não ser forçado por extrema necessidade. Só as pessoas mais pobres se aventuravam nele, à cata de bagas e frutas, principalmente naquele tempo de carestia, e também os caçadores, que lá encontravam a melhor caça. Mas ninguém que prezasse a própria segurança escolheria, em sã consciência, entrar naquele lugar selvagem. Ao que parecia, no entanto, Lanti estivera lá, pois do contrário não poderia representá-lo de forma tão pormenorizada.

Talitha deixou de lado todas essas considerações. Não estava ali para se entregar a devaneios e fantasias, precisava de um mapa em particular. Olhou à sua volta, desanimada: havia centenas ali dentro. Como encontrar o que lhe servia?

Começou a revistar as estantes. Puxava rapidamente os pergaminhos, desenrolava-os só o bastante para entender do que se tratava, e depois os colocava de volta no lugar.

Encontrou de tudo: mapas dos quatro reinos, de Messe, das outras capitais e de cidades que ela desconhecia. Alguns eram mapas de minas, de masmorras, e até havia um da estrutura subterrânea dos esgotos da Cidadela. Cada uma daquelas folhas já era por si só uma obra de arte. Mas, apesar de tão lindas, não eram o que ela procurava. Tinha de entrar na loja propriamente dita, por mais arriscado que fosse.

Abriu a porta de comunicação bem devagar e ainda mais devagar foi ao cômodo principal.

Era um ambiente mais amplo e ordenado. Os mapas estavam cuidadosamente guardados em seus escaninhos, e não amontoados uns em cima dos outros, e em dois balcões protegidos por vidros estavam expostos trabalhos de excelente execução. Entre eles justamente aquele que Talitha procurava: um mapa completo dos quatro reinos. Não era muito pormenorizado, mas mostrava as vias principais: serviria de qualquer maneira. Sacou mais uma vez o punhal e, com o cabo envolvido num lenço, quebrou o vidro do balcão procurando fazer o menor barulho possível. Arrancou, então, o mapa do suporte de madeira ao qual estava preso, e se dirigiu depressa ao balcão principal, onde na certa encontraria a outra coisa de que precisava.

Mas bem perto da gaveta que continha a féria diária, tropeçou desajeitadamente e caiu no chão, chocando-se com a escada usada para alcançar as prateleiras mais altas. A barulheira ecoou na casa inteira.

Com o coração martelando no peito, sem fôlego, Talitha se levantou apressadamente, abriu a gaveta e apanhou um punhado de moedas. Um golpe seco jogou-a no chão, enquanto a dor explodia na sua cabeça. Virou-se de costas e levantou o punhal.

Lanti estava diante dela, segurando um longo pau nodoso, com uma expressão furiosa no rosto.

– Ladra! Escolheu arrombar a loja errada!

Lanti baixou novamente o bastão, mas Talitha rolou de lado, evitando o golpe. Então ficou de joelhos e apontou o punhal contra ele.

– Não se aproxime!

Por um momento Lanti ficou indeciso, mas então levantou de novo o bastão e Talitha compreendeu que teria de lutar para sair dali viva. O rosto de Saiph apareceu na janela.

– Não! Parai! – gritou, debruçando-se. – Não a machuqueis!

Lanti baixou o bastão lentamente.

– Saiph? – disse, incrédulo. – O que é que *você* está fazendo aqui?

– Podemos explicar... se permitirdes.

Lanti hesitou, indeciso.

– Entre – grunhiu afinal. – Mas passe pela porta, seja civilizado.

22

Talitha e Saiph estavam sentados a uma mesa na despojada cozinha do andar superior. Além daquela mesa, tudo que havia ali eram duas cadeiras, um armário com uns poucos pratos empilhados e uma cesta de frutas secas. A um canto, numa lareira enegrecida, fora pendurado um caldeirão de cobre.

Lanti estava de pé diante deles, impassível.

Sua figura magra e encurvada não inspirava medo, mas seus olhos redondos e salientes, encimados por duas espessas sobrancelhas, sabiam ser ameaçadores.

Talitha tremia. Estavam perdidos. O homem iria chamar os soldados da Guarda a qualquer momento, e tudo estaria terminado.

Ao lado dela, Saiph, por sua vez, mantinha uma compostura incomum para a circunstância. De costas eretas, parecia dominar perfeitamente a situação, apesar do perigo que corriam.

– Eu vos compreendo – disse. – Invadimos a vossa propriedade e tentamos roubar-vos. É justo que agora chamais a Guarda. Só vos peço uma coisa: entregai a mim, mas deixai a minha patroa ir embora. Eu suplico, em nome do respeito que tendes pela jovem condessa: não permitais que a levem de volta ao mosteiro.

– Saiph – protestou Talitha. – Nunca deixarei que pague no meu lugar.

– Quem está sendo procurado é você, não ela – disse Lanti. – E é você que querem levar de volta ao mosteiro, se for capturado.

Talitha e Saiph entreolharam-se, confusos.

– Saiph incendiou o lugar mais sagrado de Messe e raptou a filha do conde.

Talitha sentiu o sangue subir à sua cabeça. O pai tinha jogado a culpa em Saiph: deveria ter esperado por isso.

– Saiph não fez coisa alguma, a culpa foi toda minha.

– Não acho difícil acreditar, vendo como se comporta. Mas por que vieram justamente aqui? Já tenho muita dor de cabeça sem ter de me defender também da espada de Megassa.

– Saiph contou-me que o senhor é o melhor cartógrafo de Messe... É por isso que estamos aqui.

Lanti abriu-se num meio sorriso.

– Foi isso que ele disse, é?

Saiph ficou vermelho e baixou os olhos.

– Nunca faríamos uma coisa dessa se nossa situação não fosse desesperadora. Não tínhamos dinheiro para pagar, e temos que fugir antes que os Guardiões nos encontrem.

Talitha não conseguiu aguentar mais a tensão.

– Se quiser avisar meu pai, tudo bem – desabafou. – Mas fique sabendo que não me deixarei capturar facilmente.

Lanti fitou-a com intensidade por uns instantes e, sem dizer uma só palavra, saiu da cozinha e dirigiu-se ao andar inferior. Talitha recostou no espaldar da cadeira, esgotada pela tensão. Não queria ser forçada a usar a espada, estava cansada de toda aquela violência.

Os passos de Lanti foram ouvidos logo a seguir. Se ele tinha ido chamar a Guarda, havia sido realmente rápido. Talitha levou a mão à empunhadura da espada, pronta a agir. Mas, quando o cartógrafo voltou, segurava um pergaminho numa das mãos e um saquinho de pano na outra. Largou ambos na mesa; depois, com gestos comedidos, desenrolou o pergaminho. Era um mapa rigoroso: quase totalmente desprovido de adornos, mas muito preciso, e mostrava uma complexa rede de vias periféricas.

– Este é o mapa mais atualizado dos quatro reinos. Todas as estradas estão marcadas, até as menos conhecidas. Mas não aconselho que peguem a Artéria: estão à sua procura, e, logo que acabarem de revistar Messe, vão certamente patrulhar as vias principais.

Talitha estava sem palavras. Olhou para Saiph, tão confuso quanto ela.

– Por que está fazendo isso? – perguntou afinal. – Por que abre mão da recompensa que meu pai pagaria pela nossa captura?

O homem passou uma das mãos nos olhos, quase a livrar-se de um eterno cansaço. Então tirou uma fruta do pântano da cesta sobre o armário e mordeu um pedacinho, mastigando devagar.

– Certa vez, alguns anos atrás, um escravo amassou sem querer um precioso mapa de Messe destinado à biblioteca do conde. Vi a maneira com que o arrastaram embora, e ouvi seus gritos desesperados. Ele não foi mais visto no palácio. Sei o que é a ira do seu pai, e gostaria que jamais atingisse alguém. Nem mesmo uma jovem ladrazinha. – Sorriu. – Sem contar – prosseguiu – que nunca simpatizei muito com as sacerdotisas e seus dogmas. Sinto-me mais à vontade com a realidade, com a solidez das estradas e dos territórios, e tento retratar isso o melhor que posso nos meus mapas. Eu amo a verdade. As mistificações são perigosas, e é em nome delas que muitas vezes são cometidos os crimes mais brutais. Se puder ajudá-los a fugir, é o que farei.

Talitha leu nas palavras dele uma sabedoria que parecia nascer de um sofrimento longínquo, arraigada nas rugas daquele rosto.

– Obrigada – respondeu simplesmente.

Lanti indicou um ponto no mapa.

– Aqui os Guardiões quase nunca aparecem, e não há patrulhas de fronteira. É uma velha estrada que ninguém mais usa. Sigam por ela para se afastarem de Messe.

Talitha foi se levantando, mas cambaleou e teve de sentar-se de novo.

– Deve ser só um pouco de cansaço – comentou, sacudindo a cabeça.

Lanti olhou para ambos, preocupado.

– Se está tão cansada, acho melhor que fique aqui hoje. Além do mais, a esta hora os homens do conde devem estar revistando cada canto da cidade. Tenho um pequeno porão embaixo da loja, onde guardo alguns dos meus trabalhos mais antigos. Se quiserem, podem ficar lá.

– Lanti está certo – disse Saiph. – Estamos esgotados, e sair por aí nestas condições poderia ser ainda mais arriscado.

– Poderão partir quando já estiver escuro – prosseguiu o cartógrafo. – É o máximo que posso fazer. Hoje de manhã os Guardiões deram buscas na Cidadela e nos bairros em volta, não vão demorar a passar aqui. – Abriu devagar o saquinho de pano e um punhado de nephens tilintou lá dentro. – É tudo que tenho para lhes dar, mas deve bastar até chegarem à fronteira.

– Obrigada, obrigada mesmo. Não vai se arrepender, eu garanto – disse Talitha apoiando a mão no braço dele.

– Vamos – falou o homem. – Vou mostrar onde podem se esconder.

Levou-os ao andar de baixo, na loja, e depois para um pequeno depósito nos fundos. Afastou um pesado tapete e revelou um alçapão no pavimento.

Desceram para uma gruta com mais ou menos seis braças de comprimento e três de largura, cavada diretamente na pedra. Lanti acendeu duas velas colocadas em toscos nichos na rocha. As paredes estavam cobertas de prateleiras cheias de pergaminhos enrolados. Apesar de estarem embaixo da terra, o ar não era demasiado úmido, e naquele momento Talitha achou o lugar mais aconchegante do que o palácio onde nascera e crescera.

– Vou trazer um pouco de palha e uns cobertores – disse o homem, olhando em volta quase constrangido.

– Não é necessário – falou Saiph, decidido. – Só me diga onde estão, este é um trabalho de escravos.

Lanti esboçou um sorriso.

– Venha comigo, vou lhe mostrar.

Talitha sentou-se no chão, e os dois voltaram ao andar de cima. Passaram pela cozinha e chegaram a um quartinho contíguo.

– A palha está naquela arca – informou Lanti, indo para o armário. – Também vai encontrar um cantil, fique com ele: reparei que só dispõem de um, não vai ser suficiente na viagem que terão de enfrentar. A propósito, aonde pretendem ir? – acrescentou enquanto apanhava os cobertores.

Saiph hesitou em responder, perguntando a si mesmo se era aconselhável revelar aqueles detalhes.

O cartógrafo se virou e o fitou nos olhos.

– Está ciente de que, daqui a pouco, todos, *todos mesmo*, estarão caçando vocês?

O rapaz baixou os olhos para a palha que tinha juntado ao lado da arca.

– Sei como tudo isso vai acabar, mas gostaria pelo menos de tentar salvar a minha patroa.

– Procurem chegar o mais longe possível – exortou-o Lanti. – Ao Reino do Inverno, ou até fora de Talária, se conseguirem.

– Mas onde, então? – exclamou Saiph.

– Em qualquer lugar. No Bosque da Proibição, no deserto. Saiph, estou sentindo alguma coisa no ar, já faz algum tempo. Vivo aqui, entre o mundo dos talaritas abastados e o dos pobres, e deste lugar posso reparar em coisas que você e a sua patroa, na Cidadela, nunca seriam capazes de ver. Talária freme como uma bacia no fogo. Já estão dizendo que os homens do conde estão se desforrando em cima dos femtitas: no palácio, alguns deles foram torturados.

– Quem? – perguntou Saiph, abalado. Não estava particularmente ligado, do ponto de vista afetivo, aos escravos que trabalhavam no palácio, mas os conhecia, e só o fato de ter compartilhado durante anos a mesma morada tornava-os queridos agora, de alguma forma.

Lanti meneou a cabeça.

– Não conheço os nomes, mas o boato espalhou-se depressa entre os escravos. Ontem houve um levante na zona sul da cidade, um ataque contra uma carroça que transportava mantimentos. Os femtitas, antigamente, eram guerreiros, e não esqueceram por completo as artes da guerra.

Por um momento Saiph perdeu-se nas lembranças. Durante os bailes no palácio, sempre havia alguém que acabava brandindo armas de madeira, e, ao som de alaúdes e tambores, aconteciam coreografias bélicas, enquanto os mais idosos falavam da Antiga Guerra.

– Vamos – disse então o cartógrafo, ajeitando melhor os cobertores nos braços. – Já é tarde e vocês estão cansados. Amanhã poderão pensar no rumo a tomar.

O abrigo no fundo das escadas quase dava saudade dos catres no mosteiro, e o ar não demorou a ficar pesado, mas mesmo assim o sono tomou conta de Talitha e Saiph logo que se envolveram nos cobertores. Estavam mortos de cansaço, e a excitação acumulada se esvaíra, dando lugar a um profundo torpor.

Quando Talitha abriu os olhos, Saiph estava ao seu lado, de pernas cruzadas, diante de dois pedaços de pão branco e duas tigelas de leite.

– Tem até café da manhã! – murmurou, espreguiçando-se.

Comeram com gosto, recobrando um pouco as energias, e depois Talitha passou o restante do dia cuidando da Espada de Verba. Haviam fugido de forma tão apressada que ela não tivera a oportunidade de aproveitá-la. Admirou-a à luz quente das velas e pareceu-lhe ainda mais bonita. Linda, sem dúvida, mas também muito reconhecível. Se quisessem circular por Talária, deveria encontrar uma forma de camuflá-la.

Além dos mapas, lá embaixo estavam amontoadas quinquilharias de vários tipos: coisas esquecidas e sem uso, peles demasiado úmidas e enrugadas para serem utilizadas, velhos instrumentos. Talitha foi procurando, e encontrou uma bainha de couro. Era um pouco curta e estreita demais, mas pelo menos podia servir para a ponta. Descosturou um dos lados até dois palmos do fim e conseguiu enfiar a espada de qualquer jeito. Prendeu-a nas costas usando o cinturão a tiracolo, pois era folgado demais para os seus quadris estreitos.

– O que acha? – perguntou a Saiph.

– Acho que, de qualquer maneira, a empunhadura sobra dois palmos para fora, e grita a plenos pulmões "fui roubada do mosteiro de Messe" – respondeu ele.

Talitha deu-lhe uma pancada na cabeça com um rolo de pergaminho.

– Pensando bem, tenho de concordar, seu escravo idiota: a empunhadura ainda está bem reconhecível.

Quando Lanti desceu para dar-lhes algo para comer, Talitha pediu cola e umas tirinhas de couro, além de um pouco de tinta vermelha. O homem ficou perplexo, mas entregou o que ela queria. Talitha usou aquele material para camuflar o cabo: cobriu a empunhadura com as tiras de couro, enrolando-as pacientemente em volta do metal, e então forrou o guarda-mão com panos velhos encontrados no esconderijo. No fim, a espada tinha uma aparência decididamente menos épica, mas pelo menos estava irreconhecível.

Talitha estava a ponto de prendê-la na cintura quando ouviu um barulho de passos em cima da cabeça e gritos incitativos. Reconheceu-os logo: era o retumbar típico das botas ferradas. Botas como as dela, botas de Guardião. Ambos seguraram o fôlego.

– Aqui não há ninguém – disse Lanti.

– É o que vamos ver. – Os passos se afastaram frenéticos em todas as direções. – Batam também nos muros, no piso, em tudo!

Saiph praguejou baixinho, uma palavra sibilante na língua dos femtitas. Talitha desembainhou lentamente a espada.

– Patroa! – sussurrou ele, sacudindo a cabeça.

Dois golpes sonoros, bem acima deles.

– Aqui! Aqui embaixo!

Talitha endureceu o olhar, segurou a espada com ambas as mãos e, com toda a força, deu um golpe para cima. A madeira explodiu, um grito de dor ressoou no cubículo enquanto a lâmina trespassava a carne de um homem.

– Agora! – berrou, e investiu contra o alçapão já meio destruído pelo golpe, com Saiph logo atrás.

O aposento estava mergulhado na luz alaranjada do pôr do sol. No chão jazia um Guardião, outros dois estavam chegando do cômodo contíguo. Talitha gritou, brandindo com violência a espada. O metal de que era feita era tão duro que as armas dos Guardiões se estilhaçaram ao choque com a lâmina e os homens foram forçados a recuar, abrindo espaço. Talitha viu Lanti, que, apoiado na parede, assistia à cena com raiva. Compreendeu que, de alguma forma, o velho iria pagar por tê-los ajudado, e gritou na direção dele: – Velho maldito! Pensei que não estivesse em casa! – Então segurou com firmeza a mão de Saiph e correu para a vitrine da loja, puxando-o consigo. Deram um pulo, os braços protegendo o rosto, enquanto os vidros explodiam em centenas de estilhaços. Aterrissaram com um baque e rolaram no chão.

– Os fugitivos! Os fugitivos! – gritavam os Guardiões.

Talitha forçou Saiph a se levantar, depois levou rapidamente a mão à bota e entregou-lhe o punhal.

– Use-o, se for necessário.

– Eu não posso...

– Use-o!

Começaram a correr sem um destino preciso. Entraram no primeiro beco, então em outro, numa fuga desesperada. Chocaram-se com alguns transeuntes, evitaram por um triz a barraca de um ambulante, até que foram forçados a parar numa viela fedorenta. Diante deles, dois Guardiões de espadas em punho.

– Perdoai-me, jovem condessa, se devo faltar-vos o respeito, mas são ordens do vosso pai – disse um deles, dando risadinhas.

Nas laterais do beco havia alguns mendigos femtitas. Um deles, pouco mais que uma criança, empacou de braços abertos no meio do caminho. Por um momento, o Guardião ficou atônito.

– E você, o que acha que está fazendo?

O garoto encheu o peito.

– Defendo o meu irmão.

Um murmúrio de assentimento correu entre os mendigos, que, lentamente, foram se levantando. Todos mantinham os olhos fixos em Saiph, e havia algo diferente naqueles rostos, uma nova esperança, um novo vigor. Ele ficou com medo daqueles olhares, e segurou com força o cabo do punhal.

Mais Guardiões chegaram e empurraram os mendigos contra a parede. Pouco a pouco começou a se formar uma pequena multidão: escravos, em sua maioria, mendigos ou meros transeuntes.

O Guardião que estava a ponto de prender os dois fugitivos deixou escapar um sorriso feroz, e então fez um gesto seco com o braço. A cabeça do garoto voou, rolando no chão, até parar a algumas braças de distância. O corpo, como que pego de surpresa, permaneceu mais uns segundos em pé, e depois desabou no solo. O horror paralisou a multidão, e Talitha achou que ia desmaiar. Tudo lhe parecia irreal: a espada que traçava no ar um arco de sangue, o sorriso no rosto do Guardião, o baque surdo da cabeça que batia no chão.

A raiva explodiu súbita, cortante. Os mendigos começaram a gritar com um forte sotaque femtita, que, aos ouvidos dos talaritas, tinha um som um tanto sibilante. Pareciam centenas de cobras que sibilavam todas juntas. Um Guardião acertou um deles, que tombou sem dar um único gemido.

– Querem nos massacrar! – gritou alguém.

Novos escravos acudiram. Os olhares dos Guardiões ficaram preocupados, as testas molhadas de suor.

E então a batalha estourou. Os escravos arremeteram contra os soldados da Guarda como se já não receassem suas espadas, nem o Bastão que o chefe agora agitava ameaçando a multidão. A ira era incontida, deformava os rostos, inflamava os olhos.

Talitha foi tomada por puro terror quando se viu cercada por uma multidão que a empurrava de todos os lados, quase sufocando-a. Começou a gritar desesperada, a mão fechada com força na empunhadura da espada. Não percebia mais coisa alguma, a não ser o seu grito e o aço sob a palma da mão. Deu-se conta, então, de uma mão férrea que segurava o seu pulso, de alguém que a arrastava dali. Esgueirou-se entre a massa compacta, enquanto cenas indizíveis se apresentavam aos seus olhos: membros pálidos e escuros entrelaçados uns com os outros, sangue, nacos de carne, lâminas vermelhas e o azul do Bastão que desenhava arcos luminosos ao golpear.

A pressão enfim diminuiu e ela acabou fora do tumulto. Caiu de joelhos, respirando fundo, ofegante.

– Rápido, patroa! – Talitha levantou os olhos. Saiph. Tinha sido ele a tirá-la de lá.

Um silvo, e teve só o tempo de rolar de lado. Vislumbrou o brilho de uma espada. Seu corpo agiu por ela. Virou-se, ambas as mãos firmes na empunhadura, e desferiu o golpe sem nem mesmo olhar. Percebeu a lâmina penetrando em algo macio. Finalmente focalizou a imagem. Na sua frente havia um Guardião, um rapaz que devia ter no máximo dois anos a mais do que ela. A espada trespassara-lhe o flanco e agora saía pelas suas costas. O tempo pareceu parar. O rapaz abriu a boca num grito mudo, seus olhares se cruzaram por um momento: naqueles olhos, Talitha viu medo e espanto. Então o olhar tornou-se vítreo. O jovem foi caindo lentamente no chão, sem um gemido. Uma grande mancha de sangue alastrou-se embaixo dele.

Talitha ficou imóvel. Tudo acontecera em menos de um minuto, e naquele interminável espaço de tempo tudo se reduzira ao mero automatismo de ossos, tendões e músculos que se moviam sob o impulso do instinto de sobrevivência. Não havia espaço para qualquer outra coisa.

Então, na sua cabeça, foi tomando forma um único e distinto pensamento:

Eu o matei.

23

O corpo do Guardião jazia no chão, numa grande poça de sangue. Talitha era incapaz de tirar os olhos dele, não conseguia se mexer, embainhar a espada.

– Vamos! – berrou Saiph, sacudindo-a.

O tempo retomou seu curso normal, e Talitha sentiu-se arrastar num turbilhão de sensações diferentes: os gritos, o cheiro acre e penetrante do sangue, e Saiph, diante dela, com o olhar duro e o rosto pálido. Baixou os olhos e viu os seus pulsos. Sangue e mais sangue.

Alguém segurou-a pelos ombros, arrastando-a para longe. Talitha voltou a olhar por um momento o rapaz que jazia no chão, então se deu conta da rebelião como um todo, com a confusão dos corpos de femtitas e talaritas que se agitavam no beco, e voltou à realidade. Deviam sair dali, fugir para o mais longe possível. Só então percebeu que Saiph estava acompanhando um femtita magro de dar medo, que se movia com segurança entre os casebres. Viraram a esquina, entraram numa ruela e se aninharam atrás de uma pilha de tonéis. Viram um grupo de Guardiões correrem para o local do embate. Depois, tudo pareceu se acalmar. O femtita respirou aliviado e se levantou.

– Acho melhor irmos agora. – Era um sujeito de meia-idade, de cabelos muito curtos que deixavam seu rosto já fino ainda mais magro. – E então? Daqui a pouco isto aqui vai estar cheio de Guardiões: vamos andando, ou será que os salvei à toa? – acrescentou, sem escutar os passos deles atrás de si.

Talitha ainda estava transtornada: uma parte dela ficara ali, ao lado do jovem Guardião morto. Deu uma rápida olhada em Saiph, confiando-lhe a responsabilidade da escolha. Ela tinha o rosto manchado e sujo, o olhar apagado, distante. Por fim, ele segurou a sua mão e, puxando-a, encaminhou-se decidido.

Depois de desviarem para um beco meio escondido, entraram num pequeno edifício de madeira que parecia abandonado. Desceram uma curta escada e foram detidos por um femtita de ar severo que apoiou um longo bastão no peito do guia.

– Quem são eles?

– Não o reconhece? Há retratos dele espalhados por toda a cidade.

O homem olhou para Saiph, e em seus olhos acendeu-se uma luz de compreensão. Abriu-se num sorriso, mas logo voltou a ficar sério, quando reparou em Talitha e na sua espada. – Ela não pode passar.

– Ou ela, ou nenhum de nós – declarou Saiph, sem hesitar.

– O que mancha esta arma é o sangue de um talarita. Eu me responsabilizo – disse o femtita que os acompanhava, afastando calmamente o bastão do companheiro. O outro saiu da frente, mas não desviou deles seu olhar desconfiado.

A porta dava acesso a um amplo cômodo subterrâneo com paredes de pedra, ao longo das quais havia grandes bancadas e amplas bacias. Não havia janelas, e a fraca luz provinha de archotes presos às paredes. Com lençóis pendurados em cordas, o espaço estava dividido em pequenos cubículos separados. Havia pelo menos uns trinta escravos lá embaixo. O burburinho logo se extinguiu quando Talitha e Saiph entraram. Todos ficaram olhando, mas, enquanto havia olhares de simpatia e admiração para Saiph, os mesmos olhares revelavam uma palpável hostilidade em relação a Talitha. A jovem afundou a cabeça entre os ombros.

O guia acompanhou-os até um canto no fundo do grande aposento, afastou uma cortina e mostrou-lhes um estrado coberto com palha.

– Por enquanto podem ficar aqui. Antigamente aqui era um açougue; o dono morreu sem deixar herdeiros, de forma que o lugar foi abandonado.

Saiph olhou em volta.

– É um esconderijo seguro?

O homem sorriu.

– Pode ser difícil de acreditar, mas você está diante da única comunidade de femtitas livres em toda Messe.

Saiph, de fato, estava perplexo: um femtita livre era uma contradição, um sonho impossível, um conto de fadas para quem ainda acreditava em Beata.

– Ou melhor – corrigiu-se o outro –, oficialmente, nós todos pertencemos a um velho, mas é uma boa pessoa. Só precisamos pagar um aluguel mensal, digamos assim, um imposto honesto que juntamos pedindo esmola nas ruas. A gente paga, e ele mantém os Guardiões afastados.

– Quer dizer que ele sabe que vocês vivem aqui...

– Só ele e mais ninguém. Já faz muito tempo que este lugar foi abandonado. Pode ficar tranquilo, ninguém virá procurá-los aqui.

Saiph suspirou aliviado, então sacou a pequena bolsa de pano com o dinheiro que Lanti lhe dera. Tirou dela dez nephens de bronze, mas o outro sacudiu a cabeça.

– Você não me deve nada, para mim é uma honra hospedar o femtita louco que assou quatro animais talaritas!

– Que... *animais*? – gaguejou Saiph.

– As sacerdotisas, ora essa. As do mosteiro que você queimou.

Talitha estremeceu. Deixara-se levar até ali sem dizer uma só palavra, e agora estava perto de Saiph, escondida à sombra dele, e suas mãos não paravam de tremer.

– Morreram quatro? – perguntou baixinho.

O femtita anuiu e deu uma palmada amigável no ombro de Saiph.

– Bom trabalho, bom mesmo!

Saiph baixou a cabeça, depois botou as moedas na palma do homem. O sujeito ia protestar de novo, mas ele lhe fechou a mão.

– É pela causa: precisamos apoiar a única comunidade de femtitas livres em toda Messe, não acha?

O homem sorriu.

– Você é ainda melhor do que eu imaginava. Podem ficar o tempo que quiserem, temos espaço de sobra – disse, e foi embora.

Enfim Saiph relaxou e se sentou no chão. Talitha, por sua vez, continuou imóvel, de pé.

O vazio que Saiph viu nos olhos dela deixou-o gelado. Levantou-se e abraçou-a pelos ombros, tirando-lhe delicadamente a espada das mãos. Talitha continuava a tremer, e seus dentes batiam. Mandou-a sentar-se e ficou diante dela.

– Tudo bem?

Ela fitou-o, perdida, e então sacudiu a cabeça com força. Cinco mortos. Tinha matado cinco pessoas. Era uma assassina.

Saiph estava dizendo alguma coisa, mas ela não conseguia ouvir.

Segurou as mãos dela.

– Patroa, olhe para mim!

Talitha obedeceu, mas o rosto do rapaz se confundiu com o do Guardião que ela tinha matado no beco. Gritou, desesperada.

Todo o dormitório emudeceu, as cabeças se viraram, olhando-a. Saiph abraçou-a, aninhando o rosto dela em seu peito. Naquele momento alguma coisa se rompeu dentro de Talitha, dos seus lábios saiu um violento soluço que a sacudiu toda, e as lágrimas começaram a correr.

– Calma, fique tranquila, está tudo bem – murmurou Saiph, afagando-lhe a cabeça devagar.

Pouco a pouco, o pranto se tornou menos violento e a angústia abrandou-se numa dor mais quieta. E finalmente Talitha se deitou sobre a palha e adormeceu.

A primeira coisa que viu ao acordar foi o rosto de Saiph.

O ouro resplandecente das suas íris infundiu-lhe uma sensação de calma e fez parecer distante o que acontecera havia poucas horas.

Levantou-se. Em volta, todos dormiam.

– Enquanto você descansava, falei com os outros – sussurrou Saiph. – Não muito longe daqui há um edifício abandonado que nos levará de novo ao Talareth, e depois poderemos alcançar a via indicada por Lanti.

– Ele... o que houve com ele? – perguntou Talitha, achando que poderia receber uma notícia ruim.

– Safou-se – respondeu Saiph sorrindo. – Convenceu-os de que não sabia da gente. Talvez não tenham ficado totalmente convencidos, mas... é um respeitado cartógrafo, a sua palavra vale alguma coisa.

– E agora? Quer ir embora?

– Não podemos ficar aqui. Talvez seja um lugar seguro para eles, mas para nós... E, além do mais, prefiro partir enquanto estão dormindo. Não quero que tentem deter-me com essa história de *herói* – concluiu com ironia.

Por um momento Talitha ficou indecisa, depois concordou.

Pegaram as suas coisas, mexeram-se com cuidado entre os corpos adormecidos e abriram a porta devagar. Do outro lado, a sentinela dormitava sentada, com as costas apoiadas na madeira e a cabeça balançando entre os joelhos.

Subiram os últimos degraus e foram embora.

As ruas estavam desertas, ouvia-se somente o ecoar de botas nas pedras. Guardiões. Pelo menos dois, talvez mais.

Talitha já ia levar a mão à empunhadura da espada, mas algo a deteve. Não podia. Não agora.

Encolheram-se na sombra e os Guardiões passaram. Logo que a patrulha virou a esquina, ambos se apressaram a encontrar refúgio no saguão atrás de uma porta.

Avançaram assim, sempre se escondendo nos becos e encontrando refúgio na escuridão toda vez que ouviam um barulho suspeito. Mas Talitha sentia um mal-estar profundo que deixava mais lentos os seus movimentos e tornava seus membros pesados. Tudo era diferente, terrivelmente diferente de como imaginara. Era diferente a ansiedade que oprimia o seu coração, diferente o cheiro do sangue e o sabor da morte. Não era a façanha heroica que previra quando estilhaçara a vitrine de vidro da Espada de Verba e libertara Saiph. E ela tampouco era a guerreira com que tanto fantasiara quando era criança. Agora, era apenas uma assassina.

Por fim chegaram diante de um enorme galpão de madeira, muito alto e com pelo menos cinquenta braças de largura. O grande portão de duas folhas na entrada estava trancado por uma pesada corrente, fechada com um enorme cadeado. O lugar devia estar entregue ao abandono havia muito tempo: a madeira estava inchada de umidade, meio podre e rachada em vários pontos; a ferrugem tomara conta da corrente e do cadeado; os vidros das janelas estavam escuros e, em sua maioria, quebrados.

Dirigiram-se para o lado do edifício onde, pelo que o femtita dissera a Saiph, havia uma abertura na parede.

Talitha foi a primeira a se meter no pequeno furo, e Saiph foi atrás.

O interior do galpão era iluminado pela fraca luz das luas, que mal conseguia atravessar o que sobrava dos vidros opacos. O espaço era dividido em três naves por duas fileiras de poderosas colunas de madeira sustentando as enormes vigas do teto. Duas destas colunas estavam quebradas e, nesses pontos, o telhado tinha ruído. Bem embaixo daqueles rasgos no teto, o piso cheio de escombros fora invadido pela grama e pelo musgo, e até por uma arvorezinha cujos frutos azulados, do tamanho de um punho, pendiam convidativos dos ramos. Espalhadas ao acaso, viam-se pesadas correntes, e o restante do espaço era ocupado por carroças e longas bancadas de mármore. Ouvia-se o barulho de água se chocando contra as paredes, e pelas janelas divisava-se uma imensa roda de moinho, agora imóvel e quebrada. Talitha avançou devagar naquele espaço que a perturbava com a sua desolação. Saiph dirigira-se imediatamente à árvore e estava colhendo o maior número possível de frutos, guardando-os no bornal.

– São comestíveis? – perguntou Talitha.

– São. É um davim, uma árvore que cresce nas zonas secas. Nós, femtitas, chamamos os seus frutos de "pão dos pobres". E ninguém é mais pobre do que nós.

– Que lugar é este? – quis saber Talitha.

Saiph deu uma olhada nas paredes, erguendo os olhos para o teto.

– Uma antiga fábrica para o beneficiamento da Pedra do Ar. Provavelmente do seu pai. A matéria-prima tirada das minas era trazida para cá e processada pelos escravos até transformar-se em cristal.

Talitha sabia que a sua família estava metida em vários tipos de negócios. Certa vez visitara as grandes lavouras que cercavam Messe, e também sabia que a verdadeira riqueza do pai vinha das minas de Pedra do Ar, no sul. Dizia-se que as minas dele só perdiam para as da rainha.

Saiph indicou algumas argolas de ferro.

– Aqui eram presas as correntes dos escravos. Tiravam as pedras brutas das carroças, depois as limpavam e cortavam naquelas bancadas de mármore. Trabalhavam quinze horas por dia e dormiam aqui dentro, sempre acorrentados uns aos outros.

– E como é que você sabe dessas coisas? – perguntou Talitha.

– Minha mãe trabalhou por muitos anos nas fábricas do seu pai. A condessa foi escolhê-la pessoalmente, como um dos muitos presentes de casamento. Minha mãe costumava me contar que não parava de perguntar a si mesma por que ela, entre tantas, por que ela e não a mulher ao lado.

Talitha imaginou a mãe, vaidosa e fútil como sempre, percorrendo aqueles corredores, o leque cobrindo seu nariz para evitar o fedor que decerto pairava no lugar, entre duas fileiras de femtitas prostrados no chão. Ficou enjoada.

– Os femtitas que trabalham em lugares como este normalmente não duram mais de dez anos – continuou Saiph. – A condessa salvou-lhe a vida.

Isso não muda absolutamente nada, pensou Talitha com raiva. No entanto, não conseguiu sufocar uma pontada de dor ao se dar conta de que, provavelmente, nunca mais veria a mãe. De repente a sua vida no palácio pareceu-lhe extremamente distante, como se pertencesse a outra época. Suspirou e olhou em volta.

– De qualquer maneira, agora ninguém mais trabalha aqui. E nós precisamos alcançar os galhos.

Não demorou a encontrar aquilo de que precisavam. Era uma escada de metal, velha e caindo aos pedaços, que levava até a base do telhado.

Saiph olhou, indeciso.

– Não sei se vai aguentar...

– *Tem* de aguentar.

As condições da escada não eram, realmente, nada animadoras. Quando Talitha apoiou o pé no primeiro degrau, toda a estrutura emitiu um gemido sinistro, e o corrimão pareceu se desfazer em ferrugem na sua mão. Mas não tinham escolha.

Subiram devagar, com a escada balançando sob os seus pés, ameaçando desprender-se a toda hora e ruir ao chão. Talitha forçou-se a não olhar para baixo, mas de repente um degrau cedeu, e o instinto de baixar os olhos foi mais forte. Sentiu vertigem e quase caiu.

– Tudo bem? – gritou Saiph logo atrás.

– Só vou estar bem depois de chegar ao topo desta maldita escada!

Enfim alcançaram o teto, onde havia uma série de janelas arrebentadas. Talitha debruçou-se numa delas e pensou no melhor a fazer. Ainda que estivessem muito acima do solo, tinham que se içar para fora, não havia outra solução. Precisavam se sentar na borda da janela e sair, apoiando-se nos braços. Contemplou o abismo por apenas um instante. Ficou com vertigens.

– Vamos conseguir – disse a Saiph. – Faça como eu.

Com o cabo do punhal, quebrou os fragmentos de vidro que ainda sobravam na janela, e então se sentou, de costas para o exterior. Os dedos relutavam, não queriam soltar o caixilho de madeira. Só com muito esforço conseguiu tirar uma das mãos e apoiá-la no plano inclinado do telhado. Muito devagar, com as articulações bloqueadas pelo terror, também apoiou a outra.

Olhou para cima e então, a duras penas, lançou-se para fora o mais rápido que pôde. Logo que alcançou o telhado, abraçou-o, aderindo a ele com todo o corpo e respirando ofegantemente. Conseguira. Pelo menos por enquanto, estava a salvo.

Em seguida, ouviu Saiph se apoiando na esquadria. Depois que finalmente teve a coragem de içar-se, viu-o sentado, com os braços apoiados no teto e o rosto virado para cima, mais pálido do que nunca.

– Não diga nada, só estamos na metade do caminho – disse-lhe, antecipando qualquer protesto do rapaz.

Galgar o telhado foi fácil, a inclinação era modesta e bastava ignorar os rangidos das tábuas podres que se entortavam sob o seu peso. Talitha divisou sem demora o galho de que precisavam. Ficava, no máximo, umas dez braças acima deles, uma distância perfeita para as suas habilidades. Parou logo abaixo, revistou o bornal e apanhou uma corda, um dos objetos que tirara do porão de Lanti. Começou a desenrolá-la devagar, mas de repente parou.

– O que foi? – indagou Saiph.

– Sabe fazer um laço? – perguntou ela, corando.

Saiph sorriu e pegou a corda. Talitha odiava admitir que sabia tão pouco sobre coisas práticas. Quem se metera naquela aventura fora ela, mas sem Saiph decerto não teria chegado muito longe.

– O que me preocupa é a distância: como conseguiremos jogá-la tão longe? – considerou o rapaz depois que acabou.

– Quanto a isso, pode deixar comigo – replicou Talitha.

Pegou o laço e começou a rodá-lo, primeiro devagar e depois cada vez mais depressa. A Pedra do Ar brilhou no seu peito e a luz azulada pareceu percorrer a corda. Talitha soltou a mão e o laço pulou para cima, até apoiar-se numa saliência do galho. Bastou puxá-lo para o serviço ficar completo.

– Continua a me surpreender, pequena maga – comentou Saiph, impressionado.

– Nunca tinha feito isso antes – confessou ela, admirando o resultado com satisfação. – Como consegui infundir o Es num grampo, achei que poderia fazer isso com uma corda também. O princípio é o mesmo.

– Irmã Pelei ficaria orgulhosa – acrescentou Saiph.

Ao ouvir aquele nome, Talitha sentiu um aperto no coração.

– Pois é – murmurou. Testou a resistência do laço, e então segurou a corda com firmeza. – Agarre-se em mim – disse.

Saiph obedeceu. Talitha, então, voltou a se concentrar, e a Pedra do Ar reluziu, animando mais uma vez a corda, que começou a se enrolar para cima, levando consigo os dois.

Levou pelo menos um minuto, e Talitha achou que seus braços não aguentariam mais, mas apertou o queixo, tentando manter viva a magia. Quando, finalmente, os dedos roçaram a superfície do Talareth, segurou-se no galho com todas as suas forças. Mais um esforço e subiu no galho, exausta.

– Tudo bem? – perguntou Saiph.

Talitha já nem tinha voz para responder. Fez sinal para ele esperar, e o ouviu enrolar de novo a corda. Quando afinal recuperou o fôlego, percebeu que seus braços estavam insuportavelmente doloridos.

– Foi mais difícil do que imaginava – gemeu. Calou-se por uns instantes, com as luas aparecendo entre a ramagem. – Tudo... tudo é muito mais difícil do que eu imaginava.

Saiph fitou-a intensamente.

– Patroa...

Ela evitou aquele olhar.

– Nas minhas fantasias, tudo era bem diferente... Os golpes não feriam, os Guardiões não eram tão impiedosos, e matar... matar... – A sua voz apagou-se num soluço.

– Podemos desistir da missão, patroa. Ir para qualquer outro lugar, encontrar um abrigo onde começar uma nova vida.

Talitha sacudiu a cabeça.

– E deixar que Miraval e Cétus destruam o nosso mundo? Nunca! O que fiz mudou as coisas. Este é um sonho do qual não podemos despertar. Aliás, nunca estive tão acordada como agora, tão lúcida.

Ficou de pé com um jogo de corpo.

– Vamos – disse, e sua voz tinha uma nova segurança.

– Quer que a gente pare por esta noite?

– Se pararmos, estamos acabados. Estão nos procurando por toda parte. Precisamos sair de Messe antes do alvorecer, e do reino em dois dias, no máximo.

– Teremos de viajar sem parar.

– É o que faremos – cortou ela. Não podemos voltar atrás, Saiph, e tampouco podemos diminuir a marcha. Sabe perfeitamente qual é o castigo que espera por nós, se fracassarmos.

– Patroa, eu estava falando sério, antes...

Talitha virou-se, determinada.

– E eu estou falando sério agora.

Então se pôs a caminho. Sentia que naquela noite alguma coisa havia mudado. Uma época da sua existência chegara definitivamente ao fim, e outra estava começando. Devia parar de ver a si mesma como uma garota, ou como uma jovem promissora cadete da Guarda. Esta era a vida de verdade, e agora ela era uma fugitiva, nada mais. Era hora de crescer. Começaria reprimindo a dor e o cansaço, e finalmente segurando as rédeas daquela viagem desesperada: estava em jogo a salvação de um mundo inteiro.

24

Naquela mesma noite, deixaram Messe para trás. Segundo o mapa de Lanti, naquela área começava uma pequena via, uma estrada periférica que levava a vilarejos perdidos. Só passavam por lá contrabandistas, andarilhos e femtitas rebeldes, mas nenhum talarita que prezasse a própria segurança se atreveria a percorrê-la. Era, portanto, o caminho perfeito para sair da cidade sem chamar a atenção. Já conseguiam ver a estrutura tubular da trilha, várias braças à frente deles.

Talitha já ia prosseguir quando Saiph a deteve:

– Precisamos tomar cuidado: há dois Guardiões escondidos atrás daquelas moitas no começo da via. Vamos tentar chegar lá passando por cima – disse, apontando para um grande galho que convergia no túnel e evitava a entrada principal.

Avançaram sem fazer barulho e seguiram um atrás do outro sobre o galho do Talareth, que se tornava cada vez mais delgado.

Um dos dois Guardiões estava exatamente abaixo deles, apoiado na lança. Talitha o viu bocejar, apoiando-se ora numa perna, ora na outra, provavelmente na tentativa de manter-se acordado.

Passaram por ele com o coração na boca. O outro estava um pouco mais adiante, bem no meio do caminho: imóvel, com a espada balançando no flanco. Parecia menos sonolento do que o companheiro.

Talitha levantou os olhos. Acima dela, a ramagem do Talareth só se estendia por mais algumas poucas braças. Mais além, o céu: negro, profundo, sem estrelas. Sentiu-se estremecer, mas não havia tempo para o medo, tinha de se concentrar e não podia se esquecer da missão. Diante dela se abria o emaranhado de galhos que formava a parede externa da via. Entre a folhagem, era possível vislumbrar o interior dela: o piso de madeira e a fraca luz de um cristal de Pedra do Ar pendurado no teto.

Mais adiante, a várias braças de distância, divisava-se outro Talareth, muito menor do que aquele à sombra do qual se estendia a cidade de Messe. Embora pertencesse à mesma espécie, parecia outra árvore, tão diferente era o seu tamanho.

– Está pronta? – perguntou Saiph.

Ela virou-se e anuiu. Espremeram-se contra a superfície externa da estrutura tubular e começaram a arrastar-se ao longo dela. O ar era extremamente escasso, até o cheiro era diferente. Só conseguiam respirar encostando ao máximo o rosto nos galhos, mas estavam sem fôlego. Acima deles, o céu parecia esmagá-los com a sua imensidão.

Avançaram passando de um ramo para outro, os gravetos menores prendiam-se à roupa e arranhavam a pele, e insetos e vermes percorriam seus corpos. Ouviram o Guardião mexer-se abaixo deles. Ficaram imóveis. Depois de uns instantes, voltaram a avançar cautelosos, e o deixaram para trás.

Talitha achava que seus pulmões estavam pegando fogo, e procurou respirar devagar encostando a boca ao pingente de Pedra do Ar, que retinha um pouco do ar produzido pelos galhos sobre os quais se arrastavam.

Chamou Saiph, e ambos se estreitaram em volta do cristal.

– Já podemos entrar na galeria – disse baixinho.

– Mas por onde? O emaranhado de galhos é espesso demais, e se o quebrarmos, deixaremos uma pista e eles nos encontrarão... Não, precisamos chegar ao tronco do Talareth, onde começam os ramos que formam a via. Por ali deve haver aberturas naturais que nos permitirão entrar.

Continuaram avançando por um bom tempo, até os galhos se tornarem mais grossos e sólidos. De repente Talitha viu Saiph desaparecer para baixo e o seguiu, passando por uma abertura do túnel. Caíram no interior da via, com os músculos doloridos. Talitha sentiu-se aliviada ao reparar que acima dela só havia madeira e folhas, a escuridão do céu era quase indistinguível.

Quando finalmente conseguiu respirar com mais facilidade, graças aos cristais pendurados no teto da galeria, olhou em volta: ninguém à vista. Tinham conseguido.

– Nem posso acreditar – murmurou.

Saiph sorriu.

– Acha que consegue seguir adiante?

– Claro. Precisamos sair do reino o mais rápido possível.

Ergueu-se, decidida, esticou braços e pernas e ficou de mãos dadas com Saiph. A via era um túnel escuro e coberto de musgo, com galhos quebrados e cipós pendendo do teto. Parecia, de fato, que não era muito frequentada.

Continuaram andando pelo resto da noite, sem ver nem sombra de vilarejos. A galeria avançava, desconexa e tortuosa, por léguas e mais léguas. Os Talareth que a sustentavam se sucediam um após o outro, e as passarelas apoiadas nos galhos se alternavam com zonas nas quais se caminhava entre os rangidos da madeira.

Talitha sentia as pálpebras cada vez mais pesadas, mas insistia em seguir em frente. Sabia que, se parasse, toda a

tensão que conseguira manter afastada até aquele momento desmoronaria em cima dela.
Avançaram até a hora terceira, quando Saiph se deteve.
– Patroa, precisamos descansar.
– Quanto mais distantes ficarmos de Messe, melhor vou me sentir – objetou ela, insistindo em ficar de pé.
– Não há ninguém por perto, e já estamos muito longe agora. Além do mais, fizemos um escarcéu e tanto por lá, e devem estar concentrando as buscas ali mesmo.
Talitha deixou-se convencer a sentar-se. Tiraram do bornal dois daqueles frutos de davim que haviam encontrado na fábrica abandonada e os devoraram. Não tinham sabor, mas pelo menos enchiam a barriga.
Depois disso, Talitha aproveitou alguns momentos de silêncio, só quebrado pelo zumbido dos insetos e pelo canto dos pássaros. Depois do que acontecera em Messe, precisava de paz, e nunca imaginara que a encontraria naquele lugar desolado. A via ondulava preguiçosamente no sopro da brisa matinal. Estavam mais sós do que jamais estiveram na vida, sozinhos com o seu destino. Por um instante experimentou a mesma calorosa excitação que a impelira a incendiar o mosteiro e a libertar Saiph, mas foi uma sensação fugaz. Sentiu a espada pesar nas costas e lembrou. Ainda havia sangue daquele rapaz na lâmina. E talvez tivesse de derramar mais para chegar ao deserto e deter o avanço de Cétus.
– Era assim que imaginava a liberdade? – perguntou de repente a Saiph.
Ele assumiu uma expressão interrogativa. Ficou um bom tempo calado, enquanto acabava de arrancar com os dentes a polpa do fruto que ainda estava presa ao caroço.
– Sabe muito bem que esta fuga jamais esteve nos meus planos.
Jogou fora o caroço através de um buraco no emaranhado de galhos. Ficou imaginando se porventura poderia germi-

nar lá fora e se daria frutos. A sua missão também era, afinal, um mergulho num terreno desconhecido e hostil, um empreendimento de resultado duvidoso.

– Um femtita jamais sonha com a liberdade – continuou Saiph.

– Não acredito.

– É isso mesmo. Você conhece femtitas livres?

– A comunidade que nos ajudou a fugir definia a si mesma como livre.

Saiph sorriu com amargura.

– Pois é, mas são forçados a dar dinheiro a um talarita para não serem capturados; morrem de fome e são caçados. Você chama isso de liberdade?

Talitha olhou fixamente para o rapaz.

– Chamo sim. Liberdade dos patrões e das humilhações, ainda que o preço a pagar seja a fome. Eu também nunca fui livre, mas sonhei muitas vezes em ser, mesmo sem saber ao certo o que a liberdade era. Como pode dizer que nunca a desejou?

– Um talarita sempre pode conquistar a liberdade. É verdade, havia seu pai, e depois o mosteiro... Mas no fundo do coração você sabia que podia fazer uma loucura e mudar o seu destino. Precisaria de coragem, mas era *possível*. E, de fato, foi o que aconteceu, não foi? Um femtita, por sua vez, só existe quando pertence a alguém.

Talitha calou-se por alguns instantes.

– Tudo bem, mas você já deve ter sentido vontade de ir a algum lugar só pelo prazer de ir, sem que eu mandasse.

– É um desejo sem sentido. Na minha vida sempre houve alguém que me dava ordens, e obedecer, para mim, é natural.

– E... você não fica com raiva? A imagem da sua gente oprimida, aquela fábrica, as correntes... Você estava tremendo, eu vi.

– Senti pena deles. Mas o mundo é assim mesmo, e eu simplesmente o aceito.

Talitha dobrou a cabeça para trás, deixando os raios mornos baterem no seu pescoço.

– A Irmã Pelei, no mosteiro, também me disse que há coisas que não podemos mudar. – Fechou momentaneamente os olhos. – Mas eu acredito que o mundo é assim porque deixamos que alguém nos sujeite com regras e proibições. Passei a vida inteira permitindo que meu pai me desse ordens.

– É por isso que estamos aqui? Devido à sua necessidade de rebelião? – perguntou Saiph, com um sorriso triste.

– Não, e você sabe muito bem disso. Estamos aqui porque descobrimos um segredo capaz de mudar o destino do mundo, e não podemos simplesmente dar as costas a isso. E também estamos aqui pela nossa liberdade. Achei que tudo ia mudar. Mas, na verdade, o que consegui até agora foi a morte da Irmã Pelei e sabe-se lá de quem mais. Não tenho medo das mudanças, mas do sangue que elas exigem.

Um vento varreu de repente a via e o cristal de Pedra logo adiante balançou.

– A Irmã Pelei salvou as nossas vidas.

– Nem me lembre – disse ela, meneando a cabeça. – Se não fosse por mim, ainda estaria viva.

– Lembra as palavras que ela disse antes de morrer? – perguntou Saiph.

Parecia que Talitha ainda podia vê-la, brandindo a espada e com uma segurança nova no olhar. E a voz, o tom com que dizia: "Talvez porque você esteja certa."

– Quem sabe, pode ser que, desta forma, ela também tenha alcançado a sua liberdade – murmurou com os olhos úmidos. – Talvez soubesse que não tinha futuro fora do mosteiro, e afirmou a sua liberdade entregando-a a mim.

Saiph sorriu para ela com doçura.
— Vamos?

Caminharam o dia inteiro sem encontrar vivalma. A coisa deixou-os preocupados. Sabiam que aquela era uma zona pouco frequentada, mas agora parecia realmente deserta, como se ninguém se atrevesse a passar por lá.

Quando ficou escuro, pararam à beira da via e decidiram fazer turnos de vigília.

Logo que se ajeitaram de alguma forma, Talitha tirou as botas e não pôde evitar um gemido. Dentro das meias, os pés estavam vermelhos e doloridos, os tornozelos esfolados, os dedos cheios de bolhas. Mais uma vez foi tomada pela horrível sensação de ter se metido numa façanha maior do que era capaz. Suas pernas estavam acostumadas a ser levadas por confortáveis carruagens, e seus pés só haviam pisado no mármore dos palácios e no pavimento do mosteiro. Sacudiu a cabeça para afastar esses pensamentos: não podia dar-se o luxo de ser fraca.

Saiph se prontificou para o primeiro turno, e ela mergulhou num sono sem sonhos. Acordou na hora primeira, só para descobrir que Saiph havia ficado de vigília durante toda a noite.

— Por que não me chamou?

— Você estava dormindo tão bem... e também vi os seus pés — respondeu ele com um sorriso condescendente.

— Ambos temos de andar, e se você estiver cansado demais não vamos a lugar nenhum! Ficou acordado a noite inteira, como poderemos seguir caminho?

— Não fiquei de vigília o tempo todo... dei umas cochiladas de vez em quando.

— Pior ainda! E se um Guardião tivesse passado por aqui? Se algum ladrão tivesse nos surpreendido enquanto dormíamos?

Saiph parecia não entender. Continuava ali, de olhar perdido e com a mão estendida, oferecendo-lhe um fruto.

– Só queria lhe fazer um favor...

– Mas errou! – disse ela, arrancando-lhe o fruto da mão e jogando-o no chão. – Se quisermos chegar ao nosso destino, precisa parar de proteger-me! Sei cuidar de mim mesma, e já demonstrei isso!

Saiph aceitou o golpe sem reagir, e a coisa deixou Talitha ainda mais furiosa do que se ele tivesse tentado rebater. Apanhou de novo o fruto de davim e mordeu-o com raiva.

– Pior para você. Hoje vamos andar até o anoitecer, sem parar.

Saiph levantou-se sem fazer comentários.

– Devemos alcançar o vilarejo de Tolica ao entardecer – disse, consultando o mapa. – Poderemos comprar alguns mantimentos. Agora só nos sobrou um pedaço de pão.

Talitha estremeceu. Sentia-se segura naquela pequena estrada isolada, podia entregar-se à ilusão de que não havia bandos de Guardiões e Combatentes atrás deles por toda Talária e de que aquela viagem não passava de uma aventura. Além do mais, secretamente, não queria ser forçada a desembainhar de novo a espada.

Admirara-a e desejara-a durante todo o tempo que passara no mosteiro, mas naquela ocasião era apenas uma obra de arte, o símbolo de uma vida que receava ter perdido para sempre. Agora que provara o sangue, a Espada de Verba tornara-se algo diferente, o sinal tangível da sua nova condição de assassina. Sentia-a pesar nas costas como um fardo insuportável, e nem conseguia mais tocar na empunhadura.

– É mesmo necessário? – perguntou.

– As nossas provisões estão quase no fim. Não há como seguirmos viagem.

Talitha suspirou.

– Não quero ter de matar mais alguém – murmurou.

– Muito menos eu – disse Saiph. – Mas não temos escolha. Precisamos nos arriscar.

Nas poucas vezes que Talitha tinha saído de Messe, só viajara para as grandes cidades dos reinos do verão e da primavera. Portanto, não fazia ideia de como era uma pequena aldeia, e a que surgiu diante dela foi algo totalmente inesperado.

Tolica não passava de um minúsculo conjunto de casebres de palha e madeira amontoados em volta de um Talareth com apenas umas duzentas braças de altura, de copa rala e murcha. As poucas folhas ainda presas aos galhos estavam amareladas e manchadas por pequenas nódoas marrons que tinham jeito de doença. As raízes mergulhavam num terreno árido, que a estiagem rachara em pesados torrões. O leito de um regato quase completamente ressecado margeava o vilarejo. As margens estavam cheias de tufos de grama seca, e enxames de insetos zumbiam nervosos ao redor das poucas poças lamacentas.

Da aldeia não vinha ruído algum.

Talitha sentiu um aperto de medo no estômago. Aquele lugar falava de morte.

Os sóis já se haviam posto parcialmente no horizonte, mas ainda estava bastante claro para uma pequena exploração.

– Parece abandonado – disse Saiph. – A seca assolou-o.

– Arrumar algum mantimento por aqui não vai ser fácil – observou Talitha.

Saíram cautelosos em direção àquilo que sobrava do regato, um fiapo de água agonizante entre uma e outra poça lamacenta. Tiveram de filtrar o líquido com um lenço para conseguir encher os cantis. Talitha pensou no jardim do palácio, nos chafarizes, nos banhos refrescantes que esperavam por ela toda vez que voltava da Guarda. Nunca se dera conta do supremo privilégio que era ter aquela água sempre disponível num reino que morria de fome e de sede.

– São os primeiros efeitos do avanço de Cétus – declarou, muito séria.

– E da carestia decorrente – acrescentou Saiph. – Conheci um escravo, em Messe, que havia sido vendido por um amo reduzido à miséria num vilarejo do norte: era dono de muitas terras, mas a estiagem tirara-lhe tudo.

Talitha imaginou as famílias que haviam morado naquelas casas, e pensou em onde podiam estar naquele momento. Talvez tivessem morrido, todos eles, como retirantes desesperados, em busca de um lugar onde pudessem recomeçar a viver.

Arrastaram-se entre as moitas até chegar às primeiras moradias. Perceberam logo que as paredes estavam negras de fumaça. O silêncio era absoluto, mas o ar ainda estava impregnado de um leve cheiro acre: o incêndio era coisa bastante recente.

Dirigiram-se cautelosamente para um dos casebres. A porta estava escancarada, o teto devorado pelas chamas. Entraram e viram três corpos deitados no chão. Tinham perdido qualquer aparência humana. O cheiro fechou suas gargantas, e Talitha foi sacudida por um acesso de vômito.

Os poucos móveis que o fogo poupara jaziam espalhados em volta, e o armário da cozinha fora completamente saqueado. Saiph venceu o nojo e curvou-se para observar os cadáveres de perto. Voltou a levantar-se antes que seu estômago se rebelasse.

– Não morreram no incêndio – disse. – Foram degolados.

Talitha, parada na entrada, olhou para ele sem entender.

– Mataram-nos, patroa. Pegaram os mantimentos e atearam fogo aos corpos.

Dirigiram-se para as outras casas, e o espetáculo não foi diferente: cinzas, despensas saqueadas, cadáveres. Forçaram-se a revistar tudo, apesar do medo e do asco. Precisavam desesperadamente de comida, mas não encontraram qualquer tipo de mantimento em lugar algum. Quem provocara aquele massacre não deixara nada para trás, nem mesmo uma migalha de pão.

Saíram de mãos vazias, decepcionados demais até para falar. Em seus rostos lia-se frustração e aflição: a aldeia seguinte ficava a pelo menos mais um dia de caminhada, não iriam conseguir.

Já estavam a ponto de ir embora quando Saiph reparou num edifício afastado, diferente dos demais, feito de pedra e miraculosamente intacto. Seu corpo cilíndrico era encimado por uma abóbada redonda, bastante rústica, sobre a qual estava esboçada a imagem da flor da deusa Alya. Era um pequeno templo.

Aproximaram-se devagar. Talitha só precisou apoiar a mão para a porta se abrir rangendo nas dobradiças.

O interior era formado por um ambiente circular despojado, com fileiras de bancos diante de um pequeno altar de pedra bastante simples, quase completamente desprovido de enfeites. Via-se nele o rosto de Tália gravado com traços simples e um tanto rudes: talvez devido à imperícia do artesão ou, quem sabe, para intencionalmente dar à divindade a aparência de uma mulher do campo. Não passava de uma pequena capela distante, sem qualquer sacerdotisa: um lugar onde rezar de manhã, para poder enfrentar a labuta diária, ou para pedir uma graça. Capelas como aquela, explicara Irmã Dorothea, só eram usadas para os ritos por ocasião de algumas festas específicas.

Por um momento Talitha ficou imaginando se não fora a mão de Tália a poupá-la do fogo, ou se os agressores tinham ficado com medo da deusa, receando, então, saquear sua casa. Um ruído a fez estremecer. Mas só por um momento. As mãos correram à empunhadura da espada e a sacaram rapidamente.

O ruído vinha do altar. Avançou naquela direção, com o coração martelando no peito.

Pulou de lado, brandindo a arma. Ficou imóvel, petrificada. Atrás do altar havia um pequeno escaninho de madeira. Estava aberto, e parte do conteúdo jazia no chão: pãezinhos meio mofados, biscoitos rançosos, os presentes dos camponeses à deusa, nada mais que as oferendas dos pobres moradores. Ao lado, um embrulho indefinido gemia baixinho. Talitha demorou algum tempo para entender o que era: um garotinho femtita, sujo, esfarrapado, de rosto encovado. Cobria os olhos com a mão e, da sua boca, saíam algumas migalhas enquanto chorava baixinho.

Saiph pediu-lhe que baixasse a espada e agachou-se ao lado da criança, à mesma altura dela. Falou com o menino suavemente, e ele respondeu com monossílabos, sem parar de soluçar.

– Não é daqui. Veio ao vilarejo em busca de comida e só encontrou isto.

Talitha continuou imóvel, em dúvida. Tinha pena daquele pequeno ser trêmulo e esfomeado, mas ele os vira, talvez até soubesse quem eram, e por um pedaço de pão poderia traí-los.

Apoiou a ponta da espada no chão e olhou para ele. Era somente um pequeno femtita perdido e desesperado. Havia algo nele que lhe lembrava Saiph quando o conhecera. Deu uma olhada no pequeno armário. O menino não devia estar ali havia muito tempo, pois ainda sobrava alguma coisa lá dentro. Pegou um pãozinho, duro como pedra, mas ainda comestível, e estendeu a mão para ele. A criança ficou imóvel, incrédula.

– Vá embora e esqueça a gente – disse.

O garotinho não se mexeu, e então ela empurrou o pão contra o peito dele. O menino agarrou-o com mãos trêmulas e saiu correndo, com as pernas finas como gravetos.

Saiph revistou o pequeno armário e encontrou frutas secas e um pedaço de queijo. Em volta dele havia uma camada de mofo dura como couro, mas era só tirá-la para comer o resto.

Talitha sentou-se no chão e Saiph fez o mesmo.

– Vamos dormir aqui? – perguntou.

Talitha olhou em volta e assentiu. Só havia cadáveres naquele lugar esquecido. Quem poderia procurá-los ali?

Enfim tinham de novo um teto sobre a cabeça.

25

A luz filtrada pelas vidraças coloridas do pequeno templo acordou-a logo depois do alvorecer. Talitha espreguiçou-se devagar, esfregando os olhos.

Saiph, ao lado dela, ainda dormia. Olhou para ele, enternecida: o rosto adormecido do rapaz tinha um toque doce e infantil, e parecia ter encontrado, no sono, uma despreocupação e uma paz que talvez nunca tivesse tido na vida.

Levantou-se sem fazer barulho e saboreou a paz daquele lugar sossegado.

Lá fora, tudo como sempre: um dia quente e ensolarado. Talitha nem conseguia lembrar quando fora a última vez que vira a chuva. Levantou os olhos para o céu, protegendo-os com a mão. Miraval e Cétus estavam baixos atrás dos galhos do Talareth. A árvore estava tão despojada de folhas que a luz passava límpida e violenta, mordendo a pele. Fazia calor, um calor que de repente Talitha achou pouco natural.

Talvez esteja me deixando levar pela imaginação, disse a si mesma. *Mas precisamos encontrar o herege o quanto antes.*

Dirigiu-se ao regato. À luz do dia, aquele córrego que se arrastava entre torrões ressecados parecia ainda mais miserável. Um frile, um tipo de anfíbio malhado, coaxava tristemente na margem. Até que seria uma boa ideia capturá-lo para o desjejum, mas não sabia como pegá-lo. Entre os encantamentos que tinha aprendido no mosteiro não havia nenhum que pudesse ser útil naquele momento.

Com um só movimento fluido, desembainhou a espada. Aproximou-se lentamente do regato e se agachou na margem, estudando a posição do animal. Por um momento ficou enfeitiçada por aquele monótono coaxar, que se repetia, hipnótico, a intervalos regulares. Ainda estava tentando elaborar um plano quando o animal, com um pulo repentino, desapareceu.

Tanto faz, pensou. No fundo, achava melhor não matar mais uma criatura, mesmo fazendo isso para sobreviver.

Diante dela, o exíguo córrego se unia a uma pequena poça, para em seguida retomar com mais vivacidade o seu curso entre tufos de ervas secas.

Talitha molhou a espada na poça, a lâmina e o punho, até a água lamber o seu pulso. Estava morna e lodosa, mas reprimiu o nojo e mergulhou a outra mão também. Com calma, quase como se estivesse cumprindo um ritual, acariciou a parte plana da lâmina. O sangue que ainda havia nela dissolveu-se ao toque da sua mão, a água avermelhou-se e a fraca correnteza levou-o embora. Depois de alguns instantes, qualquer resquício de sangue se fora.

Tirou a espada do regato e observou os raios dos sóis refletirem no metal, que brilhava como novo.

Naquele momento, notou Saiph de pé atrás dela.

– Não queria acordá-lo – disse, guardando a arma na bainha. Parecia pesar menos agora que a livrara das manchas sangrentas. – Acho bom a gente se mexer. Pode ser impressão minha, mas desde que lemos os documentos no Núcleo o calor de Cétus me parece mais intenso.

Saiph pegou o mapa de Lanti e estudou as etapas sucessivas da viagem.

– Precisamos sair o mais rápido possível do Reino do Verão. Seguiremos em ritmo acelerado – informou Talitha.

Saiph deu uma olhada nos mantimentos e fitou-a, em dúvida. Além das frutas secas e do pedaço de queijo, que em parte já tinham comido na noite anterior, só haviam conseguido juntar uns poucos punhados de legumes e algumas hortaliças, encontrados na horta de uma casa abandonada.

– Não temos muita coisa para comer. Seremos forçados a racionar os alimentos ao máximo – disse afinal, colocando o alforje a tiracolo.

Em seguida, voltaram à via periférica que os levara até ali.

– Mais cedo ou mais tarde precisaremos arrumar umas capas – observou Talitha, quando seguiram viagem. – Poderão ser úteis para nos disfarçarmos quando chegarmos a um centro urbano maior. Quanto falta ainda para alcançarmos Alepha?

– Impossível dizer; na nossa marcha atual, pelo menos vinte dias.

Talitha ficou branca. Cada hora lhe parecia preciosa para encontrar o herege, e nem mesmo sabiam se ele ainda estava vivo. – Temos de andar mais depressa – disse. – Não podemos levar todo esse tempo.

À medida que avançavam, no entanto, suas forças começavam a faltar.

Saiph estava acostumado a fazer esforço com o estômago vazio, mas para Talitha sentir tanta fome era uma experiência totalmente nova. Sua cabeça rodava, andar se tornara um contínuo sofrimento, e sentia tonturas. Parecia-lhe impossível seguir adiante naquelas condições. Mas não se queixava, procurava aguentar.

Muito em breve, a sede juntou-se à fome. Durante a viagem, haviam encontrado uma pequena nascente onde, depois de se fartarem com a água que ainda oferecia, encheram os cantis. Mas só nas grandes vias de comunicação, como a

Artéria, havia bebedouros a intervalos regulares. Nas vias secundárias, como a deles, as bicas eram raras. Os cantis já estavam vazios e o corpo ansiava por uma gota de água.

As aldeias que encontraram ao longo dos imensos terrenos entre as grandes cidades estavam desertas. Em vários pontos, a manutenção da via simplesmente inexistia e, portanto, os cristais de Pedra do Ar, esgotados, não haviam sido trocados. O ar, naquelas zonas, tornava-se muito tênue, e o avanço, ainda mais cansativo.

De repente viram uma pequena construção de pedra se erguer ao longe e, cheios de esperança, começaram a correr naquela direção. Mas, quando chegaram, aos seus olhos apresentou-se o triste espetáculo de uma cisterna seca. A nascente secara havia tanto tempo que a pedra estava coberta por uma espessa camada de poeira.

Talitha deixou-se cair no chão, desanimada.

– De onde tiravam a água das fontes, no palácio? De onde, se a seca chegou a níveis tão dramáticos?

Saiph sentou-se ao lado dela.

– Daqui mesmo – disse com simplicidade. – Quando começou a estiagem, a rainha mandou cavar poços e construiu um sistema de aquedutos que leva a água dos lençóis subterrâneos à capital e ao palácio. Seu pai e toda a aristocracia de Messe desfrutaram dessas obras que, no entanto, secaram muitos regatos e nascentes do reino, já castigados pela escassez da chuva.

Talitha fitou-o em silêncio, incrédula.

– Aqui, as pessoas morrem de fome e de sede, e eu, no palácio, mandava de volta pratos meio cheios de comida – murmurou.

– É assim que as coisas funcionam em Talária – comentou Saiph. – Os fortes sugam o sangue dos fracos. Sempre foi assim. E não há coisa alguma que se possa fazer a respeito.

Talitha fulminou-o com um olhar de fogo.

– Isso não passa de uma desculpa. Tomar ou não tomar uma atitude é uma escolha. Se aqueles escravos não nos tivessem ajudado, agora estaríamos nas mãos dos Guardiões e ninguém acreditaria na nossa história. O que muda tudo são as escolhas individuais, Saiph, e para sempre.

– Eu estou acostumado a cuidar de minúcias, patroa, e é o que preciso fazer agora, pois do contrário morreremos de sede. Temos de encontrar água.

Talitha apoiou a cabeça na pedra atrás de si.

– Eu sei, mas acontece que aqui não sobrou nenhuma.

– Vamos encontrar mais adiante – disse Saiph com segurança.

Talitha levantou-se.

– Otimismo, com certeza, não lhe falta... Se todos os femtitas são assim, dá para entender por que nunca se rebelaram.

Saiph riu baixinho, em seguida ajeitou o bornal nas costas e entrou de novo na via. A marcha recomeçava.

O caminho parecia não ter fim, e a sede tornava-se cada vez mais insuportável. A certa altura, esgotados, sentaram-se à beira da estrada e acabaram adormecendo. Talitha não conseguia mais se mexer, e isso deixava Saiph bastante preocupado. Só faltava uma hora para a etapa seguinte marcada no mapa, mas a jovem não tinha condições de prosseguir, e foram forçados a parar.

Saiph abriu os olhos na quarta hora antes do alvorecer. Era uma particularidade que tinha desde criança: podia acordar exatamente quando queria, e estava tão acostumado a viver de noite que sempre sabia que horas eram, mesmo na mais profunda escuridão.

Foi suficiente piscar uma ou duas vezes para ficar completamente acordado. Olhou para Talitha. Estava encolhida ao seu lado, com uma das mãos apoiada no cabo da espada. Parecia ter feito as pazes com a arma, e isso era bom.

Levantou-se com extrema delicadeza e, com o mesmo cuidado, tirou o punhal da bota dela. Demorou mais alguns segundos a observá-la.

– Volto logo – murmurou antes de afastar-se.

Avançou com passo acelerado, os pés fazendo ranger a madeira da via. A contragosto, percorreu o último trecho correndo. Detestava qualquer forma de exuberância. Não gostava de quem ria com espalhafato, de quem chorava em público, nem de todos aqueles que, em geral, expressavam de forma excessiva as próprias emoções. Por isso detestava correr. A custo corria quando era criança, quando Talitha o envolvia em suas brincadeiras. Normalmente ficava olhando de longe as outras crianças que se perseguiam, e não entendia o motivo de tanta diversão.

Chegou afinal à encruzilhada marcada no mapa e, no pálido luar, leu numa velha tábua de madeira: FAZENDA JANDALA.

Em geral, as fazendas eram muito raras longe dos grandes centros urbanos: quase toda a terra boa para o cultivo pertencia às grandes famílias e, por óbvias razões de acessibilidade, na maioria dos casos ficava na extrema periferia das cidades, onde os galhos do Talareth quase roçavam no chão e a folhagem era bastante rala para permitir que a luz passasse mais intensamente. Pelo que sabia, no entanto, havia uns poucos proprietários de terra que mantinham pequenas fazendas de subsistência no interior, entre uma cidade e outra. Eram, principalmente, velhas aldeias abandonadas: os vilarejos podiam morrer, mas as fazendas sobreviviam, como apêndices ainda vivos de um corpo já sem vida.

Saiph já ouvira falar de Jandala: o talarita que a cultivava era um arrendatário de Megassa, e os produtos da terra acabavam quase todos nas despensas do conde. Quando a estiagem ainda não era tão grave, Saiph lembrava que de Jandala chegavam carroças cheias de cereais e verduras frescas. Já fazia pelo menos um ano, entretanto, que a fazenda deixara de abastecer Messe. Tinha esperança de que não estivesse completamente arruinada.

O jovem pegou o desvio que levava às lavouras. Estava em condições bastante precárias, com tábuas desencontradas e quebradas em vários lugares, e a Pedra do Ar, pendurada no teto do pequeno túnel, emitia uma luz extremamente fraca. O ar era escasso e tinha o cheiro rançoso das coisas há muito abandonadas. Mas Saiph não desistiu. O bom êxito da viagem dependia daquela tarefa.

Finalmente, alcançou o Talareth. Erguia-se no fim do desvio e os galhos, estendidos para o céu como dedos esqueléticos, pareciam implorar a Mira. Uma súplica que, a julgar pelas condições da fazenda, a deusa não tinha ouvido. Um longo arrepio percorreu a espinha de Saiph: as terras ao redor das árvores estavam esturricadas, e os canais entre os campos, secos. Teve vontade de arrancar os cabelos, vencido pelo desespero. Não podiam seguir viagem sem água, certamente iriam morrer.

Sentou-se numa mureta de pedras desalinhadas, tentando encontrar uma solução para o impasse. Foi então que percebeu um leve gorgolejar ao longe. Olhou para os edifícios, mas pareciam desertos. O telhado de um dos dois celeiros havia desmoronado, as janelas arrebentadas não passavam de buracos escuros, lembrando as órbitas vazias de uma caveira. Saiph aproximou-se lentamente da fazenda, guiado pelo ritmo cadenciado da água.

Alcançou os primeiros edifícios e, finalmente, o seu coração encheu-se de alegria. Embora minúsculo, um regato escorria escondido pelo gramado. Mergulhou logo o rosto e bebeu com sofreguidão. A água transmitiu-lhe uma força benéfica e purificadora: era fresca e límpida, era a própria vida! Depois de encher os cantis até a borda, reparou que ali perto havia duas hortas onde despontavam algumas pequenas verduras. Jogou-se em cima das hortaliças instintivamente, e arrancou um pé de verdura de bordas amareladas. Devorou-o com umas poucas mordidas, sem se importar em ser visto pelo dono, que não devia morar longe dali. Apanhou mais verduras e, depois de fartar-se de comida, encheu o bornal com mais dois pés de verdura. Passou então a arrancar uns bulbos vermelhos que cresciam mais adiante, e umas tantas raízes polpudas de centária. Eram insolitamente pequenas: lembrava que as centárias, nos seus tempos de menino, chegavam a ter meia braça de comprimento, e estas mal alcançavam um palmo; mesmo assim, era comida!

Tinha agora de encontrar alguma coisa para Talitha. Abrigou-se atrás de uma casa, a última antes do quintal. Da chaminé não saía fumaça e não se via luz nas janelas.

Avançou devagar ao longo da parede, até chegar a uma janela de vidros quebrados. Pulou para dentro.

O interior era formado por um único aposento. No piso de terra batida ainda se viam as marcas das paredes que, no passado, dividiam o ambiente em três cômodos. Tinham sido derrubadas ou simplesmente ruído. O grande compartimento que sobrara media agora umas dez braças de comprimento por seis de largura. Além de uma mesa e da lareira, havia uma arca e um aparador: este último era velho, mas ainda mostrava a qualidade dos entalhes enfeitando a superfície. No passado, devia ter sido um móvel muito fino, de requintado feitio. A arca, por sua vez, não passava de um objeto tosco, pintado de verde e carcomido pelos insetos. No fundo do cômodo, um velho dormia. A cama era um simples estrado coberto de palha e envolvido por um lençol cinzento e remendado, sobre o qual descansava um corpo marcado pela labuta. À primeira vista, parecia morto de tão devagar que respirava. Só o peito, que levantava e baixava ritmicamente, indicava que estava entregue a um sono profundo. Era um talarita de cabelos inteiramente enegrecidos e aparência macilenta. Tinha o rosto encovado, com a pele manchada pelos sóis. As mãos eram grandes e calejadas, deformadas pelo trabalho. Aquele homem, sozinho, carregava nas costas a fazenda que, pelo tamanho das lavouras agora estéreis, parecia ter sido bem grande e próspera. Antes de a estiagem arruinar toda aquela área, provavelmente havia ali pelo menos vinte escravos, mas agora não sobrara nenhum. Saiph sentiu-se constrangido. No palácio, seus companheiros costumavam regozijar-se quando um talarita empobrecia, e ficavam felizes com a desgraça dos patrões. Era uma atitude que sempre provocara nele uma mistura de repulsa e tristeza. Sentiu dentro de si uma repentina e inesperada empatia por aquele velho deitado na palha. O sujeito agora era exatamente como ele, um escravo, mesmo que ainda fosse dono da sua vida e não tivesse de obedecer a ninguém. Mas a fome e a miséria não eram, afinal, os mais cruéis dos patrões?

Mas o que estou fazendo?, pensou, perturbado. Tinha a impressão de estar a ponto de profanar aquela casa.

Está tentando sobreviver, respondeu com rispidez uma voz dentro dele, *como sempre fez até agora, como todos fazem.*

Apertou os punhos, foi direto à arca e levantou a tampa, devagar. Encontrou uma porção de roupas dobradas, o que restava de uma vida anterior: um vestido longo, um casaco de mulher, até as roupinhas de um recém-nascido. E também trajes de homem, empoeirados, mas cuidadosamente guardados, e no fundo, duas capas, lembranças dos dias em que, às vezes, até mesmo no Reino do Verão, era preciso agasalhar-se. Saiph sentiu um aperto no coração, mas ainda assim enfiou a mão entre os tecidos e pegou as capas. Estava a ponto de sair, mas um impulso inesperado levou-o a dobrar com todo o cuidado o que espalhara para apanhar o que procurava.

No aparador encontrou pão, queijo, toucinho e geleias. Não pôde deixar de pensar na cara do velho ao descobrir que os seus mantimentos haviam sido saqueados.

É a lei do mais forte, repetiu a voz, mas não bastou para acalmar a sua culpa.

Acabou levando só uma parte do que precisava. Impaciente para sair, quase despencou da janela, e caiu de cabeça na grama. Levantou-se e fugiu, tentando deixar para trás o peso que lhe oprimia o peito, o senso de opressão que o deixava sem fôlego. Encaminhou-se para a via, impaciente para afastar-se dali o mais rápido possível. Foi então que o viu, por acaso, e só porque a pressa quase o fez esbarrar nele. Pendurado num poste, com letras nítidas e bem visíveis, havia um pergaminho esticado entre dois pregos. Vivo, estava escrito, e uma recompensa: Cem nephens de ouro. Um disparate. Acima, quase preenchendo a folha, fora desenhado um rosto magro e fino, de olhar maldoso e cortante. O nome dizia: Saiph do mosteiro de Messe.

Vacilou por um instante. Apertou os olhos, abalado, esperando reabri-los em outra realidade. Aquele era o rosto com o qual, a partir de então, os talaritas iriam vê-lo, um rosto no qual ele custava a se reconhecer, o rosto de um criminoso. Mas era o rosto que ele mesmo usara naquela noite, quando tivera a coragem de invadir a casa de um velho que ficara sozinho no mundo.

Não sou eu, não se parece nem um pouco comigo, disse com raiva a si mesmo, mas sabia perfeitamente que não era assim. Arrancou o pergaminho do poste, com mãos trêmulas, e então fugiu percorrendo o mesmo caminho pelo qual tinha vindo.

26

Quando Saiph voltou, Talitha ainda estava dormindo. Faltava pouco para o alvorecer, e muito em breve teriam de retomar a marcha.

Saiph sentou-se no chão, ofegante pela corrida. Tinha a impressão de ter incontáveis inimigos atrás de si, e cada moita, cada canto escuro parecia-lhe agora esconder uma emboscada.

Tirou o pergaminho do bolso e observou o próprio rosto que o fitava com severidade do desenho.

Aquele retrato perturbava-o e atraía-o ao mesmo tempo. Era como olhar para si mesmo, não como num espelho, mas através dos olhos de outra pessoa, e aquela lente deformante mostrava-lhe um aspecto de si que ele teria preferido não ver.

Havia só o seu nome escrito ali. O centro de tudo era ele. Logo abaixo, em letras miúdas, vinham mencionadas as acusações: uma longa lista que incluía o rapto, o incêndio do mosteiro, o assassinato e a sedição. Quanto a Talitha, nada. Claro, era a melhor solução para todos. Para o clero, que não teria de explicar os descomedimentos de uma noviça, e para Megassa, que estava interessado em manter imaculada a reputação da família. Já sabia disso: fora o que Lanti dissera, e os femtitas rebeldes também acreditavam que ele ateara o fogo. Não devia estar surpreso agora. Mesmo assim, ver aquela acusação com seus próprios olhos tinha um sabor diferente, e salientava a gravidade da sua situação com a violência de um soco.

Sempre soubera disso, desde o momento em que recobrara os sentidos no caos flamejante do mosteiro: a viagem dele era sem volta. Só que agora tudo assumia uma concretude diferente. Agora sentia o seu destino na carne, nos ossos, e quase podia percebê-lo, ameaçador, sobre sua cabeça.

A imagem de seu rosto fora pendurada nos postes de toda Talária, e agora todos, até nos vilarejos mais longínquos, o conheciam. Não havia para onde fugir, não havia lugar onde se abrigar. Megassa não pararia diante de coisa alguma. Iria persegui-lo até os extremos confins do mundo, e o mataria com os sofrimentos mais atrozes. Era a única maneira de salvar a honra da filha.

Por um momento o pânico tomou conta dele, fechando a sua garganta e deixando-o sem fôlego.

Aceite, é isso. E se não há nada que você possa fazer por si mesmo, há alguém por quem pode fazer muito.

Agachou-se ao lado de Talitha. No sono, parecia ser de novo a menina endiabrada e melancólica de alguns anos antes.

Ter a cabeça a prêmio significava caçadores de recompensas, pessoas inescrupulosas prontas para tudo.

Ficou a olhá-la por um bom tempo, tanto que a sua respiração acabou sincronizada à dela.

Ir embora. Entregar-se antes de ser pego, e dizer que a matara. Afinal, seu destino já estava selado. Ela, no entanto, ficaria livre. Para sempre.

Apertado em sua mão, o pergaminho ia se tornando macio, molhado de suor.

Levantou-se bruscamente. Era isso mesmo que faria. Deixou ao lado dela a mochila cheia de mantimentos e o

cantil, e fitou-a pela última vez, quase a imprimir na memória aqueles traços.
Cuide-se, Talitha, murmurou baixinho.
Deu um passo para trás, mas as tábuas da via rangeram sob os seus pés e a despertaram. Talitha virou o rosto e olhou para ele, sonolenta. Desde que cortara os cabelos, quando acordava eles ficavam eriçados no topo da cabeça num emaranhado engraçado. Tentava ajeitá-los com as mãos, mas aquela cabeleira não se deixava domar, e salientava ainda mais o seu aspecto de moleque rebelde.
Saiph escondeu depressa o pergaminho nas costas.
– Aonde estava indo? – perguntou Talitha, desnorteada.
– Estava me aprontando, já está quase na hora de seguirmos viagem – respondeu ele, evasivo.
Mas o olhar de Talitha foi logo atraído pelo bornal, muito mais cheio do que na noite anterior.
– Onde esteve? – insistiu, em tom inquisidor.
– Fui procurar alguma coisa para comer. Dê uma olhada – disse Saiph, tentando distraí-la.
Os olhos de Talitha brilharam. Estava faminta demais, não pôde evitar avançar na comida.
– Muito boa – resmungou de boca cheia, mastigando vorazmente. – Mas por que não me acordou para irmos juntos? E se alguém tivesse aparecido enquanto eu dormia?
– Patroa, há dias não encontramos ninguém...
– Mas você também já ia embora de novo. Ia me deixar de novo sozinha. O que está escondendo, Saiph?
– Nada. Nem passou pela minha cabeça ir embora.
– O que está escondendo nas costas?
– Bobagem, esqueça – respondeu ele, cada vez mais tenso.
Talitha ficou cara a cara com ele, de um pulo.
– Deixe-me ver – e arrancou o pergaminho da sua mão.
No rosto dela desenhou-se toda uma variedade de emoções, desde a surpresa ao pavor, à medida que ia lendo o conteúdo

da folha. – É por isso que você estava saindo de fininho – disse afinal. – Quer que prendam somente você. Quer me deixar sozinha.

Saiph estava visivelmente constrangido.

– Desse jeito, patroa, pelo menos um de nós poderia se salvar.

Ela chegou mais perto, os olhos faiscando.

– Nem se atreva a pensar numa coisa dessas, Saiph. Preciso de você, eu nunca poderia conseguir sozinha.

– Mas é a mim que eles estão caçando, patroa. Se a gente se separar, você teria mais tempo para procurar o herege, teria mais chances.

– Não diga bobagens! – berrou Talitha. – Separados, seríamos muito mais vulneráveis. Começamos esta viagem juntos, e juntos vamos até o fim. Você não pode me abandonar. Prometa que não vai me deixar – disse, acalorada. – Prometa!

Saiph manteve-se calado, e viu que os olhos dela estavam úmidos de lágrimas.

– Está bem, não vai acontecer. Eu prometo.

Juntaram as suas coisas em silêncio. Estavam prontos para partir.

A fronteira com o Reino da Primavera era assinalada de forma bastante brusca: a via se interrompia de repente diante de uma passarela de madeira que podia ser levantada ou baixada como uma ponte levadiça. O posto era vigiado por duas Combatentes e um Guardião, e qualquer um que quisesse passar tinha de mostrar um salvo-conduto e descobrir a cabeça. Saiph e Talitha divisaram-nos de longe, e mal tiveram tempo de parar antes da última curva para não serem vistos.

Pensaram em atravessar a fronteira passando por fora, exatamente como haviam feito para evitar os Guardiões na saída de Messe. Mas os galhos que margeavam a via principal debruçavam-se no vazio, cuidadosamente cortados a golpes de machado, e continuavam mais adiante, a pelo menos umas dez braças de distância. Longe demais para se atreverem a pular.

– Acha que armaram esta barreira para nós? – perguntou Talitha.

– Receio que sim. Lanti disse que esta passagem era desguarnecida e, realmente, não há guaritas nem sinais de um posto permanente. Estão à nossa espera.

Talitha apoiou a cabeça no emaranhado de galhos.

– E agora? Como vamos sair dessa?

Saiph ficou um bom tempo calado, então pegou o mapa. Desenrolou-o e começou a estudá-lo.

Uma carroça com fardos de feno passou ao lado deles, forçando-os a abrir caminho.

Talitha praguejou, espremendo-se contra a parede da galeria para não ser atropelada. Saiph, por sua vez, ficou olhando, pensativo, até o veículo desaparecer depois da curva.

– Deve haver uma estalagem aqui perto – disse, indicando um lugar perto da fronteira. – Teremos de pegar uma via mais frequentada para chegar lá, mas acho que o risco vale a pena. É onde as carroças cheias de mercadoria param antes de chegar à alfândega. Isso me deu uma ideia...

A carroça branca carregada de tecidos, puxada por dois dragões de terra, parou sob a alfândega, um arco de madeira margeado por duas guaritas ocupadas por dois soldados. Não estavam sozinhos: também havia três Combatentes e três Guardiões. O mercador ficou pasmo. Vinha com a sua mercadoria quatro vezes por ano, da sua fábrica de tecidos em Minica, e estava acostumado com os guardas alfandegários, mas nunca tinha visto uma tropa tão numerosa antes. Ficou perguntando a si mesmo a razão daquilo, mas então se lembrou das conversas na estalagem, na noite anterior.

"E o tal escravo, resumindo, raptou a filha do conde de Messe e incendiou o mosteiro!"

"Não acredito!"

"É isso mesmo, eu juro! O conde de Messe revistou de cabo a rabo a cidade durante três dias, prendeu, torturou e mandou executar escravos, mas nada. Dizem, aliás, que a esta altura a cidade está à beira da guerra civil, porque aquele maldito escravo se tornou uma espécie de herói!"

"Como assim?"

"Os outros femtitas o defendem, até ajudaram-no a fugir de Messe. Consideram-no um símbolo da rebelião, quando na verdade não passa de um estuprador vulgar, estão me entendendo?"

O mercador vinha de Neviri e, de fato, ali também o ambiente estava bastante pesado. À noite vigorava o toque de recolher, e a tensão era palpável. Olhou para a porta e viu o aviso de recompensa. Ficou surpreso ao ver o rosto do procurado: era pouco mais do que um garoto e, exceto pela altivez no olhar, parecia totalmente inofensivo. Deu de ombros: tanto faz, pensou, aqueles eram assuntos do conde de Messe e da rainha Aruna. Ele vinha do Reino da Primavera, onde os problemas eram outros: haviam acontecido mais inundações no leste, e o tempo não parecia melhorar.

Chegou a vez dele.

– Documentos – disse, seco, o soldado.

O mercador procurou na sacola e pegou os papéis.

As três Combatentes subiram na carroça enquanto o soldado examinava o salvo-conduto.

– Mas o que estão fazendo? – protestou o homem.

– Ordens da rainha – explicou o Guardião.

– Que abuso é esse? Eu sou uma pessoa respeitável, os meus tecidos vestem a própria rainha!

As Combatentes não se deixaram impressionar e continuaram a remexer na carroça.

– Até a rainha em pessoa seria revistada, se quisesse atravessar a fronteira. São as ordens: todos devem ser identificados – rebateu o Guardião.

O mercador parecia pasmo.

– E tudo isso por causa daquele marginal? – Apontou para o cartaz com a recompensa. – Acho um absurdo que se atrapalhe a vida de mercadores honestos, a tantas léguas de distância, devido a problemas locais.

O soldado devolveu os documentos.

– Já não se trata de um problema local. Não foi encontrado em Messe e agora é procurado por todos os cantos de Talária.

As Combatentes pularam da carroça, olharam para o soldado e deram um sinal de assentimento com a cabeça. Ele, por sua vez, acenou para o mercador, dizendo que podia passar. A ponte foi baixada, e a carroça seguiu em frente. O mercador ficou remoendo o assunto, aborrecido com aquele imprevisto que não passava de perda de tempo, mas recuperou depressa o bom humor só de pensar nos bons negócios que acabava de fazer. De forma que não se deu conta do leve solavanco da carroça, logo em seguida, nem do fato de os dragões, de repente, começarem a andar mais ligeiros.

Talitha massageou o ombro. Havia sido terrível. Tinham se amarrado aos eixos do carro e, enquanto avançavam, o solo estava a um fio de cabelo das suas costas. Mas pior ainda havia sido a maneira com que a viagem chegara ao fim. A certa altura, Saiph olhara em volta.

– Aqui está bom – dissera, desatando as cordas que os mantinham presos. Caíram no solo, sendo ainda arrastados por algumas braças.

Saiph ofereceu-lhe a mão.

– Tudo bem?

Ela fitou-o, amuada, ficando de pé com alguma dificuldade.

– Há horas em que invejo você: numa ocasião como esta, eu também gostaria de ser insensível à dor.

A via em que se encontravam não parecia muito diferente da que haviam deixado para trás. Só o Talareth que a formava era diferente: as folhas eram maiores e de um verde mais vivo, a casca mais escura, manchada aqui e acolá pela prata do musgo. Talitha reconheceu-o: era da espécie que tinha visto em Larea, alguns meses antes.

– Conseguimos passar! – exclamou com os olhos brilhantes de alegria.

– Pois é. – Saiph abriu o bornal, pegou as capas e vestiu a dele. – Iremos para as montanhas, como combinamos.

Talitha anuiu. Estava confusa. Apesar de ter sido uma mera fronteira, a passagem para o Reino da Primavera parecia representar algo mais profundo. Estavam fora do domínio direto de seu pai, sozinhos numa terra estrangeira. E, embora as palavras dos soldados tivessem deixado bem claro que continuavam sendo procurados, achava que ali estariam mais seguros. O clima era mais ameno, e podia ver no céu algo que quase tinha esquecido: através do emaranhado dos ramos, distinguia a brancura das nuvens. Ela também vestiu a capa, baixou o capuz sobre os olhos e preparou-se para retomar a marcha.

27

Iniciaram a subida para os Montes do Pôr do Sol no dia seguinte. A paisagem ao redor tornara-se mais selvagem, e enquanto prosseguiam, também repararam que a via, pouco a pouco, ia mudando: de um lado dava para o vazio, enquanto do outro fixava-se na pedra. Os Talareth que a delimitavam, mais finos e menos exuberantes que os que cresciam no Reino da Primavera, estavam tenazmente presos às paredes da montanha. Às vezes esticavam-se sob os seus pés, sustentando os estrados de madeira, ou então ficavam suspensos acima das suas cabeças e, nesse caso, a estrada fora amarrada às ramagens por cordas robustas.

O primeiro trecho foi fácil. A via era estreita e tortuosa, mas, a não ser por algumas curvas moderadamente íngremes, a inclinação não era excessiva e não exigia um esforço exagerado.

Vez por outra o emaranhado dos galhos ficava menos espesso e deixava vislumbrar rasgos de céu. Navegavam nele nuvens extremamente brancas que, juntando-se e tomando formas imprevisíveis, ofereciam um espetáculo maravilhoso. Logo, no entanto, o calor tornou-se insuportável, ainda mais porque trazia consigo uma incômoda umidade. Saiph e Talitha acabaram ficando com as capas coladas à pele devido ao suor, e tiveram que tirá-las.

– Não estava tão quente quando vim ao casamento da minha prima. E os livros que estudei descreviam esta região perto das montanhas como muito mais agradável – observou Talitha.

– E era mesmo. O Reino da Primavera era conhecido por seu clima ameno e ensolarado. Os monarcas do Reino do Inverno vinham passar as férias aqui, e até as nossas rainhas, quando o calor, em Messe, ficava abafado demais – disse Saiph.

Talitha levantou instintivamente os olhos para o rasgo de céu visível de onde estava. Teve quase a impressão de que Cétus a estava observando, que queria vencê-la com o seu calor forçando-a a desistir da viagem.

O ar úmido e abafado a deixava cansada, então procurou um pouco de brisa esticando o rosto para além das paredes da via. Foi quando os viu: os sopés das montanhas que galgavam estavam cercados por imensos pântanos que, à luz branca filtrada pelas nuvens, reluziam como poças de metal derretido. Eis o motivo de toda aquela umidade. Espalhados nos charcos, viam-se aqui e acolá os restos dos Talareth semi-imersos na água. Alguns, com as copas ainda intactas, emergiam como navios naufragados num mar de prata, enquanto outros, com os galhos apodrecendo, já estavam perto da decomposição.

Talitha sentiu uma fisgada de medo no coração.

– Venha ver – disse a Saiph.

O rapaz chegou perto e ficou em silêncio, percorrendo lentamente com os olhos o panorama em volta.

– São as inundações – disse com voz séria.

– Acha que Cétus também é responsável por isso?

Saiph limitou-se a anuir.

Talitha levantou os olhos. Acima dela, a brancura era interrompida por longas estrias cinzentas, como um mar

leitoso encrespado pelas ondas. A força que os estava destruindo ficava lá.
Uma força capaz de submergir cidades inteiras... Como poderei detê-la?
Sacudiu a cabeça e continuou a subir, com o olhar desafiadoramente fixo no retângulo de céu visível.

No segundo dia de viagem a via tornou-se abruptamente mais íngreme, e seguir adiante ficou muito mais cansativo. Em vários lugares a estrada estava desalinhada, e houve momentos em que tiveram de avançar rente ao rochedo, pois algumas tábuas estavam completamente arrebentadas. De repente, viram-se diante de um verdadeiro abismo. Todas as tábuas haviam desmoronado, como se tivessem sido sugadas pelo vazio, e só haviam sobrado as cordas que antes as sustentavam. A plataforma de madeira continuava intacta do outro lado do abismo, mas ficava muito longe.
Talitha debruçou-se para olhar: um despenhadeiro do qual mal conseguia ver o fundo abria-se embaixo dela como uma boca pronta a devorá-la, cheia de pináculos e pontudos esporões.
A vista daquele despenhadeiro deu-lhe tontura, forçando-a a desviar o olhar.
– Eu vou primeiro – apressou-se a dizer Saiph, percebendo o mal-estar dela.
– Quer parar com isso? Sou um cadete, uma ladra e agora até uma assassina – protestou Talitha. – Não tenho medo de enfrentar...
Mas Saiph já se adiantara. Botou o primeiro pé na corda, e depois se espremeu contra o paredão, de braços abertos para aderir melhor à parede de pedra. Avançou cuidadosamente com o outro pé, e a corda balançou com um rangido sinistro.
– Tudo certo, tudo bem! – gritou para tranquilizar Talitha. Estava branco como um trapo, a testa molhada de suor,

mas procurava manter o olhar firme e seguro. – Espere até eu chegar do outro lado, aí vai ser a sua vez.

Talitha viu-o prosseguir devagar, um passo curto depois do outro, e acompanhou o movimento de cada músculo do jovem com o coração na boca.

Só conseguiu respirar de novo quando o viu alcançar a outra margem.

– Muito bem, você vai conseguir! – berrou Saiph. – Avance devagar, apoie-se completamente na pedra e, principalmente, não olhe para baixo.

Talitha anuiu, obediente como nunca fora na vida. Apoiou o pé na corda e procurou espremer o corpo contra a parede. Um passo, e a corda ondeou assustadoramente. Ela não conseguiu reprimir um grito.

– Grude na pedra! – berrou Saiph.

Talitha espremeu-se ainda mais, mas um verdadeiro terror apertava as suas entranhas.

– Precisa manter a calma. Respire fundo e siga em frente – encorajou-a.

– Devagar, sem pressa... – Talitha começou a dizer a si mesma, enquanto avançava imperceptivelmente.

– Está indo muito bem – disse Saiph, mas a sua voz chegava até ela de longe, como que abafada pelos sentidos embotados pelo medo.

No meio do caminho, vencida pelo cansaço que paralisava seus músculos, perdeu a concentração: foi só um momento, mas foi suficiente para que um de seus pés escorregasse. Na tentativa de voltar à corda, olhou para baixo. Estava pairando acima do precipício. Como num desenho monstruoso, logo abaixo iam se definindo braças e mais braças de rochas e saliências pontiagudas, e finalmente o brilhante negrume da grama.

Soltou um grito apavorado, agarrando-se desesperadamente à pedra.

– Não olhe! Não olhe, Talitha! – disse Saiph para acalmá-la. Mas ela não se mexia, paralisada pelo pânico.

– Não desista logo agora. Já está no meio do caminho, continue, por favor.

– Não... não consigo... não dá mais – gaguejou Talitha com voz estrangulada.

Saiph começou a suar, tomado pela agitação.

– Siga adiante... Confie em mim – falou, tentando aparentar calma.

– Não consigo desgrudar as mãos!

– Já fez isso antes, só precisa continuar!

Talitha respirou fundo e recomeçou a avançar, bem devagar. Tentou ficar de olhos fechados.

– Não, não. Se fechar os olhos é pior. Olhe para mim.

Talitha abriu vagarosamente uma pálpebra, depois a outra. Viu Saiph sorrindo, estendendo as mãos para ela.

Sentiu o nó no estômago se desmanchar pouco a pouco. Avançou com cuidado, com as mãos tão molhadas de suor que deixavam a marca na pedra. Um passo, mais um, então outro e mais outro. Finalmente deu um pulo e aterrissou nos braços de Saiph. Apertou-o com força, quase louca de alegria. Tinha conseguido, tinha chegado ao outro lado.

– Você foi o máximo – murmurou ele.

Talitha fitou-o com altivez, soltando-se imediatamente do abraço.

– Brincadeira de criança – disse, dando de ombros.

Saiph caiu na gargalhada.

O caminho piorava à medida que seguiam adiante. A subida tornava-se cada vez mais cansativa e, à noite, as pernas de Talitha doíam.

Não demorou para o clima ficar mais frio. Enquanto, durante o dia, eram atormentados pelo calor e pela umidade, quando anoitecia a temperatura caía e o corpo ficava entorpecido, aumentando a sensação de exaustão acumulada ao longo do dia.

Começaram também as chuvas. Pareciam vir do nada, de repente, em aguaceiros violentos que não podiam ser previstos, a não ser por uma súbita queda de luminosidade no céu. As capas ficavam encharcadas e tornavam-se uma tortura. À noite as despiam, apesar das rajadas de vento que os açoitavam de todos os lados, e as penduravam nos galhos para que secassem quando a chuva amainava.

Certa noite, Saiph começou a tremer visivelmente. Talitha compreendeu que tinham de arrumar alguma coisa para se agasalharem, de qualquer modo.

– São regiões desoladas, vai ser difícil encontrar uma aldeia – objetou ele.

– Precisamos pelo menos tentar. Você não está nada bem, e também precisamos de mantimentos – replicou ela. Indicou um ponto no mapa, um vilarejo perdido nos Montes do Pôr do Sol. Ajeitou a espada nos ombros e partiram.

O vilarejo ficava às margens de uma impetuosa cachoeira que mergulhava num pequeno lago com uma queda de tirar o fôlego. No rochedo ainda se viam os restos semidestruídos de um sistema de canalização, uma espécie de aqueduto que no passado devia levar a água da cachoeira até o núcleo urbano.

As casas, umas vinte no máximo, estavam encravadas na encosta da montanha, e lembravam aves a ponto de jogar-se no vazio em seu primeiro voo. O Talareth que as protegia parecia quase uma saliência do próprio rochedo, de tanto que as raízes se haviam entranhado na pedra, formando profundas rachaduras. A copa se abria completamente de lado, suspensa no espaço, acima da cachoeira. As casas erguiam-se entre uma e outra raiz, como pequenas excrescências vegetais, e estavam ligadas por precárias escadinhas de metal. Era uma paisagem sugestiva e única, mas nem Talitha nem Saiph estavam com humor para apreciar o panorama.

A via não chegava diretamente no vilarejo, mas o alcançava através de uma ramificação lateral que se estendia totalmente sob a proteção do Talareth.

Hesitaram um momento diante da passarela: era estreita e oscilante e, principalmente, o único caminho para entrar ou sair do vilarejo. Se alguém estivesse de tocaia, esperando por eles, não teriam muitas rotas de fuga.

Talitha estava a ponto de dar o primeiro passo, mas Saiph a deteve. – Não estou gostando deste lugar – murmurou.

– Temos de entrar. Precisamos de agasalhos e mantimentos – replicou ela.

Pôs o pé na passarela e percorreu-a agilmente. Depois da experiência da corda esticada no vazio, percebera que a estratégia para enfrentar percursos como aquele era andar o mais rápido possível. Quanto mais tempo se demorava lá em cima, mais a ansiedade aumentava, tornando quase insustentável o desejo de olhar para baixo.

Quando chegou ao outro lado, já em segurança, fez sinal para Saiph segui-la.

O vilarejo parecia habitado por fantasmas. Talitha sentiu um arrepio percorrer a espinha, mas forçou-se a seguir adiante. Mantinha a mão na empunhadura da espada, atenta, enquanto Saiph brandia o punhal.

Aproximaram-se de uma porta e Talitha apoiou o ouvido na madeira. Nenhum barulho. Deu a volta na construção, viu uma janela entreaberta. Chegou mais perto e deu uma rápida olhada no interior. A escuridão era total. Abriu devagar a janela e pulou para dentro. A luz que penetrava do lado de fora mostrava um ambiente despojado e austero. Só havia uma lareira enegrecida, na qual estava pendurado um caldeirão sujo de crostas de comida, uma mesa sem cadeiras e um armário desmantelado, com os vidros opacos pela poeira.

Uma porta levava para o aposento adjacente. Entreviam-se duas camas de madeira e o canto do que parecia ser uma arca. Tudo naquele lugar transmitia abandono.

Talitha foi até a arca e abriu a tampa. Encontrou velhos lençóis dobrados, roupas de homem cheias de buracos e, no fundo, um cobertor de lã vermelho. Não estava lá muito melhor do que o resto, mas ainda dava para esquentar. Enrolou-o o mais apertado possível e prendeu-o à alça do bornal.

– Gostaria de saber o que aconteceu neste lugar – disse baixinho, olhando em volta.

– O que está acontecendo por toda Talária... por toda Nashira – respondeu Saiph.

Talitha passou para o cômodo ao lado, procurou na despensa. Não encontrou coisa alguma.

– Acho melhor dar uma olhada nas outras casas também – sugeriu Saiph, saindo pela porta. – Talvez tenha ficado...

Nem acabou a frase e, de repente, simplesmente sumiu.

– Saiph! – gritou Talitha. Desembainhar a espada e pular para fora foi uma coisa só. Diante da porta, Saiph jazia de bruços. Um vulto marrom estava ajoelhado nas suas costas e já começara a prender seus pulsos.

Talitha levantou a espada em posição de ataque, mas a Combatente deu um pulo, golpeou a lâmina com os pés e achatou-a no chão, fazendo com que soltasse a arma. Então rodou sobre si mesma, e só por um triz Talitha conseguiu recuar e evitar um pontapé na mandíbula.

A Combatente agachou-se entre ela e Saiph, pronta para um novo ataque. Lançou-se para a frente, mas Saiph conseguiu segurá-la pelo tornozelo. A guerreira, desequilibrada, caiu no chão batendo com o queixo. Nenhum gemido veio da máscara, mas por alguns segundos ficou aturdida.

Saiph passou por cima dela.

– Corra! – gritou. Mas Talitha já estava fugindo como um raio.

Viram a passarela diante deles, uma miragem próxima e ao mesmo tempo longínqua. De repente uma sombra obscureceu a vista, e a Combatente pulou em cima do estrado. Permaneceu imóvel, a respiração calma e regular.

A atenção de Talitha foi capturada por alguma coisa, um brilho vago na mão da guerreira. Segurava um grande caco de vidro.

– Não! – gritou Saiph atrás dela.

A Combatente baixou o braço, voltou a pular e afundou o vidro na corda que sustentava a passarela. Como num pesadelo, ela amoleceu no vazio, balançou e por fim ficou inerte. Estavam presos.

A Combatente postara-se logo adiante e, com um gesto teatral, jogou fora o caco de vidro. Com um movimento fluido e elegante, ela deu um pulo e ficou na frente dos dois. Talitha compreendeu na mesma hora que naquele momento se decidiria o seu destino. Não havia forma alguma de se defender. Decidiu no intervalo de uma respiração: segurou Saiph pela mão e fugiu na direção contrária à da inimiga.

Correu, correu desesperadamente, recuperou a espada que jazia diante da casa onde haviam sido surpreendidos e, afinal, alcançou a outra margem do vilarejo. Logo atrás, Saiph a acompanhava, ofegante. Talitha ouviu os passos da guerreira na pedra, pareceu-lhe sentir a tensão dos seus músculos, o estalar das articulações que se preparavam para o ataque. Não parou, continuou a olhar firme diante de si.

– Confie em mim! – berrou a plenos pulmões. Apertou com força o braço de Saiph e jogou-se no vazio, para a cachoeira. Confusamente, ouviu Saiph gritar à medida que as primeiras gotas começavam a espirrar no seu rosto. Teve a impressão de estar voando e, por um momento, achou que podia seguir pairando suspensa, entre ar e água, para sempre, e sentiu-se tomada por uma sensação de onipotência. Em seguida, o violento chamado do abismo.

28

Saiph acordou sobressaltado. Abriu os olhos e deu uma olhada em volta: uma janela, uma mesa, uma cama. Um perfume agradável no ar. Sentiu o contato de um pano áspero na pele. Não reconhecia coisa alguma daquele lugar. Onde estava?
— Talitha! — gritou.
— Bom dia — respondeu ela, deixando na mesa a colher com que estava remexendo a sopa de verduras e aproximando-se da cama. — Parece melhor — disse, passando a mão na fronte dele. — Deixou-me preocupada, seu escravo bobo.
— O que houve? — perguntou o rapaz, ainda meio perdido.
Talitha olhou para ele, um tanto surpresa.
— Não consegue realmente lembrar de nada?
Saiph fez um esforço, mas a última coisa de que se lembrava era o impacto com a água e a falta de ar, cortante, intolerável.
— Usei um feitiço de Levitação. Caímos na cachoeira, mas conseguimos sobreviver.
Talitha prosseguiu contando. Por algum tempo tinham seguido em frente pela água, depois, quando achou que já era seguro, haviam lutado contra a correnteza para emergir.

Tinham alcançado a margem a duras penas, chegando, em seguida, a um pequeno vilarejo adormecido.
– E a Combatente?
– Não sei, nem quero saber. Só espero que nos considere mortos, e de fato faltou pouco.
Ficaram escondidos ali embaixo, atrás dos muros de uma velha casa abandonada, por toda a noite.
– Você já estava queimando de febre, mas continuava consciente.
Saiph se lembrava vagamente de alguma coisa, mas tudo tinha a incerta consistência dos sonhos.
O riacho levara-os para o norte, e pouco antes do alvorecer haviam encontrado uma nova via. Seguindo por ela, chegaram finalmente a uma hospedaria abandonada, onde Saiph desmaiara.
– Trouxe-o aqui para dentro e deixei-o descansar bem agasalhado. Parece que funcionou. Como está se sentindo?
– Mal consigo me mexer.
– De qualquer maneira, já não está tão febril, e espero que a sopa de verduras lhe faça voltar um pouco ao normal.
Talitha serviu-lhe uma tigela, que ele tomou avidamente.
– Mas esqueci de contar a notícia mais importante – disse, pegando a tigela de volta. – Olhe pela janela.
Através dos vidros quebrados, podiam ver folhas de um vermelho-vivo.
– Não pode ser... – murmurou Saiph, incrédulo.
Talitha sorriu.
– Acho que aconteceu enquanto estávamos sendo arrastados pela correnteza. Estamos no Reino do Outono, Saiph!
– Não podia acordar-me com uma notícia melhor – comentou ele.
– Agora só precisa pensar em recuperar as forças – disse Talitha, voltando à panela que borbulhava no fogo. – Tome mais, está um tanto aguada, mas só pode lhe fazer bem.

Continuaram comendo em silêncio. Saiph olhava Talitha de soslaio, tinha a impressão de que estava escondendo alguma coisa.

– Alepha fica a menos de um dia de viagem daqui – anunciou ela depois de acabar a sua porção. – Chegou a hora. Logo poderemos realizar o desejo de Lebitha, e encontraremos o herege. – Proferiu esta última frase com voz quase trêmula, como se a notícia fosse boa ou grande demais para ser resumida em poucas palavras.

– Já estou melhor – declarou Saiph. – Amanhã poderemos seguir viagem.

Talitha o deteve.

– Não, ainda não está em condições de viajar, terá de ficar de resguardo por pelo menos mais um dia. Os mantimentos, no entanto, acabaram, e eu perdi a Pedra do Ar na cachoeira. Preciso arranjar outra, de qualquer maneira. Podemos precisar dela para respirar, ou no caso de eu ter de recorrer à magia.

– O que está querendo dizer?

– Que irei a Alepha sozinha.

Saiph fitou-a longamente, em silêncio.

– É perigoso demais – murmurou ele.

– Nada disso. Porque é a *sua* cara que aparece nos cartazes, é *você* que eles estão procurando. Por aqui, eu não sou ninguém.

– Precisa de alguém que possa ajudá-la – protestou Saiph, tentando ficar de pé, mas as pernas não aguentaram e ele caiu no chão.

– Está vendo? – disse Talitha, ajudando-o a se levantar. – Ainda não está em condições de viajar. Deixe-me ir, confie em mim. Apressando o passo, posso chegar a Alepha ainda de tardinha.

– Poderíamos arrumar uma Pedra tirando-a de uma das vias – disse Saiph.

Talitha escancarou a boca.

– Ficou louco? Roubar Pedras das vias é um crime que é punido com a morte.

Saiph sorriu.

– Eu já estou sendo acusado de incêndio, homicídio, rapto e de mais uma dúzia de crimes.

– Não é só isso – disse Talitha. – As sacerdotisas impuseram uma magia de controle nas Pedras das vias. É por isso que ninguém se atreve a roubá-las. Se pegarmos uma, todas as Rezadoras saberão imediatamente onde estamos. A magia nos denunciará.

– Está bem, precisamos de outra Pedra, mas pelo menos prometa que não procurará o herege. É arriscado demais, não pode fazer isso sozinha.

– E, de fato, não farei. Mas preciso descobrir onde está preso, preciso saber mais da prisão, como é feita, como se pode entrar.

– Concordo, e é por isso que...

– Que preciso ir dar uma olhada preliminar em Alepha, durante a qual darei um jeito de conseguir alguns mantimentos e a Pedra.

Saiph sacudiu a cabeça com veemência.

– É perigoso demais, eu já disse. Não conhece a cidade, nunca andou nela sozinha. Iremos juntos, no máximo amanhã, quando eu tiver recobrado as forças! – Saiph quase nunca levantava a voz, e Talitha ficou pasma com os seus gritos. – Acontece que lá... não poderei protegê-la. – Mordeu os lábios logo depois de dizer isso, e baixou os olhos, envergonhado.

Ela limitou-se a se levantar.

– Vai levar pelo menos dois dias antes de estar em condições de se mexer, e para tratar de você preciso de alimentos e de ervas medicinais. Portanto, quer você queira o não, eu irei.

Talitha prosseguiu pela via durante a manhã inteira. No passado, aquela via devia ter sido muito frequentada, um acesso importante para a cidade de Alepha, mas agora estava caindo aos pedaços. Alguns cristais da Pedra do Ar haviam apagado e ninguém se dera o trabalho de substituí-los. Tinha carregado nos ombros a Espada de Verba durante toda a viagem, desde a fuga do mosteiro, de forma que acabara se acostumando com o seu peso. Agora, só com a companhia do punhal enfiado na bota, talvez se sentisse menos segura, mas também, certamente, menos cansada.

Era a primeira vez que se deslocava sozinha, e aquilo a enchia de uma estranha euforia. Nunca estivera no Reino do Outono: quando ia tão longe, o pai nunca a levava consigo.

Devia ser no máximo a hora nona quando a via desembocou numa estrada mais transitável. Já não havia galhos retorcidos estorvando a marcha, e as Pedras do Ar reluziam luminosas. Talitha começou a encontrar mais transeuntes percorrendo a estrada, cada vez mais numerosos à medida que se aproximava da cidade.

Finalmente a estrada ficou mais larga e Alepha se mostrou em todo o seu esplendor. Cercada por uma coroa de montanhas rochosas, entre o cinza e o rosa, com os cumes brancos de neve, jazia num estreito vale, quase sitiada pelos rochedos. Não se estendia à sombra de um único Talareth, mas de uma dúzia de árvores menores agarradas ao sopé das montanhas e deitadas sobre o vazio, com as raízes agarradas tenazmente na rocha e os troncos retorcidos, como que tensos no esforço supremo de manter-se ancorados no chão. As copas, compostas por grandes folhas, formavam uma cúpula multicolorida: havia o amarelo mais forte, o marrom desmaiado, o vermelho-vivo e o alaranjado. Parecia uma paleta na qual um artista se entretivera jogando gotas de cor, que em parte se haviam misturado e em parte mantido a pureza original.

As copas, no entanto, não conseguiam cobrir toda a extensão do vale, e deixavam descoberta uma região central ocupada por um lago cristalino. Talitha ficou boquiaberta, pois nunca imaginara que o azul pudesse se apresentar numa variedade tão grande de matizes. Havia zonas quase verdes, brilhantes, outras de um azul intenso e profundo. A parte central tendia para a mais pura cor de safira, entremeada por reflexos quase pretos, e a coisa mais impressionante era que mesmo ali dava para ver o fundo, num local onde a água devia certamente ser bastante profunda. Entre as inúmeras ondulações da superfície, as pedras no fundo tremiam como animais assustados. Era ainda mais bonito do que o lago de Larea, mais lindo do que qualquer outra coisa já vista por Talitha.

Esbarrou num transeunte e foi como despertar de um sonho.

– Peço desculpas – disse.

O pequeno incidente bastou para enchê-la de ansiedade: receava ser descoberta. Afundou o rosto dentro do capuz, puxando o pano até os olhos com a mão. Chocado contra uma mulher imponente, cujo grande peito mal conseguia ser contido por um casaco de tecido rústico e pesado, de mangas compridas.

– É a primeira vez que vem a Alepha? – perguntou ela. Talitha anuiu e a mulher sorriu. – Então está desculpada, mas se quiser olhar com calma, sem incomodar os outros, aconselho que não fique no meio da estrada. – Então acenou com a mão e retomou o seu caminho.

Talitha deu um suspiro de alívio. *Precisa ficar mais alerta,* disse a si mesma.

A via acabava na encosta da montanha. Ali, os galhos do Talareth haviam sido admiravelmente trançados para formar o arco perfeito de um portal, e seguiam o esquema de um friso geométrico de traços tão precisos que parecia impossível tratar-se de madeira viva, e não do trabalho de um experiente marceneiro. Mas Talitha não teve muito tempo para entregar-se à contemplação, pois dois Guardiões vigiavam a porta. Seu coração disparou na mesma hora, ainda mais quando reparou nos numerosos cartazes de recompensa pregados ao lado da entrada. Ainda estava longe e não podia distinguir os rostos, mas tinha certeza de que entre eles devia haver o de Saiph.

Calma, disse a si mesma. *Siga em frente como se não fosse com você.*

Continuou andando. A fiscalização na entrada era casual: havia bastante movimento; evidentemente Alepha era uma cidade importante e era impossível inspecionar todo mundo sem bloquear a circulação. Ficou ao lado de um sujeito que levava consigo uma gaiola com alguns pássaros de plumas verde-escuras, iguarias para a mesa de algum ricaço qualquer. Os Guardiões mal chegaram a dar uma olhada neles. Talitha rejubilou-se, mas fez o possível para não acelerar o passo e manter a cabeça inclinada para baixo. Teve, porém, de parar logo adiante: a espaçosa via dava lugar a uma íngreme escadinha de madeira, com cipós trançados cobrindo as paredes.

O espaço era apertado e era preciso prosseguir em fila indiana. Talitha deixou passar o homem com os pássaros e então começou a descer atrás dele.

Alepha fora saqueada durante a Antiga Guerra, e os talaritas lembravam o fato como uma grande façanha, pois até então a cidade havia sido chamada de A Inconquistável, devido justamente à posição e às rampas de acesso escassas e tortuosas.

Uma vez descida a escada, descortinava-se a cidade em si. Estendia-se em anéis concêntricos, cada um dominado por uma ampla avenida conectada às demais por toda uma série de vielas. Havia cinco anéis, todos eles delimitados por muralhas. Amplos portais esculpidos na pedra rosada das montanhas em volta permitiam o acesso aos anéis contíguos.

Talitha permaneceu imóvel por alguns momentos, estudando o cenário: qual era o lugar mais apropriado para uma prisão? Em Messe, o cárcere ficava num edifício próximo ao da Guarda; talvez ali também fosse assim. Mas qual era o prédio da Guarda?

Identificou um edifício sólido e pesado, no quarto anel, cujo estilo arquitetônico lembrava o Palácio da Guarda de Messe. Uma fisgada de saudade apertou seu coração. Só podia ser aquele. Fixou na memória a localização, e então continuou a descer a escada que levava à cidade.

Parecia-lhe estar dentro de uma versão mais ampla da Cidadela de Messe: as construções eram todas em pedra, muitas eram enfeitadas com frisos rosados e tinham janelas perfeitamente redondas. O calçamento das ruas era feito de pedras lisas e arredondadas, num mosaico que compreendia os mais variados matizes de cinza e de rosa. Não era particularmente confortável caminhar sobre ele porque, embora polidas pelos passos de muitas gerações que nelas pisaram, em vários lugares as pedras estavam desalinhadas e se corria o risco de tropeçar.

As casas nos anéis externos também eram de pedras coloridas. A cidade inteira tinha uma aparência imprevisível e multiforme, e o viajante acabava sendo cativado por aquela insólita composição.

Avançando para os anéis mais internos, no entanto, surgia uma nova característica: as fachadas de alguns prédios estavam cobertas por cal, e sobre o branco haviam sido pintados maravilhosos afrescos. Em sua maioria contavam histórias de deuses, e Van, a divindade protetora daquele reino, era o protagonista absoluto. Mas também eram retratadas façanhas de guerra, ou simples acontecimentos da história das famílias proprietárias daquelas residências. Talitha perdeu-se na contemplação, pois de onde vinha não havia coisa alguma parecida com aquilo. Só saiu dos seus devaneios quando um longo estremecimento de frio a fez apertar a capa em volta dos ombros.

Olhou ao redor: as pessoas não estavam usando roupas particularmente pesadas. Na verdade, o clima não era muito diferente do Reino da Primavera, embora ali houvesse alguma neblina.

Observou longamente a multidão antes de escolher alguém que lhe parecia conveniente. Quando enfim encontrou coragem, deteve um rapazinho talarita. De pele escura e olhos de um verde profundo, devia ter uns dez anos e caminhava depressa ao longo do caminho.

– Desculpe, poderia dizer-me onde posso encontrar um mercado? – perguntou, fazendo o possível para não chamar a atenção dos demais transeuntes. – Estou procurando plantas medicinais, roupas e mantimentos.

O garoto nem precisou pensar duas vezes.

– Vá ao mercado do quinto anel, ali há de tudo. Pegue aquela rua e num piscar de olhos estará lá.

Talitha agradeceu com um sorriso, então puxou mais ainda o capuz por cima da cabeça e seguiu pela ruela que lhe havia sido indicada.

Mais alguns minutos e o burburinho tornou-se mais intenso, enquanto o ar se enchia de aromas inebriantes. Havia o cheiro de especiarias, de carne e de peixe, e perfume de frutas. Virou uma esquina e soube que tinha chegado.

Ao longo do traçado curvo de uma rua ampla, em meio às alas de altos edifícios de pedra, entre os quais estendiam-se longos varais cheios de roupas recém-lavadas, havia uma fileira de barracas. Cobertas por lonas coloridas, disputavam o minguado espaço da rua, só deixando livre para o trânsito o apertado trecho central, com uma largura máxima de duas ou três braças. As pessoas se apinhavam, atarefadas. Femtitas, em sua maioria, mas também talaritas de passagem. Talitha reparou em numerosos sacerdotes vestindo longas túnicas marrons apertadas na cintura com cintos de cânhamo; tinham a cabeça raspada, a não ser por uma crista de cabelo pintada de amarelo no meio do crânio. Ainda que nunca tivesse visto aqueles sacerdotes antes, entendeu logo quem eram: pertenciam à Ordem dos Humildes. Muitas vezes, andavam acompanhados pelos noviços, quase sempre muito jovens, pouco mais que crianças. Estes últimos eram reconhecíveis pelas túnicas mais claras, de pano grosseiro. Provocaram um efeito curioso nela: estava tão acostumada com o mundo exclusivamente feminino do mosteiro que aquelas pessoas não despertavam nela medo ou aversão, como, ao contrário, aconteceria se estivesse diante de uma sacerdotisa. Ao mesmo tempo, porém, pareciam-lhe como que fora de lugar, demasiado simples e brandos para terem algo em comum com os lados obscuros da religião.

Envolveu-se ainda mais na capa e seguiu adiante.

Provavelmente, num passado não muito longínquo, aquele fora um lugar de maravilhas. A rua inteira era margeada por lojas de vários tipos, muitas das quais avançavam na calçada com barracas protegidas por lonas coloridas. Diversas portas já estavam fechadas, e o aspecto geral da rua era o de uma boca desdentada: nos espaços vazios entre as barracas viam-se paredes descascadas e portas de madeira podre. As bancas que expunham alguma coisa também tinham uma aparência um tanto tristonha: apesar do tamanho, só ofereciam uma quantidade minguada de mercadoria. Havia comida em conserva, em potes de vidro ou de louça, e uma grande fartura de especiarias. Escasseavam, por sua vez, as frutas e as verduras. Alguns também vendiam carne e peixe, expostos em caixas refrigeradas com gelo trazido do Reino do Inverno. Tudo era, porém, guardado dentro de sólidos engradados de madeira, cujas ripas estavam tão juntas que mal deixava passar uma mão. Evidentemente, os roubos e os assaltos deviam ser bastante comuns. Uma loja fechada tivera a porta arrombada.

De qualquer maneira, depois das privações da viagem, Talitha sentia-se repentinamente animada: não via tanta comida junta desde que fugira do mosteiro. Estava mais faminta do que nunca. Tudo lhe parecia apetecível e fragrante.

Moveu-se entre as bancas, procurando escolher com prudência o que comprar. Trouxera consigo só uma parte do dinheiro de Lanti, e tinha de bastar para a Pedra do Ar também. Escolheu algumas verduras e um pedacinho de carne defumada, e mais uns quatro vidros de hortaliças em conserva. Também comprou duas camisas bem quentes, apinhou tudo no bornal e se aproximou de uma banca que vendia plantas medicinais. A dona era uma velha meio careca e de boca desdentada, a não ser por um dos incisivos inferiores que despontava da gengiva solitário e arrogante. Pareceu-lhe inofensiva, e o véu branco que encobria suas pupilas sugeria que também devia ser quase cega.

Decidiu confiar, e descreveu os sintomas de Saiph.

– Nada para se preocupar, um resfriado ou algo parecido – tranquilizou-a a mulher, cuspindo.

– Mas ele ainda está com febre.

A velha deu uma risada.

– Menina, dois dias é muito pouco para se livrar de uma febre de dragão!

Entregou-lhe um saquinho de ervas, dizendo para preparar um cataplasma com um pouco delas e espalhá-lo no peito do doente, enquanto o resto devia ser ministrado como tisana. Talitha memorizou as informações.

Pagou e, por alguns momentos, ficou imóvel, mordiscando o lábio. Tomou coragem:

– Na verdade, ficaria bom mais rápido com um pouco de magia...
A velha franziu a testa.
– Precisa de um sacerdote para isso.
– E da Pedra do Ar.
A velha ficou séria.
Talitha aproximou-se dela, encostando os lábios na pele murcha da sua orelha.
– Preciso da Pedra do Ar...
A idosa herborista ficou um bom tempo calada. A Pedra do Ar nunca era vendida a leigos, só as Pequenas Madres e os Pequenos Padres podiam ter acesso a ela para abastecer os mosteiros. Em seguida, distribuíam-na aos sacerdotes e às sacerdotisas, que a empregavam nas magias e nos ritos sagrados, e às autoridades responsáveis pelo seu uso nas vias de comunicação. Talitha sabia, no entanto, que existia um comércio ilegal de pendentes de Pedra. Assistira à captura de um daqueles mercadores quando ainda era cadete.
A velha ergueu para ela o seu olhar leitoso.
– Por que você está procurando encrenca?
– Eu sou uma sacerdotisa – disse Talitha. – Mas estou com uns problemas... Seria complicado demais explicar.
A velha suspirou.
– No quarto anel, na zona oeste, há um homem. Pergunte por Bleri.
– Obrigada, muito obrigada.
– Tome cuidado – acrescentou a herborista, antes de voltar aos seus afazeres.
Encontrar o sujeito não foi nada fácil. Logo que Talitha mencionava o nome, as pessoas se tornavam evasivas e a fitavam desconfiadas. Ela, então, enfiava a cabeça entre os ombros e procurava esconder o rosto com o capuz. Foi forçada e repetir o pedido três vezes e, apesar de recorrer de

novo a dois garotos talaritas e a um serviçal, já não se sentia segura. Acabou falando com um sujeito de aparência pouco recomendável.

Ele deu uma risadinha.

— Pedra do Ar de contrabando, não é? — Talitha não respondeu, e o homem olhou para ela, malicioso. — Não se preocupe, pouco me importa o que quer fazer com ela. Bleri vende colares com pedras. Pode encontrá-lo na sua barraca, na próxima esquina, perto do pequeno altar de Roweki. Diga que está interessada num pingente de pedra rosa. Ele vai entender.

Talitha agradeceu e se afastou apressada, não se sentindo nem um pouco à vontade. Provavelmente estava mais segura ali, entre pessoas que tinham algo a esconder, do que em qualquer outro lugar, mas ainda assim sentia medo.

Encontrou Bleri exatamente onde lhe haviam indicado. Era um velho talarita magro e meio trêmulo, completamente careca e com o crânio deformado por estranhos calombos. Faltava-lhe um braço e estava sentado no chão, diante de um pano imundo no qual estava exposta uma variedade de pequenos colares.

Talitha aproximou-se devagar e fingiu estar interessada na mercadoria. Não fazia ideia de como abordar o assunto, só queria mesmo sair de lá com a sua Pedra do Ar. De forma que falou tudo de uma vez:

— Tem alguma coisa com pedra rosa? — Esperou por alguns segundos, depois estremeceu de leve, lembrando uma parte importante: — Gostaria de um pingente. Um pingente de pedra rosa.

A expressão de Bleri não mudou. O rosto do homem continuou sendo o indecifrável emaranhado de rugas de sempre, os olhos encovados sob o peso das pálpebras. Levantou-se a duras penas e curvou-se levemente diante do pequeno altar. Talitha viu-o enfiar com extrema rapidez a mão sob a estátua da Essência. A fluidez e a precisão do movimento não combinavam com o seu aspecto de velho decrépito. Voltou a sentar-se, meio encurvado, sem dizer uma única palavra. Segurava alguma coisa na mão.

Talitha agachou-se para ficar da mesma altura.

– Então?

Ele mal chegou a erguer a cabeça. Parecia fazer um esforço sobre-humano para levantar as pálpebras o mínimo indispensável para mostrar as pupilas.

– O dinheiro.

Talitha procurou nos bolsos, sem jeito.

– Quanto é?

– Vinte. – Os dedos já estavam contando as moedas quando o velho acrescentou: – De prata.

Talitha gelou.

– Mas é um absurdo!

Bleri sorriu, deixando à mostra uma fileira de dentes amarelos e cariados.

– Por acaso você é uma sacerdotisa? Por que não vai procurar num mosteiro? Vinte nephens de prata ou nada feito.

Ao ouvir o velho falar "sacerdotisa", Talitha sentiu o coração disparar, mas logo disse a si mesma que não havia como aquele velho saber quem ela era.

Irritada, pegou o dinheiro: era quase tudo que lhe sobrara depois das compras. Jogou as moedas no pano.

O velho colocou em suas mãos um colarzinho e Talitha sentiu a fria consistência da Pedra do Ar. Aí sorriu de novo.

– Volte sempre, tenho outros lindos colares.

Talitha retraiu a mão, enojada, dirigiu-lhe um olhar cheio de desdém e retomou o caminho que levava à saída da cidade. Estava na hora de voltar, e já não aguentava mais aquele lugar.

Um menino femtita, escondido ali perto, observou-a se afastar, e depois desapareceu no labirinto de vielas.

A última etapa foi o Palácio da Guarda. Talitha aninhou-se nas sombras e abocanhou um pão que havia comprado numa banca. Era um simples pão redondo, sem fermento, recheado com um pouco de carne e um molho bastante picante. O sabor incomum era forte e picante demais para o seu gosto, mas agradável. O molho encheu-lhe a boca, e o estômago agradeceu satisfeito.

Já tinha dado uma volta de exploração externa, mas de nada adiantara. Levando em conta a semelhança do prédio com a Guarda de Messe, intuiu onde se encontravam as celas. O que precisava saber, agora, era quem tinha livre acesso ao lugar e quando. Tomou nota, mentalmente, das entradas e das saídas e percebeu que, infelizmente, eram muito poucas as pessoas de fora que podiam entrar. Claro, devia haver os fornecedores de mantimentos, mas teria de ficar ali muito mais do que uma mera tarde para descobrir como e quando passavam, e não dispunha de tanto tempo. À medida que o vaivém diminuía, ficou certa de que a sua única chance seria fingir ser um cadete.

A roupa estava de acordo. Bom, provavelmente para entrar precisaria de algum documento. Talvez pudesse arrumar um com algum falsário.

Suspirou quando dois Guardiões fecharam o pesado portão de madeira. Ficou de pé e retomou o caminho de volta.

A viagem foi estafante. Estava exausta e seus olhos quase se fechavam. À medida que se aproximava da hospedaria abandonada, no entanto, aumentava nela uma sensação de íntima satisfação. Havia conseguido. E sozinha. Sozinha movera-se pela cidade, e sozinha arranjara tudo de que precisava e descobrira como entrar na prisão. Claro, o plano ainda precisava ser aprimorado, mas de qualquer maneira a ideia fundamental já estava pronta. Além do mais, o fato de ter circulado por tanto tempo pelas ruas de Alepha sem se deixar notar enchia-a de orgulho. Finalmente as coisas pareciam correr do jeito certo, e a sorte começava a ficar do lado deles. Foi graças a esses pensamentos que conseguiu levar a cabo a longa marcha. Chegou na terceira hora antes do alvorecer. Completamente esgotada, mas muito satisfeita, fez a sua entrada triunfal. Saiph estava enrolado no cobertor, perto da lareira.

– Voltou, afinal! – disse, erguendo-se.

– Pois é, e você vai ficar surpreso com tudo o que arranjei. Deu tudo certo, sem problemas.

Foi só ela largar o bornal no chão que sentiu as mãos de alguém agarrando-a pelo pescoço e levantando-a do chão. Mal conseguiu ver o rosto de Saiph mudar de cor, e então teve a inconfundível sensação do aço sobre a carne. Estava com uma lâmina encostada na garganta.

– Tudo certo, não é? É o que você pensa.

29

Saiph foi muito rápido. Deu um pulo, segurando a Espada de Verba, mas o outro foi igualmente ligeiro. Aumentar um pouco a pressão foi suficiente para que um filete vermelho descesse da lâmina, perdendo-se no colete de Talitha, entre os seios.

– Parado – intimou.

Saiph se deteve, ainda segurando a espada.

– Fique calminho se não quiser que eu corte a cabeça dela – disse o agressor em voz baixa e gutural.

Daquela posição, Talitha não conseguia vê-lo. Só percebia o quente bafo do homem na orelha, a pele áspera do braço que a segurava e os músculos tensos, duros como aço.

Por um momento ficaram imóveis, e então Saiph baixou a espada, lentamente.

– Muito bem, vejo que entendeu – disse o agressor.

De forma inesperada, no entanto, Saiph continuou o movimento até apontar a ponta da lâmina para a própria garganta.

– Solte-a.

– É mesmo? E o que pretende fazer? – disse o outro, sem esconder um sorriso.

– Eu me mato. Estava escrito "vivo" no cartaz com o meu rosto, ou estou errado?
Talitha estava gelada.
– Isso mesmo – respondeu o homem.
– Então solte-a, imediatamente. – Saiph pressionou a lâmina e feriu a carne. Talitha nunca tinha visto aquela expressão nele. E teve medo.
O homem sorriu.
– Muito bem, bem pensado. Uma ideia heroica, devo admitir. É por isso, então, que incendiou o mosteiro? Para se divertir um pouco com esta talarita?
Saiph pressionou mais, um filete de sangue escorreu ao longo do seu pescoço.
– Pare, Saiph! – gritou Talitha. O homem reforçou a pressão e ela ficou sem fôlego.
– Não me ponha à prova! Solte-a – insistiu Saiph.
– Você e sua jovem condessa são apressados demais...
Talitha mal teve o tempo de vê-la: uma sombra atrás de Saiph moveu-se tão rápida que só conseguiu distinguir a brancura da túnica e o brilho da lâmina. Surgira sabe-se lá de onde, e desarmara Saiph jogando a Espada de Verba para longe. Então se curvou e derrubou o rapaz com um coice circular da perna. Por fim, saltou sobre o seu peito e imobilizou-o.
Tudo durou uma fração de segundo. Os movimentos daquele vulto haviam sido tão incrivelmente rápidos e fluidos que Talitha só conseguira percebê-los graças ao treinamento na Guarda. Por isso mesmo foi ainda mais difícil para ela acreditar no que via quando pôde identificá-lo: não passava de um garoto. A pele diáfana, as mãos miúdas que apertavam um longo e afilado punhal. Tinha o pescoço e os pulsos extremamente magros, mas as bochechas gorduchas denunciavam a idade ainda infantil. Seus olhos, no entanto, não mostravam qualquer emoção. Eram finos e

dourados, olhos de um femtita. Talitha entendeu imediatamente: já o vira no mercado de Alepha, enquanto comprava a Pedra.

Finalmente o homem afrouxou a mão e jogou-a no chão.

– Muito bem, Grif, pontual como de costume.

O garoto mal chegou a sorrir, sem tirar os olhos de Saiph. Talitha, com as palmas apoiadas no chão, virou-se para ver, afinal, a cara do agressor. Era um talarita alto e de aspecto nervoso, com cabelos curtos e eriçados de um vermelho-escuro. Tinha a pele escura e olhos de uma cor verde mortiça, e estava armado até os dentes. Presa ao peito, trazia uma variedade de facas de arremesso, enquanto um laço de couro pendia da sua cintura, com a bainha de dois punhais e uma espada. Das botas despontavam os cabos de mais dois punhais e, a tiracolo, usava um pequeno arco com a respectiva aljava. Não mostrava as divisas da Guarda de nenhum reino, e seus trajes de couro preto não deixavam transparecer qualquer indício acerca de sua origem. Talitha nunca tinha visto alguém como ele, mas não levou muito tempo para entender. Estava acabado, tudo acabado. Haviam caído nas mãos de um caçador de recompensas.

O caçador de recompensas e o garoto os amarraram com um instrumento que o homem tirou de um volumoso alforje. Era formado por cinco argolas metálicas presas a pesadas correntes de ferro: uma apertava o pescoço, e as outras quatro, os pulsos e tornozelos. Forçavam o prisioneiro a ficar em uma incômoda posição agachada, de forma que Saiph e Talitha acabaram imobilizados num canto. Por segurança, Grif atou as correntes com um robusto pedaço de corda.

Embora não tivesse mais do que uns doze anos, mexia-se com extrema perícia. Seus dedos finos e compridos apertavam os nós com rapidez, para então testar sua resistência. Durante toda a operação, seu rosto demonstrou a mais completa tranquilidade. Quando acabou, levantou-se e foi para perto do homem, curvando-se numa rápida mesura.

– Perfeito, como de costume – disse o caçador de recompensas, despenteando-lhe os cabelos com uma das mãos. Procurou então no alforje e deu-lhe dois biscoitos. Grif devorou logo um, todo satisfeito, com um olhar cheio de gratidão. – Mas já chega por hoje, entendeu? – disse o homem, agitando o grosso indicador diante do rapazinho. – Portou-se muito bem, mas nada de exageros.

O garoto sentou-se perto da lareira e comeu avidamente o segundo biscoito.

O caçador de recompensas começou a remexer nos bornais de Talitha e Saiph, soltando um assovio toda vez que encontrava algo interessante.

– Bom, acho que com isto podemos arranjar mais uns trocados, não é, Grif? – disse, deixando reluzir o cristal da Pedra do Ar na luz viva da fogueira. – Mas Grif me contou que também leva algum dinheiro com você, é verdade? – acrescentou, virando-se para Talitha.

Ela continuou calada. Estava fora de si. Não conseguia acreditar que aquele sujeito lhe tivesse passado a perna tão facilmente.

O homem agachou-se diante dela.

– Vai dizer espontaneamente onde o guarda, ou teremos de recorrer ao sistema antigo?

Como resposta, Talitha deu-lhe uma cusparada na cara. Na hora, ele ficou pasmo, mas então caiu na gargalhada, limpando o rosto com a manga do casaco.

– É realmente uma fera esta nossa condessinha... Como quiser – disse, e começou a apalpá-la, revistando-a.

– Não se atreva! – gritou Talitha, tentando desvencilhar-se, mas as algemas de metal impediam qualquer movimento, e quanto mais se agitava, mais a feriam. Saiph procurou intervir, mas ele também estava bloqueado pelas correntes.

O homem conseguiu, afinal, encontrar a sacola com o dinheiro.

– Se tivesse dito logo, teria poupado a ambos esta chateação – disse, sacudindo as moedas embaixo do nariz dela.

Sentou-se à mesa e esvaziou o saquinho de pano. Ficou decepcionado ao ver o conteúdo.

– Certa vez matei um sujeito porque só tinha no bolso setenta nephens de cobre – comentou irritado. – Aqueles trocados não valiam o trabalho que me deu para pegá-lo. Mas vocês dois são intocáveis, portanto considerem-se com sorte. Se fossem dois viajantes quaisquer, seu penar já teria acabado há muito tempo.

– Você não entende... – sibilou Talitha. – Está se condenando à morte sozinho.

O homem olhou para ela, achando graça.

– Quem quer de volta você e seu escravo é o seu pai, vai erguer um monumento para mim quando me vir chegar com vocês dois.

– Não é por acaso que estamos aqui, temos uma tarefa, uma tarefa importante! – disse Talitha.

– Que seria? – quis saber o homem, sem parar de sorrir.

– Talária está prestes a ser destruída. Não sabemos quanto tempo ainda nos sobra, mas tudo o que você vê será reduzido a um deserto de cinzas. Em Alepha há um estrangeiro que pode nos ajudar, que sabe como impedir que Cétus incinere Nashira. É por isso que estamos aqui, e se não nos deixar ir, não haverá mais coisa alguma, nem mesmo para você, e muito menos monumentos e recompensas!

O homem deu uma gargalhada gostosa. Grif imitou-o, mas a dele era uma risadinha muda, como um gargarejo na garganta.

– É a pura verdade, maldição! O herege é mantido prisioneiro em Alepha, e os sacerdotes o torturam para que diga o que sabe – insistiu Talitha.

O sujeito parou de rir.
— Sei... já ouvi falar... Pois é, garota, então chegou atrasada. O herege, como você o chama, foi levado para a fortaleza de Danyria, no Reino do Inverno.
Talitha ficou boquiaberta.
— E desculpe se desmonto a sua linda historinha, mas é apenas um herege: nada mais do que isso.
— Não... não está mais em Alepha?
O homem sacudiu a cabeça.
— No meu entender, a esta altura já deve estar morto. Sabe como é, não dá para resistir a certas torturas por muito tempo... Mas no que me diz respeito, este mundo poderia até desaparecer daqui a um minuto. O que conta para mim é o presente, e o meu presente é a recompensa que está esperando por mim.
Talitha fitou-o desesperada, mas ele já estava ocupado fazendo alguma outra coisa. A Espada de Verba jazia no chão, largada, longe demais para alcançá-la.

Quem preparou a comida foi o rapazinho. Movia-se sem fazer qualquer barulho, mas parecia saber perfeitamente o que estava fazendo. Enquanto o homem dormitava naquela que já fora a cama de Saiph, Grif trouxe a cozinha da hospedaria de volta ao antigo esplendor. O ar não demorou a ficar repleto de aromas: a carne assava na brasa e uma densa sopa de verduras de cheiro delicado borbulhava no caldeirão.
— Precisamos fugir daqui — murmurou Talitha.
— Aquele garoto é perigoso — replicou Saiph.
— Não vim de tão longe para acabar deste jeito, nas mãos de um caçador de recompensas — disse furiosa. — Deve haver um jeito de fugir.
O garoto virou-se de repente. Avançou para eles, de cutelo na mão. Curvou-se à altura de Talitha e limitou-se

a observá-la. Então, lentamente, encostou a lâmina no rosto dela. Uma onda de pânico percorreu a jovem da cabeça aos pés.

– Fique calmo. Não vamos criar problemas – acalmou-o Saiph.

Grif ficou parado por alguns instantes, então afastou-se e voltou a cuidar da comida.

Talitha suspirou aliviada. Começou a mordiscar os lábios até eles sangrarem. Só assim conseguiu evitar o pranto.

Talitha e Saiph ganharam duas tigelas de sopa. Saiph enfiou uma colherada na boca com dificuldade, mas Talitha, irritada, derramou a comida com um pontapé.

O homem apanhou a tigela no chão, foi ao caldeirão e a encheu de novo. A um sinal dele, Grif aproximou-se de Talitha e a segurou por trás, enquanto o outro a forçava a abrir a boca. O homem apoiou a tigela em seus lábios e empurrou a comida goela abaixo. Foi como se afogar. Talitha engasgou com os pedaços de verdura e o caldo, o líquido quente a queimar-lhe a garganta.

Mais uns poucos segundos e o homem jogou longe a tigela vazia.

– Pronto – disse fitando Talitha com olhos cheios de uma obscura ameaça. – Podemos continuar assim até levá-la de volta para casa. Ou então pode parar de bancar a menina mimada e começar a colaborar. Pois de uma coisa pode estar certa: quer você queira ou não, vai voltar aos braços do papai, e lhe asseguro que chegará viva.

– Prefiro morrer – sibilou ela.

O homem deu mais uma gostosa risada, e acenou para que Grif a soltasse.

– Está quase amanhecendo. Vamos dormir umas duas horas e então seguiremos viagem – disse, espreguiçando-se. Deitou-se na cama, perto do fogo que estalava na lareira.

Grif, por sua vez, sentou-se diante deles, de pernas cruzadas e punhal firme na mão, com a ponta apoiada no chão. Estava imóvel como uma estátua, o rosto desprovido de qualquer expressão. Logo a seguir, ouviram o homem roncar baixinho.

Talitha se esforçava na tentativa de encontrar um jeito de fugir, mas livrar-se daquelas correntes parecia uma tarefa impossível. E ainda havia o garoto. O rosto de Grif não parecia denunciar o menor cansaço, e só de vez em quando seus olhos piscavam.

– Não poderá ficar acordado por muito tempo – disse-lhe com ar de desafio.

Grif sorriu, então apontou para ela e meneou levemente a cabeça.

– O que foi? O gato comeu sua língua?

– É mudo – interveio Saiph.

Talitha se virou para ele.

– Como é que você sabe?

– Muitas vezes cortam a língua dos escravos que trabalham nas fábricas de gelo. Acontece com aqueles que trabalham em estreito contato com os sacerdotes, para não revelarem a fórmula secreta com a qual impõem o encantamento que permite a longa conservação do gelo. Como você já sabe, é uma prerrogativa dos sacerdotes de Man.

Grif olhou para Saiph. Havia algo naqueles olhos, como que um mudo reconhecimento, alguma coisa totalmente ausente nos olhares vazios que dirigia a ela.

– Estou pouco me importando com o fato de você ser um rapazinho mudo – disse Talitha. – Se acha que pode assustar-me com essa sua laminazinha de nada, está muito enganado.

Mas Grif não perdeu o seu sorriso estático.

Foram acordados com um pontapé. Talitha abriu os olhos. Estava no chão, as faces apoiadas nas tábuas empoeiradas do pavimento. Ergueu-se devagar, dolorida. Os pulsos, os tornozelos e o pescoço doíam a ponto de deixá-la louca. Acabara dormindo, esgotada pelo longo dia e pelos últimos e terríveis acontecimentos. Grif estava perto da lareira, apagando o fogo com água. Quando se virou, Talitha notou que tinha o rosto fresco e descansado.

O homem jogou duas maçãs no chão.

– Comam depressa, precisamos partir. – Então deteve-se um momento diante deles. – Uma vez que teremos de enfrentar uma longa viagem juntos, talvez seja melhor que eu me apresente: Melkise, às suas ordens – disse fazendo uma leve mesura.

Talitha e Saiph nem se dignaram a olhar para ele.

O caçador de recompensas deu de ombros e apanhou no chão um dos bornais.

– Têm dois minutos para comer as maçãs, depois partimos.

Saiph pegou a dele e começou a comê-la com pequenas mordidas. – Coma – disse dirigindo-se a Talitha.

– Desde quando acha que pode me dar ordens? – rebateu ela, irritada.

– O que acha que vai ganhar, agindo assim? Só vai ficar mais fraca, e se quiser realmente fugir, precisará ter forças.

Talitha mirou a maçã que a convidava, redonda e dourada, no chão. Tinha vontade de esticar a mão, mas parou. Não queria a comida daquele homem.

Melkise estava pronto para partir. Curvou-se mais uma vez, segurando um embrulho nas mãos.

– Pegue – disse, entregando-o a Saiph.

– Não aceite nada dele! – disse Talitha.

O homem fitou-a com piedade.

– É o seu remédio, jovem condessa, o que você comprou para ele no mercado. Ou prefere que morra ardendo de febre ao longo do caminho?

Saiph pegou o embrulho e engoliu o conteúdo.
– A herborista disse que devia ser tomado numa tisana – murmurou ela.
– A herborista não sabe de nada. Dessa forma funciona mais rápido, e nós não temos tempo a perder. Grif!
O rapazinho desamarrou a corda que unia Saiph e Talitha, em seguida ficou atrás do femtita, preparado para intervir. O homem sacou um novo par de argolas metálicas, que não bloqueavam os tornozelos, mas somente o pescoço e os pulsos.
Saiph deixou-se atar, mas, quando Melkise tirou a última argola dos tornozelos de Talitha, ela deu-lhe um pontapé no nariz e, ao mesmo tempo, uma cotovelada nas costas de Grif. Em seguida lançou-se de um pulo para a Espada de Verba, apoiada num canto perto da lareira. A empunhadura estava ali, quase ao alcance dos seus dedos. Mas de repente sentiu um puxão, alguma coisa que se enlaçava no seu tornozelo, e então o impacto do queixo contra o solo. Tudo se tornou escuridão e dor.

Quando se recobrou, estava deitada de costas e tinha o rosto e os cabelos molhados. Saiph e Grif estavam curvados sobre ela, enquanto Melkise, de pé, segurava a Espada de Verba.
Grif jogou mais um balde de água na sua cara.
– Chega, já recobrou os sentidos – disse Saiph, segurando a mão do garoto.
Melkise empurrou ambos e inclinou-se sobre Talitha. Pela primeira vez desde que o haviam encontrado, ele não sorria. Estava furioso.
Grif amarrou as mãos, os braços e as pernas da jovem, e prendeu seus pulsos e tornozelos a uma longa vara de madeira. Talitha não teve força para rebelar-se. Seu queixo latejava dolorosamente, e ela ainda custava a distinguir o contorno das coisas. Sentia gosto de sangue na boca. Talvez

tivesse mordido o lábio ao cair, talvez tivesse quebrado um dente, impossível saber. Tinha a impressão de que sua língua era grande demais para a boca.

Quando Grif terminou, Melkise plantou-se diante de Saiph.

– Tente alguma coisa, um movimento sequer, e corto fora uma perna dela, entendeu? Pode ter certeza de que todos acharão que foi você que a torturou.

Então, os dois escravos levantaram a jovem e apoiaram as extremidades da vara em seus ombros. E assim saíram da hospedaria.

Lá fora havia neblina, e o ar cheirava a chuva e musgo.

– Mas que tempo horroroso... – exclamou Melkise, e envolveu-se ainda mais dentro da capa. – Vamos.

Começaram a longa marcha para casa. Um enjoo profundo apertou logo o estômago de Talitha. Mais do que o balanço, no entanto, mais do que a dor insuportável no queixo, o que a torturava era a sensação inelutável da derrota.

30

Viraram para o leste, avançando ao longo das mesmas vias que Talitha e Saiph haviam percorrido ao se aproximarem de Alepha.

Andaram tão depressa que Saiph não demorou a ficar com falta de ar. As mãos presas nas algemas comprometiam o equilíbrio e, para piorar, havia o peso de Talitha a ser carregado nos ombros.

Na hora do almoço, fizeram uma parada e Talitha foi colocada no chão, mas Melkise não se arriscou a soltá-la. Segurou Saiph pelo braço e descobriu o ombro no qual se apoiava a longa vara. Embaixo da capa, a carne estava roxa e inchada.

– Está vendo o que fez com ele? – disse, olhando-a fixamente nos olhos. – E não se esqueça de que ainda está doente. Quer continuar deste jeito, arriscando a vida do seu amigo, ou decidiu finalmente tomar juízo e andar com seus próprios pés?

– Você nunca iria deixá-lo morrer, é a sua recompensa – replicou Talitha entredentes.

– Só preciso levá-lo vivo de volta ao seu pai, ninguém falou em boa saúde. Para mim, basta que continue respirando e, acredite, há uma infinidade de coisas que posso fazer sem matá-lo.

– Está bem – rendeu-se Talitha afinal.

Melkise não pôde esconder um sorriso quase imperceptível.

– Ora, ora, parece que a menina começou a entender como o mundo gira. – Começou a desatar os nós que a prendiam à vara para amarrar seus pulsos, enquanto Grif, sempre brandindo o punhal, prevenia qualquer rebelião por parte dela.

Retomaram a viagem logo após uma frugal refeição que Talitha forçou-se a engolir. Caminharam por várias horas, mas, quando os sóis iam se pôr, começou a chover e a ventar com força, tanto que a água se infiltrava entre os galhos, molhando suas roupas.

De repente Melkise acenou a Grif, e o pequeno escravo desapareceu num buraco ao lado da via. Talitha trocou com Saiph um olhar interrogativo.

Alguns minutos depois, o rapazinho reapareceu com uma expressão satisfeita, desenhando com as mãos, no ar, uma série de estranhos sinais que Melkise observou atentamente.

– Primeiro o jovem, eu mesmo vou carregar a moça – ordenou, e Grif obedeceu levando Saiph pelo braço.

Talitha procurou protestar, mas Melkise nem se deu o trabalho de responder: carregou-a nos ombros, como um saco, e também se meteu no buraco.

Desceram ao longo dos galhos sob a via e acabaram numa espécie de concha protegida pela ramagem. Talitha compreendeu que estavam na bifurcação principal do tronco do Talareth, num abrigo natural escondido sob as tábuas do túnel, que formavam uma espécie de teto. Tinham de ficar empoleirados nos galhos, que ali, no entanto, eram bem grandes e confortáveis, mas de qualquer modo forneciam alguma proteção. Ouviam o vento assobiar e sacudir os ramos mais externos, mas pelo menos estavam secos.

Grif pegou um pequeno braseiro de latão, colocou-o bem em cima da bifurcação e acendeu o fogo. Um agradável calor começou a espalhar-se no ambiente.

Melkise reparou na expressão atônita de Talitha, que olhava em volta, e deu uma gargalhada escarnecedora.

– Será que estou entendendo direito? Andaram este tempo todo pelos Talareth e não sabiam da existência dos abrigos?

Na verdade, ao contrário dos que faziam da estrada a sua moradia – ladrões, bandidos, caçadores de recompensas e foragidos –, ela e Saiph não sabiam que, onde as vias passavam pelas bifurcações dos Talareth, muitas vezes havia embaixo das tábuas espaço suficiente para encontrar refúgio. Em algumas daquelas cavidades, havia pessoas que até estabeleciam residência. Algumas eram apertadas e incômodas, mas outras permitiam ficar sem se molhar e eram um bom descanso numa longa viagem.

Talitha dobrou a duras penas as pernas contra o peito, e depois escondeu o rosto entre os joelhos. E pensar que eles tinham arriscado a vida dormindo ao relento! Haviam empreendido viagem sem conhecer as regras e os segredos da estrada. Aquele era um lugar impiedoso, onde não havia espaço para a inexperiência e a improvisação.

Seus pensamentos foram interrompidos por Grif, que lhe entregava uma tigela. Mais uma vez, no entanto, ela recusou a comida. O garoto pegou um pedaço de carne e tentou empurrá-lo à força pela garganta dela. Talitha apertou o queixo.

Saiph achou por bem intervir.

– Deixe comigo – disse. Grif ficou olhando para ele por alguns instantes, e então entregou docilmente a tigela. Saiph encarou Talitha, severo. – O que você acha que vai ganhar assim? – murmurou.

– E você, o que espera conseguir acatando tudo que eles mandam fazer?

Saiph continuou a olhar para ela com firmeza.

– Toda batalha tem seu tempo certo. E enquanto você espera, tem de fazer o possível para recobrar as forças, para estar tinindo quando o momento chegar. – Então se aproximou ainda mais, encostou a têmpora na dela e ciciou em seu ouvido: – Eu não me entreguei, pode estar certa disso. *Nunca* me entreguei, ou não estaria aqui com você. Mas é preciso ter paciência.

Recuou e indicou um pedaço de carne que flutuava na tigela. Dessa vez Talitha deixou-se convencer e abriu a boca.

Melkise olhava para eles de soslaio. Estalou a língua, enojado, então se virou para o fogo, atacando um grande pedaço de pão.

A partir daquela noite Talitha desistiu das suas tentativas de fuga. Percebera que tentar escapulir sem um plano preciso para despistar aqueles dois e recuperar a sua espada não só não levava a lugar algum, como também era prejudicial. Saiph estava certo, tinham de esperar pelo momento propício. Só que este momento parecia nunca chegar. Melkise e Grif se revezavam para ficar continuamente de olho neles. Quando um descansava, o outro ficava de vigília, sem deixar qualquer brecha. Grif ficava cada vez mais perturbador: encarregava-se dos turnos mais longos, e Talitha nunca o vira balançar a cabeça por causa de sono. Sentava-se diante deles, de olhos fixos e punhal na mão. Fitava-os implacavelmente, e se ela por acidente mexesse um pé ou tentasse mudar de posição, seus músculos se enrijeciam na mesma hora.

Só de vez em quando Grif se comunicava com Melkise na linguagem das mãos, e quando o fazia era para contar alguma coisa, talvez algo divertido, pois Melkise acabava muitas vezes dando umas boas gargalhadas. Bastava um olhar, e cada um sabia de pronto o que precisava ser feito. Eram como ela e Saiph deveriam ser naquela viagem, considerou Talitha. Entrosados, seguros. Mas, longe disso, em muitos casos haviam discordado, haviam cometido erros, e veja só como tinham acabado. Melkise e Grif, por sua vez, levavam adiante o trabalho, perfeitamente entrosados. Nunca deixavam de vigiá-los, e cuidavam para que chegassem ao destino com saúde.

No quarto dia de viagem, Melkise tirou do bornal dois capuzes de pano e enfiou-os na cabeça de Saiph e Talitha. Ela tentou rebelar-se, mas Grif, atento como sempre e sem nem mesmo esperar que o amo pedisse, forçou-a a obedecer.

– Não consigo ver coisa alguma com este capuz! – protestou ela.

– Não faz mal. – Melkise levantou-a, segurou as suas mãos amarradas e as apoiou nos ombros de Saiph. – Não as tire daqui, estou sendo claro?

Pegou então as mãos de Saiph e colocou-as em cima dos ombros. – E você também não tire as mãos daqui. Grif.

O rapazinho ficou no fim da fila e todos retomaram a marcha.

– Que negócio é esse? – perguntou Saiph.

– A parte fácil da viagem chegou ao fim. Agora paramos de brincar – respondeu Melkise.

Começaram a avançar daquele jeito, prosseguindo ainda mais depressa. Sob seus pés a via mudava de consistência. As tábuas de madeira iam sendo pouco a pouco substituídas pela dureza de um galho de Talareth, enquanto o trajeto se inclinava para baixo. Ao redor deles foi se desenhando uma variedade de sons. Passos, um farfalhar de ramos sendo deslocados, até vozes conversando. Tinham, portanto, deixado as vias periféricas para entrar em uma estrada mais ampla. De repente, Talitha até teve a impressão de ouvir a respiração poderosa de um dragão. Se fosse isso, havia a possibilidade de estarem na Artéria.

– Onde estamos? – perguntou.

– Perto de Mantela – respondeu Melkise.

Era a capital do Reino do Outono, e não havia dúvidas quanto a Artéria passar por lá. Quase certamente Melkise tencionava entregá-los à Guarda para receber a recompensa. Em seguida os soldados, ou alguma outra autoridade, iriam levá-los de volta para casa.

– Por que não estamos voltando a Alepha? – perguntou Saiph. – Fica bem mais perto.

– Faz perguntas demais para um escravo, meu rapaz. De qualquer maneira, acontece que Megassa em pessoa está em Mantela. Viajou até aqui para arrancar a sua pele, e se não se calar, acho que eu mesmo vou ajudá-lo.

Talitha achou que ia morrer. O pai já tinha chegado ao Reino do Outono, e estava só a poucas horas de distância dela. Quanto tempo faltava para chegar à cidade? De quanto tempo ainda dispunha para armar um plano de fuga?

Sentiu crescer em si um raio de esperança quando entraram num lugar fechado, cheio de vozes e de fumaça.

– Grif, cuide deles – disse Melkise, e ouviram-no se afastar na multidão.

– Saiph, consegue ver alguma coisa? – murmurou Talitha.

– Não, mas pelo cheiro e o barulho, parece que estamos numa estalagem – respondeu ele.

Talitha ficou imaginando se aquilo representava ou não uma vantagem para eles, quando uma voz interrompeu os seus pensamentos:

– Aqui estão – disse Melkise, sem livrá-los dos capuzes.

– Não pode levá-los aos quartos – avisou a voz de um homem mais idoso. – Não quero criminosos se misturando aos meus fregueses.

– Que tal a estrebaria, então? – perguntou Melkise.

– Pode ser – cedeu o outro, não muito convencido. – Mas se houver algum problema, terá de pagar o dobro.

– Perfeito. Então mande preparar um lugar para dormir numa coxia.

Ficaram ali, parados, de capuz enfiado na cabeça e de capa nos ombros até o estalajadeiro voltar.

Percorreram um breve corredor e subiram por uma escada apertada, até Melkise finalmente tirar os seus capuzes. Estavam num grande aposento de pé-direito bem baixo, de madeira, ventilado por amplas janelas. Havia palha no chão e o espaço estava dividido em largas coxias. Só uma estava ocupada por um pequeno dragão sonolento.

Melkise levou-os a uma coxia onde havia quatro catres e quatro tigelas fumegantes: duas cheias de cereais, em cima dos quais fora apoiado um minúsculo pedaço de carne, e as outras cheias de uma sopa em que boiavam verduras e alguns cogumelos. A comida continuava sendo pouca, mas o cheiro, pelo menos, era convidativo.

Talitha só beliscou, a contragosto, e depois se entregou ao sono, sem qualquer resistência. Sentia-se tão abatida que se aninhou de lado, toda encolhida, e fechou os olhos.

Dessa vez, quem assumiu o primeiro turno de vigília foi Melkise.

– Trabalhou muito bem nestes últimos dias, esta noite poderá dormir um pouco mais – disse a Grif. Dali a alguns minutos o rapazinho também dormia, exausto. Só Melkise e Saiph continuaram acordados.

O homem podia parecer um vigia menos atento que Grif; não mantinha os olhos obstinadamente fixos neles, mas, ao contrário, durante os seus turnos, dedicava-se a entalhar pequenas esculturas, afiava as flechas da aljava ou fazia umas novas. Saiph sabia muito bem que isso não o tornava menos atento, mas naquela noite decidiu não dormir e estudar o carcereiro. Sentado, apoiando as costas na parede da coxia, ficou a observá-lo enquanto entalhava uma vareta oca com movimentos secos e precisos. Por algum tempo Melkise permaneceu imperturbável. Pouco a pouco, no entanto, pareceu ficar nervoso: um gesto menos cuidadoso, um tremor da mão. Afinal, desistiu do trabalho.

– Não está dormindo? – perguntou.
– Não estou com sono.
Melkise apontou para ele com a faca.
– Não pense que não entendi você. – Saiph assumiu uma expressão surpresa. – Você não deixa nada ao acaso. Enquanto a condessinha é previsível até demais, você é muito mais sorrateiro e perigoso. Vamos lá, não banque o bobo comigo, desembuche.
Saiph sorriu.
– Por que faz tanta questão de manter Grif ao seu lado?
Melkise voltou ao entalhe.
– O amo dele foi a primeira recompensa que embolsei – disse após um curto silêncio. – Era um sacerdote do Reino do Inverno. Tentara vender a fórmula para conservar o gelo. – Emitiu uma risada amarga e levantou os olhos do trabalho. – Está entendendo? Tinha cortado a língua de Grif para que não pudesse revelar aquele segredo idiota, e então ele mesmo tentou vendê-lo. – Calou-se e recomeçou a entalhar com raiva. – E quando capturei aquele verme, Grif ainda ficou triste. Tinha as costas marcadas pelas pauladas do sujeito, e mesmo assim o menino chorava, implorando com o olhar que o deixasse ir. – Melkise, agora, já entalhava com mais calma. – Um femtita sem língua não tem outra escolha a não ser voltar às minas de gelo, imagino que você saiba disso. E são lugares horrendos, como também deve saber.
Saiph anuiu:
– Fiquei com ele. Foi uma boa compra, nunca me arrependi.
– Acho que para você foi bem mais que uma compra – disse Saiph.
Melkise fitou-o com raiva.

– E daí? Sou um bastardo talarita, e posso até afeiçoar-me pelo meu escravo, se eu quiser. É a vantagem de ser talarita. Podemos ter essas liberdades. Ele, ao contrário, não tem outra escolha a não ser me servir. E vou dizer mais: no dia em que ele compreender como o mundo funciona e aproveitar para cravar uma faca nas minhas costas, deixando-me morrer sangrando num beco, fará a coisa certa. Mas isso não muda absolutamente nada; de qualquer maneira, você acabará em Mantela, porque é isso mesmo que vai acontecer.

– Então solte pelo menos ela. A recompensa pela minha captura será mais do que suficiente para garantir-lhe uma boa vida. Por que precisaria do dinheiro que Megassa pagará por ela? Deixe-a ir.

Melkise fitou-o com olhar maldoso.

– Por que a defende, afinal? Ela o usou, e não se importa se quem tiver de pagar for você. Você obedeceu às suas ordens até quando se tornaram absurdas, e ainda lhe deu cobertura ao queimar o mosteiro...

– Não é bem assim – disse Saiph, impassível.

– Não é? Você é um escravo, só isso. Se acha que ela fará alguma coisa por você, ou que algum dia chegará a retribuir a sua afeição, está sonhando.

Saiph sorriu com amargura.

– Quem salvou a minha vida foi ela, trazendo-me para cá.

Por um momento, Melkise ficou desconcertado, depois deu uma gargalhada tão estrondosa que Talitha e Grif mexeram-se no sono.

– Não acredito – disse em tom mais baixo. – Já a tinha visto antes, a sua jovem condessa. Sabe, muitos anos atrás morei no Reino do Verão, durante um tempo. Aprendiz numa loja, mas tratado só um tiquinho melhor que um escravo femtita pelo sujeito que me empregava. Um salário de fome... – Deu umas risadinhas, então continuou: – Pude vê-la passar diante da loja. Não devia ter mais do que três ou quatro anos, mas já tinha a cara inconfundível de quem manda. E compreendi que meninas como ela pertenciam a outra Talária, um lugar com que eu nem podia sonhar.

— Está enganado.

— Quem está enganado é você. Num mundo justo, ela deveria ser condenada à morte e você deveria ser libertado. Mas, ao contrário, quem vai ter a cabeça decepada é você, depois de fartas e dolorosas torturas. Este é o seu destino.

— Não é o destino. Quem está me levando a Mantela é *você*, é *você* que está me condenando à morte, e levando a minha patroa a um destino ainda pior.

Melkise sorriu.

— Melhor você do que eu. É o que aprendi quando trabalhava como vigia nas minas de gelo, antes de tornar-me caçador de recompensas. O peixe grande, agora, sou eu, e devoro você, o peixe pequeno. E se me der na telha, posso até salvar outro peixe pequeno – disse indicando Grif. — O mundo é assim mesmo.

Melkise fincou a faca no chão e jogou para Saiph a vareta de madeira: tinha dois furos num dos lados. Uma flauta. Botou uma das mãos no seu ombro e sorriu com sinceridade.

— No seu lugar, eu dormiria, não lhe sobra muito tempo para apreciar os prazeres da vida.

Desviou o olhar e acordou Grif. O garoto levantou-se esfregando os olhos, e Melkise deu um tempo para ele despertar direito, segurando-o pelos ombros.

— Só duas horas, aí vou rendê-lo de novo. E se não me acordar, apanha.

Deitou-se enquanto Grif assumia a posição costumeira: pernas cruzadas, punhal na mão, rosto impassível. Saiph suspirou. Não, com ele não tinha a menor chance. Nem a compreensão que lia nos seus olhos toda vez que se entreolhavam, nem o destino comum de escravidão poderiam levá-lo a trair o seu patrão. Também deitou-se, contrafeito, e tentou pensar nos poucos dias que lhe sobravam. Não podia dar-se o luxo de entregar-se, ainda mais agora que Talitha parecia ter desistido.

Se não puder libertar a mim mesmo, pelo menos libertarei Talitha foi a última coisa que pensou antes de adormecer.

31

Pelo resto da viagem, continuaram sempre encapuzados. Fazia um calor incomum para o Reino do Outono. Vez por outra sentiam os raios dos sóis na pele, quando passavam por uma parte da Artéria onde a ramagem era menos espessa. Toda vez que isso acontecia, Talitha experimentava uma fisgada de angústia. Cétus estava lá, e a cada dia se tornava mais luminoso, queimando Talária e seus habitantes. E o único que poderia contar alguma coisa a respeito, o único que sabia, estava totalmente fora do seu alcance.

A cegueira forçada aguçava os sentidos deles. Sem a distração dos olhos, Saiph conseguia concentrar-se em detalhes que normalmente passariam despercebidos. Por exemplo, os ombros tensos e rígidos de Melkise sob a sua mão. Estava preocupado com alguma coisa.

Passaram a noite seguinte em mais um abrigo sob a via, e Saiph pôde ouvir de relance um breve diálogo entre o homem e Grif. De olhos ligeiramente entreabertos, viu o rapazinho agitando as mãos no ar.

– Precisamos ir logo – disse Melkise em voz baixa. – Ouvi dizer que Megassa deixou Mantela com suas tropas, e nós ainda nem encontramos um posto de estafetas para informá-lo sobre o escravo e a filha.

Saiph sabia ao que se referia. No palácio, em Messe, havia um desses postos. Eram pequenas estruturas destinadas à transmissão de mensagens. A entrega era feita por escravos adestrados com esse fim. Havia uma rede que ligava as principais cidades de Talária, mas que, ao que parecia, ignorava quase todas as aldeias menores. Nos últimos tempos, aliás, a situação piorara, com a fome e os tumultos provocados por ela: as estradas haviam se tornado perigosas, e já nem dava para contar as mensagens perdidas.

Grif voltou a agitar as mãos.

– Alguém poderia reconhecê-los. Estamos nos arriscando muito: a recompensa é enorme, e todos estão à procura deles.

O rapazinho ficou imóvel por alguns instantes, então mexeu novamente as mãos.

– Não é uma má ideia – comentou Melkise. – Mas não posso deixá-lo sozinho com eles.

Grif gesticulou apressado.

– Só se encontrarmos uma cela, está bem? É perigoso. Está cheio de caçadores famintos lá fora.

Melkise remexeu então os cabelos do pequeno escravo e ele respondeu com um sorriso aberto e confiante.

– Agora é melhor você dormir.

Grif deitou e puxou a capa por cima do corpo. Melkise ficou olhando as brasas moribundas à sua frente.

Saiph fechou os olhos. A escuridão ajudava-o a concentrar-se. Fuçou na memória à cata do que aprendera acerca das recompensas durante as conversas com os outros escravos do palácio. Uma vez que a identificação dos prisioneiros levava algum tempo, o procurado era mantido em custódia pelos Guardiões, que tomavam nota do nome do caçador que os havia capturado. Até então, contudo, eles não haviam sido entregues a ninguém e, pelo que entendera, Melkise nem tivera a oportunidade de deixar alguém a par da captura. Em resumo, os demais caçadores de recompensas ainda estavam no páreo.

Já tinha ouvido histórias de caçadores que haviam sido defraudados das suas presas antes que pudessem entregá-las à Guarda. Um dos escravos femtitas de Messe era justamente um ex-prisioneiro que ficara preso muito tempo devido a um pequeno roubo numa loja. Contava amiúde que fora entregue à Guarda não por quem o capturara, mas sim por uma caçadora que o roubara do primeiro. "Matou-o diante dos meus olhos, a sangue frio. Nunca vi uma mulher tão desalmada", costumava dizer.

Era isso que Melkise receava. Quem sabe, talvez já tivesse acontecido com ele. E estava tão preocupado que estava disposto a deixá-los sozinhos com Grif desde que pudesse comunicar a captura, para precaver-se. E se as coisas estavam nesse pé...

Devagar, quase com medo de entregar-se a um vislumbre de esperança depois de tantos dias de angústia, Saiph sorriu no escuro.

No dia seguinte, pararam numa hospedaria e ouviram Melkise negociando, às vezes até de forma bastante animada, com alguém. Por fim, com seus passos pesados, voltou para perto deles.

– Muito bem, não temos escolha – disse a Grif. O estalajadeiro diz que podemos deixá-los na estrebaria do dragão, e até que saiu caro. Basta trancar a porta e ficar de olho, entendeu?

O coração de Saiph bateu mais apressado.

Melkise segurou-os pelos ombros e empurrou-os à força para a cocheira. O seu aperto era forte, nervoso. Só retirou os capuzes depois de fechar a porta atrás de si. Seu rosto estava tenso como Saiph nunca vira. Sacou de novo os instrumentos com que os prendera no primeiro dia e prendeu as correntes que amarravam os pulsos a duas pesadas argolas atrás deles. Estavam numa estrebaria bem grande, com o chão inteiramente coberto de palha. Num canto havia um balde cheio de água e um cheiro acre de excrementos pairava no ar.

– Nada de brincadeiras, estamos entendidos? – disse Melkise, decidido, então olhou para Grif, que anuiu com convicção. – Tome cuidado – acrescentou, encobrindo o rosto com o capuz. Ambos saíram e trancaram a porta. Talitha e Saiph ouviram o rangido de um ferrolho.

Saiph olhou em volta. As sacolas deles estavam num canto, e ali perto também estava o embrulho com a espada. Seu coração exultou. Começou logo a puxar as argolas que lhe apertavam os pulsos.

– O que está fazendo? – perguntou Talitha.

– Estou tentando libertar-me. Seu pai já não está em Mantela, e esta é uma ótima notícia. Mas Melkise decidiu ir à cidade sozinho, para informar a nossa captura, e foi cavalgando um dragão para andar mais depressa. – Enquanto falava, continuava a puxar, implacável.

– Continuo sem entender... Está dizendo que ficamos sozinhos com Grif?

– Isso mesmo, e está mais preocupado com o que há lá fora do que com a gente. Ele e Melkise estão tão tensos que nem pensaram em deixar a espada fora do nosso alcance. – Indicou o embrulho com o queixo. As mãos, comprimidas pelos ferros, começavam a ficar roxas.

Talitha demorou alguns segundos para entender.

– Já sei, estão com medo de que outro caçador pegue a gente – disse baixinho.

– Pois é – respondeu Saiph, as mãos já inchadas nas argolas.

– Pare com isso, está se machucando – murmurou Talitha.

– Eu não sinto dor.
– Não quer dizer que não esteja se ferindo.
Saiph insistiu, puxando ainda com mais força. Um pequeno filete de sangue começou a descer pelo polegar. Seu rosto estava contraído pelo esforço.
– Deixe disto, Saiph, deve haver outro jeito...
Ele sacudiu a cabeça.
– Não há. É a única solução, e esperar que alguém nos ataque de verdade. Grif estará ocupado, e aí poderemos sair.
– As suas mãos não podem passar, é impossível.
Saiph continuou. A esta altura os seus pulsos estavam manchados de estrias sangrentas. Os ferros haviam descido imperceptivelmente, mas ainda não o bastante.
– Desista, estou pedindo, eu... deixe que eu faço.
– Nem tente. Eu não sinto dor, mas você sim, e seria terrível.
Fechou os olhos e reprimiu um grito de raiva, enquanto sentia os ossos estalarem e racharem sob a pressão dos braços esticados ao máximo. O que deu o empurrão final foi o sangue: a carne deslizou para fora, de chofre, e Saiph caiu para trás, contra a parede, de mãos repentinamente livres. Olhou para elas incrédulo. Estavam horrivelmente machucadas, mas ainda podia movê-las. Ao vê-las, Talitha soltou um grito abafado.
– Shhh – disse Saiph. – Não foi nada, não estou sentindo dor alguma.
– Você é louco... – murmurou ela horrorizada.
– Um louco quase livre. – Saiph jogou-se no chão, esticando o corpo o mais que podia, mas o embrulho da espada ainda ficava pelo menos a um palmo de distância. Tentou de novo, fazendo força com os pés, mas em vão. As algemas e os ferros nos tornozelos estavam ligados por uma longa corrente, que passava por uma das argolas na parede. Puxou-a ao máximo, até as pulseiras das quais acabava de se

livrar baterem na argola. Tentou puxar, mas percebeu que, depois de todo aquele esforço, suas mãos haviam ficado bem fracas.

– Ajude-me, sozinho não consigo – disse a Talitha.

Ela não se fez de rogada. Começou a puxar vigorosamente, e os dois puxaram por um bom tempo, até a argola ceder e se soltar da parede. Ficaram ali, incrédulos, segurando a corrente, e Talitha explodiu numa risada libertadora.

– Não creio que teríamos conseguido tão facilmente se nos tivessem atado àquilo – disse Saiph, indicando um dos dois grandes anéis no chão. – Acho que os das paredes são somente ganchos de segurança, os que seguram o dragão são esses aí no chão.

Deixou-se escorregar até o embrulho e desdobrou-o. A Espada de Verba reluziu na fraca luz filtrada pela janela. Os olhos de Talitha brilharam. A arma parecia mais reluzente do que nunca, mais letal e afiada do que quando a tirara da vitrine que a protegia. Saiph entregou-a para ela, que a pegou com delicadeza. Admirou-a por um momento, levantou-a ao céu, deixou que o cabo voltasse a se lembrar da sua mão.

Saiph esticou os pés na direção dela.

– Agora!

Talitha só precisou de um golpe, como naquela noite em que o salvara e tudo começara. A lâmina cortou as correntes como se fossem feitas de manteiga. Então devolveu a arma a Saiph. Ofereceu os pulsos e ele precisou de alguns golpes imprecisos antes de conseguir libertá-la.

– Para os pés, pode deixar, eu mesma faço – disse ela pegando de novo a espada. Mais um golpe, e eles também estavam livres. Ficaram por um momento um diante do outro, sem fôlego, incrédulos. Ainda havia esperança, ainda havia uma possibilidade de salvação. Talitha baixou os olhos para os pulsos de Saiph e achou que ia desmaiar. Rasgou logo umas tiras das mangas da blusa.

– Vai infeccionar e você morrerá – disse. Usou as tiras como ataduras em volta das feridas, apertou o máximo que podia, e a fazenda ficou quase imediatamente vermelha.

– Não temos tempo – protestou ele, recuando. – Prefere que eu perca as mãos, mas que fique vivo, ou que eu morra com os dez dedos?

Talitha fitou-o com raiva, então dirigiu-se à parede dos fundos. Considerou a janela, mas era alta demais.

– Só há um jeito, atrair Grif aqui dentro e deixá-lo fora de combate – falou Saiph. – Afinal, ele está sozinho, e nós somos dois.

Um baque surdo fez com que eles se virassem. Algo se havia chocado com força contra a porta. Depois, o silvo inconfundível de uma espada sendo desembainhada.

– Saia da minha frente, é melhor para você – avisou uma voz rouca do outro lado da porta.

Saiph correu para as correntes amontoadas no chão, apertou-as entre as mãos e ficou ao lado da porta.

– Logo que entrar, eu o golpeio com as correntes e você com a espada.

Talitha segurou a empunhadura com ambas as mãos para criar coragem. Também ficou ao lado da porta, em posição de combate.

– O que está havendo?

– Aquilo que Melkise receava – respondeu Saiph. – Uma luta entre caçadores de recompensas. Agora faça o que combinamos.

Lá fora, o ruído de espadas que se chocavam uma contra a outra, gritaria confusa e o baque de corpos que caíam. Então, de repente, silêncio.

Uma investida contra a porta, depois outra, mais violenta. Na terceira, a porta cedeu e se escancarou num turbilhão de lascas de madeira. Saiph não perdeu tempo e avançou arremessando as correntes. Enroscaram-se em volta do pescoço de um homem alto, de cabelos compridos, que logo as segurou com uma mão, mas Saiph foi mais rápido. Puxou com toda a força que tinha e rodou sobre si mesmo. O homem chocou-se com violência contra a parede. Talitha ouviu claramente o barulho do osso que se quebrava. O sujeito nem teve tempo de se queixar. Desmoronou no chão de repente, com as correntes ainda amarradas ao pescoço.

Talitha arremeteu com um grito, de espada em punho. Seu adversário, um sujeito baixo e atarracado, completamente careca, não se deixou pegar desprevenido. Mais por instinto do que por qualquer outra coisa, conseguiu aparar aquele primeiro golpe, varreu o espaço com um amplo movimento do braço e abriu a guarda de Talitha. Ela ficou desequilibrada, de braços escancarados e com o peso da espada que a puxava para trás. Um lampejo de vitória faiscou no olhar do seu agressor. Mas Talitha compreendeu na mesma hora. Enquanto ele se recobrava e dava um golpe direto, visando as pernas, ela deixou-se cair no chão, de costas, acompanhando o movimento da espada. Teve o cuidado de apoiar a mão esquerda no chão, para que as suas costas não tocassem o piso. O próprio golpe do homem encarregou-se de deixá-lo desequilibrado, dobrado para a frente. Talitha deslizou por baixo dele, virou-se depressa e apoiou-se num joelho, num único movimento preciso. Apontou para o flanco, e o golpe acertou o alvo.

O homem rugiu, levantou-se de um pulo e agarrou a mão dela. Com a espada, até que podia ganhar, mas num corpo a corpo ela não tinha a menor chance, mesmo que o sujeito estivesse ferido. O homem segurou-a cada vez com mais força e ela aguentou o máximo que pôde, mas afinal teve de ceder. Ele golpeou-a no rosto com o cotovelo, derrubando-a, deixando-a aturdida. Quando se recobrou, o adversário estava em cima dela e tentava imobilizá-la.

De repente, porém, do peito do homem emergiu uma lâmina, a lâmina *dela*. O agressor soltou um gemido engasgado, e então desmoronou. Por trás dele estava Saiph, segurando a Espada de Verba.

Tirou logo o corpo do homem de cima dela e ajudou-a a ficar de pé.

– Esta é sua – disse, entregando a espada. Talitha pegou-a com determinação.

Apanharam suas sacolas e saíram apressados pela porta, mas pararam. Grif jazia no chão, de mãos apertadas contra o abdômen. O rosto, embora branco como um trapo, não demonstrava qualquer sofrimento. Nos seus olhos havia somente terror: o medo sem nome dos femtitas diante dos ferimentos, o horror que lhes permitira sobreviver durante os séculos, apesar da maldição da insensibilidade.

Uma criança, pensou Talitha, *não passa de uma criança*.

Saiph praguejou e já ia seguir em frente, mas Talitha segurou-o pelo braço, forçando-o a esperar. Curvou-se, afastou devagar as mãos de Grif. Havia muito sangue, mas reparou que o corte não era particularmente profundo, embora bastante grave para fazê-lo morrer sangrando.

– Cadê o meu pingente? – perguntou com doçura.

Grif ficou atônito.

– Talvez eu possa tentar um encantamento de Cura – explicou a Saiph, agachado ao lado dela.

Grif tentou traçar alguns sinais com os dedos, mas quase não conseguia respirar.

Saiph apertou a mão dele.

– Não poderia ter se portado melhor. Defendeu os prisioneiros enquanto pôde. O seu amo vai entender. Agora deixe que o ajudemos.

Os olhos do rapazinho encheram-se de lágrimas. Devagar, com a mão livre, procurou no casaco. Tirou o pingente de um bolso interno e entregou-o a Talitha, que o prendeu ao pescoço. Pousou a espada no chão, diante dela. Respirou fundo, fechou os olhos e apoiou as palmas na lâmina. Disse uma única palavra, e o cristal lampejou no seu peito. A lâmina começou a ficar colorida, primeiro de um vermelho-escuro, e depois mais vivo. Quando se tornou alaranjada, Talitha segurou-a pelo cabo. Deitou Grif de costas, fitou-o nos olhos e, sem a menor hesitação, apoiou a lâmina incandescente na ferida. O cheiro de carne queimada encheu o ambiente. Quando tudo acabou, Grif apoiou a cabeça no chão. Olhava fixamente para cima, em lágrimas.

Talitha ficou de pé.

– Vamos – disse, cutucando o ombro de Saiph.

Devagar, ele soltou a mão do garoto e se aproximou do seu rosto.

– Ele vai entender. Gosta de você, você sabe. Vai entender e apreciar o que fez para ser-lhe fiel. – Então ficou de pé, puxou o capuz, segurou a mão de Talitha e fugiu.

32

Uma pequena multidão começara a juntar-se, e Talitha e Saiph tiveram de abrir caminho aos empurrões.
Conseguiram livrar-se da multidão e logo estavam outra vez na via. Saiph virou instintivamente à esquerda: era de lá que vinham, e imaginou que o outro lado levasse a Mantela. Uma cidade grande era justamente aquilo de que eles menos precisavam.
Moveram-se depressa, mas sem correr. Não podiam dar na vista, pelo menos enquanto ainda estavam tão perto da hospedaria.
Logo depois, no entanto, uma gritaria confusa soou ao longe.
– Presos... fugiram... – ouviram indistintamente. Entreolharam-se rapidamente e, sem demora, começaram a correr. A multidão, atrás deles, já começava a se dispersar pela via. Talitha avistou um pequeno dragão à sua direita. Puxava lentamente um carro cheio de sucata, com um jovem talarita esfarrapado sentado na boleia.
Talitha deu um pulo, agarrou-se com uma das mãos ao veículo e içou-se, sentando-se ao lado do carreteiro. Pegou-o por trás e encostou a lâmina na sua garganta.

– Desça! – intimou-o.
O sujeito levantou as mãos, trêmulo.
– Não tenho nada de valor, nada, eu juro! – gaguejou.
– Não queremos roubá-lo, só queremos que desça!
O rapaz pulou da boleia, caindo no chão. Saiph subiu na garupa do dragão. O animal protestou, nervoso, dando uns pinotes, mas o femtita curvou-se sobre ele sussurrando alguma coisa, como tinha visto centenas de vezes os moços das estrebarias fazerem no palácio.
– Lá estão eles! – berrou uma voz, e o barulho de um apressado tropel encobriu qualquer outro som.
Talitha cortou com a espada os arreios que prendiam o dragão à carroça. Então segurou as rédeas com firmeza, pulou na garupa e, com os calcanhares, cutucou com força os flancos do animal.
O dragão levantou-se sobre as patas traseiras, urrando, arqueou as costas e partiu a galope. Faltou pouco para Talitha ser arremessada no chão, mas, apertando os joelhos, a jovem conseguiu manter-se firme.
Nunca tinha ficado na garupa de um dragão. Sabia que na Guarda havia uma unidade especial que os usava para os deslocamentos e, no fundo do coração, sempre esperara fazer parte do grupo. Mas nunca experimentara a emoção de cavalgar um daqueles esplêndidos animais.
O dragão corria arqueando o corpo sinuoso enquanto as patas, só levemente acima do chão, alternavam-se num ritmo vertiginoso.
Saiph e Talitha não faziam ideia de que um dragão podia mover-se tão rápido. O túnel de galhos corria ao lado deles confundindo-se num caos de manchas vermelhas, amarelas e marrons, enquanto a estrada em frente passava a uma velocidade vertiginosa. O dragão era uma fúria irrefreável e, à sua passagem, a multidão abria-se como uma onda, e quem não conseguia esquivar-se acabava sendo atropelado.

Passaram por cima de um carrinho de mão, jogaram na vala lateral do caminho um femtita que carregava na cabeça uma grande cesta. De repente, a via ficou bloqueada. Talitha já estava a ponto de puxar as rédeas, mas o dragão foi mais rápido do que ela. Segurou os galhos laterais com as longas garras e prosseguiu por um bom pedaço pendurado nas paredes do túnel. Talitha gritou com todo o fôlego, lutando para manter-se firme na garupa.

Só depois de um bom trecho teve coragem de olhar para trás. Não havia perseguidores à vista, mas pensar que haviam se safado, com toda a confusão que estavam deixando para trás, era uma loucura. Muito em breve a Guarda seria avisada do acontecido e sairia no encalço deles.

– Vamos nos afastar mais um pouco, depois acho melhor desmontarmos! – berrou Saiph.

– Precisamos do dragão! – replicou Talitha. – Temos de ir o mais longe possível!

– Continuar desse jeito é o mesmo que pintar um alvo nas nossas costas. Daqui a pouco precisaremos descer!

Depois de meia légua, pegaram um desvio e se meteram numa via menos frequentada.

– Parado! Parado! – gritava Saiph ao dragão, enquanto Talitha puxava as rédeas com força.

O animal rugiu, levantou a cabeça, e Talitha sentiu as rédeas escorregarem entre as palmas, queimando a pele. Quase lhe escaparam das mãos, mas num derradeiro esforço conseguiu segurá-las. O dragão acalmou-se, parou, e então tudo foi silêncio. Embaixo deles, o tórax do animal mexia-se como um fole, no ritmo da sua poderosa respiração.

Saiph e Talitha deixaram-se escorregar até o chão.

Agora precisamos nos esconder, vamos soltar o dragão.

– Saiph levantou-se com algum esforço. Sua cabeça rodava e sentia-se extremamente cansado.

Perdi sangue demais... pensou, mas afastou a ideia para concentrar-se no presente.

Aproximou-se do dragão, acariciou seu ventre. Tinha bastante idade, mas continuava sendo um lindo animal. Como todos os dragões do Reino do Outono, era um anfíbio: as patas, providas de longas garras, eram palmadas, e, nas costas, as asas não passavam de uma membrana atrofiada, transparente e elástica. Em volta do focinho longo e afilado, a crista era arredondada, mas ao mesmo tempo dotada de pontas afiadas. A pele era de um cinza que assumia pálidos tons azulados ao longo do arco das costas, esfumando para um branco leitoso na barriga.

– Precisamos nos afastar daqui – disse Talitha. – E com um dragão chegaremos logo ao Reino do Inverno.

– Poderemos ser reconhecidos facilmente. Não, não podemos ficar com ele.

Ligeiro, Saiph sacou a Espada de Verba da bainha, nas costas de Talitha, e usou a empunhadura para dar uma forte pancada no ventre do animal. O dragão rugiu, e depois fugiu pela via.

– Irão atrás dele, e não da gente – disse, olhando o bicho se afastar. Então se virou para Talitha: mal conseguia ficar de pé. – O melhor a fazer, agora, é procurar um abrigo para recobrarmos as forças – acrescentou, esforçando-se para sorrir.

Tiveram de andar por pelo menos mais uma hora antes de encontrarem um refúgio. Era pequeno, abandonado, mas ainda servia para descansar. Finalmente, concederam-se uma pausa.

Talitha pôs a espada de lado e segurou as mãos de Saiph, que tentou recuar.

– Está tudo bem.

Ela segurou-as com mais firmeza.

– Não é o que parece.

Observou as tiras cobertas de largas manchas de sangue, então começou a retirá-las, lentamente. Por baixo, estava pior do que tinha imaginado. As feridas ainda estavam abertas em muitos lugares e onde eram mais profundas dava para ver o osso. O estômago dela rebelou-se, mas criou coragem e tentou lembrar algum encantamento de Cura mais poderoso.

De repente, um barulho de passos a fez parar.

– Ouviu? – disse um homem de voz estridente.

– Aqui não tem ninguém – respondeu outro.

– Há um abrigo. E se estiverem lá?

Para Talitha, foi como se o mundo desmoronasse sobre si. Saiph apoiou um dedo nos lábios dela e, procurando manter a calma, deixou-se escorregar até a forquilha do Talareth. Ela foi atrás sem fazer qualquer ruído. Os passos, acima deles, se aproximaram.

– Está perdendo o seu tempo. Um dragão passou por aqui, não está vendo? Fugiram com ele.

– Pode pensar o que quiser, mas eu ouvi um barulho.

Desceram, desceram cada vez mais. O refúgio ficava agora pelo menos duas braças acima das suas cabeças. Abaixo, a grama preta e lustrosa. Finalmente Saiph se deteve, e Talitha o alcançou, ficando ao seu lado. Não havia ar onde estavam, e tiveram de grudar-se àquele resquício que o pingente da Pedra do Ar ainda tinha ao seu redor. Os galhos acima se mexeram. Os dois homens tinham entrado no abrigo. Ouviram-nos procurar na folhagem.

– Eu não disse? Uma perda de tempo.

– Está bem, está bem...

O outro praguejou, e então as vozes se afastaram lentamente.

Talitha e Saiph esperaram, segurando o fôlego, e subiram novamente para o abrigo. As mãos de Saiph deixavam rastros sangrentos nos ramos, e Talitha reparou, preocupada, que estavam cada vez pior.

Depois de entrarem de novo no abrigo, Talitha segurou os pulsos de Saiph, concentrou-se e pronunciou a fórmula. Poucas palavras que fizeram brilhar a Pedra do Ar no seu peito. Uma luz rosada envolveu as mãos de Saiph. Talitha continuou concentrada até elas estremecerem. Então a luz apagou, e ela se abandonou com as costas contra a madeira.

– Purifiquei o ferimento e acelerei a recuperação, não deverá ter mais risco de infecção.

– Obrigado – murmurou ele.

Tirou duas maçãs e um pedaço de pão do alforje. Talitha ia comer, mas logo que deu a primeira mordida, parou: tudo parecia ter o enjoado gosto do sangue.

– Eu sei – disse ele. – Foi difícil para mim também, mas precisamos recuperar as forças. Depois vai ser ainda pior.

– Não quero pensar nisso, por enquanto – interrompeu-o.

– Agora estamos livres, é só isso que importa. Livres, Saiph, e vivos.

Adormeceram quase imediatamente, mergulhando num sono denso e sem sonhos.

Acordaram perto do alvorecer. Saiph foi o primeiro a ficar de pé, tentando voltar a ser dono de si mesmo. Quando também ficou completamente acordada, Talitha verificou de novo os ferimentos dele. A carne ainda estava vermelha e irritada, mas não parecia haver sinal de infecção.

Saiph tirou do bornal o mapa de Lanti. Quase se esquecera dele, nos dias de cativeiro. Desenrolou-o e estudou o itinerário.

– Não nos afastamos demais do caminho certo. A fortaleza de Danyria fica na fronteira com o Reino do Outono e, portanto, se pegarmos vias secundárias... Nos arredores do lago Rélio fica Cresa, uma pequena cidade onde são criados os maiores dragões de Talária. Tive uma ideia.

– Uma ideia? Não me diga que está pensando em roubar um dragão.

– A fortaleza fica num território de difícil acesso, e não estamos em condições de enfrentar uma viagem tão cansativa. No Reino do Inverno, as vias costumam ser íngremes e congeladas. Sei de viajantes que morreram tentando percorrê-las a pé sem o equipamento necessário. Um dragão nos permitiria chegar lá mais depressa.

– Mas é uma loucura, Saiph. Além do mais, teríamos de voar sem a proteção dos Talareth. Não poderíamos respirar.

– Temos a sua Pedra.

– Não creio que pudesse nos garantir ar o bastante.

– Talvez haja uma possibilidade – disse Saiph, pensativo. – A sua Pedra é pequena demais para guardar ar suficiente por muito tempo longe dos Talareth. Mas se não pudermos viajar perto das árvores, talvez possamos fazê-las viajarem conosco.

– Como assim? – quis saber Talitha.

Saiph arrancou um pequeno galho do emaranhado que formava a via.

– Quanto pode viver um ramo de Talareth cortado da planta?

– Continua produzindo ar por um ou dois dias, pelo que me ensinaram no mosteiro.

– Pois bem, não precisamos de mais do que isso para a nossa travessia.

– Mas acha mesmo que o ar fornecido por um galho será suficiente para respirarmos? – perguntou Talitha, perplexa.

– É o que veremos.

33

A Artéria se abria diante deles num fluxo caótico de pessoas, animais e mercadorias. Havia Guardiões cavalgando dragões, nobres viajando, mercadores de escravos com suas caravanas de desesperados. E havia mendigos, aos bandos, devorados pela fome. Era exatamente como Talitha se lembrava dela, mas nunca lhe parecera tão perigosa.

Depois daquele longo tempo vagando, não estava mais acostumada com a multidão, e misturar-se com pessoas comuns já não lhe parecia natural. Ela e Saiph não tinham mais nada a ver com o mundo normal, e em cada transeunte, agora, parecia-lhe ver apenas um possível delator. Ali estavam terrivelmente expostos, mas tinham de correr o risco para chegar a Cresa.

Saiph apoiou a mão no ombro dela e apertou com força.

– Vamos andando com calma, tranquilos e de cabeça abaixada, ninguém reparará na gente.

Quem deu o primeiro passo na Artéria foi o rapaz, e ela só teve tempo de segurar na ponta de sua capa antes que ele fosse engolido pela multidão.

Em um instante eles se tornaram parte do fluxo da grande via de comunicação e do seu indistinto burburinho. Passos, risos, prantos, o lento arrastar das correntes dos escravos, o rugido de um dragão, o rangido das rodas das carroças no estrado de madeira: tudo se confundia num fervilhante ruído que expressava a cotidianidade e a vida.

Uma vida que agora parecia distante, inalcançável, pensou Talitha. E o que iria acontecer em seguida traçaria a linha definitiva. Suas mãos suavam e a espada, nas costas, parecia mais pesada do que nunca.

Chegaram a Cresa mais cedo do que o esperado e fizeram um pequeno desvio que os levaria à fazenda de criação de dragões.

Avistaram o destino quando já estava escuro. Sob um Talareth de tamanho médio e folhas de um amarelo vivo, havia uma imponente paliçada com mais ou menos vinte braças de altura e com um gigantesco portão de metal no centro. Saiph e Talitha esconderam-se atrás de uma pequena moita, estudando a situação. Do interior da criação chegavam rugidos poderosos.

Arrastando-se para fora da moita, Talitha pegou a corda que guardara no bornal e fez um laço. Rodou-o acima da cabeça três vezes e arremessou-o, pronunciando a fórmula de Levitação. O laço prendeu-se, obediente, a uma das estacas do cercado. Talitha puxou a corda com força para testar a resistência e começou a subir, apoiando os pés na paliçada. Saiph a seguiu e, quando os dois chegaram ao topo, ficaram olhando o interior da fazenda que se descortinava diante deles. Havia um baixo edifício central e dois enormes currais onde, provavelmente, os dragões eram domados e treinados. Viram pelo menos dez coxias, muito maiores do que aquela em que tinham descansado com Melkise, e estavam cobertas por telhados de madeira. Podiam-se ouvir barulhos gorgolejantes, estalar de presas, garras que arranhavam o chão e baforadas. Talitha estremeceu só de pensar na força de patas tão poderosas que se podia ouvir seu barulho lá de cima, e na enormidade das ventas que podiam soprar com tamanha impaciência.

– Aonde vamos? – perguntou com um fio de voz.

– A escolha é sua.

Talitha indicou a coxia mais próxima do local onde se encontravam, apertou os braços em volta do peito de Saiph e, com um encantamento de Levitação, planou até lá embaixo. Agora ela já dominava aquele tipo de magia e os dois aterrissaram suavemente.

Com cautela, dirigiram-se à coxia. Estava fechada com um enorme trinco de madeira. Talitha tentou levantá-lo, mas a peça nem se mexeu. Saiph veio socorrê-la, e só conseguiram içá-lo o bastante para abrir a porta e entrar graças ao esforço de ambos.

O dragão estava adormecido, as asas dobradas ao longo do corpo e a cabeça apoiada no chão. Era vermelho, quase roxo no dorso e na borda das asas, esticadas entre as longas garras das patas anteriores. O poderoso tórax baixava e subia ritmicamente, o ar assobiava ao entrar e sair das suas narinas. O longo rabo estava enroscado em volta do corpo, quase a protegê-lo. Talitha achou que ele transmitia ao mesmo tempo uma sensação de força e ternura. Não era dos maiores exemplares que já vira e, no comprimento, mal chegaria a ocupar toda a sua cela no mosteiro, mas pareceu-lhe ideal para movimentar-se depressa.

Observou com atenção a Pedra do Ar pendurada no pescoço, à qual atara um ramalhete de Talareth. Esperava que pudesse liberar o ar de que precisavam. A ideia de Saiph, que lhe parecera boa até poucos minutos antes, agora dava a impressão de ser totalmente ridícula.

Vamos morrer sufocados, pensou. O pesadelo de todo talarita.

O dragão bufou baixinho, mexendo uma pata.

Talitha reparou nas duas grandes fendas que o bicho tinha na parte superior do pescoço. Pelo que tinha estudado no mosteiro, era através delas que os dragões conseguiam respirar mesmo o ar mais rarefeito.

Devagar, cada um de um lado, aproximaram-se do animal. Saiph colocou as mãos nas suas escamas. Eram frias, quase escorregadias. Olhou para Talitha, e então fez que sim com a cabeça.

De um pulo, montou na garupa do animal, e o dragão acordou na mesma hora. Levantou-se sobre as patas traseiras e soltou um urro que fez estremecer as paredes da coxia. Ao contrário de quando estava agachado, naquele momento Talitha achou que era imenso. Um terror cego paralisou-a. Diante daquelas patas, daquelas presas afiadas e do peito poderoso ela não era nada. Bastaria um sopro, uma batida de asas, e seria varrida para longe.

Saiph agarrou-se ao pescoço do animal com todas as suas forças enquanto o bicho dava pinotes, furibundo.

– As correntes! – gritou.

O dragão baixou as patas anteriores e Talitha teve de dar uma cambalhota para não ser esmagada.

– Arrebente as correntes! – insistiu Saiph.

Talitha sacou a espada e desferiu o golpe. Foram necessárias duas tentativas, mas afinal os elos cederam. Segurou na mão a ponta da corrente e, tomando impulso, pulou até aterrissar na garupa do animal, ao lado de Saiph.

De repente a porta se abriu e um jovem femtita entrou correndo. Seus olhos encheram-se de medo e espanto, mas logo se recobrou e, a plenos pulmões, começou a gritar:

– Ladrão, ladrão! Pega ladrão!

Talitha deu um violento puxão na corrente.

– Corra, maldição, corra! – berrou.

O dragão emitiu um grunhido profundo e se lançou contra a porta, atropelando o femtita e escancarando as duas pesadas folhas de madeira.

Sobressaltados com o escarcéu, mais guardas já acudiam no pátio: em mais alguns instantes Talitha e Saiph estariam cercados.

– Voa, garoto, voa! – gritou Talitha em desespero, puxando com mais força a corrente.

O dragão soltou ao céu um poderoso rugido, abriu as asas, tomou impulso e levantou voo.

Talitha percebeu uma vertiginosa sensação de vazio no estômago enquanto o ar frio lhe fustigava o rosto e a achatava contra as escamas do animal. Mas conseguiu controlar o medo, segurou a corrente e voltou a puxar com força. Sentiu os músculos do animal se esticarem sob as suas coxas e as asas inflarem. O chão se afastava cada vez mais. O dragão começou a voar em círculo sobre a fazenda. A ramagem do Talareth já estava quase roçando em suas cabeças, e lá embaixo uma multidão de archotes começava a iluminar o edifício, que parecia um pequeno quadrado de luz perdido na escuridão.

– Precisamos sair daqui! – berrou Talitha. O pátio já estava cheio de guardas, treinadores e sentinelas. Algumas delas saíram correndo para as coxias.

– Vão nos perseguir! – gritou Saiph.

Talitha segurou a corrente com ambas as mãos e puxou com força. – Vamos, vamos! – berrou.

O animal deu uma guinada que quase os derrubou. Então soltou mais um rugido, saiu chispando sob a ramagem do Talareth e se meteu num espaço aberto no emaranhado de galhos. Duas batidas de asa decididas e estavam no céu. Longe da proteção das árvores.

O ar fustigou seus rostos, fino e rarefeito. Talitha fechou instintivamente os olhos e segurou o fôlego.

– Funciona, patroa, tente respirar! – berrou Saiph.
Ela tentou inspirar, hesitante. O ar era fresco, o mesmo cheiro que tinha no mosteiro. Ela estava respirando. Respirando!

Baixou os olhos para o pingente pendurado no seu pescoço: o cristal de Pedra brilhava impetuoso ao lado do ramalhete de Talareth.

Inspirou longamente, e ficou tão contente que teve vontade de rir.

– Funciona! – exclamou, estreitando-se a Saiph com mais força.

Reparou que os cortes no pescoço do dragão vibravam, se abriam e fechavam. Compreendeu que funcionavam como as guelras de um peixe. Não serviam para respirar na água, mas para pegar ar onde outro ser teria morrido.

– Você estava certo – disse aos berros, para vencer o barulho das asas, mas Saiph não respondeu. Tinha virado o rosto para olhar atrás de si. Talitha acompanhou o seu olhar, e uma mistura de medo e excitação tomou conta dela.

Atrás deles, acima do Talareth da fazenda dos dragões que ia se afastando, estendia-se uma vastidão escura e desmedida. Já a tinham visto antes, na noite em que fugiram do mosteiro, mas não tão grande e profunda.

O céu.

Pontilhado por miríades de estrelas, reluziam nele duas finas foices, uma leitosa e a outra avermelhada. As luas. Talitha conhecia a forma delas, é claro: vira-as representadas em antigos pergaminhos e afrescos, realizados antes que as sacerdotisas proibissem a prática, tachando-a de blasfema. Mas assim, ao vivo, eram um espetáculo de tirar o fôlego, que dava um estremecimento no coração.

É proibido por isso, por isso ninguém pode vê-lo, porque é bonito demais, terrível demais.

Ficou imaginando como devia ser olhar de perto Miraval e Cétus, do jeito que as sacerdotisas faziam com os seus instrumentos. E ficou pensando em como seria quando Cétus queimasse Nashira, como afirmavam os documentos secretos guardados no Núcleo. Um céu flamejante, de fogo, que tudo devoraria. Homens, animais, árvores. Os dragões também iriam morrer, consumidos, apesar da sua pele espessa e da sua força.

Talitha fechou os olhos e virou a cabeça, forçando Saiph a fazer o mesmo.

– Não é um espetáculo para nós – disse com voz trêmula.

– Talvez a gente se acostume pouco a pouco – respondeu ele, mas a sua voz também falhava.

Talitha olhou para baixo. Lá de cima, Talária parecia completamente diferente. O preto da grama era recortado pelas linhas brilhantes dos rios. Sobrepondo-se àquela rede líquida, o entrelaçado complexo das vias presas aos Talareth como os fios de uma teia de aranha. Pareceu-lhe estranho que, apesar de todo aquele espaço vazio, as suas vidas transcorressem dentro das pequenas zonas cobertas pelas árvores. O mundo tinha infinitos caminhos, inúmeras estradas a serem exploradas, e eles, devido à natureza do lugar, só podiam percorrer algumas delas, aquelas já traçadas. A dependência da Pedra do Ar e as leis que proibiam a posse do precioso mineral por aqueles que não pertenciam à casta sacerdotal limitavam muito as possibilidades de explorar o desconhecido, de se aventurar por caminhos até então ignorados.

Nós estamos quebrando esta regra... Nós estamos desbravando novos caminhos, pensou numa mistura de orgulho e medo.

O lago Rélio apareceu ao longe, uma enorme extensão que reluzia na luz das duas luas.

– Ainda estamos muito longe de Danyria? – perguntou Talitha.

— Segundo o mapa, deveria ficar a dois dias de marcha. Mas na garupa de um dragão... muito menos – disse Saiph com um sorriso.

Sobrevoaram o Rélio sem qualquer problema. O dragão batia ritmicamente as asas, incansável, e eles aproveitavam o merecido repouso. Claro, ficar todo o tempo agarrados ao animal era cansativo, mas mesmo assim cansava muito menos que seguir a pé, com a constante ameaça de serem capturados. Ali, onde tinham certeza de que ninguém poderia alcançá-los, sentiam-se seguros. Não fosse pelo leve desassossego de não terem qualquer cobertura, sem a reconfortante copa de um Talareth entre eles e o céu, seria uma viagem perfeita.

Ao alvorecer, foram recebidos por um céu cinzento e compacto, como se alguém tivesse decidido esticar uma capa protetora entre eles e os sóis. Talitha achou aquilo alentador.

— O céu não o deixou assustado, ontem à noite? – perguntou a Saiph.

Ele deu de ombros.

— Fiquei com algum medo, é verdade, mas só porque não estamos acostumados a vê-lo. Desde que éramos crianças, não fizeram outra coisa a não ser nos dizer que olhar para o céu é pecado. Mas é apenas um montão de espaço escuro pontilhado de pequenas luzes.

— Não é bem assim, e você sabe disso. Acontece que embaixo de um Talareth podemos acreditar que somos únicos e especiais; podemos contar a nós mesmos que somos os prediletos dos deuses, e que Talária é todo o nosso horizonte. Mas quando você sai e levanta os olhos, aí percebe que não passamos de um ponto no meio do nada.

— Provavelmente é por isso mesmo que não querem que olhemos – disse Saiph.

A frase deixou Talitha pasma. Nunca tinha pensado naquilo. Por alguma razão, deixou um gosto agradável na sua boca, um vago sabor de liberdade. Estavam infringindo muitas regras e muitos tabus, e isso decerto a apavorava, mas também a enchia de uma estranha euforia. Como se, pela primeira vez na vida, e só por um momento, fosse realmente livre. Sorriu no escuro.

Atravessaram a fronteira do Reino do Inverno quase imperceptivelmente. Talitha imaginara uma grande fartura de neve, e um frio de gelar os ossos, mas na verdade só sentiu uma leve diminuição da temperatura.

– Cadê a neve? – perguntou.

– Um escravo nascido nestas terras, do palácio, contou que começou a derreter. Antes, chegava até o Reino do Outono, e ia até mais adiante, agora recua um pouco todos os anos.

Aqui também os efeitos de Cétus podiam ser sentidos, Talitha ficou pensando. Não importa para onde fossem, sempre acabavam encontrando os sinais do fim. Inexorável. Nashira estava mudando. Das alturas, divisaram uma multidão de rios que no mapa de Lanti não estavam marcados.

– O gelo derretido, afinal, tem de ir para algum lugar... – observou Saiph.

Não demoraram a avistar as primeiras cidades. Os Talareth também eram diferentes daqueles dos demais reinos: os troncos, longos e retorcidos, eram protegidos por uma casca espessa e escura. As folhas agulheadas eram verdes e compridas, formando tufos de vários tamanhos espalhados ao longo dos galhos.

Duas grandes cidades surgiam às margens do Rélio. Uma delas fora inteiramente inundada pelas águas, a outra só sobrevivera porque havia sido erguida sobre um rochedo. Saiph identificou-as no mapa.

– Kavissa e Kamta. Não estamos longe de Danyria.

O cristal da Pedra, no entanto, começava a ter uma luz mais mortiça, e ambos respiravam com mais dificuldade.

O dragão também avançava mais devagar, e os cortes no pescoço se abriam e fechavam agora num ritmo frenético.

— Não deveria durar mais o efeito do ramalhete na Pedra? — perguntou Saiph.

— Deveria sim, mas em condições normais. Nós respiramos rápido demais o ar que produzia — respondeu Talitha, preocupada.

— Ainda bem que estamos quase chegando — disse Saiph, indicando as cidades diante de si. — O nosso voo está prestes a acabar.

Foram forçados a pousar sob uma via com apenas poucas braças de largura. O dragão, esgotado, desmoronou no gramado logo que pisaram no chão. Os cortes no pescoço pulsavam frenéticos.

— Acha que vai sobreviver? — perguntou Talitha, ofegante.

— Só está cansado. Ele irá na direção de alguma via e vai se safar, você vai ver. Olhe, há uma logo ali.

Talitha ficou olhando por um bom tempo para o animal. Não haviam passado muito tempo juntos, mas de alguma forma criara afeição por ele. Afinal, salvara-lhes a vida.

Afagou o seu focinho, apoiou a testa em suas escamas.

— Não banque o bobo, trate de se salvar — murmurou, afastando-se.

Envolveu-se na capa e dirigiu-se à via, somente umas poucas braças acima das suas cabeças: agora estava mesmo com frio, um frio terrível, como nunca experimentara na vida. A capa era insuficiente para protegê-la, o gelo se insinuava através das botas. O ar, entretanto, tornava-se mais espesso à medida que subiam. Detiveram-se após uns dez minutos de escalada, sentados em uma forquilha. Respiraram fundo, enchendo de ar os pulmões e soltando pela boca densas nuvenzinhas brancas.

Acabaram ficando com as mãos e os pés gelados, e cada passo tornou-se uma tortura. A via ficou bastante íngreme. Assim como no trecho que haviam percorrido no Reino do Outono, transformou-se numa passarela suspensa sobre o abismo, com um lado preso à parede rochosa. De tão concentrada que estava na sua meta, Talitha quase não percebeu. Depois de encontrar o herege, tudo teria sentido: a morte da Irmã Pelei, o Guardião que matara, os roubos, todo o seu comportamento ao longo da viagem.

E depois?

Depois, ela não sabia. O plano se concluía naquele encontro. O herege iria deter a seca e a carestia? Poderia levar Cétus de volta ao seu sono? E como? Eram perguntas das quais tentava de toda forma se esquivar. Agora só importava encontrar aquele sujeito, esperar que ainda estivesse vivo. Tudo que vinha depois se perdia numa névoa indistinta.

A neve começou a cair ao entardecer. As tábuas de madeira sobre as quais se moviam começaram de repente a ficar cobertas de um véu esbranquiçado. Parecia farinha espalhada com uma peneira invisível.

Sonhara com ela durante toda a infância, e por muito tempo achara que nunca iria vê-la. Tocou-a levemente, e alguns flocos ficaram grudados nas pontas dos dedos. Eram minúsculos, mas perfeitos, e lhe pareceram algo lindo e de uma fragilidade infinita, justamente como Nashira. Bastou juntar os dedos para eles se desfazerem.

Continuaram a andar conforme a temperatura descia com a noite. O vento lá fora, gélido e insistente, fazia ranger a via que, em alguns lugares, parecia torcer-se na fúria das rajadas.

– Só espero que não falte muito, pois, do contrário, vamos congelar – observou Talitha, tentando controlar o tiritar dos dentes.

– Acho que um deus ouviu você – disse Saiph depois de virar a última curva da galeria. Mais alguns passos e Talitha o alcançou. A fortaleza estava diante deles.

Surgia em cima de um penhasco, totalmente despojado, a não ser pelo imponente Talareth que se erguia no topo. A construção se agarrava lateralmente à parede de pedra, com as ameias das partes mais elevadas roçando nos galhos mais baixos da árvore. Era um único e imenso torreão de forma pentagonal, mais largo na base e mais estreito para cima. A sua tosca muralha mostrava a presença de raras e minúsculas aberturas, mais parecidas com seteiras do que com verdadeiras janelas. A única entrada era uma pequena ponte levadiça que dava para o abismo. À luz do pôr do sol, o penhasco parecia ameaçador e austero; um lugar de trevas e de sofrimento, uma fortaleza inexpugnável. Talitha foi tomada por um sentimento de desalento.

– Mais um lugar com uma só entrada – observou Saiph.

Talitha apertou os punhos sob a capa.

– Certamente não é isso que vai me deter.

34

Talitha e Saiph esconderam-se onde a via se bifurcava e levava à passarela suspensa, atrás de um pequeno largo encoberto por ramos e folhas. Esperaram que os sóis se pusessem por completo, enrolando-se bem nas capas para aguentar o frio.

Na fraca luz das luas o panorama tornou-se espectral: os galhos do Talareth pareciam esticados para cima como dedos velhos e disformes. A fortaleza nada mais era que uma grande laje de escuridão, a não ser pelas frestas na parte mais alta, atrás das quais brilhava a luz de uma vela.

– Não deve haver muita gente lá dentro – observou Saiph.

– E ninguém na entrada – disse Talitha, perscrutando a via suspensa que chegava até o portão da fortaleza.

– Mas bastaria a presença de dois Guardiões atrás da porta para acabar com os nossos planos – acrescentou Saiph.

Um erro mínimo e todos os esforços feitos para chegarem lá teriam sido inúteis.

Enquanto isso, a neve começara a cair mais farta. Era um espetáculo tão insólito para quem chegava de um reino onde fazia sempre calor que ambos levantaram o rosto, admirando os flocos darem voltas no céu. A paisagem parecia imbuída de um estranho encantamento, o tempo parecia ter parado e todas as coisas pareciam transformadas. A neve encobria lentamente os galhos mais altos do Talareth, branqueando-os devagar e gelando-os num sono de quietude. Na sua candura, davam a impressão de trazerem promessas de paz, e Talitha sentiu-se reconfortada. Talvez ainda pudessem conseguir.

– Vamos – disse, desembainhando a espada. Atravessou correndo toda a via, com as tábuas gemendo e balançando sob os seus passos. Parou diante do arco do portão. Nenhum barulho se ouvia do outro lado da muralha, nada que se mexesse por perto. Então reparou numas manchas escuras perto dos seus pés, que a neve estava encobrindo. Mostrou-as a Saiph logo que ele chegou.

– Sangue – observou ele, curvando-se para tocar. – Aconteceu alguma coisa.

Examinou a entrada da fortaleza. Era uma pesada porta cravejada com grandes tachas de bronze, com pelo menos dez braças de altura e entreaberta para dentro. A madeira estava estilhaçada em vários lugares, e a barra de ferro que servia de ferrolho pendia solta, arrancada das dobradiças. Algo devia ter dado golpes tão violentos que até algumas tachas tinham se desprendido.

– Não estou gostando – murmurou Talitha.
– Nem eu. – Saiph sacou o punhal do cinto.

No interior estava quente, mas era um calor doentio. O cheiro que pairava no ar era algo que Talitha conhecia muito bem: o odor metálico do sangue, junto com o toque adocicado da putrefação. No breu mais completo, sentiu um terror cego apertar-lhe a garganta.

– Saiph, cadê você?

Os poucos instantes que ele levou para responder pareceram-lhe uma eternidade.

– Aqui... em algum lugar. Consegue arranjar luz?

Talitha procurou às cegas no bornal e encontrou um globo. Infundiu nele o seu Es e o vidro acendeu com uma suave luz azulada, iluminando o espaço em volta. Estavam num corredor estreito. No fundo, dois cadáveres apoiados nas paredes. Vestiam uma cota de malha de ferro, coberta por uma casaca preta na qual estava bordada uma flor de gelo, o símbolo da Guarda do Reino do Inverno.

Saiph aproximou-se dos corpos.

– Preciso de luz – disse.

Talitha levantou o globo. A pele dos dois Guardiões tinha o aspecto de cera derretida e depois solidificada. Um estava de olhos abertos e as suas pupilas refletiam aquela luz tênue.

– Não creio que tenham morrido há mais de dois dias – disse Saiph.

– O que o leva a pensar isso?

– Sou um escravo, patroa. Os escravos morrem o tempo todo, e eu... já tive que lidar com vários cadáveres. Embora nunca tenha visto nenhum nessas condições.

Talitha se lembrou do escravo morto a pauladas na tarde em que partiram para Larea. Sabe-se lá quantas vezes já tinha acontecido, sabe-se lá quantas vezes Saiph tivera de assistir àquelas matanças, ou até de cuidar dos corpos.

Avançaram devagar ao longo do corredor. Lá fora o vento voltara a soprar com força e o seu uivo enchia o edifício inteiro com um gemido lamurioso e sinistro. Talitha ficou arrepiada, mas preferiu pensar que se devia ao frio.

Desembocaram num aposento quadrado, com umas dez braças de largura, mas de pé-direito muito alto, sob o qual o vento encanava produzindo um ruidoso assovio. Era o núcleo principal da prisão. Ladeando uma escada que subia até o teto, havia as portas metálicas das celas, quase todas escancaradas e aparentemente vazias. No térreo, o chão estava apinhado de corpos. Havia Guardiões, mas também prisioneiros vestindo suas esfarrapadas túnicas de pano.

Talitha avançou entre os cadáveres. Eram todos talaritas.
– O que acha que aconteceu? – gritou, para sobrepujar o barulho do vento. Sua cabeça rodava, e estava enjoada.
– Só pode ter sido uma rebelião. A minha gente atacou os guardas e fugiu.
– Precisamos dar uma olhada nas celas.
– Se o herege estiver vivo, deve ter fugido também.
– Não interessa! Precisamos verificar – insistiu Talitha. – Viemos até aqui, não podemos nos dar o luxo de ser descuidados.

Começaram a subir a escada. Embora lá de baixo parecesse íntegra, em vários lugares estava insegura e queimada. A rebelião devia ter sido muito sangrenta.

Talitha entrou na primeira cela. Não passava de um cubículo quadrado com paredes de apenas duas braças. Não havia qualquer móvel, somente um pouco de palha imunda amontoada num canto e uma bacia de barro no chão. O teto era extremamente baixo, tanto que teve de curvar-se para entrar. Não havia janelas. Imaginou como devia ser viver num lugar como aquele, e foi na mesma hora tomada por uma sensação de opressão. Apoiou a mão na porta, assustada com a ideia de que pudesse fechar-se e trancá-la lá dentro.

– Aqui não há nada. Vamos continuar procurando – disse.

Subiram um andar depois do outro, examinando cada aposento com um cheiro de morte a acossá-los. Foram forçados a passar por cima de alguns cadáveres meio devorados pelo fogo ou deitados numa poça de sangue coagulado. As celas, fechadas, também estavam vazias, mas sem qualquer sinal de alguém ter morado nelas. Provavelmente, na hora da rebelião já estavam vagas.

Quando faltava só mais um andar, procederam com passos lentos e extremamente cuidadosos. Era por aquelas janelas que tinham vislumbrado alguma claridade.

O último andar ficava logo abaixo do telhado, com um passadiço de madeira para o qual davam seis portas, duas de cada lado. Estavam todas fechadas.

Talitha percebeu uma leve luminescência que transparecia por baixo de uma das portas. A luz, trêmula, parecia a de uma vela. Não podia ter ficado acesa durante dias, após a revolta. Devia certamente haver alguém lá dentro.

Seu coração se encheu de esperança. Talvez fosse o herege, talvez a viagem não tivesse sido em vão... O seu primeiro impulso foi abrir a porta, mas se deteve. O homem não sabia que estavam procurando por ele, não podia imaginar o que tencionavam fazer. Talvez estivesse escondido, assustado, ou talvez os aguardasse com uma arma na mão. Levantou a espada e fez um sinal a Saiph.

Mas a porta se escancarou pelo lado de dentro antes de terem tempo de fazer qualquer coisa. Não era o herege que estava ali, mas uma horda de femtitas que jorraram como sangue de uma ferida, armados de espadas e punhais, investindo contra eles aos berros.

Talitha começou a rodar a espada em todas as direções, e por todos os lados encontrava aço inimigo e o estilhaçava. O ar encheu-se de faíscas e de gritos.

Um femtita armado de espada avançou contra ela, forçando-a a recuar até a borda do passadiço. Ela se esquivou bem na hora e o agressor, levado pelo próprio impulso, acabou caindo por sobre o parapeito, mas logo teve de enfrentar um segundo adversário, empurrando-o para trás e forçando mais outro a recuar para não ferir o companheiro à frente. Porém eram muitos, eram demais! Apesar de não serem bons espadachins, eram superiores em número. Mais dois já iam se aproximando, cautelosos, tentando deixá-la no meio, enquanto um terceiro se preparava para golpeá-la com um punhal. Talitha, com raiva, fincou a sua lâmina na coxa do homem e se encostou à parede para melhor enfrentar os dois que a cercavam.

Naquela mesma hora um grito sobrepujou o fragor das armas:

— É Saiph! Parem, é Saiph!

As espadas que estavam se chocando com a de Talitha se detiveram. Ela também parou e virou os olhos na direção do grito. Saiph estava no chão, e um femtita estava ajoelhado ao seu lado. Pareciam ter parado no meio de uma luta mortal.

— É Saiph — repetiu o sujeito, e ajudou-o a se levantar.

O nome passou de boca em boca entre os femtitas, que se amontoaram em volta, dando-lhe palmadas nas costas e ajudando-o a se recuperar. Saiph estava confuso, olhava aqueles rostos sem entender. Então viu Talitha cercada pelos agressores.

— Deixem-na em paz! — gritou.

Todos olharam pasmos.

— É a talarita que você raptou?

— É uma longa história — disse ele. — Mas ela está comigo, não lhe façam mal.

Um dos femtitas chegou mais perto. Era relativamente idoso, com o rosto macilento sombreado por uma barba híspida. Devia ser o chefe.

— Garante pela moça? — perguntou com dureza.

— Garanto. — Saiph apressou-se a dizer.

O femtita que a mantinha sob a mira da espada baixou a arma, e Talitha fez o mesmo.

— O que estão fazendo aqui? — quis saber o chefe.

— Viemos procurar uma pessoa — respondeu Saiph. — Achamos que estava presa aqui. Queríamos... libertá-la.

— Sozinhos? Contra todos os guardas?

— Estávamos contando com a sorte. Encontrar a tal pessoa é de vital importância.

— A pessoa que procuramos vem do deserto, e não é nem femtita nem talarita — interveio Talitha.

— Ninguém a autorizou a falar — disse o chefe com desdém.

Talitha olhou para Saiph e ele lhe fez sinal para se calar.
– Então, vocês o conhecem? – perguntou.
– Claro que conhecemos – respondeu o chefe com um sorriso. – Foi ele que nos libertou.

Dali a uma hora estavam todos reunidos ao redor da chama de uma lareira de pedra no amplo aposento que havia sido o alojamento dos Guardiões. O chefe apresentara-se como Gerdal, e dissera ter sido condenado à prisão perpétua por ter atacado um talarita. Em geral, os femtitas eram justiçados imediatamente quando se manchavam por um crime, mas o caso de Gerdal fora considerado tão grave que a morte havia sido considerada misericordiosa demais. Teria de passar o resto da vida trancado no buraco de uma cela, um destino que compartilhava com outros prisioneiros femtitas culpados de crimes parecidos.
– A minha acusação era falsa – disse o idoso femtita com desdém. – Embora ninguém quisesse acreditar.
– Fale-nos do herege – insistiu Talitha.
– Chegou de noite – contou Gerdal –, vestindo uma espécie de longa capa de lã, e encapuzado. Era evidente que não queria mostrar o seu rosto. Pensamos até que se tratasse de você – disse virando-se para Saiph. – O femtita mais procurado dos quatro reinos.
– Continue – exortou-o Saiph, sem jeito. Não conseguia acostumar-se àquele tratamento de herói que todos lhe davam, embora soubesse que fora justamente a fama que salvara a vida dele e de Talitha.
– Torturavam o pobre coitado o tempo todo. Quem cuidava dele era Ganemea em pessoa, o carrasco.
Ao ouvir aquele nome, Saiph estremeceu.
– Você o conhece? – perguntou Talitha.
– Todo femtita o conhece – respondeu ele. – É um antigo sacerdote, a única pessoa no mundo que consegue realmen-

te torturar um femtita. Sabe infligir mais de cem bordoadas com o Bastão sem matar a vítima.

Gerdal cuspiu no chão.

– Era. A sua cabeça foi fincada em uma estaca do lado oeste da torre. Foi o herege, quando cansou de ser espancado. – Fez uma pausa. – Nunca gritava, quando o torturavam, por mais que Ganemea se esforçasse. Tiravam-no da cela ao escurecer e o traziam de volta antes da alvorada. Então, certa noite, ouvimos os gritos dos guardas e ruídos de luta. O herege se soltara. E conseguiu nos soltar também, porque as portas das celas de repente se abriram. E finalmente pudemos vê-lo.

– Como era? – perguntou Talitha, fremente.

– Era... estranho. Tinha cabelos completamente brancos, longos até os ombros, magérrimo, mas dotado de uma força incrível. Vi-o segurar um guarda com uma só mão e jogá-lo contra a parede como um boneco. E nas escápulas, aqui... – indicou em suas costas – tinha algo como dois ossos ensanguentados, salientes. A coisa mais incrível, no entanto, era a fúria com que lutava. A sua arma era um cajado, um mero cajado, e mesmo assim com ele era capaz de enfrentar e vencer oito homens armados até os dentes. Movia-se como nunca vi ninguém se mover, tão rápido que quase não dava para ver. Percebeu que eu estava olhando pela cela aberta, e sabe o que ele falou? "Vai ficar parado aí ou vai ajudar?" Tinha um sotaque estranho, que nunca ouvi antes. Ajudei-o com os guardas, e depois os outros também. Três horas mais tarde, a prisão havia sido tomada.

– Perguntaram quem era? – quis saber Saiph.

Gerdal anuiu:

– Claro que sim. Ele riu na minha cara. "Ninguém que vocês conheçam", respondeu. Perguntei se queria ficar conosco, e disse que estávamos decididos a nos unir aos rebeldes. Ele riu ainda mais, e contou que estava procurando algo, que tinha um caminho a seguir. Pegou uma espada, alguma comida e foi embora.

Talitha estava pasma:

– Deixaram que partisse?

Gerdal olhou para ela, irritado.

– E o que podíamos fazer? Ele salvou as nossas vidas.

– E não disse para onde ia? – perguntou Saiph, tentando apaziguar os ânimos.

Gerdal deu de ombros.

– Para o norte, acredito.

– Para os Montes de Gelo – acrescentou alguém. Saiph olhou interrogativo. – Pois é – continuou o sujeito, um tanto desnorteado devido à atenção que lhe era dedicada. – Disse que ia para lá enquanto saqueava a despensa.

– Se eu fosse vocês, não pensaria mais no assunto. Não parecia um sujeito que gosta de companhia.

– Não temos escolha – replicou Talitha, nervosa. *Se pelo menos eu tivesse chegado antes*, pensou.

– Você também quer ir atrás dele? – perguntou Gerdal a Saiph.

– É a minha intenção.

– Poderia ficar aqui – propôs outro – e deixar a caçada com a talarita. Não há lugar mais seguro do que este, agora. A fortaleza é nossa, mandamos mensageiros aos rebeldes para que venham para cá. E aqui mesmo começará alguma coisa grande, Saiph, algo que mudará Talária para sempre. – Os rostos em volta da fogueira, de repente, haviam se tornado mais atentos, ansiosos. – A escravidão femtita está para acabar, estamos cansados de esperar que o Último venha nos salvar. Precisamos nos salvar sozinhos. E, de qualquer maneira, muitos pensam que *você* é o Último.

Um silêncio profundo seguiu-se àquelas palavras. Todos os olhares estavam fixos em Saiph.

Ele sentiu os pelos da nuca eriçarem.

– Sou somente um mero femtita, como vocês.

Gerdal botou uma das mãos no seu ombro.

– Ninguém jamais fez o que você fez: incendiou um mosteiro! Raptou uma condessa talarita, e ainda está livre! O conde Megassa está à sua procura, babando furioso, esperando acabar com você.

Talitha estremeceu de leve ao ouvir o nome do pai. Uma sensação insólita, quase de alheamento, tomou conta dela, como se o homem que lhe dera a vida não fosse o mesmo de quem estavam falando.

– Saiph, a sua presença entre nós é a arma de que precisamos. Os femtitas que ainda não se rebelaram por medo obedecerão às suas ordens num piscar de olhos.

Ele ponderou longamente a resposta, mas não demorou a entender que só havia uma coisa a dizer.

Baixou a cabeça e sorriu.

– Vou pensar no assunto, mas agora preciso dormir.

Aprontaram duas camas no aposento ao lado, perfeitamente igual àquele em que se encontravam. Acenderam o fogo, deram-lhes de comer e, finalmente, deixaram-nos sozinhos.

Talitha esperou que fechassem a porta.

– O que quer dizer com "vou pensar no assunto"? – bufou. – Quer mesmo deixar-me sozinha? Sabe muito bem que...

– Apronte as suas coisas – interrompeu-a Saiph, ríspido. – Vamos embora. Não nasci para ser nem revolucionário nem chefe, e não gosto de como estas pessoas olham para mim.

O rosto de Talitha suavizou-se na mesma hora.

– Agora sim estou reconhecendo o bobão do meu escravo.

35

Saíram sorrateiramente da fortaleza no mais absoluto silêncio. Talitha sugeriu levar alguma comida e agasalhos para se protegerem do frio, mas Saiph foi irredutível.

– Não me sentiria bem roubando esta gente: estão lutando pelo meu povo – disse. – E mesmo que não me junte à sua revolta, não quero ser um obstáculo.

Contra a vontade, Talitha concordou.

– Tentaremos fazer com que as poucas frutas que sobraram sejam suficientes.

Dirigiram-se para o norte, sob um frio cortante e a neve que continuava caindo. Vez por outra algum floco abria caminho entre a ramagem e morria em suas capas.

Quando a fortaleza ficou muitas léguas para trás, o bastante para que se sentissem tranquilos, pararam a fim de retomar o fôlego num abrigo à beira do caminho. Ali, pelo menos, o frio não era tão intenso.

– Os Montes de Gelo são uma cadeia imensa e cheia de minas – disse Saiph examinando o mapa de Lanti.

– E o herege poderia estar escondido em qualquer lugar... desde que de fato tenha ido para lá – observou Talitha.

– Não temos escolha, a não ser procurar por ele. Mas não podemos seguir em frente às cegas.

Talitha fitou-o.

– E qual seria a sua proposta?

Saiph indicou um ponto no mapa de Lanti.

– Esta aqui é Orea, uma aldeia de mineradores logo na primeira montanha da cadeia. Só escravos femtitas moram lá, entre os quais alguns parentes meus. Talvez possam nos ajudar, contar se alguma coisa estranha aconteceu nos últimos dias. Se alguém *estranho* apareceu.

– Você tem medo dos seus semelhantes que o consideram uma espécie de messias, e agora quer se esconder entre eles?

– São meus avós, nunca me trairiam. E são pessoas que conhecem as montanhas como ninguém.

Talitha ficou calada, esfregando os pés doloridos de frio.

– Lembra no começo, logo que cheguei ao mosteiro e só pensava em fugir? – disse em seguida. – Eu pensava que podíamos nos refugiar em Beata. Não tinha ideia de como chegar lá, só pensava em sermos livres, *livres*, está me entendendo?

Saiph sentiu uma profunda tristeza. Bem que teria gostado, com todas as suas forças, de imaginar um lugar onde aquele abismo que os separava, que o impedia até de pensar no nome dela, não existisse. Mas nunca acreditara na existência de Beata, e Talitha sabia disso.

– Mesmo chegando lá – continuou Talitha depois de um curto silêncio –, quando Cétus enlouquecer, morreremos de qualquer maneira. Portanto, se não encontrarmos o herege, nem adianta pensar no assunto. Qual é o caminho, então?

Saiph indicou uma trilha no mapa. Começava a clarear e já dava para ler sem recorrer ao globo luminoso.

– Há uma via um pouco maior do que esta aqui, para oeste, mas há um problema.

– Que problema?

– Daqui em diante o caminho será muito mais frequentado. Caravanas, viajantes. Já nos arriscamos demais para chegarmos aqui. Mais cedo ou mais tarde alguém vai nos reconhecer. Uma talarita e um femtita que viajam juntos... damos muito na vista. E pode ser que as pessoas que encontrarmos na estrada não sejam tão amigáveis quanto as que deixamos na fortaleza...
– No que está pensando?
– Só há uma solução: eu preciso mudar de cara. E você não pode continuar sendo uma talarita.

Coube a Saiph encontrar o que precisavam num pequeno vilarejo no caminho. Sozinho, ninguém o reconheceu. Talitha esperou por ele, escondida no abrigo ao lado da via, mas pensou o tempo todo que podiam capturá-lo e se angustiou achando que deveria ter ido com ele. Contudo, era a única possibilidade, ainda que arriscada.

Saiph voltou com um alforje a tiracolo cujo conteúdo lhe custara os poucos nephens que conseguira ocultar antes que acabassem nas mãos de Melkise.

Trouxe roupas femtitas de péssima qualidade, mas quentes, e uma variedade de ervas com que prepararam cremes e tinturas.

Duas horas mais tarde, Saiph passou no rosto de Talitha o último pano embebido de cor.

– Pronto – disse.

Talitha abriu os olhos.

– Como estou?

– Uma perfeita mestiça.

Ela suspirou e passou as mãos nos cabelos. Experimentou uma estranha sensação ao vê-los tão desbotados, sem aquele seu esplêndido tom vermelho-vivo. Haviam sido necessárias três aplicações para torná-los vagamente esverdeados.

– Não vai funcionar – falou.

– Claro que sim. Estão procurando uma cabeça vermelha e uma pele cor de tijolo. Não vão nem olhar para uma garota pálida de cabelo quase verde. Seremos dois femtitas trabalhando para algum patrão, ninguém prestará atenção.
– Agora é a minha vez. Prepare-se – disse Talitha, mergulhando os dedos numa mistura arroxeada.
Quando acabou, afastou-se para admirar o resultado do seu trabalho. Caiu na gargalhada.
– De alguma forma, lhe cai bem – comentou, tentando conter o riso.
O rosto de Saiph, agora, estava deturpado por um enorme sinal de nascença, uma mancha escura que sobressaía na candura da pele e alterava os traços.
– Pois é, muito divertido – resmungou ele, sem achar a menor graça e juntando as suas coisas.
Talitha admirou o seu novo semblante espelhando-se na lâmina da espada. Apalpou a camada de creme esbranquiçado que lhe cobria o rosto.
– E se derreter?
– Com este frio? Impossível – tranquilizou-a Saiph.
– Mas poderiam me reconhecer pela minha maneira de falar: não tenho o sotaque femtita, perceberiam logo que não sou uma de vocês.
Saiph ficou pensando.
– Fingirá ser muda – disse afinal. – Por estas bandas não é raro encontrar escravos cuja língua tenha sido cortada.
– Hummm – resmungou Talitha.
– Ótimo, vejo que já se acostumou com o papel. Vamos, está na hora de partirmos.
Saíram do abrigo e seguiram adiante.
Depois de meio dia de marcha, chegaram a Oltero. Era um vilarejo cinzento e frio, enroscado em volta de um Talareth doentio. Haviam se deslocado um pouco para o norte, mas agora estavam numa altitude mais baixa, razão pela

qual a neve já não cobria de branco toda a paisagem. As casas eram humildes construções de pedra com formato cônico, e ninguém circulava nas ruas.

Perambularam devagar, suas botas estalando no terreno gelado. Os poucos transeuntes que acabaram encontrando nem olharam para eles e, quando algum femtita parecia olhar mais atentamente para Saiph, ele se limitava a puxar o capuz por cima da cabeça, como se tivesse vergonha da mancha que lhe estragava o rosto.

Para Talitha, o pior era ter de se deslocar sem a espada na cintura. Os femtitas não carregavam armas, e usar uma espada teria chamado a atenção. Por isso a havia embrulhado em trapos e escondido embaixo da capa, numa posição que tornaria muito difícil desembainhá-la com rapidez.

Entraram numa hospedaria, onde mendigaram umas sobras de comida. Enquanto esperavam que o dono voltasse com alguma coisa da cozinha, ficaram prestando atenção nas conversas dos clientes, esperando ouvir algo que pudesse levá-los ao herege. Nada. Nenhum fato digno de atenção havia acontecido nos últimos dias, nenhum acontecimento a ser comentado no calor fumacento do lugar.

Foram embora decepcionados e dirigiram-se à saída do vilarejo. Seguiram pela via que levava aos Montes de Gelo. Ficavam cada vez maiores no horizonte, mas ainda pareciam distantes demais, inalcançáveis.

Talitha frequentemente imaginava o que o herege poderia estar fazendo naquele momento. Talvez estivesse escondido em alguma mina, ou talvez tivesse seguido o seu caminho, afastando-se cada vez mais deles. Aos femtitas da fortaleza, dissera que estava procurando alguma coisa. Mas o quê? O que estava buscando, aquele ser que as sacerdotisas temiam? E, se podia deter o avanço de Cétus, por que já não estava fazendo isso?

Mas eram perguntas fadadas a ficar sem resposta, pelo menos até que pudesse encontrá-lo.

Com a chegada da noite, não conseguiram encontrar outro abrigo no caminho. As forquilhas dos Talareth, por ali, eram estreitas demais para abrigar um refúgio, e o único que encontraram estava meio desmoronado e inabitável. Envolveram-se nas capas e Talitha adormeceu na mesma hora, esgotada de cansaço. Saiph preparou-se para vigiar, mas ele também estava extenuado, e depois de uma hora caiu de exaustão, miseravelmente.

O que os despertou, poucas horas mais tarde, foi a lâmina de uma arma em suas gargantas. A via estava cheia de talaritas de aspecto rude, armados até os dentes. Por um instante Talitha pensou que haviam sido capturados pelos Guardiões, mas então percebeu que aqueles homens não vestiam qualquer tipo de uniforme, e que não faziam ideia de quem fossem os seus prisioneiros. O que parecia o chefe, um sujeito atarracado com a boca cheia de dentes quebrados, espetou-a com a espada.

– Então, quem é o seu patrão? Responda, mestiça.

Talitha olhou para Saiph, perdida.

Ele livrou-a do impasse:

– O nosso patrão é da Casa do Barranco de Fogo, no Reino do Outono. Enviou-nos às minas para... comprar gelo.

O homem coçou a barba espessa.

– É mesmo? Tem alguma prova disso, algum passe?

– Perdemos o documento durante a viagem – justificou-se Saiph. – Não pode nos deter. Nosso patrão vai nos castigar se demorarmos demais.

Com horror, Talitha viu um dos homens pegar sua espada.

– E isto aqui? Foi o seu patrão que lhe deu, para defender-se?

Todos riram grosseiramente. Talitha já ia reagir, mas Saiph segurou o seu braço.

A espada foi entregue ao chefe, que virou-a entre as mãos. Ainda estava disfarçada, como quando partiram da casa de Lanti.

– Bonita velharia, parabéns – disse o homem, examinando-a –, mas uma velharia que não é feita para escravos. – Prendeu a arma na cintura e fez um sinal a um dos seus. Ele fez estalar um chicote na ponta do qual brilhava uma tênue luz azul, e baixou-o duas vezes, primeiro nas costas de Saiph e depois nas de Talitha.

O homem voltou a coçar a barba.

– Agora vou lhe contar o que eu acho, escravo. Vocês dois não pertencem a ninguém, a ninguém mesmo, e fugiram para se juntar aos rebeldes.

– Não, senhor, eu vos asseguro... – Saiph procurou abrandá-lo, mas o homem jogou-o no chão com um pontapé.

– Cale-se! Na minha terra, os que são como você só falam se alguém os interroga. E, de qualquer maneira, estão longe demais de casa. Sabe quantos femtitas acabam se perdendo por aqui, quando têm sorte e não morrem congelados?

– O homem fez um sinal aos que estavam atrás dele, que acudiram para segurar Saiph e Talitha. – Seu patrão poderá substituí-los sem maiores problemas.

– O que pretende fazer? – perguntou Saiph.

– Nada. Não disseram que queriam ir às minas? É para lá que os levarei. Junto com os outros.

– Que outros? – perguntou Saiph, trêmulo.

– Os outros escravos. Devíamos levar cem para as minas, mas dois morreram no caminho. Vocês ficarão no lugar deles.

36

Levaram-nos para uma ampla construção circular, bem no meio de um pequeno vilarejo. Os caçadores de escravos os jogaram lá dentro e fecharam a porta com um baque surdo. Talitha achou que ia sufocar devido ao fedor e à sensação de opressão. As pessoas estavam apinhadas por todo canto, as crianças nos braços das mães, corpos abandonados em cima de mais corpos. Não se conseguia ver nem um pedacinho de chão livre. Em sua maioria, os escravos dormiam, cansados após as privações do dia, mas alguns levantaram a cabeça na direção da entrada.

– Quem está aí? – murmurou alguém.

– Amigos – disse Saiph baixinho.

O sujeito abriu caminho do fundo do aposento. Talitha e Saiph também se aproximaram dele e, na fraca luz que entrava pela janela, viram que se tratava de um homem de meia-idade, de olhos claros brilhando no escuro.

– Quem são vocês?

Saiph agachou-se ao seu lado.

– Viemos... do Reino do Outono. Fomos capturados no caminho.

– Foram Yarl e os seus homens. Pegaram muitos de nós com a desculpa de sermos fugitivos que queriam juntar-se aos rebeldes. Não era verdade, mas não faz diferença. Vamos morrer nas minas de gelo. – Dirigiu-lhe um último olhar, deu de ombros e voltou a baixar a cabeça, em silêncio.

– Não podemos ficar aqui – sussurrou Talitha.

– Não temos escolha, por enquanto. Já viu quantos guardas estão de vigia? Além do mais, ficaram com a sua espada.

Talitha sentiu uma onda de raiva invadir seu peito: com o passar do tempo, a Espada de Verba havia se tornado quase uma extensão do seu corpo, algo do qual não podia prescindir. Parecia-lhe que as mãos daquele escravagista a estivessem profanando.

– Fugir agora é impossível – continuou Saiph. – São pessoas acostumadas com os rebeldes, não demorariam a nos pegar. E, afinal, estão indo para os Montes de Gelo, para onde também estávamos nos dirigindo. De qualquer forma, vamos passar por Orea, e ali pediremos ajuda aos meus avós. Por enquanto podemos aproveitar a comida que nos darão e viajar mais seguros, misturados aos demais escravos.

Talitha olhou em volta e achou que desta vez era realmente demais, que não conseguiria suportar aquele lugar. Mas só durou um instante. Deixara para trás aquela Talitha. Iria aguentar qualquer coisa para alcançar o seu objetivo.

Ajeitou-se o melhor que pôde. O ar não só tinha um cheiro insuportável, como também estava cheio de ruídos: corpos que se mexiam, respiros ofegantes, roncos pesados, crianças chorando baixinho. Nunca antes estivera num lugar tão insalubre e apinhado de gente. Forçou-se a ficar calma e fechou os olhos. A imagem de Lebitha acompanhou-a lentamente num sono profundo.

Despertou sobressaltada ao estalar de um chicote. Um grito, depois mais um estalo, e a multidão humana deitada no chão agitou-se como um mar tempestuoso. O pânico espalhou-se e Talitha receou ser esmagada, mas Saiph apertou com força a sua mão.

– Pode ficar tranquila, estou aqui ao seu lado.

Talitha lembrou de repente onde estava. Fez um esforço para rechaçar o medo. Havia cem femtitas, e os escravagistas eram apenas dez, mas pareciam perfeitamente capazes de manter a ordem com os seus chicotes, providos de um pequeno fragmento de Pedra do Ar.

Passaram entre a multidão e apertaram anéis de metal ligados a uma longa corrente nos tornozelos dos escravos. Nem mesmo as crianças foram poupadas.

Talitha se retesou instintivamente quando um deles, um talarita sujo e magro, de cabelo amarelado e traços marcados, se aproximou dela. Mas não conseguiu dizer uma palavra sequer, pois ele foi logo apertando, rudemente, os anéis em volta dos seus tornozelos. Depois foi a vez de Saiph. O rapaz não deixou transparecer qualquer emoção quando o primeiro anel se fechou, e deixou que o escravagista concluísse o seu trabalho. Talitha lembrou que já devia estar acostumado àquele tratamento.

Fizeram com que se levantassem com mais um estalo do chicote e forçaram-nos a sair do barraco em fila indiana. Do lado de fora o ar estava gelado, e a respiração se condensava em vaporosas nuvens brancas. Estavam presos aos pares, e Talitha sentiu-se aliviada quando se viu atar a Saiph. Não conseguiria aguentar sozinha. Os últimos dois da fileira foram encarregados de arrastar um carrinho com cântaros de água, verduras e comida mais substancial para os escravagistas.

Quando ficaram todos em formação, os chicotes voltaram a estalar e a marcha começou. Seguiram por uma via periclitante, com tábuas faltando em vários lugares e manchas de musgo crescendo entre elas, o que tornavam a madeira escorregadia. Os chicotes não paravam de estalar acima das suas cabeças, fazendo gemer não só os femtitas golpeados com a Pedra, mas também Talitha, que sentia as chibatadas arderem na pele.

Seguiram andando o dia todo, sem parar. Quando ficou claro que nem mesmo o mais robusto deles conseguiria dar mais um passo, os escravagistas ordenaram uma pausa e distribuíram verduras cruas aos femtitas. Talitha recebeu um molho de urtiga, murcho e frio como uma pedra de gelo. Tirando as folhas podres, sobrou muito pouco para comer, mas naquele momento pareceu-lhe a mais delicada iguaria. Comeu devagar, saboreando cada bocado, e quando acabou se sentiu mais faminta do que antes.

Já na calada da noite, pararam numa hospedaria miserável que oferecia pouca proteção contra o frio. Fendas nas paredes deixavam entrar o vento gelado e, no andar de cima, não havia quartos de verdade, somente amontoados de palha jogados no chão, nos quais cada um se deitava tentando agasalhar-se com seus próprios cobertores. Os escravagistas dormiram ali, e os escravos foram trancados nos estábulos.

Mais uma vez, Talitha e Saiph acabaram espremidos entre a multidão de corpos, num espaço tão reduzido que só lhes permitia dobrar os joelhos contra o peito.

No jantar, receberam uma sopa, que engoliram em silêncio. Talitha teria pagado mil nephens por um pedaço de carne, mas naquela gororoba boiavam apenas verduras insossas e umas raras bagas de rio.

O homem da noite anterior ficou novamente perto deles. Agora que podiam vê-lo melhor, na luz das tochas dos escravagistas que distribuíam a comida, perceberam que era bem mais velho do que haviam imaginado, a pele do seu rosto era dura e marcada como couro.

– Venho de uma família talarita do Reino do Inverno – contou. – A minha patroa morreu e a filha achou que eu estava velho e fraco demais para cuidar dos afazeres domésticos. De forma que me vendeu e me mandou para morrer por aqui. – Engoliu uma colherada de sopa. – Os últimos meses sem a patroa foram um inferno. A filha é uma mulher cruel e cheia de vontades. Mesmo assim, juro, preferiria ter ficado por lá antes de acabar enterrado nos Montes de Gelo.

– A vida de um escravo é difícil em qualquer lugar, não há onde encontrar um pouco de paz – disse Saiph.

O velho fitou-o mais atentamente.

– O seu rosto me lembra alguma coisa... Não fosse por essa mancha feia que lhe deforma a expressão, diria até que já nos vimos antes.

Saiph baixou a colher, tentando disfarçar o embaraço.

– Não, não creio. Deve estar me confundindo com alguém.

– Huuum... Pode ser, mas juraria que já vi o seu rosto em algum lugar.

O velho recomeçou a comer, e então olhou para Talitha.

– E ela?

Talitha estremeceu. Se aquele homem percebesse que não se expressava com o sotaque sibilante dos femtitas, praticamente impossível de ser imitado por quem não o falasse desde o nascimento, entenderia que não era uma escrava. Então ela baixou a cabeça em cima da tigela de sopa e se manteve calada.

– É uma mestiça, como você pode ver. Filha bastarda de um talarita e de uma escrava.

O velho anuiu, sério. Obviamente não era raro que isso acontecesse.

– Por que não fala?

– É muda.

O velho demorou um bom tempo a observá-la, e Saiph não soube se tinha realmente acreditado.

– Quer dizer que poupará o fôlego para as minas – disse afinal com um sorriso, e voltou à sua sopa.

Talitha e Saiph se afastaram com uma desculpa.
– Precisamos ir encontrar os meus avós o mais rápido possível – murmurou Saiph. – Aquele homem estava a ponto de me reconhecer. Deve ter visto o cartaz em algum lugar.
Talitha ia falar, mas Saiph botou um dedo nos seus lábios.
– Precisamos aguentar mais um pouco. Orea ainda está longe.
Talitha suspirou conformada, e depois concordou.

Marcharam por mais seis dias sem parar, a não ser para umas poucas horas de sono, sob a constante ameaça das chicotadas. Para Talitha, pareceu um único e interminável pesadelo. À sua volta, escravos moribundos que mal conseguiam arrastar-se no caminho gelado, e seus algozes que os golpeavam por qualquer motivo. Ficaram com raiva de uma criança porque andava devagar demais, e lhe aplicaram cinco chibatadas, de forma que em seguida a mãe foi forçada a carregá-la nos ombros. Talitha percebeu que nunca tinha sentido tamanho ódio de alguém, nem mesmo das sacerdotisas, apesar de elas bem merecerem. Com os escravagistas era outra coisa. Com aqueles olhares nojentos, os sorrisos de escárnio, os chicotes sempre prontos, pareciam-lhe animais sem alma, e nos seus olhos vazios só conseguia identificar uma infinita aridez. Só de ver aquele que lhe tirara a espada, e que ainda a usava atrevidamente presa à cintura, o sangue lhe subia à cabeça.
Ao alvorecer do sétimo dia, afinal, Orea apareceu no horizonte. Talitha nunca tinha visto um Talareth tão doentio. Os galhos mais baixos estavam completamente despojados, e só nos ramos mais altos ainda resistiam reduzidos tufos de folhas finas. Muitos ramos estavam secos e se dobravam na direção do solo, prestes a cair.
As casas eram uns barracos de madeira erguidos de qualquer jeito. Só havia uma construção de pedra, provavelmente

a que era ocupada pelos escravagistas, e surgia não muito longe do tronco do Talareth.

Um córrego meio gelado cortava o vilarejo em dois, lambendo as raízes da árvore. Apesar de tudo, a aglomeração não era tão pequena e devia abrigar várias centenas de pessoas amontoadas num espaço relativamente exíguo. Ao fundo, imponentes, erguiam-se os Montes de Gelo, uma cadeia extensa e recortada, formada exclusivamente por grandes placas de gelo, interrompidas aqui e ali por profundas fendas. Sob os Talareth que cobriam toda a sua superfície, vislumbravam-se cumes pontudos e irregulares e, entre as íngremes vias, viam-se profundas cavidades escuras que pontilhavam as encostas como golpes de cinzel. A cor, além do mais, era extraordinária: o verde do Talareth se alternava com um branco levemente azulado que assumia tons de um azul intenso nos lugares à sombra, e se tornava quase negro na altura das fendas. Havia pouca luz, mas mesmo assim as montanhas brilhavam, e quando Talitha desviou o olhar, miríades de faíscas luminosas continuaram dançando em seus olhos.

A nossa casa, não sei por quanto tempo, pensou com um arrepio.

Depois de muitos empurrões e chibatadas, acabaram chegando ao edifício de pedra. Ali, os prisioneiros foram soltos, dez de cada vez, e levados às respectivas choupanas.

– Serão chamados pelo seu chefe de grupo – disse o escravagista, empurrando Saiph e Talitha para dentro de um barraco antes de trancar a porta.

Já havia umas vinte pessoas no aposento, homens, mulheres e crianças. Todos morrendo de fome e de frio, do qual se defendiam com os poucos trapos de que dispunham. Alguns deles nem sapatos tinham, somente tiras de pano enroladas nos pés.

Saiph dirigiu-se ao que parecia menos esgotado.

– Estou procurando Hergat – disse.
O homem olhou para ele, interrogativo.
– Aqui ninguém procura ninguém, as pessoas só vêm para cá para morrer.
– Onde posso encontrá-lo? – insistiu Saiph.
O sujeito sorriu tristemente.
– Está num dos últimos barracos lá no fundo, perto da margem ocidental do vilarejo. É a única choupana vermelha. Mas o que acha que vai fazer? Aqui ninguém pode circular à vontade.
Saiph nem prestou atenção. Segurou Talitha pelo braço e saiu.
Apanhou dois sacos jogados à beira do caminho e entregou um a Talitha.
– Siga-me – disse.
Foram andando até alcançarem de novo a construção de pedra.
Orientar-se não foi nada fácil. Orea era um labirinto de ruelas tortas que pareciam todas iguais. Dejetos fedorentos escorriam ao longo do caminho, no esgoto a céu aberto, e havia neve, neve por todo canto. Tudo parecia idêntico a si mesmo, a madeira das casas, os cruzamentos das ruas e até os femtitas e os escravagistas que encontravam.
Por sorte ninguém reparou neles. Os sacos que carregavam nas costas identificavam-nos como escravos com uma tarefa a cumprir e, portanto, ninguém achou necessário detê-los. Só depois de algumas voltas sem rumo encontraram um barraco que parecia corresponder à descrição.
Saiph bateu à porta. Um idoso femtita, baixo e corpulento, veio abrir.
– O que quer? – perguntou.
– Estou procurando por Hergat – explicou Saiph.
– Eu mesmo. E quem é você?
– Sou o filho de Anyas, Saiph.

Ao ouvir aquele nome, uma mulher idosa também se aproximou da porta, levando as mãos à boca, pasma. Mas o velho deu um passo adiante e o esquadrinhou.

Então tirou um pergaminho de uma arca e o desenrolou devagar. Apareceu um desenho que Talitha e Saiph conheciam muito bem. "Vivo" estava escrito embaixo do retrato.

O velho ficou olhando várias vezes ora para o jovem, ora para o desenho, sem conseguir se convencer.

– Minha mãe me contou que fostes vós a mandá-la a Messe, para que não lhe cortassem a língua.

O velho apertou o pergaminho entre as mãos, e uma lágrima brilhou no canto dos seus olhos. Pôs uma das mãos no ombro de Saiph e baixou a cabeça.

– Saiph, Saiph! – disse, e abraçou-o.

O jovem apresentou Talitha aos avós e explicou a situação.

– Está na hora de vocês serem chamados? – perguntou a Hergat.

– Quase. Todas as manhãs o chefe da equipe vem nos buscar e nos leva às minas, onde trabalhamos até a noite.

– Então têm de esconder-me, imediatamente.

– É arriscado demais. Sabe o que acontece com um escravo que se esconde para não trabalhar? – disse Hergat. – A pena de morte, na mesma hora.

– Não tenho escolha. A notícia do prêmio pela minha captura chegou até aqui, poderiam reconhecer-me. Mas você – continuou, dirigindo-se a Talitha – pode mover-se mais livremente. Eu não pude disfarçar-me a contento, e o meu rosto está por toda parte. Se for às minas, mais cedo ou mais tarde alguém vai me reconhecer.

Hergat olhou em volta, então fitou Saiph; no seu olhar brilhava uma luz de compreensão.

– Há um porão onde guardamos as ervas – contou.

Saiph anuiu:

– Leve-me para lá.

– E eu? O que espera que eu faça? Para onde irei? – perguntou Talitha.
 – Estará mais segura entre os escravos. Se me descobrirem enquanto está comigo, irão me matar e a levarão imediatamente de volta para o seu pai. Mas se ficar misturada aos outros femtitas, poderá pelo menos salvar-se.
 – Mas está estampado na minha cara que não sou femtita! Irão me encontrar, e isso vai acabar mal, muito mal.
 Saiph aproximou-se dela e apoiou as mãos nos seus ombros.
 – Procuram pelos dois juntos, e o último lugar onde imaginam encontrar alguém como você é em uma mina de gelo. Você é filha de um conde, patroa, quem poderia pensar que está aqui, no meio de escravos? Mesmo que não acredite, o seu disfarce funciona.
 Talitha meneou a cabeça.
 – Não me deixe sozinha...
 Saiph olhou intensamente para ela.
 – Não estará sozinha. – Virou-se para o avô. – Pode dar um jeito de mantê-la com você?
 Hergat pareceu confuso.
 – Posso dizer que somos parentes... O chefe de equipe é uma boa pessoa, tentarei fazer com que trabalhe no mesmo grupo da sua avó: têm a tarefa de preparar o gelo para a viagem; depois que já foi imposto o encantamento de conservação, não é um trabalho muito pesado.
 Saiph olhou novamente para ela.
 – Ficará com a minha avó, ela não vai perdê-la de vista um só momento.
 – Lá vêm eles! – exclamou Hergat.
 – A gente se vê à noite! – disse Saiph, e desapareceu atrás de uma cortina com o avô, no fundo do aposento. Logo a seguir o velho voltou, sozinho.
 – Tudo certo – falou.

A porta se abriu, e a velha instintivamente abraçou Talitha. Na porta havia um femtita. Usava luvas pesadas e grossas botas de couro. Vestia uma casaca vermelha com uma tosca estrela verde desenhada sobre ela.

– Prontos? – disse. Depois ficou olhando para Talitha, petrificada diante daqueles olhos que, de qualquer maneira, não mostravam hostilidade, mas apenas um vago espanto. – E ela, quem é? – perguntou o chefe de equipe.

– É a nossa neta, Adina, que acaba de chegar.

O homem puxou do bolso uma lista, deu uma olhada.

– Adina... não vejo nenhuma Adina.

– Chegou com outro grupo, mas fomos buscá-la para ficar conosco. Sofreu muito na viagem e...

O chefe de equipe levantou as mãos.

– Está bem, está bem, sem problemas. Para mim, basta que trabalhe.

Talitha indicou a própria boca fechada, sacudindo a cabeça.

– É muda – disse a velha.

– Veio parar no lugar certo, então.

– Gostaria que ficasse comigo, no trabalho, pelo menos nos primeiros dias – prosseguiu a mulher.

O chefe de equipe fitou o velho casal com severidade, então se aproximou.

– Vão me dar alguma erva, hoje à noite?

– Claro! – Hergat apressou-se a dizer.

O chefe de equipe sorriu para a velha.

– Tudo bem, sua neta vai ficar ao seu lado na bancada. Mas vamos logo agora, senão vou me encrencar.

Uns dez escravos já estavam enfileirados do lado de fora. Morriam de frio, batiam os pés e seguravam os ombros com as mãos. O chefe de equipe contou-os, acrescentou alguma coisa à sua lista e seguiu em frente.

Avançaram na direção dos Montes de Gelo. Talitha ficou grudada na avó de Saiph. Sentia-se terrivelmente só: desde que haviam fugido do mosteiro, nunca se separara do seu escravo, e aquilo a enchia de angústia. A velha segurava-a com firmeza pelo braço, mas não era suficiente para acalmar a sua ansiedade. Nem conhecia o nome daquela mulher, nada sabia dela. Podia confiar? Quando já iam sair do vilarejo, pararam de novo diante da entrada de uma via. Hergat despediu-se da mulher e então, junto dos outros homens, pegou o túnel que levava às minas. As mulheres, por sua vez, continuaram em frente até alcançar uma construção baixa de madeira. O lado de fora lembrou a Talitha o galpão que ela e Saiph tinham escalado ao saírem de Messe. Começou a tremer.

– Não fique com medo – murmurou a velha. – O trabalho não é muito pesado. Tudo vai dar certo. Do jeito que está, parece realmente uma bonita mestiça. – E fez um esforço para sorrir.

Entraram passando por um amplo portão. O exterior não enganava; por dentro a fábrica era idêntica àquela que tinham visto em Messe. Era um único e grande galpão sustentado por largas colunas de madeira. No fundo, uma tosca lareira esquentava o ambiente o bastante para que os escravos não morressem congelados.

Havia longos trilhos que ligavam uma profunda abertura nos Montes de Gelo a outra que, por sua vez, levava a Orea. Pela entrada lateral das montanhas, os blocos de gelo eram trazidos lá de cima por turmas de escravos forçados a subir até os picos mais altos. Uma vez no nível do chão, outros escravos os transportavam empurrando carrinhos que corriam nos trilhos. Em seguida, eram fragmentados em pedaços menores e só então entregues aos sacerdotes, que lhes impunham seus encantamentos para conservá-los. Enfim eram empilhados em grandes carroças, que dragões de terra levavam embora.

A velha foi ocupar o seu lugar de trabalho, uma longa bancada de pedra na qual estavam enfileirados os blocos de gelo já cortados. A certa altura, parou e pediu a Talitha para fazer o mesmo.

O chefe de equipe se aproximou e fechou, em volta dos seus tornozelos, uma argola de ferro ligada a uma longa corrente que prendia os pés de toda a fileira. Quando voltou a se levantar, dirigiu-se à velha:

– Explique-lhe como funciona.

Ela anuiu. O chefe de equipe se afastou e as duas ficaram sozinhas. Eram as últimas da fileira.

– É muito simples – disse a avó de Saiph, entregando-lhe um par de luvas. – Você pega três blocos, empilha um em cima do outro e os prende com aquelas cordas, e depois os coloca no carrinho. – Deu uma demonstração prática. Os blocos de gelo desfilaram lentamente rumo à saída. – Não é um trabalho muito pesado, pois estes blocos são pequenos. O tamanho deles varia conforme o uso ao qual são destinados. Entendeu tudo?

Talitha anuiu. Os primeiros blocos de gelo já estavam diante dela. Pegou-os, atou-os com a corda, fez o que tinha visto a velha fazer, e por fim os colocou no carrinho.

– Boa menina – disse a mulher. – Daqui a pouco as suas mãos vão começar a doer, apesar das luvas, mas temos isto – e mostrou um pequeno braseiro de metal. – Depois de cada grupo de dez blocos, pode esquentar as mãos nele por alguns minutos.

Em seguida, começou a trabalhar, e Talitha fez o mesmo. Lá estava ela, então, num lugar onde jamais imaginaria chegar. Do mosteiro de Messe, do palácio do conde, às minas de gelo, entre os escravos. Das alturas aos abismos mais profundos.

A velha sorriu.

– Por falar nisso, ainda nem fomos apresentadas. O meu nome é Dynaer.

37

Talitha achou o dia de trabalho interminável. Apesar das luvas, as mãos em contato com o gelo doíam, e somente o calor do braseiro conseguia dar-lhe algum alívio.

A sucessão dos movimentos não demorou a tornar-se automática. Seus braços começaram a se mover sozinhos, e os pensamentos se confundiam. Tentou levantar a cabeça da bancada, mas o estalo de uma chicotada a fez estremecer.

– Ninguém se dá o luxo de perder tempo por aqui, gracinha – disse um guarda com uma cicatriz no rosto.

Ela baixou imediatamente os olhos e retomou o trabalho. No almoço, receberam uma tigela de sopa quente, que tiveram de tomar em pé, diante da bancada. A pausa só durou dez minutos, e aí voltaram ao trabalho.

Depois de algum tempo, as pernas também começaram a ficar doloridas. Talitha nunca ficara em pé por tantas horas: as costas infligiam-lhe contínuas fisgadas e os pés formigavam devido ao frio e à imobilidade forçada.

Quando afinal a campainha tocou e o chefe de equipe veio soltá-las, tombou no chão logo que tentou dar o primeiro passo.

Dynaer acudiu para levantá-la.
- É normal, não precisa se preocupar.
Talitha apalpou as pernas, assustada. Estavam praticamente insensíveis.
A velha precisou sustentá-la durante todo o trajeto de volta para casa. No caminho, encontraram Hergat. Quase parecia ter envelhecido desde a manhã: tinha as mãos inchadas, o rosto castigado pelo cansaço, e ele também mal conseguia andar.
Quando entraram no barraco, Talitha deixou-se cair no chão, esgotada.
- Quero ver Saiph - murmurou logo que recuperou o fôlego.
Dynaer afastou uma cortina e levou-a para um quarto minúsculo, cuja única mobília era formada por dois catres e uma arca. Hergat olhou em volta, circunspecto, e levantou um tapete largo que escondia um alçapão. Quando o abriu, um cheiro denso de especiarias espalhou-se no ar.
- Seja bem-vinda - disse Saiph, sorrindo.

O aposento tinha um teto tão baixo que só lhes permitia movimentar-se engatinhando, e era tão apertado que só tinha espaço para duas pessoas. O cheiro inebriante que impregnava o ambiente se devia a uma estranha erva, reunida em feixes encostados na parede. Saiph, que passara o dia todo lá embaixo, tinha os olhos um tanto brilhantes.
Hergat pegou um punhado daquela erva e guardou-a num embrulho de couro.
- A gente se vê mais tarde, o chefe de equipe deve estar chegando.
Levou a mulher consigo. Talitha e Saiph ficaram sozinhos na fraca luz de uma vela.
- Como foi?

Talitha mostrou-lhe as mãos: estavam inchadas e vermelhas. Ele apalpou-as com delicadeza.

– Perdoe-me. Passei o dia todo pensando em você, queria ter estado no seu lugar. Mas era arriscado demais.

– Estava só, no meio de todos aqueles femtitas e daqueles malditos escravagistas. Isso me dói mais do que as mãos. Precisamos sair daqui o mais rápido possível. O herege está em algum lugar lá fora, e nós só estamos perdendo tempo.

Saiph suspirou.

– Estou tentando encontrar um jeito, mas é difícil.

– Você é um escravo, nasceu e cresceu como escravo! Sabe tudo o que é preciso saber sobre um lugar como este. Além disso, quero minha espada de volta. Hoje o vi, o escravagista que a pegou. Circula pela aldeia, carrega-a como se fosse um maldito troféu.

Antes que ele pudesse responder, o alçapão se abriu.

– Já podem subir – disse Hergat, debruçando-se pela abertura.

Saiph e Talitha ergueram-se para fora do esconderijo. As janelas do casebre estavam todas fechadas e um cheiro gostoso pairava no ar. Quatro tigelas haviam sido colocadas sobre a mesa, e uma delas exalava um inconfundível aroma de carne.

– Como conseguiram? – perguntou Talitha, já antegozando aquela delícia.

– Vendo a erva de Thurgan a um femtita que trabalha no refeitório dos patrões – explicou o velho, afastando a cadeira e convidando os hóspedes a se sentar.

Talitha não se fez de rogada, e deixou que o calor da sopa de legumes lhe enchesse o estômago.

Quando terminou, Hergat começou a contar.

– A sua avó – disse para Saiph – era a escrava pessoal de um dos patrões: servia-o e agradava-o de todas as formas, sempre estava ao seu dispor, obviamente submissa a sua vontade. Toda noite, quando a via voltar exausta devido ao cansaço e às pauladas, eu tinha de refrear-me porque a vontade de ir até lá e matá-lo me deixava louco. – Dynaer acariciou a mão dele, que se concedeu uma pequena pausa para apertar os dedos da mulher. – Mas foi como conseguimos salvar Anyas. Nós a enviamos para longe, para o Reino do Verão, onde sabíamos que a vida era menos miserável e era até mesmo possível encontrar patrões benevolentes.

– Ela não queria nos deixar. Chorou muito no dia em que a pusemos na carroça – interveio Dynaer –, mas por nada no mundo iria permitir que lhe cortassem a língua e a forçassem a levar uma vida como a nossa. – Levantou-se, foi até a lareira e pegou uma caixa de madeira. Botou-a na mesa e a abriu. Dobradas com cuidado, lá dentro havia uma série de pequenas folhas de pergaminho, todas cheias de uma escrita miúda e infantil. – Mandava-nos uma carta por ano, na qual nos contava tudo. Foi assim que soubemos de você – disse, olhando para Saiph com ternura. – Não sabemos ler, mas pedíamos ajuda a um dos raros femtitas do vilarejo capazes de fazê-lo. Nós o escutávamos ler e parecia que Alya estava ali, ao nosso lado.

Saiph pegou as folhas pelas bordas, devagar, como se fossem relíquias, e percorreu o conteúdo com o olhar.

Levantou um bilhetinho e então leu, em voz alta:

– A filha da patroa é extraordinária. Embora muito jovem, está me ajudando muito nestes dias difíceis. Estou para ter uma criança.

Talitha ficou imóvel, de punhos contraídos.

– Lebitha... – sussurrou. O próprio som da palavra a fez estremecer. Já fazia um bom tempo que não pronunciava aquele nome. Mesmo assim, durante a viagem, nunca deixara de sentir-se acompanhada por aquela presença. E agora a encontrava de novo ali, nos confins de Talária.

Saiph guardou o pergaminho.

– Mamãe nunca me disse quem era o meu pai. Recusou-se a criar-me e nunca mais quis saber dela.
Era a primeira vez que falava das suas origens. Fora sempre tão discreto a respeito delas que Talitha nunca chegara a perguntar a si mesma o que podia ter acontecido: simplesmente um pai que jamais existira, só isso.
– Apesar de ter tentado, não conseguiu nos levar para o palácio. Tirar um escravo das minas de gelo é praticamente impossível – disse Hergat. – Sentíamos a sua falta, é claro, mas ficávamos contentes sabendo que estava bem. Parecia feliz, principalmente depois que você nasceu.
Olhou direto para Saiph, que corou.
– Nunca deixava de falar de você, é como se sempre o tivéssemos conhecido. Depois que morreu, quem continuou a escrever foi a patroa Lebitha – acrescentou Dynaer.
Talitha estremeceu.
– Também tem as cartas dela?
A velha anuiu. Talitha pediu licença para pegar a caixa e procurou entre os pergaminhos. Não levou muito tempo a identificar a grafia da irmã. Era inconfundível, precisa e miúda. Apertou a carta nas mãos, levou-a aos lábios.
– Posso ficar com ela? – perguntou baixinho.
Dynaer sorriu.
– Claro.
Hergat olhou para Saiph.
– Já você ficou famoso... O seu nome é o mais mencionado pelos femtitas. Qualquer um que seja pego em flagrante falando de você logo recebe pelo menos uma chicotada. Mas à noite todos falam nas suas façanhas.
– Eu apenas escapei da morte, e devo isso à minha patroa. – Ele eximiu-se.
– Nada disso – disse Hergat. – Ninguém jamais teve tanta ousadia. Para as pessoas que vivem e morrem aqui, sem qualquer esperança, você é um herói, a promessa de um fu-

turo melhor. Há levantes que nascem em seu nome, pessoas que encontram coragem para sofrer os piores castigos, até a morte, só para não terem de baixar a cabeça.

Saiph suspirou com raiva.

– Não gosto desse papel.

– Deveria sentir orgulho, isso sim. Para muitos de nós você é o Último.

Saiph deu um pulo e ficou em pé.

– Bobagem. O Último não passa de uma lenda tola.

– Uma esperança nunca é tola – afirmou Dynaer, séria. – É a única coisa que sobra a pessoas como nós. A esperança muda a vida, dá forças a quem não tem mais nada.

Saiph voltou a se sentar.

– De qualquer maneira, é fundamental que ninguém saiba que estou aqui, nem mesmo os amigos.

– Como quiser – disse Hergat. – Mas ninguém pode fugir do próprio destino.

Saiph se permitiu uma risada irônica.

– Eu e a patroa não fizemos outra coisa desde que fugimos.

– Infelizmente não disponho de um lugar melhor que o porão onde guardo a erva de Thurgan. Tentarei fazer alguns buracos, para que as exalações não lhe façam mal.

– O que é essa erva? – perguntou Talitha.

– É a razão pela qual ainda estamos vivos, e por que podemos nos dar ao luxo de pedir que trabalhe comigo – respondeu Dynaer.

– O trabalho aqui é extremamente duro, ainda mais nas minas, e a comida insuficiente – explicou Hergat. – Para se reanimarem, muitos trabalhadores costumam mascar a erva de Thurgan: enche a barriga e dá resistência. Eu a vendo a quem a quer. Também tem efeitos curativos, e provoca uma leve euforia. Dá uma sensação de vigor, é por isso que os patrões também a procuram. E eu também forneço a eles, em troca de pequenos favores.

– E onde você a encontra?
– Cresce em alguns lugares nos Montes de Gelo, lugares secretos. Normalmente, quem a colhe é Dynaer.
– É uma erva milagrosa, mas também muito perigosa – acrescentou ela. – Quem não sabe se controlar, fica acostumado e quer cada vez mais: acaba numa espécie de loucura, num eterno estupor. Não consegue mais distinguir o verdadeiro do falso.
– Há pessoas assim aqui em Orea – disse Hergat. – De qualquer maneira, é uma erva sem igual no mundo, a única, além dos Talareth, que consegue vingar no gelo, sem terra. – Talitha olhou-o interrogativa, e ele sorriu. – Como já sabem, os montes são formados inteiramente de gelo. No passado, ocupavam uma área imensa, quase todo o Reino do Inverno, e eram os mais altos de Nashira. A cada ano que passa, no entanto, ficam menores e se retraem mais.
– Derretem porque está ficando mais quente – interveio Dynaer.
Com um arrepio, Talitha pensou em Cétus, mas achou melhor não dar aos dois velhos mais motivos de preocupação.
– Está na hora de descansar – falou Dynaer. – Amanhã o nosso dia começa ao alvorecer. Infelizmente, como podem ver, a nossa choupana não é muito grande. Acho que a patroa pode partilhar a cama comigo, e você, Saiph, pode dormir num estrado no chão.
– Sou Talitha – disse ela com doçura. – Pode me chamar pelo nome.
Dynaer ficou quase constrangida.
– Está bem, Talitha – murmurou e então foi pegar uns cobertores para Saiph.
Talitha pediu para ficar uns momentos sozinha, antes de ir para a cama, a fim de cuidar das feridas nas mãos.
Sentada à mesa, perdeu-se olhando para a pequena chama que dançava lânguida na vela, até que ela apagasse. Na

escuridão do cômodo, só brilhava a tênue luminosidade da Pedra do Ar do pingente, no contato com os dedos. Curar a si mesma não era uma coisa fácil, mas, de qualquer maneira, só de tocar a Pedra sentiu-se melhor. Não conseguia concentrar-se o bastante, ainda pensando nas palavras escritas no pergaminho de Lebitha:

O neto de vocês e a minha irmã estão aprendendo a se conhecer, e não duvido que muito em breve se tornarão amigos. Não precisam se preocupar, com ela Saiph está em boas mãos. Talitha parece uma criança mimada e arrogante, mas tem a capacidade de enxergar além das aparências, e pode realmente surpreender com sua generosidade. Eu mesma quis confiá-los um ao outro: sinto que precisam disso, e que só juntos poderão enfrentar este nosso mundo tão bonito, mas também tão cruel.

Encostou devagar a testa no pergaminho, em cima da mesa, depois apertou os olhos o mais que podia. Por um momento teve a impressão de sentir o toque delicado da mão da irmã na cabeça.

38

Nos primeiros dias, Talitha só ficou pensando na fuga, procurando desesperadamente uma saída e uma forma de recuperar a Espada de Verba. Pouco a pouco, entretanto, o pensamento deixou de ser tão presente. Começou a dizer a si mesma que estava cansada de fugir, cansada de correr atrás do herege por toda Talária. Precisava esconder-se na multidão, dar um tempo e esquecer, pelo menos momentaneamente, a missão. A verdade, porém, era outra: o ritmo da fábrica de gelo estava tomando conta dela. Sabia que aquele não era o seu lugar, mas não encontrava nem a maneira nem a força para reagir. À noite estava tão cansada que mal conseguia trocar umas poucas palavras com Saiph, e de manhã devia acordar tão cedo que se sentia aturdida demais para planejar qualquer coisa. O trabalho nas minas acabou se tornando tudo, o começo e o fim dos seus dias, um monstro que devorava carne e sangue, enquanto as horas se sucediam idênticas. Assim como idênticos eram os blocos de gelo que empilhava todos os dias e idêntico o silêncio no qual cumpria suas tarefas, de cabeça baixa sobre a bancada.

Muito em breve a urgência de rebelar-se sumiu, tudo passou a parecer inelutável. Os castigos faziam parte da rotina, como o frio e a dor nas costas e nas pernas.

Até quando a punição coube a ela, baixou a cabeça sem dar um pio. Tinha simplesmente deixado cair um bloco de gelo. Apesar das luvas, as mãos mesmo assim ficavam geladas, e o pequeno braseiro não podia fazer milagres contra o entorpecimento dos dedos, de forma que um dos blocos escorregou aos seus pés. Quebrou-se no chão, e ela ficou olhando atônita. Então, um estalo de chicote trouxe-a de volta à realidade. O escravagista estava diante dela, um rapaz de olhar impiedoso que devia ter, no máximo, uns vinte anos.

– Sua pequena idiota, sabe quanto aquele gelo valia?

Talitha permaneceu imóvel, aterrorizada. E se o sujeito a desmascarasse? Se percebesse que a cor do seu rosto não era natural, que se disfarçava todos os dias?

O rapaz segurou-a pelos cabelos e a forçou a ficar de quatro, com o rosto quase em contato com os fragmentos de gelo.

– Sabe quanto valia? – berrou. – Três nephens de prata! E sabe o que isso significa, em chibatadas?

Baixou o chicote nas costas dela cinco vezes. Talitha mordeu os lábios até sangrarem: nem um único lamento devia sair da sua boca. Se perdesse a cobertura, tudo estaria acabado. E foi nisso que continuou pensando, até a última chicotada, quando, não conseguindo reprimir uma lágrima de dor, esperou que ela não lhe riscasse a cor do rosto.

Naquela noite, ao entrar na cozinha de Hergat, nem conseguiu falar, pensando no que acontecera. Parecia-lhe impossível. Havia sido tratada pior do que um animal, e não se rebelara, não conseguira.

Estava perdida naqueles pensamentos quando bateram à porta com violência.

Hergat a abriu e, na soleira, surgiu um jovem escravo quase nu que esfregava furiosamente os braços e as pernas; a expressão era alucinada, os olhos fora das órbitas e com olheiras roxas, a boca deformada numa careta grotesca.

– Lyran... – murmurou Hergat.

– Estou precisando – disse o sujeito, trêmulo.

– Assim você vai pegar uma pneumonia; procure alguma coisa para se agasalhar.

– Não é de roupa que eu preciso! – berrou ele. – Dê logo para mim.

– Você já usou demais!

– É problema meu! Trocarei por comida. Assumirei os seus turnos por uma semana, vou pagar como você achar melhor!

Os gritos haviam chamado a atenção de um escravagista, que agora se aproximava. Talitha foi se esconder depressa.

– O que quer, afinal? – perguntou o vigia.

Lyran calou-se. Vender a erva de Thurgan era proibido pelas leis do Reino do Inverno, mas todos fechavam os olhos. Afinal, Hergat só podia continuar com o seu negócio porque também fornecia a erva aos escravagistas.

– Não está passando bem – disse o velho. – Trabalhou demais.

– Vai me pagar por isso! – gritou Lyran enquanto o levavam embora.

– Acha que vai ficar bom, se parar de tomar? – perguntou Talitha em seguida.

Hergat deu de ombros.

– Se tomar mais, morrerá na certa. Em doses excessivas, a erva de Thurgan é tóxica. Se conseguir superar a crise, pouco a pouco Lyran vai ficar melhor.

O fato acrescentou mais uma sombra à vida de Talitha, deixou nela uma sensação de mal-estar. Pensou em Saiph, que, com o passar dos dias, tinha os olhos mais brilhantes, o aspecto mais tenso e macilento.

Então decidiu falar com ele. O rapaz esperava por ela, como sempre, e logo que o chamou saiu do esconderijo para tomar um pouco de ar fresco.

– Mascou a erva? – perguntou sem hesitar, depois de se sentarem à mesa.

– Nunca faria uma coisa dessas. É um negócio perigoso.

– Acontece que há uma luz estranha nos seus olhos desde que chegamos aqui.

– Ficar lá embaixo não me faz bem. A erva tem um cheiro bem forte, e à noite, quando saio, estou sempre meio atordoado.

Como resposta, Talitha descobriu lentamente as costas e mostrou as marcas vermelhas das chicotadas. Saiph esticou a mão, trêmulo, mas parou os dedos bem perto, sem tocar na pele dela.

– O que fizeram com você, aqueles malditos...

– Não é tanto a dor, nem a humilhação. Acontece que fiquei ali parada, deixando que me chicoteassem sem reagir e, principalmente, sem sentir nem uma ponta de indignação. Achei uma coisa normal: cometi um erro e era justo que fosse castigada. Desde que estou lá dentro vejo pessoas recebendo pauladas o dia inteiro, por qualquer bobagem: porque levantaram os olhos do trabalho, porque trocaram uma palavra com um colega, ou simplesmente porque naquela manhã o vigia não foi com a cara delas. E sabe o que é mais estranho? Eu já não vejo nada de errado nisso.

– Por que não fica aqui amanhã? Podemos tentar esconder você também, de algum jeito.

Talitha chegou mais perto dele.

– Você não está entendendo. Precisamos sair daqui imediatamente – disse.

Saiph suspirou.

— Está certo. Devia ser uma solução momentânea, e já nos demoramos demais.

Talitha meneou a cabeça.

— Não é culpa sua. Em todos esses dias, não ouvi uma palavra sequer acerca do herege: significa que ficar mais tempo por aqui não faz sentido. Em vez de pensar em nossa fuga, baixei a cabeça e obedeci. Exatamente aquilo que eu não queria mais fazer. — Saiph olhou para ela, e naquele olhar ela viu a mesma indolência, a mesma tristeza cinzenta. — Este lugar está tirando de mim o que eu tinha quando fugimos do mosteiro: a força para reagir, para ficar indignada diante das injustiças. Saímos de lá para descobrir a verdade sobre Cétus e salvar Nashira. Mas tudo foi engolido pelo medo, tudo desapareceu logo que chegamos aqui. Hoje vi novamente o sujeito que me roubou a espada e não senti coisa alguma. Nada, está me entendendo?

Saiph desviou o olhar.

— Só estamos tentando sobreviver.

— Não, não é isso. Porque lá fora eu estou sozinha, e não fiz outra coisa a não ser empilhar blocos de gelo, dia após dia. Isto aqui — e tamborilou com o indicador na madeira da mesa —, isto aqui é pior do que o mosteiro.

— Então iremos embora — disse afinal Saiph.

— Sim, mas não quero fazer algo do qual mais tarde poderemos nos arrepender. Tem alguma ideia do que fazer?

Saiph passou nervosamente a mão entre os cabelos.

— Nenhuma! O meu cérebro está confuso, não consigo raciocinar como antes... Estou cansado. Cansado de fugir. Cansado disso tudo.

Talitha ficou um bom tempo olhando para ele.

— Eu os ouço, Saiph, passo com eles o dia inteiro, e agora entendo por que sussurram o seu nome, mesmo que seja proibido, por que todos olhavam para você com olhos brilhantes naquele dia no abrigo. Você é a única esperança que eles têm.

Saiph fez um gesto impaciente.

– Você acha que a revolução é algo bonito e heroico, você acha que esta gente, só porque é explorada, está sempre certa. Pois bem, não é verdade. A revolução é sangue e morte, e inocentes sacrificados. Toda revolta se baseia na guerra, e na guerra só há perdedores. Sim, sem dúvida os femtitas são explorados, e os talaritas se portam como animais em relação a nós, mas nós também podemos ser mesquinhos e cruéis. Se estivéssemos no lugar deles, nos comportaríamos exatamente do mesmo jeito. Aliás, ficar no lugar deles é a única coisa com a qual sonhamos.

– Você só está com medo – rebateu Talitha, indignada.

– Sou apenas realista. Entendo perfeitamente como você se sente mal e, acredite, eu sinto o mesmo, porque imaginava uma existência diferente. Mas não me peça para liderar esta gente numa revolta, porque eu não consigo esquecer todas as outras coisas em nome de uma ideia, sacrificar a vida dos inocentes no altar do que é verdadeiro e justo. Eu simplesmente não sou assim. Seja como for, isso agora não importa. Iremos embora.

Talitha desejou-lhe boa-noite e retirou-se para o outro aposento. Saiph ficou mais um pouco sentado à mesa, as mãos entre os cabelos.

Do lado de fora do barraco de Hergat, alguém parou de olhar através da fenda entre duas tábuas desencaixadas e se afastou com pressa.

Ao alvorecer, Talitha levantou-se sonolenta. A conversa da noite anterior deixara nela alguma coisa que lhe impedira de dormir direito. De repente tudo lhe parecia intolerável, desde o quartinho onde dormiam todos juntos até o pesado corpo de Dynaer ao lado do seu na cama.

Esfregou várias vezes o rosto com força antes de espalhar a pasta branca. Não iria durar muito tempo, a quantidade que haviam preparado estava acabando depressa.

E onde vou encontrar as ervas num lugar como este?, pensou com raiva.

Naquela mesma hora a porta se abriu com um baque surdo. Talitha estremeceu e o recipiente com a pasta escorregou das suas mãos. Um femtita estava diante dela, de olhos arregalados, sobressaindo no retângulo da entrada. A luz mortiça do alvorecer conferia à sua figura contornos espectrais.

– Então é verdade mesmo... – murmurou.

Talitha estava petrificada.

Hergat segurou o homem pelo cachecol e puxou-o para dentro, em seguida fechou brutalmente a porta atrás de si.

– Pode pedir o que quiser – sibilou.

O homem sacudiu a cabeça.

– Não, você não está entendendo... – disse. – Eles sabem.

Talitha achou que ia desmaiar.

– Esta noite Lyran voltou para casa num estado de dar pena, era a falta da erva de Thurgan, eu sei, mas não é só isso... Tinha falado com os vigias.

Dynaer se aproximou de Talitha e apertou os seus ombros.

– Entregou-o, Hergat. Disse que você está escondendo Saiph e a talarita.

O alçapão abriu-se na mesma hora e Saiph saiu. O homem teve um visível estremecimento. Tentou chegar perto, com os olhos brilhando de excitação, mas Saiph o deteve com um olhar gélido.

– Sabe quando eles vão chegar? – perguntou Hergat.

O homem ignorou-o.

– Estamos prontos a segui-lo para onde quiser! – falou sem tirar os olhos de Saiph. – É só dizer uma palavra e o protegeremos, lutaremos, morreremos por você!

Saiph deu um passo à frente e ficou diante dele.

– Quando vão chegar? – repetiu, pronunciando lentamente as palavras.

– Vi um dragão voar ao longe, parecia vir do sul.

Saiph virou-se para Talitha e lhe estendeu a mão. Ela continuava aérea, perdida, mas, quando cruzou o olhar decidido do rapaz, soube imediatamente o que fazer.

– Obrigada por tudo – disse a Hergat e Dynaer. Enrolou o cachecol ao redor do pescoço e saiu apressada. Saiph foi atrás.

Uma pequena multidão já se juntara em volta do barraco.

– É ele, é ele, então é verdade! – gritou alguém. E então um poderoso rugido ressoou ensurdecedor sob os arcos do Talareth. Imensas asas voavam rasantes sobre o vilarejo. Era um dragão de batalha, preto, gigantesco, terrível. Escancarou a boca e uma única, densa chama envolveu uma longa faixa de Orea. Um grito irrompeu das gargantas dos femtitas. A multidão enlouqueceu, uns fugiram, outros se juntaram ao lado de Saiph.

– Salve-nos, salve-nos! – Outros ainda arrancaram tábuas de madeira, barras de ferro, improvisaram armas e prepararam-se para lutar.

Saiph e Talitha estavam presos no meio de tudo isso. Empurrados pela maré de desesperados que saíam em debandada, eram retidos por aqueles que haviam escolhido lutar e queriam ser salvos.

– Uma espada, preciso de uma espada! – berrou Saiph. Ouviu-se o estridor das primeiras lâminas, o clangor do aço. O ataque havia começado.

– Ele vai lutar, disse que vai lutar! Uma espada!

Os chicotes estalaram enquanto novos gritos de terror enchiam o ar. Gritos de mulheres, de velhos e de crianças. Talitha só conseguia ver a multidão que a oprimia. A espada chegou. Saiph brandiu-a diante de si, forçando a massa a recuar.

– Fora, fora daqui, maldição, procurem um abrigo, fujam! Eles têm um dragão, não temos chance, e eu não sou um guerreiro! – berrou, aflito.

As pessoas pareciam não entender, olhavam para ele como se fosse um messias, esperando que os salvasse como somente ele poderia fazer, levantando os braços e invocando sabe-se lá qual prodígio.

Mais um poderoso rugido, e mais uma vez o dragão voou sobre eles. Talitha o viu planar lenta e inexoravelmente, viu a bocarra se escancarar vomitando mais fogo. E viu, principalmente, as insígnias sobre os flancos do animal: um xairel azul com um escudo no qual aparecia um dragão rampante negro que soltava chamas. O brasão da sua família, o símbolo do seu pai. Levantou um pouco a cabeça e o reconheceu. Aquele vulto era inconfundível. Sentiu-se invadir pelo mais puro sentimento de ódio. Na garupa do dragão estava Megassa.

É ele. Vem me buscar.

As chamas arderam perto dela. No vermelho voraz do fogo, viu as figuras imóveis e atônitas dos femtitas. Olhavam para os seus corpos, assistindo incrédulos à dissolução da sua própria carne. Podiam, é claro, sentir o imenso calor das chamas, mas não a dor lancinante. Um deles ficou encarando Talitha até o fim, enquanto sua figura se desfazia lentamente no fogo e os ossos calcinados apareciam brancos entre o rubor da carne. Tombou afinal como um monte de trapos, seus olhos expressando uma pergunta que ficara sem resposta.

Talitha gritou até não poder mais, desesperada. Saiph segurou-a pelos ombros, sacudindo-a.

– Seu pai enlouqueceu, mandou os Guardiões destruírem tudo. Fique calma, maldição, não entre em pânico!

Talitha respirou bem fundo e conseguiu recuperar pelo menos em parte o controle de si mesma. Brandiu a espada que Saiph lhe entregou.

Começaram a correr para as montanhas. Ao redor deles, o calor derretia a neve e tudo estava envolvido numa densa cortina de fumaça. Os primeiros cadáveres já se amontoavam no chão. Quem fugia, pisoteava-os quase sem se dar conta, só pensando em se salvar. Os soldados tinham começado a convergir para Orea e passavam de casa em casa. Entravam, mandavam sair qualquer um que nela se encontrasse, matavam sem motivo. Um menino separado da mãe. Uma mulher sumariamente executada. Dois femtitas que cortavam em pedaços um escravagista do qual haviam tirado o chicote. Então, na confusão, Talitha viu alguma coisa. Um vulto conhecido, um reflexo que era um chamado. Separou-se de Saiph.

– Talitha! – gritou ele, mas ela já estava longe.

O homem estava caído, de costas, de olhos apagados. Seus dedos ainda a apertavam. A Espada de Verba, a espada *dela*. Talitha segurou-a pela lâmina e soltou-a da mão do cadáver.

– Ficou louca? – berrou Saiph.

Ela devolveu a outra espada, a que ele lhe entregara poucos minutos antes.

– Não preciso mais – disse, e então prendeu na cintura a Espada de Verba. Ao redor deles, só fogo e morte.

Um Guardião barrou o seu caminho, empunhando um machado. Talitha acabou com ele de um só golpe. A sensação de ter de novo aquela arma nas mãos superou qualquer outra emoção.

– Fique atrás de mim e esteja preparado para lutar! – berrou para Saiph, recomeçando a correr.

O dragão rugia acima de suas cabeças, o ar era uma única sinfonia de gritos. A batalha continuava furiosa, e eles avançavam derrubando inimigos, abrindo caminho entre os cadáveres.

– Para as minas! – gritou Saiph.

Um Guardião corpulento parou diante deles. Talitha ficou em posição de combate e começou a dar rápidos golpes fendentes. O inimigo era forte, muito mais forte do que ela, mas a Espada de Verba rodopiava poderosa entre suas mãos. Deteve um ataque, esquivou-se de outro, deu um golpe com todas as forças e a sua lâmina duríssima cortou de uma só vez o aço do adversário. O homem olhou incrédulo o cotoco de espada que apertava nas mãos, e Talitha aproveitou para cravar a espada em seu peito. Uma grande mancha de sangue alastrou-se imediatamente na altura do coração. O Guardião desmoronou e Saiph logo o pegou pelos braços e o arrastou para dentro de uma choupana. Despiu-o depressa e depois vestiu o uniforme com as insígnias do conde. Estava folgado e lhe dava o aspecto de uma marionete.

– Vou pegar outro para você.

Deixou-a sozinha no casebre e saiu correndo o mais rápido que podia. Voltou puxando um jovem Guardião pelos cabelos. Começou a despi-lo, e Talitha, depois de um momento de hesitação, juntou-se a ele.

Vestiu a roupa sem mostrar qualquer emoção, e ambos baixaram a viseira do capacete sobre o rosto.

– Está pronta? – disse Saiph.

Talitha anuiu com convicção e os dois saíram.

Lá fora só havia destruição. Poucos minutos haviam sido suficientes para tornar Orea um amontoado de escombros. Os casebres haviam queimado como tochas e a população, embora tivesse procurado resistir, era fraca e desarmada. Era uma luta sem esperança. Mesmo assim, ainda havia uns poucos que não se rendiam, enfrentando o inimigo com armas improvisadas. Um velho lutava com um soldado usando um balde de madeira. O talarita acabou de nariz quebrado antes de conseguir decepar-lhe a cabeça. Talitha sentiu uma onda de ódio invadir todo o seu corpo. Tudo aquilo para capturar os dois, ela e Saiph, dois jovens cuja única culpa fora não querer aceitar as leis de Talária.

Mas que raio de mundo é este, que raio de gente somos nós, talaritas?

Continuaram correndo sem que ninguém tentasse detê-los, até os limites extremos de Orea. As montanhas de gelo iam ficando cada vez mais próximas e o caminho estava deserto. Àquela altura os soldados deviam ter cercado a aldeia, avançando em círculos concêntricos em busca de fugitivos.

A passarela que levava às minas já estava bem próxima.

– Vocês dois aí, pegaram o caminho errado!

Saiph se deteve. Quem os chamava era um soldado, um homem alto com a espada ainda pingando sangue.

– Vamos procurar nas minas.

– Não há mais ninguém por lá. Quando chegamos, já estavam vazias.

– Mas quem sabe alguém poderia ter procurado abrigar-se nelas.

O soldado aproximou-se com amplas passadas.

– Então vou explicar melhor: dirijam-se ao centro do vilarejo, é uma ordem! – sibilou.

Talitha não viu mais nada. Com um grito, avançou contra o homem, mas não foi bastante rápida, pois o outro conseguiu impedir o ataque.

– Ficou louco? – berrou, devolvendo o golpe. A espada bateu no capacete de Talitha, fazendo-o voar longe.

Ela caiu no chão e sentiu o mundo explodir numa miríade de faíscas luminosas.

– Ora essa... que eu seja amaldiçoado se não é a filha do conde! – exclamou o soldado.

Encheu os pulmões e já ia se virar quando Saiph lançou-se contra ele antes que pudesse dar o alarme.

Tentou lembrar os embates que tinha tido com Talitha e todos os ensinamentos que ela procurara ministrar-lhe, mas foi inútil. Nunca tinha se interessado pelas artes das armas, e o soldado logo levou a melhor.

Saiph tentou resistir, mas o último golpe superou a débil defesa da sua espada e penetrou fundo no seu flanco. Sentiu o metal rasgar a pele e a carne, chocar-se contra o osso. Tombou no chão, mal conseguindo respirar.

O Guardião dominou-o.

– Não precisa se preocupar, não vou matá-lo. O conde Megassa quer fazer isso com as próprias mãos, mas primeiro fará você se arrepender de ter nascido. Estava pensando o quê? Que podia se rebelar contra os patrões? Não passa de um escravo imundo, um nada, e ao nada voltará.

Saiph fechou os olhos. Estava tudo acabado, de verdade.

– Então lhe mostre o caminho – sibilou Talitha.

Ficou de pé com um pulo, apontou a espada e atacou sem piedade. A lâmina penetrou até a empunhadura. O soldado abriu a boca num grito mudo, e Talitha berrou, revirando a espada no ferimento. Puxou-a de volta e o inimigo tombou sem vida.

Por um momento ficou parada, então olhou para Saiph.

– Vamos.

Deu a mão ao rapaz, que a duras penas conseguiu se levantar, mas logo tropeçou.

Ela o segurou pela cintura.

– Ânimo.

Recomeçaram a fugir, porém agora avançavam lentamente, com passos arrastados. Saiph mal conseguia manter-se em pé. Talitha travou o maxilar. Entre eles e a entrada das minas não havia mais ninguém.

– Deixe-me aqui – murmurou Saiph.

– Esqueça.

– É um ferimento profundo, só a estou atrasando.

– Pare com isso! Você é o meu escravo bobo e ficará comigo até o túmulo.

Arrastaram-se pela passarela. Faltavam apenas em torno de duzentas braças para alcançarem a mina. Saiph respirava com dificuldade.

– Estaremos seguros nas galerias. E depois iremos ao Bosque da Proibição. Que se dane toda esta gente, que se dane a missão. Você vai ver, ficaremos muito bem juntos, sozinhos – disse Talitha, só para não ouvir o som sibilante da respiração de Saiph. A parte do casaco dele em volta da ferida estava encharcada.

– Deixe-me lá dentro, está bem? – Ele voltou a insistir, com voz alquebrada.

Talitha nem diminuiu a marcha.

– Pare de dizer bobagens.

– Patroa, nunca vou chegar vivo ao Bosque da Proibição.

– Cale-se! – berrou Talitha. – Você é o meu escravo bobo, a sua vida me pertence e cabe a mim decidir como e quando vai morrer! E não será aqui, eu garanto, não será aqui!

Enquanto gritava, as lágrimas riscavam o seu rosto, sem que ela pudesse detê-las. A entrada das minas, diante dela, era como uma miragem.

– Mais umas poucas braças – disse para se animar –, só umas poucas braças!

Mas Saiph já não podia ouvi-la.

39

Talitha arrastou Saiph pelos braços. Era um fardo pesado, e estava extremamente pálido.

– Aguente, eu lhe peço – repetia conforme os soluços cortavam as palavras na sua garganta. Através do véu de lágrimas, quase não conseguia ver aquele corpo inerte que deixava atrás de si um fino rastro vermelho-escuro. Parou, exausta, quando só faltavam mais alguns poucos passos para a entrada da mina.

Chorou, e naquele pranto pareceu-lhe derramar todas as lágrimas que tinha engolido na vida, aquelas que reprimira por orgulho no palácio, e depois no mosteiro. Se resistir, naquele tempo, ainda fazia sentido, agora já não tinha motivo para ser forte.

Não, Saiph, não!, gritou uma voz dentro da sua cabeça. Talitha enxugou as lágrimas e se forçou a olhar para o jovem, de costas, o rosto parecendo de cera. Engoliu um soluço e, juntando toda a coragem que lhe sobrava, apalpou o seu pescoço, logo acima da clavícula. Apesar de fraco, o coração batia.

– Não se atreva a morrer, Saiph! – disse entredentes. – Nem pense nisso!

Debruçou-se sobre o corpo, examinou a ferida. Era um corte feio, de contornos irregulares, no fundo do qual se via a brancura de uma costela. O sangue continuava a jorrar, mas a lâmina não parecia ter atingido qualquer órgão vital.
Está morrendo de hemorragia. Preciso estancar o fluxo...
Fechou os olhos, se concentrou ao máximo e sentiu a Pedra do Ar brilhar no seu peito. Repetiu os gestos que já havia usado com Grif: apertou as mãos em volta da lâmina da espada, procurou infundir nela todo o Es que sentia correr dentro de si, até ela se tornar incandescente. Apoiou-a na carne sangrenta, que viu frigir até um cheiro adocicado e pungente se espalhar pelo ar. Quando levantou a espada, o ferimento tinha um aspecto repugnante, mas a hemorragia estancara.

Talitha respirou aliviada, mas percebeu que o rosto de Saiph continuava pálido. Tinha perdido muito sangue, sangue demais. Uma onda de pânico tomou conta dela.

– Não morra, Saiph, não morra – repetia aos soluços, transtornada de dor. – Não me deixe.

Mas Saiph não respondia.

– Não pode se entregar desse jeito, não pode – choramingou, tentando se lembrar dos ensinamentos de Irmã Pelei. Tinha recebido aulas sobre os encantamentos de Cura, e a mestra lhe descrevera uma porção de fórmulas: mas era somente teoria, nunca as tinham posto em prática. Por alguns segundos teve a impressão de que não se lembrava de coisa alguma, não conseguia tirar da cabeça a respiração fraca e irregular de Saiph, cada vez mais inaudível. Mas então as lembranças voltaram à consciência, desconexas e confusas. Uma fórmula para ajudar o restabelecimento das fraturas, outra para infligir ferimentos aos inimigos, mais outra para enfeitiçar as armas. Finalmente, aquelas palavras: "Em certos casos, é possível salvar a vida do moribundo, mas só arriscando a vida do sacerdote."

Mãos gélidas pareceram apertar suas têmporas. Até onde chegava a gravidade da situação de Saiph? Estava além de qualquer possibilidade de ajuda? E, neste caso, ela estava preparada para o sacrifício extremo?

Olhou para ele. Seu peito subia e descia imperceptivelmente, de forma descontínua. O tempo estava acabando.

Segurou o pingente com a Pedra do Ar, fitou-o na luz mortiça que vinha da entrada da mina. Então se concentrou. Fez o que sempre fazia nos exercícios com Irmã Pelei, quando ela lhe pedia para transferir o Es para algum objeto. Como naqueles dias, imaginou que um fluido benéfico e quente corria em suas veias. O cristal da Pedra do Ar começou a brilhar mais fúlgido, e ela sentiu-se quase desmaiar enquanto suas forças confluíam para aquele fragmento pulsante pendurado no seu pescoço. Não parou, até quase perder os sentidos, com a cabeça rodando. Quando abriu os olhos, o mundo rodopiava à sua volta, e teve de fazer um esforço para não cair no chão. Com mãos trêmulas, tirou o pingente e o colocou no pescoço de Saiph. A Pedra do Ar teve um instante de fulgor repentino, e então apagou. Por um momento a testa de Saiph se franziu e, quando relaxou, a respiração do rapaz se tornara mais calma e regular. Suas faces lentamente recobraram a cor.

Só então Talitha deixou-se escorregar ao chão, de costas. O teto abobadado da galeria foi a última coisa que viu antes de perder-se num sono profundo.

Quando acordou, Saiph continuava extremamente fraco e nem conseguia ficar de olhos abertos, mas já não parecia correr risco de vida.

– Patroa... – murmurou com um fio de voz.

Talitha não conseguia acreditar que tinha conseguido.

– Quase me fez morrer de susto, seu escravo bobo – disse chorando. Vigiou-o até a noite, falando com ele e acariciando seus cabelos. Só então se afastou para um curto descanso e sentou-se à beira da entrada da mina.

Dobrou os joelhos contra o peito e contemplou Orea, que queimava. Penachos de fumaça levantavam-se das casas, e as chamas devoravam os escombros. Não sabiam o que acontecera com Dynaer e Hergat, nem com Lyran, que os traíra, nem com todo o resto dos habitantes. O que teria acontecido com as suas companheiras de trabalho, na fábrica, e com as pessoas que havia conhecido naqueles dias?

Muitos, muitos deles devem ter morrido.

Uma fúria cega encheu seu coração. Sabia que seu pai estava à sua procura, sabia que faria qualquer coisa para levá-la de volta, mas isso superava qualquer limite.

Mordeu os lábios, o sabor do sangue encheu sua boca de nojo. Tinha vontade de esvaziar as próprias veias de tudo aquilo que a ligava ao homem capaz de arrasar um vilarejo de pessoas inocentes.

Devagar, tirou o punhal da bota, apoiou a lâmina no ombro esquerdo, onde havia a tatuagem da sua família. Incindiu com raiva, e aceitou a dor com prazer. Fez um corte, e então outro, e mais outro. Cobriu o símbolo da sua origem com um retículo de cortes sangrentos, até achar que não havia nada visível do escudo e do dragão negro que soprava fogo. Jogou a lâmina no chão, apertou a ferida e abafou um grito. Jurou sobre aquele sangue infecto que a partir daquele dia nunca mais seria um membro da sua família, que a partir de então renunciaria ao seu sangue talarita, e que as pessoas de Orea, e Saiph, teriam sua vingança.

Epílogo

Olhou por uma pequena fenda na rocha. Um vento gelado fustigou seu rosto. Aos seus pés, o vilarejo queimava devagar. Um sorriso amargo desenhou-se em sua face torturada. Então a história se repetia. Ainda se lembrava da fumaça que enchia o ar, nos tempos da guerra. Fora então que decidira ir embora, que decidira se exilar.

Olhou instintivamente para cima, para os dois sóis. Pareceram-lhe ainda mais resplandecentes do que da última vez que levantara o olhar ao céu. Sacudiu a cabeça. Já fazia muitos séculos que ele se alheara do que acontecia em Nashira.

Então ouviu. Um pranto abafado.

Quem quer que fosse, nada tinha a ver com ele. Retomou o caminho que ia levá-lo de volta ao seu refúgio. O pranto ficava cada vez mais fraco. Mas seus ouvidos perceberam um som, o som de alguma coisa metálica que se chocava com a pedra. Um som inconfundível, que lembrava o passado e a dor.

Aquele ruído lançou uma semente de dúvida e despertou na memória lembranças dilacerantes.

Ficou parado, uma das mãos apertando a rocha, o vento uivando atrás de si.

Praguejou com raiva e deu meia-volta.
Conhecia aquelas galerias como a palma da mão e percorreu-as sem dificuldade. A mente ia redescobrindo centenas de recordações, tão numerosas que quase parecia senti-las pulsar nas têmporas. Sempre acreditara que, a certa altura, começaria a esquecer. Mas não. Lembrava cada dia, cada instante.
O pranto apagou-se num soluço engasgado, perto dele.
Espremeu-se contra a parede e esticou o pescoço apenas o necessário para ver de quem se tratava.
No espaço apertado da mina, havia uma jovem ajoelhada no chão. O rosto branco estava marcado por riscos mais escuros. No chão, com o peito que mal se movia, um rapaz da raça dos escravos. Mas o que mais importava, apertada entre os dedos da moça, lá estava ela. A espada. A espada dele. Debruçou-se demais e um fragmento de gelo caiu da parede, tilintando no chão. A jovem levantou-se com um pulo.
– Quem está aí? – gritou, brandindo a espada.
Ele segurou seu pulso, torceu-o até a mão soltar a arma. Tudo num único e fluido movimento. A jovem arregalou os olhos e escancarou a boca, mas ele a cobriu.
– Calada. Se gritar, vão encontrá-los.
– É você... – murmurou.
– Sabe quem sou?
A jovem anuiu:
– É o herege que vem do deserto.
– Então poderá dizer também onde pegou a espada.
– Que espada?
O herege sorriu de leve e olhou para ela. Seus olhos eram de um verde ofuscante.
– A minha espada, essa com que você queria me ferir.
Talitha fitou-o incrédula.
– Verba... – disse num sopro.

ÍNDICE DE NOMES

Alepha: capital do Reino do Outono.

Antiga Guerra: conflito durante o qual os talaritas reduziram os femtitas à escravidão.

Anyas: mãe de Saiph, morta num acidente enquanto trabalhava.

Arnika: medicatriz do mosteiro de Messe.

Artéria: a principal via de Talária, que conecta as capitais dos quatro reinos.

Aruna: rainha do Reino do Verão.

Bastão: arma provida de um fragmento de Pedra do Ar, usada pelos talaritas para infligir dor aos femtitas.

Beata: cidade mítica presente nas lendas tanto dos talaritas quanto dos femtistas. Os últimos, em particular, acreditam que seja um lugar bem-aventurado no meio do deserto, onde os femtitas ainda são livres.

Béris: escrava no mosteiro de Messe.

Bleri: contrabandista de Pedra do Ar.

Bosque da Proibição: floresta que cerca Talária, na qual é proibido aventurar-se.

Ceryan: escravo idoso do mosteiro de Messe.

Cétus: Um dos dois sóis de Nashira. Na mitologia, é uma divindade maldosa, origem de todo o mal.

Combatentes: sacerdotisas dedicadas às artes do combate com as mãos nuas.

Danyria: prisão-fortaleza localizada no Reino do Inverno.

Dorothea: Educadora do mosteiro de Messe encarregada do ensino do culto.

Dynaer: avó de Saiph.

Educadora: sacerdotisa encarregada da instrução das noviças.

Erva de Thurgan: erva com propriedades excitantes e alucinógenas usada nas minas de gelo para melhorar a resistência ao cansaço.

Es: poder interior dos magos, que permite a prática da magia.

Espada de Verba: espada extremamente dura e cortante, forjada com um metal misterioso.

Essências: divindades menores, a serviço de Tália, Kérya, Man e Van.

Femtitas: raça subalterna de Nashira. Têm pele clara, olhos alongados e cabelos de vários matizes de verde. Não têm a capacidade de realizar magias e não sentem dor física. Só o contato com a Pedra do Ar no Bastão pode infligir-lhes dor.

Fonia: Educadora do mosteiro de Messe encarregada da biblioteca.

Gálata: capital do Reino do Inverno.

Grande Mãe: chefe suprema do culto, representante de Mira na terra.

Grele: filha do rei do Reino do Outono, noviça do mosteiro de Messe.

Grif: rapazinho femtita, escravo de Melkise.

Guarda: corpo de guerreiros de Talária, cuida principalmente de assuntos de ordem pública.

Hergat: avô de Saiph.

Imório: lago às margens do qual se estende Larea.

Itinerantes: sacerdotisas que viajam por toda Talária prestando seus serviços a quem deles precisa.

Jandala: fazenda no Reino do Verão.

Julgadora: sacerdotisa encarregada da administração da justiça.

Kalyma: sobrinha em segundo grau de Megassa, esposa prometida de um pretendente ao trono do Reino da Primavera.

Kâmbria: rainha do Reino da Primavera.

Kérya: divindade protetora do Reino da Primavera.

Kolya: governanta pessoal de Talitha na casa paterna, em Messe.

Kora: noviça no mosteiro de Messe.

Lantânia: sacerdotisa no mosteiro de Messe.

Lanti: o mais habilidoso cartógrafo de Talária.

Larea: capital do Reino da Primavera.

Lebitha: irmã de Talitha, valente sacerdotisa.

Lugar Inominado: o grande deserto além do Bosque da Proibição.

Madre do Verão: chefe do culto no Reino do Verão.

Madre da Primavera: chefe do culto no Reino da Primavera.

Man: divindade protetora do Reino do Inverno.

Mantela: capital do Reino do Outono.

Mantes: criada pessoal de Talitha no mosteiro de Messe.

Medicatriz: sacerdotisa especialista em encantamentos de Cura.

Megassa: conde da cidade de Messe, pai de Talitha.

Melkise: caçador de recompensas.

Messe: capital do Reino do Verão.

Mira: mãe de todas as divindades.

Miraval: um dos dois sóis de Nashira. Segundo a mitologia, é o simulacro colocado no céu por Mira, a fim de conter a maldade de Cétus.

Montes do Pôr do Sol: grande cadeia montanhosa que se estende a oeste, entre o Reino do Verão e o da Primavera.

Montes de Gelo: cadeia montanhosa do Reino do Inverno, a maior mina de gelo de Talária.

Núcleo: setor reservado do mosteiro onde fica guardado o grande cristal de Pedra do Ar que dá vida a Messe.

Orea: aldeia no sopé dos Montes de Gelo, onde nasceu a mãe de Saiph.

Padre do Outono: chefe do culto no Reino do Outono.

Padre do Inverno: chefe do culto no Reino do Inverno.

Pedra do Ar: mineral de características especiais, capaz de guardar o ar e usado pelos talaritas para realizar magias através da Ressonância.

Pelei: Educadora do mosteiro de Messe, encarregada de instruir as noviças na arte da magia. Mentora de Talitha.

Pequena Madre: chefe de um mosteiro feminino.

Pequeno Padre: chefe de um mosteiro masculino.

Primeiros: os habitantes de Talária antes do épico embate entre Mira e Cétus, durante o qual a sua raça se extinguiu.

Reino do Inverno: o mais setentrional dos quatro reinos de Talária. O inverno reina nele absoluto.

Reino do Outono: um dos quatro reinos de Talária. Reina nele um eterno outono.

Reino da Primavera: um dos quatro reinos de Talária. Reina nele uma eterna primavera.

Reino do Verão: é o mais meridional dos quatro reinos de Talária. Reina nele um perene verão.

Rélio: o maior lago de Talária, na fronteira entre o Reino do Outono e o do Inverno.

Rezadora: sacerdotisa encarregada de reativar a Pedra do Ar.

Ressonância: capacidade de alguns talaritas, totalmente alheia aos femtitas, de ativar as propriedades mágicas da Pedra do Ar.

Roye: mestre de Talitha no quartel da Guarda de Messe.

Saiph: femtita escravo da família de Talitha.

Talareth: espécie de árvore abundante em Nashira. Produz ar respirável e, graças a sistemas específicos de cultivo, podem chegar a dimensões imensas, a ponto de abrigar, na sua sombra, cidades inteiras.

Talária: zona habitada do planeta Nashira.

Talaritas: raça dominante em Nashira. Têm os cabelos de vários matizes de vermelho, desde castanho-escuro até quase louro, orelhas pontudas e pele cor de tijolo.

Tália: divindade protetora do Reino do Verão.

Talitha: filha do conde de Messe. Recebeu treinamento em armas, mas o pai forçou-a à vida monástica.

Tolica: pequeno vilarejo no Reino do Verão.

Van: divindade protetora do Reino do Outono.

Vias: estradas suspensas formadas por galhos de Talareth trançados, que representam as únicas formas de comunicação transitáveis entre as cidades de Talária.

Xane: Educadora encarregada do ensino musical no mosteiro de Messe.

Yarl: escravagista que captura Talitha e Saiph.

Este livro foi impresso na Gráfica JPA Ltda., Rio de Janeiro – RJ.